一马当先 雷雨滂

贾振中 ——

著

SPM 南方传媒　广东人民出版社

·广州·

图书在版编目（CIP）数据

马首雷霭 / 贾振中著．—广州：广东人民出版社，
2023.1
ISBN 978-7-218-16127-3

Ⅰ．①马… Ⅱ．①贾… Ⅲ．①长篇小说—中国—
当代 Ⅳ．① I247.5

中国版本图书馆 CIP 数据核字（2022）第 190606 号

MA SHOU LEI PANG

马首雷霭

贾振中 著

出 版 人：肖风华

责任编辑：马妮璐
责任技编：吴彦斌 周星奎
装帧设计：九五书装

出版发行：广东人民出版社
地 址：广东省广州市越秀区大沙头四马路 10 号（邮政编码：510199）
电 话：（020）85716809（总编室）
传 真：（020）83289585
网 址：http：// www.gdpph.com
印 刷：三河市中晟雅豪印务有限公司
开 本：787mm×1092mm 1/16
印 张：19.5 字 数：300 千
版 次：2023 年 1 月第 1 版
印 次：2023 年 1 月第 1 次印刷
定 价：88.00 元

如发现印装质量问题，影响阅读，请与出版社（020-85716849）联系调换。
售书热线：（020）87716172

推荐语

　　《马首雷霭》以小说的形式叙述唐尧故里——山西襄汾县这片神奇的土地上自清朝道光年间到民国发生的历史故事。在作者的笔下，那些早已尘封于史的晋商代表、英雄人物、平民百姓突然变得有血有肉，平凡而伟大。斯人已去，但襄汾人永不服输、不屈不挠的精神却始终鼓舞着后来人。

—— 著名导演 编剧 徐正超

　　寻根心理，故土情结，文人才子，其心尤切，这在贾振中的长篇章回体小说《马首雷霭》中表现得格外热烈而真切。小说皇皇数十万言，分《洪水》《秋风》《火焰》三个部分，描摹了清末民初山西襄汾县的风云变幻、种种民生行状，惊心动魄，充满了传奇色彩，却立足于历史真实，浓墨重彩，给人以场景再现的触感。作者国学深厚，天文、地理，诗词歌赋，乡土民俗无所不通，显示出超拔的文学表现才能，令人惊叹。《马首雷霭》是以小说的形式为故乡树立的一座历史丰碑。小说融故事性、知识性和哲理性于一体，具有极强的可读性和感染力，是一部正能量的给人以深沉思索的好作品，因而我认为它也是中国传统小说在现代小说中的一次突围，意义非凡。

——中国作家协会会员　泰州作协副主席　著名作家　顾　坚

用古典的白描还原历史风貌，用精简质朴的线条勾勒人物丰姿。《马首雷霭》让我们沿着时光的线索，穿越滚滚烟尘，进入一个立体的舞台现场，调动起感官世界的声响、嗅觉与味觉。故事中的真善美丑，爱恨与情仇，都活灵活现、栩栩如生地在纸面上滚动，岁月的温度触手可及。

——中国作家协会会员　中石化作协副主席　著名作家　周蓬桦

长篇小说《马首雷霭》以纪实的手法把家乡襄汾县历史上的英雄人物用故事的外壳包起来，其内核是讲述襄汾历史故事，书写襄汾风土人情。这是一部襄汾县历史文化的百科全书。初读此书，感觉亲切无比，家乡村庄的名字，熟悉的家乡方言，如行云流水般在字里行间流淌，仿佛身临其境，阅尽英雄故事，感知历史风云。

——知名图书策划人　戌闰乾

目　录

上篇　洪水

第一回　李藕船出使大清国　仪墨农演说故乡史　　002

第二回　周成王剪桐叶封弟　贾公明串贝壳当钱　　005

第三回　幽燕大地风沙弥漫　井陉道中鞭声回响　　009

第四回　灵石峡山道遇贼寇　韩侯岭庙宇留墨宝　　012

第五回　陈郭涧头灵源春色　白牛溪畔文洞墨香　　015

第六回　游县城品茶城隍庙　赏廊桥饮酒德兴楼　　019

第七回　解民情知县访贤　争水源村民械斗　　023

第八回　古城镇商贾云集　关帝庙知县敬香　　027

第九回　旗舞猎猎金戈铁马　鼓擂咚咚电闪雷鸣　　031

第十回　走南闯北孤儿泪　跑马上杆壮士魂　　035

第十一回　一抹红霞映绿水　二分明月照晚窗　　040

第十二回　无情未必真豪杰　怜子如何不丈夫　　044

第十三回　雄狮舞风流　豪杰展英姿　　048

第十四回　战士出征胆气豪　车轮隆隆鼓声高　　　052

第十五回　解士美贪吃油粉饭　刘笃敬解说新名词　　058

第十六回　小道士翻锅洒醋　贾玉贵穿越成神　　　062

第十七回　晋桥梅月三分明　娥皇竹泉一半烟　　　065

第十八回　除夕夜老天爷祈福　年初一众乡亲贺喜　069

第十九回　龙澍峪二龙斗法　华佗庙一签灵验　　　073

第二十回　北京城官兵净街道　古城镇墨池设赌局　077

第二十一回　六陈铺有福论秤砣　康王府妃子喝米粥　081

第二十二回　一包烟壳白良入狱　三杯闷酒香香潜逃　085

第二十三回　穷途末路众叛亲离　水源共享石刻永存　089

第二十四回　传秘方爱食福寿膏　论抗英堪比隆中对　093

第二十五回　治河患克中殉职　吊英贤维屏赋诗　　097

中篇　秋风

第二十六回　吴知县巧吞红楼梦　刘州同喜得倒崽子　102

第二十七回　捉狐妖庚午做法事　摔茶碗刘嵋开口笑　107

第二十八回　索贿赂牢头称霸　耍银钱公子坐监　　111

第二十九回　兴义学杏农助力　擒恶徒吴珍惩凶　　116

第三十回　骨肉相连父子情深　生活相依婆媳怨恨　122

第三十一回　英山相亲定姻缘　周鹁出阁成大礼　　127

第三十二回　回婆家桥头遇妖怪　寻幽处洞中探奇景　132

第三十三回　知耻辱浪子除三害　逞奋勇义士斗恶畜　138

第三十四回　小侠仗义惩罚恶少　英雄点赞后生可畏　144

第三十五回　论气功亲身做示范　谈武学镖路藏玄机　149

第三十六回　李闯王报仇西中黄　王长工掘金古晋城　154

第三十七回　知州勤政德誉三县　贼寇凶猛横扫二西　159

第三十八回　瘟疫流行蝙蝠惹祸　孤儿受辱怒火喷涌　164

第三十九回　腐秀才冲撞御驾　小炉匠状告皇上　170

第四十回　爬房顶鬼针留踪迹　洗铜钱炭黑现原形　175

第四十一回　暮鼓晨钟佛门藏暧昧　鸣机夜课慈母恩情深　181

第四十二回　情中更有情中手　漆内还藏漆里金　187

第四十三回　乱世军中黑心发乱财　秋风萧杀红叶叹秋霜　193

第四十四回　一阴一阳之谓道　亦官亦商致富快　199

第四十五回　王新郎送命柿子树　小捕快诵吟《秋风辞》　205

下篇　火焰

第四十六回　丁戊褙灾民受害　人间地狱鬼唱歌　212

第四十七回　福盛班初出江湖　陈郭村豪杰聚义　218

第四十八回　壮士举旗心映明月　君子变法血洒秋风　225

第四十九回　贾掌柜千里送灵柩　刘总办三晋兴工商　231

第五十回　老佛爷气恼洋人　贾秀才笑读告示　237

第五十一回　史村驿太后用膳　蒙坑沟好汉设伏　244

第五十二回　老员外名誉乡里　恶黄蜂毒刺蜇人　250

第五十三回　仪老三强欺叔父　段砚田综论共和　256

第五十四回　品诗词根稳斥陋习　遇暴雨小秃结良缘　262

第五十五回　禹神庙存才挂画　黄河岸小秃纵马　268

第五十六回　班主去世人心迷惑　根稳情深力挽狂澜　273

第五十七回　仪雷诡计夜袭义军　银杏英勇献身革命　280

第五十八回　南贾镇义士锄奸　北京城大盗窃国　　　　286

第五十九回　缠小脚神仙关禁闭　国有难忠义显英雄　　　292

浅谈《马首雷霭》的创作特色　　　　299

后记　　　　301

【题记】

龙门未辟，吕梁未凿，河出孟门之上，
大溢逆流，无有丘陵，高阜灭之，名曰洪水。

——《淮南子》

上篇　洪水

第一回　李藕船出使大清国　仪墨农演说故乡史

清道光年间，北京香山寺内，无量禅室，五位相貌飘逸的男子围在一个方桌旁，看一位身材不高的中年男子作画。

这作画的中年男子，身穿一领青色长衣，脚蹬圆口牛鼻布鞋。挥毫泼墨，不大一会儿，一幅画作完成。这男子意犹未尽，在画上题诗一首："鹄岭鸡林不易才，飘然一笠又燕台。十千为买余杭酒，恰好黄花趁晚开。"接着提笔写道："与藕船兄相聚相识，弟墨农特作《苔岑雅契图》记之。"然后拿出一枚方印盖在画的下方。众人看那幅画，画上五位身穿长衣的中国男子，或站立、或举杯、或俯卧、或仰天长啸，围绕在一位身穿朝鲜服装的男子旁，好一个文人相聚斗酒吟诗图。

这身穿朝鲜服装的男子名叫李尚迪，字惠吉，号藕船。出身于朝鲜翻译世家，师从朝鲜学者金正喜，精通汉学，写得一手好诗。这次作为使者随朝鲜使团来中国，闻听与他的老师金正喜同为阮元门下弟子的广东诗人仪克中也来到北京，喜出望外，急欲相见相识。

原来自洋人西来，朝鲜也饱受洋人侵扰之苦，东有强邻日本虎视眈眈，干涉朝鲜内政，大有吞并朝鲜之势，朝野上下，心忧如焚，急于寻求大清国庇护。那朝鲜使者闻仪克中担任广东巡抚祁贡记室，祁贡乃朝廷二品大臣，当朝皇帝深依赖，托付广东沿海重地。祁贡为高平人，与克中同为山西老乡。克中得巡抚重用，多有与各国洋人打交道经验。朝鲜使臣打听到这层关系，欲通过克中请巡抚大人上奏折，陈述利害关系，拯救朝鲜。

仪克中也素闻李尚迪的名声，今日应在京做官的龚自珍之邀，与魏源、黄其正、张维屏几位诗人和朝鲜特使在香山相会，大有相见恨晚之意。乘着酒兴，互相作诗唱和，皆拿出看家本领。魏源给大家朗诵了他的新作《阿芙蓉》，说尽鸦片烟的危害，众人听罢皆有同感，连声叹息。

众人知仪克中和黄其正都是岭南有名的画家，武进画界前辈汤贻汾离粤时，仪克中同张如芝、黄其正合绘《云泉钱别图》相赠。所画《创光灯影》《负暄扪虱》《倚马寻芳》《桃灯意旧》四图，深为画界赏识。要求二人作画记今日相会之事，二人略作推让，仪克中拿起画笔勾画起来。

朝鲜特使李尚迪欣赏仪克中的新作《苔岑雅契图》，墨迹未干，看到落款大印四个篆字"姑射山樵"，脸上露出不解的神情，问道："先生家住广东，为何号称'姑射山樵'？"

克中道："家父是山右平阳太平县人，克中生于太平，五岁始随母迁居广东番禺。太平县境内有一座山叫姑射山，就是庄子老先生《逍遥游》中说的有仙子如处女的名山。"

仪克中在这里说的"山右"就是山西，清朝时读书人以太行山为界，山东称"山左"，山西称"山右"。

李尚迪道："先生用此号，原来是为了不忘自己的家乡。我记得庄子曰：'藐姑射之山，有神人居焉。肌肤若冰雪，绰约若处子。不食五谷，吸风饮露，乘云气，御飞龙，而游乎四海之外。其神凝，使物不疵疠而年谷熟。'"

仪克中道："神人之事，未必有，物不疵疠而年谷熟，这是说的太平县景象。太平县有村子名曰丰盈，曰膏邑，倒真的名副其实呢！"

说到故乡之美，仪克中兴趣大增，禁不住手舞足蹈，滔滔不绝演说起来："墨农常常怀念家乡，村庄北边一带土岭，人称柿子岭，秋天柿子成熟季节，满岭红红的柿子加上红色的树叶，如火一般。

"村南一条深沟，名叫禹沟，绕村向西，到太平县城分道通往姑射山霍都峪口。古时，洪水从霍都峪口冲出，太平盆地一片汪洋。大禹率领民众，开沟泄洪。挖出的泥土，堆在沟南沟北形成土岭，沟南岭叫汾阳岭，最高处建有禹神庙，纪念大禹治水，每年二月二逢会唱戏，十分热闹。沟底溪水长流，沟两岸有梨树、枣树、杜梨树。春天，梨花开放，站在沟边向下看去，沟沟壑壑，如雪如玉，满沟梨花之香，一阵阵直往上溢，那鼻子真是嗅不过来呢。

"沟中长满芦苇，家乡人把芦苇称芦禹。夏天芦禹茂盛，芦禹丛中，有鸟名'禹喳喳'，像麻雀，终日'喳喳喳喳'叫个不停。有野果，名'火罐罐'，秋天成熟，大小如扣，金黄色，酸甜。但我更喜欢吃梨枣，又脆又甜。"

黄其正道："墨农兄家乡风景优美，自幼离家三十余年至今不忘，果然是记忆超群。曾闻人言，墨农兄十岁时，上街观看县衙告令，归而述之，一字不遗。"

这位名叫黄其正的是扬州人，字培芳，面容清瘦，颌下三绺长须，一副仙风道骨的模样，善书画，喜游山玩水，无意于功名。这次随仪克中一同乘船由京杭大运河到北京，一路上饱览北国风光。游运河，登长城，意尚未足，欲明年到塞外大漠看风沙牛羊。

李尚迪听了黄其正对仪克中的夸奖，道："墨农兄家乡乃神仙之地，钟灵毓秀，定是地杰人灵，古今人才辈出。墨农兄能告知一二否？"

李尚迪这话，明是请教，实是考问，心想："仪克中熟读经书，善作诗文，家乡历史名人他未必知道多少，何况他五岁就离开太平，三十余年未回过家乡呢。"

仪克中听出了朝鲜特使的话中之话，微微一笑道："晋文公、襄公霸业，赵氏孤儿，董狐直笔，这些故事想必诸位耳熟能详，至今遗迹犹存。荀子、张良、贾逵，皆是我故乡先贤。令我敬仰的先贤、隋唐大儒文中子王通就出生于我的故里，在太平县龙门书院设帐授学，如在当世，克中定拜在其门下求学。"说到文中子王通，仪克中双手抱拳向上举起呈作揖状。

欲知仪克中如何夸赞他的故乡人物，且听下回分解。

第二回　周成王剪桐叶封弟　贾公明串贝壳当钱

仪克中道:"我故乡太平,表里山河。东有崇山日出,西有姑射夕阳,汾水荡清波,风吹麦浪香,乃我华夏文化发源之地。大圣人尧,在崇山脚下,开创五大文明。哪五大? 一曰观象授时,观崇山日出,日影移动,分一年为二十四节气,教民按时播种五谷。二曰凿井而饮,打井引水,井水清凉甘甜,人饮之,无疾病感染。三曰建设城邦,夯土筑墙,人群分工,各司其职。四曰制定刑罚,设立法庭,由皋陶裁定民间纠纷。五曰确立婚姻家庭,教民婚嫁,新婚庐舍,曰为洞房,老百姓把太阳呼为'阳窝',即尧王的转音也。

"尧传位舜,舜传位禹。禹之子启建立夏朝,是为家天下。四百年,为商所灭。商六百年,传至最后一位君王,名叫帝辛,荒淫无道,失去天下民心。周武王由岐山兴义兵,拜姜子牙为军师,会八百诸侯于孟津,一举而灭商。安天下,分封诸侯,是为周朝。"

仪克中接着讲:"周武王驾崩,子继位,为周成王。周成王年幼,有大贤人周公辅佐。周公崇尚尧王,学尧王制定礼仪,定周公之礼,诸事按礼而行,天下太平。

"一日,周成王到后花园赏秋。弟弟叔虞跟随在后。这叔虞刚学会走路,在花园中跑来跑去,捉蟋蟀、摘花草,活泼可爱,玩得不亦乐乎。一阵金风吹来,花木摇动,一片桐树的叶子从树冠摇摇而落,飘到叔虞的头上。哥哥成王看到弟弟头上顶着一片桐叶跑到面前,哈哈大笑。他拿起桐叶,剪作一个圭的样子,递给叔虞说:'哥哥给你一个圭,封你做个诸侯吧。'

"跟在旁边的周公上前一步,向叔虞弯腰作揖恭贺道:'贺喜! 贺喜! 我朝

又多了一位诸侯。'

"成王一愣，道：'此非真正的玉圭，弟弟还小，逗他玩耍。'

"周公道：'君无戏言！吾王刚才之言，史官已经记载在册。'

"成王道：'既然如此，将叔虞封于何地呢？'

"周公道：'陶唐故地，有商人残存势力作乱，臣刚刚率军平定。可封叔虞于唐，安稳民心，拱卫王室。此乃一举两得。'

"成王道：'善。就封叔虞为唐侯。'

"这就是历史上著名的'桐叶封弟'的故事，叔虞也被后世称为唐叔虞，晋国的开国之祖，其封地在我的故乡东南。因此，我的故乡又称为陶唐。成王去世，康王继位。唐叔虞有个小儿子名叫姬公明，正直忠厚。叔虞喜爱，康王封公明于我太平故地为伯。铸造铜器，设立宗庙，建立贾国，作为唐的附庸，公明称贾伯，为贾国第一代国君。"

李尚迪道："中原人把做买卖的称为商贾，不知这商贾的贾与墨农兄家乡的古贾国的贾有何关系？为何字同音不同？墨农兄教我。"

朝鲜特使的这一问题，把其他四人也难住了。五双眼睛齐齐盯着仪克中，看他如何回答。

仪克中左手轻轻捻了两下胡须，端起僧人送来的茶，吹了吹，慢慢饮了一口，放下茶碗，抓起毛笔，在砚台里蘸了蘸墨，拿过一张纸，写下了一个"贾"字。

仪克中指着"贾"说道："这个字，读作'yǔ'。商贾者，做买卖的人。长途贩运为商人，坐地开店售货为贾人。读姓氏的时候音读作'jiǎ'，贾伯、贾季、贾逵、贾充、贾南风，这几位皆是我故乡历史上的贾姓名人。"

贾南风何人不知，西晋白痴皇帝司马衷的皇后，与吕后、武则天、慈禧同为中国历史上四大有权势的女人。

仪克中早年对金石学、文字学有深透的研究，两广总督阮元编修《广东通志》，翻山越岭遍寻各地古石刻，一个"贾"字如何难得倒他？众人听仪克中侃侃谈道：

"为何称为贾？原来在尧王时期，太平之地有一个部落擅长烧制陶器，烧制好的陶器除了自己使用，剩余的与他人交换，以物易物，换得粮食、牛、羊等物。那时候靠结绳、记事、画符为号，画一个有盖子的陶器形状，像个西字，慢慢地这西字就成了这个烧制买卖陶器的部落的符号。因这个部落的人把自己的住所叫作沽厦，有怀念自己是夏朝遗民的意思。在与他人交换陶器的时候，请他人到自己的家中挑选，说到沽厦来。久而久之，其他部落的人就把买卖陶器的部落称为沽，沽厦二字，连在一起急切发出音来是家，所以沽厦也就是家的意思。

"这贾人还开天辟地，创造了以贝壳为钱的信物。此事源于贾伯公明。烧制陶器的工匠，每向国家缴纳一件成品，国家付给一枚贝壳作为凭证，持有贝壳之人可以用它来抵顶税赋。这种贝壳乃是姑射山下的龙泉水中特产，呈椭圆形状，长二寸，墨绿色，中间有三条金黄色的花纹，如玉一般。中间穿一孔，妇女佩戴在胸前做装饰。贾国利用贝壳做媒介交换物品的方法一推出，就得到国人的欢迎。不到半年，周边的虢国、荀国、梁国都纷纷仿效。传至京师镐京，周康王大喜，命令在各封国参照贾国办法实行，并在朝中设立一个新的官职，称贾正，专门负责管理市场贸易、物品价格，保障交易过程中的公平公正。至今我故乡带贾字的村庄二十有余，南贾、西贾、贾岗、贾罕、贾庄皆是数千人口的大村庄。"

李尚迪呵呵笑道："长袖善舞，多钱善贾，原来说的就是墨农兄的故乡。"

仪克中道："不错。太平人自古以来善于经商，北至包头，西至兰州，南至江浙一带。最有名的是北柴王家、师庄尉家，商号遍布杭州、苏州。"

黄其正道："墨农兄家在扬州也有生意铺号。"

仪克中叹了一口气道："先人留下的基业，如今也是惨淡经营。自洋人西来，竟是一日不如一日了。"

龚自珍道："'九州生气恃风雷，万马齐喑究可哀。我劝天公重抖擞，不拘一格降人才。'以国家之局势，亟需济世人才。墨农满腹经纶，胸有大志，明年科举定能高中，一展平生抱负。"

张维屏道："龚兄济世人才，这么多年在京为官，可曾一展平生抱负？"张维屏是道光元年进士，官南康知府，此次来京辞去官职，准备回乡隐居。

龚自珍道："张兄辞官，落得个无官一身轻，羡慕煞人。愚弟也准备明年辞官回家乡呢。"

魏源道："墨农兄此次北行，明日可是返粤？"

仪克中道："此次北行，能结识诸位诗友，收获甚多。墨农准备先回山西太平，祭扫先人坟墓，顺便拜访龙门书院贾杏农先生。不知魏兄何时返回江南？"

魏源道："暂时漂流京师，何时返回江南未定。"

仪克中道："墨农只好先行一步了。"

欲知仪克中何时能返回太平故里，且听下回分解。

第三回　幽燕大地风沙弥漫　井陉道中鞭声回响

　　话说仪克中与朝鲜特使李尚迪及北京诸位诗友告别，在前门外雇了一辆马车，说好价钱，付了定金，到客店拿了行李，出了都门，一路向良乡而行。初春天气，一个冬天没有雨雪，官道上，铁轮车碾起的沙土有半尺深，车轮过后，那沙土又合拢，远远看去，道路依然平滑无痕。

　　赶车的把式四十岁左右，面色沧桑，额头上三道深深的皱纹，一看就是长期东奔西走、饱经风霜之人。头上系一条红白相间的粗布头巾，从后向前，兜住围在头上的辫子，捂住两边半个耳朵，在额头上打了一个结。身穿一件黑不黑灰不灰的大襟长棉袍，棉袍上几块旧补丁颜色不一，非常显眼。腰扎一条麻色粗布带，棉袍的一角掀起，掖在腰带上，露出褐色的棉裤，脚上穿了一双羊毛毡窝子。坐在辕头上，甩了一下红缨鞭，"啪"的一个飞响，马儿就跑了起来。马蹄踏处，尘土飞起，整个车辆好似在空中腾云驾雾一般。

　　虽是初春，但幽燕大地依然寒冷。好在临行之时，北京的朋友赠送仪克中有貂裘皮袍、狐皮帽子，穿戴在身，也不觉得冷。到了中午，在路边店打过尖重新上路，空中渐渐地变得一片灰暗，北风卷起沙土，不断地撒向人的身上、马的背上，而后，一阵风又把沙土席卷而去。

　　下雪了，米粒雪。风沙搅拌着雪粒，吹开了克中的思绪，"米粒雪，下半月"，老祖母说的这句太平县的谚语会不会应验呢？那是离开故乡的那一年冬天。现在已经是春打六九头，应该不会了。唉！想我仪家，祖上历代以儒为业，到祖父、父亲两代身上，弃儒习武。父亲仪昱，因武而进身，官至广东盐运使司知事，卒于任上，归葬故里西贾。

自己与兄长克己随母在粤长大，少有名气，组织菊花诗社，二十三岁即应广东总督阮元大人之邀编写《广东府志》，踏遍广东山水寻历代石刻。曾一夕和诗方孚若，咏南海一百首。如今离开家乡三十三年了，屡次乡试不第，功名不就，有辱祖先，惭愧啊，惭愧！想到此，仪克中在车上迎着风雪吟道：

漠漠复霏霏，春明怅暂违。沙惊抟去辙，微雪糁征衣。

酒中连宵病，乡惭落魄归。花时偏异地，谁与护芳菲？

幸好，那风雪过了一会儿就停了。当晚歇于良乡，次日早早上路。一连几天，夜宿晓行，过涿州，渡滹沱河。过了滹沱河，前边就是获鹿，通过井陉道就到了山西了。

天蓝如洗，一群鸟雀遮天盖地地在天上盘旋，黑压压的一片，一会儿集体向南，一会儿集体向西，队伍像个巨大的盘子，转个圈变换成了个纺锤。赶车的把式心情放松，扯起嗓子吼了一声：

嗨——

马怯危梁奋策过，

雪光无际认滹沱。

当年麦饭艰难处，

风扬青帘夹岸多。

仪克中听赶车的唱，在车上向前挪动了一下，问道："听师傅唱腔乃是山西北路梆子，敢问祖上是哪里的？"

"老家是山西大同府的。"赶车的回答。

"师傅贵姓？"仪克中问。从租车开始，连续几天来，克中都不曾打听赶车师傅的姓氏。

赶车的师傅说："咳，受苦的命。谈不上贵，姓贾。"

仪克中说："据史书记载，河东太平有贾乡，是贾姓发源之地。我的故里村名西贾，相传为古贾国国都。村西的高地上有一个龙王庙，为贾姓人修建，据说是古贾国宗庙旧址。这么说来，贾师傅的根祖之地还是我们那里的。咱们是真真正正的山西老乡呢。"

贾师傅侧过头看着仪克中，长这么大，还是头一次听人说起祖先姓氏的来历。只听爷爷说过，祖先是原平神山贾氏，老弟兄三个在雍正年间走西口，老大老三来到大同怀仁开荒种田。老二到了包头，以擀毡为生，几代人下来积攒了很大的家业，成了包头大财主。十多年前他父亲去包头，寻找到二祖公的后人，二祖公后人赠送骒马两匹、马车一辆、粮食十石。父亲赶着马车回到家里，他接过父亲手中的鞭子，来到京城，走上了赶脚谋生的道路，一赶十年，山东直隶跑了个遍。

贾师傅说："先生您是读书人，知道的多。去年我拉了一个客人，也是你们太平县的。我把他送到太原。"

"哦！客人可是姓刘？"仪克中问。

"是姓刘。"

仪克中拍了一下贾师傅肩膀，说："来，贾师傅，咱俩换一下位置，我来赶一段马车。"

贾师傅用怀疑的眼光看了一下仪克中，把鞭子递给了他。客人的要求尽量满足，服务客人，保障客人人身和财物的安全，这是行规。这匹拉车的马很老实，不用赶也知道怎样行走。这段路平坦顺当，就让客人图个高兴吧。贾师傅轻轻一声"吁"，那马儿站定了。

仪克中跳下车，索性摘下了头顶的狐皮帽子，脱去了外面的皮袍，卷起来扔在车厢内，拿出一顶黑缎子瓜皮帽扣在头上，脑后面拖着一条黑油油的辫子。

"嘚儿——驾！"仪克中喊了一声，马拉着车向前走了起来。他一个纵身，屁股一扭，稳稳地坐在了辕盘上。这身势干净利落，哪像个文质彬彬的书生！

仪克中坐在车辕上，上身挺得笔直。右手把鞭杆竖直举向头顶，在空中画了一个圆，随着右小臂往前一伸，握鞭杆的手猛地往回一抖。

"啪——"

一道清脆的声音在头顶炸裂开来，像放鞭炮，又像放西洋火枪，惊起路边山坡上的一群乌鸦"呱呱"地叫着乱飞。坐在车中的贾师傅看得目瞪口呆。

马车向井陉峡谷中驶去。

欲知仪克中能否顺利通过井陉峡谷，且听下回分解。

第四回　灵石峡山道遇贼寇　韩侯岭庙宇留墨宝

仪克中和贾师傅赶着马车进入井陉峡谷，两边悬崖峭壁，奇峰异景，二人边走边看，克中讲着当年韩信如何由山西兵出井陉，背水一战，以三万汉军劣势兵力打败赵军二十万，出奇制胜，占领赵国的故事，不知不觉进入山西境内。

由寿阳到太原，一路南下。经太谷、平遥、介休、灵石，来到韩侯岭下。二人下了马车，贾师傅紧了紧马的肚带，牵着马在前边行走，仪克中跟在马车的后边照应。这韩侯岭因韩信的头埋在岭上，后人为纪念韩信，在岭上建有寺庙。左倚太行，右连吕梁，汾水从中劈开一条峡谷，名为灵石峡，水流湍急，飞鸟难过，为山西境内南北交通第一大屏障。山高林密，怪石嶙峋，道路崎岖。人工开凿的越岭山道，仅容一辆马车通过，有"紧三紧、慢三慢、瞪三瞪、喘三喘"，还有"急回头、猛转身"等险要路段。

过了"瞪三瞪、喘三喘"，人马皆累得气喘吁吁。前边一个转弯处，山路稍微宽阔。二人刚想休息一下喝口水，突然"哗啦"一声响，从山坡上倒下一棵茶杯口粗细的树来，连枝带叶横在路的中间，树枝树叶还上下摇晃了几下，接着从右边的山坡上跳下两个人，又从左边的山谷中跳上两个人。

四个人在树枝后边一字儿摆开，一个瘦高个手执一柄山民砍柴用的斧头，一个矮个子大头侏儒拿一把劈荆条用的镰刀，一个棱形面孔的人执一把钢叉，还有一个满脸污垢，头发如鸟窝里的茅草乱柴被鸟爪子弄得一团一绺，看上去只有十四五岁，手拿一把木头刀。四个人依次说道：

"此路是我开。"

"此树是我砍。"

"要想挪树过。"

"留下买路钱。"

四个人每人一句，好像是操演过在舞台上演戏一般，说完手里的武器就向上举两下。

仪克中看着四个人的"表演"觉得好笑，这是拦路抢劫的强盗？这是江湖上的绿林好汉？但是先不管他，现在不是教化引导山野愚民之时，先下手为强。仪克中从车辕上取下贾师傅赶马车的鞭子，走到马车前，距离那四个山野之民约一丈远。随着鞭子一甩一抖，棱形脸手中的钢叉飞落到山谷下边，紧接着第二下，瘦高个手中的砍柴斧子也不见了。

棱形脸率先开溜，嘴里还喊着："小老八！小老八！"其他三个也不怠慢，你推我挤顺着山坡树丛连滚带爬钻了进去。

贾师傅上前挪开树枝，二人跟着马车上了韩侯岭。来到韩侯庙前，在山门外卸了马，让马吃点草料，稍作休息。二人进入庙内参观。

这是一个不大的庙宇，三间正殿，两边各有一间厢房。庙内住持听见有人进来，急忙相迎，请客人到侧殿喝茶。略作寒暄，原来住持是襄陵县南辛店村人，听闻仪克中是太平县仪昱之子，从广东到北京返回山西，要在清明节赶回太平县给先人上坟，甚是敬佩。拿出纸笔便要他留下墨宝，仪克中略作思索，挥毫写下了一首《度韩侯岭》。诗曰：

半月数行程，几及二千里。马力既云疲，仆夫劳未已。
朝晖下山郭，峻岭迎面起。盘曲抵层霄，遇险轮辄止。
侧耳铃铎声，喨当彻云底。绿崖望野埃，旧碣补前纪。
韩侯赫庙貌，名与青山峙。相传功狗烹，函首遂瘗此。
慨然惜前杰，自昧保身理。何如马少游，善名著桑梓。
顾念四海身，家食能得几？还乡暂如客，叹我空陟屺。
天南却倚闾，行役嗟予子。

这幅草书，行云流水一气呵成，点画刀勾如飞鸟入林；惊蛇出草，乃是刚刚经历了惊心动魄的一场大战后的心情抒发。刀光剑影尽凝笔端，非寻常写作可比。一个世纪后，韩侯岭上的韩侯庙被毁，这幅墨宝不知落入何人之手，或者与韩侯庙同时毁灭，不得而知，此是后话不表。

克中与贾师傅告别住持，牵马引车向南，一路下坡，马蹄嘚嘚，铎铃声声。贾师傅说："仪先生，没想到您还是一位武功高手，了不得！刚才您甩鞭子的那一招，就是传说中的神鞭吧？今天我可是开了眼了。"

仪克中说："这是家传技艺，现在过时了。对付几个蟊贼还可以，遇到西洋枪炮，也就是个杂耍花架子，比那几个山野乡民还不如。"

贾师傅说："那些个山贼口中喊叫的小老八不知道是个什么人？"

仪克中笑着说："小老八是我叔祖，当年开镖行，凭一杆鞭子走遍西北五省，名头响得很，江湖流传了许多他的故事。"

贾师傅说："仪先生，咱拜您为师罢，把刚才那一手甩鞭子的功夫教给咱。"说罢，停下马车，在车辕下给仪克中磕了一个头。

仪克中急忙跳下车，扶起贾师傅："拜师不敢当，耍鞭子的技艺可以传授。"

贾师傅大喜，扶住仪克中重新上了车，他自己也坐在车辕上。二人随着马车边走边谈，克中把如何运用前臂和手腕的力量，又如何甩出鞭子缠住对方手中的武器，以及"甩、缠、扯、抖"四字诀要领说了一遍，做了几个示范动作。贾师傅有模有样地照葫芦画瓢，边走边在车上对着路边的枯草抽打。

在路上行了二天，经过霍州、赵城、洪洞、半阳，在史村渡口停下，因船不能载马车过河，仪克中在码头给贾师傅结清车费，拿上自己的行李，把皮袍赠送给了贾师傅，二人就此告别，贾师傅自回北京不提。

欲知后事如何，且听下回分解。

第五回　陈郭涧头灵源春色　白牛溪畔文洞墨香

仪克中渡过汾河，在陈郭村雇了一辆独轮推车，车夫是一位小伙子，克中要他带自己去陈郭村卧龙岗下看太平八景之一的"灵源春色"。他本来就喜游山水，尤其喜欢到人不能到处探险寻幽，菊花诗社诗友僧人成某赞他"乐为物外游，人以为坡仙、阳明再世"。这次回家路过，岂能不寻访一下家乡闻名的八景中的第一景！车夫绕开大路，带着克中沿涧滩小路向西，涧北岸黄土崖畔上有一间小屋，没有门窗。崖上一个牧羊人，身披一件烂羊皮袄，挂着一把放羊铲，十多只绵羊在悠闲地啃着草根。

克中跟着车夫爬上崖畔，车夫说这就是猴老爷庙。崖畔下原来有泉水，名龙泉，四季常温，冬不结冰。唐贞观元年，陈郭村人筑渠引水，浇灌陈郭、柴寺千亩土地。每年早春，在其他地方还是一片萧杀的时候，这里已是一片绿色。站在卧龙岗上往东南望去，汾河岸边，阡陌纵横，田如棋盘，菜花金黄，麦苗涌青，燕子翻飞，蝴蝶翩跹，几株枣树桃树点缀田间，如诗如画。明代江南四大才子之一的文徵明曾亲临太平，观赏美景，题"灵源春色"。车夫说从他记事起这灵源泉就不存在了，听老人说是雍正年间发洪水把泉水给淤塞掩埋了。

克中拨开小庙门口刺蓬入内，屋中间地上一堆灰烬，还有几坨人类遗留的粪便已经发干，被烟熏火燎发黑了的墙壁上镶嵌有一块石碑，碑文清晰可辨。克中读了一遍，原是记载康熙六年，太平知县猴酉生带领民众疏通灵源泉，修渠引水，解决用水纠纷，制定乡约的事。

克中钻出猴老爷庙，站在庙前向涧滩望去，涧南涧北的黄土崖畔上长满了酸枣刺，一滩卵石夹杂着枯草，看不到半点春色，不由得深深地叹了一口气。

车夫带着克中，由涧北到涧南，顺着涧滩南黄土崖下的一条小道，绕到连村西北荷花池，走小道，抄近路，一个半时辰就把克中送到西贾村大西门外泊池岸旁。

克中回到家中，早有族人克温、克让、克恭、克俭等一干堂兄弟接风，把他的旧居打扫得干干净净。休息了一天，第三天在堂兄克温、克让的带领下，去北坡柿子岭祖先的坟前烧了纸，给父亲的坟上添了新土。

克中办完祭祖大事，每日有族人相邀吃酒。吃酒之间聊这些年太平县发生的奇闻怪事，说起去年本村恶少强奸少女残害人命，知县带人围捕凶犯案，听得克中唏嘘不已。

仪家先祖从元朝末年推着一辆小车从河南来到太平县，在西贾村扎脚落户，经过三百余年，已经繁衍成一大家族。明朝景泰四年，仪表中癸酉科举人，任陕西镇安县知县。从此仪家进入官场，到清朝康熙乾隆年间达到鼎盛，在河南有地庄良田千顷，杭州扬州都有买卖。高门大院豪宅连第，占据了北西贾半个村子。仪克中应酬不绝，囊中无钱回谢，唯有写几幅字相赠。忙碌了五天，族人吃请总算打发完成，便去太平县城龙门书院拜访贾杏农先生。

太平县城，独居一高阜之上，四面壕沟，乃是唐朝大将尉迟敬德修建的军事堡垒，名鄂公堡。洪水时节，山洪借姑射山尉壁峪岩石之势力，一鼓作气，从县城西北方向的壕谷中汹涌而来。洪水的浪头，携带着牛羊粪便、枯枝杂草等武器，在隆隆的喊杀声中，向县城西北角的石砌城墙根冲去。浪头撞上城墙，跌落下来，摔得粉身碎骨，立刻敛声息气悄悄地收起势头，分成两派绕城而过，至东南定兴沟再次汇合。整座县城如江中孤岛，正是中流砥柱，与姑射山峰遥遥相对。

出县城西门，下一土坡，至壕沟底，向西行百余步，土崖凸起，高十丈，竖直上下如刀削一般，名龙门崖萼。崖底有溪，名白牛溪。溪畔崖上有窑洞，为隋朝末年文中子王通著述讲学之处。自唐代以来，河汾儒生视为圣地。名儒郑文煵题《文洞墨香》诗赞云：

岩居旧辟小茅庵，乐道安贫两所耽。献策未邀随世用，传教直与孔门参。墨香著有书千卷，洞遽余多士一龕。为语河汾诸弟子，渊源近向万春探。

倚崖而上，踏一百二十六个台阶至崖顶，古柏森森中有百余间堂殿庐舍，大门上悬一横匾，上书四个大字"龙门书院"，乃嘉庆己未进士贾履中所题。

且说这一日，龙门书院院长贾杏农先生早起偶感风寒，泡一碗姜糖浓茶，坐在书桌旁，独自哀叹民生艰难，口中吟道：

> 我思国家兮，远游京机。
>
> 一逢帝王兮，隆礼布衣。
>
> 遂怀古人之心兮，将兴太平之基。
>
> 时异事变兮，志乖愿违。
>
> 吁嗟，
>
> 道之不行兮，乘翅东归。
>
> 皇皇不断兮，劳身西飞。

忽门人报有仪克中先生来访。贾杏农喜出望外，急忙出门相迎，携手至书房坐定。仪克中谈了他从北京归来，一路上看到的农村衰败景象，山民为谋生竟铤而走险，光天化日之下于官道拦路抢劫。二人相对扼腕叹息。

仪克中说："西洋阿芙蓉从海上源源而来，烟馆遍地，国人吸之，趋之若鹜，倾家荡产，在所不惜。鞑虏此欲将我汉人全部变成羸弱不堪的奴才也！"

"这狗日的！"贾杏农一句太平县的俗话脱口而出。在墨农面前没有再摆斯文架子的需要。这么多年来他想骂人，发泄心中对世道的不满，今日终于有了倾诉对象。拿出一首《邻妇叹》，对着墨农读道："寒霜凄凄风萧萧，邻妇隔墙抱头哭。饥寒将奈卒岁何，哭声呜呜往以复。"刚读了四句，门人通报："常村监生代万选、代宜南叔侄二人已到山门外。"

杏农与克中一起出门迎接，四人相互打躬，至书房入座。杏农给代万选和代宜南介绍仪克中，二人站起抱拳道："久仰墨农大名，今日真是有缘相会。"仪克中站起抱拳回礼。书童端上茶来，四人重新入座。

代万选道："去年冬天与院长提议重修尉壁峪洪水渠道，今年正月利用走亲访友之际，与多人探讨，都愿意参与。不知知县大人意下如何？"

杏农说："前一个月我与知县谈及此事，他尚有忧虑，主要考虑钱财困难，我想他近日就会来找我。墨农从广东回来一趟不易，我们带他同游太平县城观赏风光如何？"

代万选、代宜南二人道："如此甚好，能与诗人一同游览鄂公堡，乃人生一大快事也！"

欲知四位才子如何同游太平县城，且听下回分解。

第六回　游县城品茶城隍庙　赏廊桥饮酒德兴楼

贾杏农提议带克中同游太平县城，代万选、代宜南二人十分赞同，认为这是人生快事。四位才子出了龙门书院，文中子祠正在重新修建，工匠磨砖锯木雕花刻石，叮叮当当，一片繁忙。

下了崖葶，远远看见文峰塔，爬上一个坡进入县城西门，有两座过街木牌坊，西边的一座中间有两个大字"翊镇"，东边的一座是"鉴察坊"，牌坊中间路北是城隍庙，路南是文庙大殿的后山墙，墙上镶嵌有琉璃照壁，中间一五彩斑斓的狴犴，彩绿色的釉子十分耀眼，两边镶嵌一副琉璃对联。

上联是："生了死死了生生死不息"，下联是："人化物物化人人物无穷"。

仪克中感叹说："此联极妙！说的是人世间生死轮回。让人了悟人生，淡泊宁静，了然悲喜。此联我欲改两个字，'生了死死了生生生不息，人化物物化人物物无穷'，诸位以为如何？"

三人拍手曰："妙！化被动为主动，比原联更有进取意义。"

照壁两边有一对直耸的石质旗杆，四方的旗杆柱子上同样刻有一副对联："分帝乘权彰善瘅恶，代天宣化护国佑民"。

仪克中说："这是说城隍爷的职责，不知他能否如此尽职尽责？"

代万选说："但愿如此。"

照壁正对应的路北是城隍庙大门，斗拱重叠犬牙交错，四角飞檐翘首凌空，左右护卫。进了庙门，有一元代戏台，廊下东边立一石碑，碑上刻的是明代江南四大才子之一的文征明游鄂公堡题写的一首诗，书法真迹，刻碑永存，成为太平县童生学书法临摹的样板。

从戏台下穿过进入大院，左右有两株大柏树，郁郁葱葱，树身两人都合抱不过来，树枝参天曲折如虬龙舞爪。树身上方枝杈分裂处长出一丛枸杞，经冬不凋，每年秋天结果，果实红如玛瑙，大如葡萄，掉落地上，香客争相捡拾，食之能强身健体延年益寿，为太平县城隍庙一宝。

庙祝见贾院长、代万选、代宜南携一客人进庙游览，上前相迎，引入北面正殿。

这里供奉的是太平县的城隍爷。据说明太祖朱元璋先于洪武二年正月大封城隍，后又诏示天下府州县立城隍庙，其规模大小比照各级官署正衙。同时命令各级官员赴任后，首先要到所在地的城隍庙宣誓就职，订立盟誓，保证廉洁奉公，爱民如子。从此，城隍成了守御城池，保障治安，掌管水旱吉凶、人间善恶乃至科举功名、因果报应的全面管理的地方最高神。

四人依次给城隍爷上了香。城隍爷两边是小鬼判官，一对黑白无常高有一丈，身向前倾，手持明晃晃的铁链。庙祝介绍说，进入大殿门，脚下有一机关，若踏上那块砖，黑白无常手中的铁链子就会甩过来，套在人的脖子上。仪克中意欲一试，庙祝说今年正月吓死了一个人，把机关取了。

出来正殿两侧是钟鼓楼。西边十间侧殿比照阎罗十八层地狱，各式怪模怪样的泥塑，有当面一套背后一套的两面人被锯解分身，有欺压善良的土豪劣绅死后被椎捣磨研，有牛头马面手执皮鞭把捏造冤狱陷害他人的往刀山火海上驱赶，有小鬼执钢叉把执法不公的污吏挑起扔进油锅，有生前喜欢撒谎吹牛恶语骂人的被割舌剖心；有一个贪官被一个巨大的铜钱套住脖子压得粉身碎骨，旁边有一只溜须拍马的黑狗在舔贪官腔上的血。阴森恐怖，看得人毛骨悚然。

东边十间侧殿绘的是壁画六道轮回，有孝敬父母的死后有仙女持香花宝幡，奏仙乐吹吹打打引入天堂；有修桥补路行善做了好事的投胎转生于富贵之家；有抛米撒面不珍惜粮食的来世做了叫花子；有杀生作孽太多的转入畜生道，再世当一回猪羊也让人杀一刀；有欠人钱财不还的下一辈子当牛做马；有恶贯满盈之人坠入十八层地狱，永世不得轮回。

庙祝道："这些都是叫人行善的。"

仪克中问道："可惜没有贩卖鸦片的洋鬼，也没有吸食鸦片烟的烟鬼、耍钱的赌鬼，不知道这些鬼死后在第几层地狱？"庙祝愕然答不上来。

贾杏农道："可能是创立地藏教的时候还没有发现烟鬼、赌鬼吧？"

庙祝把四位才子引入客房，摆了四个精致的茶杯，从柜子里取出四枚太平县城隍庙里柏树上的宝物枸杞，给四个茶杯里各放入一枚，冲泡了四杯枸杞茶，四人饮后与庙祝告辞。

代万选说："咱们到文庙去看一下吧。"

贾杏农说："全国各地文庙大同小异，无甚差别。墨农恐怕对此不太感兴趣，南关有一座金代建造的石桥倒值得一看。"

出了城隍庙，向东过了鉴察坊，穿过一个门洞，正是太平县城的南北一条大街，青石铺道。县城中心耸立着一座鼓楼，鼓楼南北街道两边全是做生意的铺子，四人边走边看。

有钱铺"永德泰""千衡益""衡太公""集盛永""中和久"等，钱铺内噼里啪啦拨打算盘兑换银钱的声音悦耳动听。

有京货铺"荣兴昌""福源通""翊德永""德盛昌""广顺长""新胜泰"，也许不是逢集日，购物者寥寥无几。

有杂货铺"同胜合""魁胜和""衡香正""永义和""福兴成""洪昌永"等，门前挂一通地大招牌，上书"日用杂货、生熟药材、兼营山货、川广地道"字样。

四人摇摇摆摆出了县城南门，南门外依然是商铺相连，其中有两家粮店。门上匾额一家写的是"衡盛合"，一家是"同聚公"，有四五个人在店内购买杂粮。

行了三百余步，向西下了一个石坡，路北有一座社稷庙，在庙门口向里面张望了一下，无甚奇特之处。向西百十步看到一座石廊坊桥。

这座石廊坊桥建在涧滩上，长十丈六尺，横跨东西，桥下有从尉壁峪流下来的一股细细的涧水。石柱、石顶、石梁、石栏杆，无半柱木头，巧夺天工。上悬一匾，书"金大定十六年建"字样。

桥东路边有卖羊杂烂的锅子，有打火烧的饼子摊。桥下涧滩里有十多匹骡马驮子，驮的从姑射山运下来的木炭烟炭。有一德兴楼的伙计倒了两驮子烟炭，让赶脚的给送到酒楼。贾杏农问炭的价格，卖炭的说，天气暖和了，烧炭的人家减少，农家做饭都烧柴火，生意没有冬天好做，辛辛苦苦跑一趟赚不了几个钱。

看完石桥，代宜南说："难得今日一聚，我做东，咱们到德兴楼吃两杯酒，权作为墨农接风。"

德兴楼在鼓楼南路西，四人到了酒楼，店里跑堂的伙计引上二楼，捡了一个临街靠窗的齐整桌子。伙计拿过菜谱，点了一个德兴楼的拿手招牌菜过油肉，一个蒜炒热粉，一个香椿炒鸡蛋，切了一盘绛州猪卷子，一个素拼盘下酒菜，烫了一壶陈郭烧坊高粱酒。

四人边喝酒边聊，从诗书文章谈到国家大势，正谈得投机，忽听楼下有人吵闹。贾杏农推开窗子往下一看，原来是德兴楼的厨师老王正在往外搬铺盖卷，哭哭啼啼地向路人诉苦。

贾杏农问跑堂的伙计是怎么回事。伙计说，老王年纪大了，昨天油炸排骨，手一抖把一瓢油泼在地上了。掌柜的不要他了，让他走，老王没地方去，不愿意走。

贾杏农说："你把老王叫上来。"

伙计隔着窗户向下喊："老王，你上来一下。贾院长叫你。"

老王在街上哭啼，听见有人叫他，抬头看见楼上店里跑堂的伙计小马向他招手。

老王背上铺盖卷进入店内上了楼，他认得贾杏农和代宜南。

贾杏农说："老王，你到侯村给我家做饭去吧，我二儿媳要坐月子，家里十多口人，老伴还要照顾大孙子，忙不过来，正要找一个会做饭的呢。"

老王喜出望外，老泪鼻涕一把，千恩万谢，当天就背着铺盖卷到侯村贾杏农家去了。

喝完壶中的酒，吃完饭菜，四人要了一壶茶，准备聊几句闲话，一个人噔噔噔跑上了楼，气喘吁吁地说："贾院长，吴大人到龙门书院找你有要事，找了你一上午，原来你在此吃酒。"

三人听说知县大人找贾杏农有事，互相道别，贾杏农回书院接待知县大人。

欲知知县大人到龙门书院找贾杏农有什么要事，且听下回分解。

第七回　解民情知县访贤　争水源村民械斗

贾杏农与仪克中、代万选、代宜南在德兴楼喝茶，聊得正兴，书童上楼说知县大人到了龙门书院，便匆匆道了别。克中临行塞给贾杏农一封书信，当天回到西贾，第二天便动身前往广东去了。

关于仪克中拜见贾杏农先生，克中曾写古风一首记其事，后人把它收录到《剑光楼集》，诗中有句云："十年剧相思，千里忽命驾。名纸甫一投，大呼亟迎迓。轻痾为我却，握手喜且讶。老蚌产明珠，炯炯目光射。羡公育英才，且得乐桑柘。而我继尘网，浪迹何时罢。"

贾杏农赶回书院，知县大人已经在书房等候多时。

知县大人姓吴单名一个珍字，山东兰陵人，进士出身，为官清廉，立志要为民办事。前年甫一上任，就贴出安民告示，招抚境内流民及无田耕种者，于汾阳岭上垦荒种田，官府资助每户盖房三间，给田三十亩，耕牛一头，钱粮若干，免三年税赋。又号召境内儒学生员读书人士，捐款重修文庙和文中子祠，并礼聘当世大儒、原蒲州河东书院院长贾杏农先生回太平执掌龙门书院。同时整饬民风，连办两件忤逆不孝、恃强凌弱案件。一时太平县境内盗贼绝迹，夜不闭户，路不拾遗，民心大悦。

知县大人查看全县田粮税赋，由于连年干旱少雨，粮食歉收，村庄青壮年纷纷走西口谋生，兰州、西宁，青海等地，到处能听到太平人的口音。税赋难以完成，隶卒下乡催欠，村庄只有老弱妇女，因催债紧急，竟逼出人命。有诗为证：

虎卒未去虎隶来，催纳捐欠声如雷。

雷声不住哭声起，走报其翁已经死。

长官切齿目怒瞋，吾不要命只要银！

若图做鬼即宽减，恐此一县无生人。

催收赋税逼出人命，虽是上一任官员任职期间发生的事情，但吴珍也甚为忧虑。上任之时，有人恭贺他到了有名的"金襄陵、银太平"，富足之乡，升官发财指日可待。然而他看到的却是粮田荒芜、满目疮痍。金银何在？故今日特登门向贾杏农请教田粮之事。

贾杏农道："大人可曾闻'炮声三响，黄金万两'之谚语乎？"

吴珍道："不曾听说，愿闻其详。"

贾杏农道："县西姑射山有两条山峪，一名豁都峪，一名尉壁峪。每年夏秋季节，山洪激流迸发，浪涌滔滔，横流为害。吾里侯村在豁都峪口，受害尤甚。金皇统四年，吾里绅士侯豁都，襄查水势，倡议化害为利，领导村民开拓上汧，引洪水灌田，五谷丰登，民获其利，侯村遂富足一方。

"沿姑射山脚一带，盘道、尉村、西王、吉村、常村、邓村等十四个村庄纷纷仿效，修渠筑汧，引洪渠道年年开拓延伸。经金、元、明数百年发展，至我朝初年，太平县城以西至姑射山下，北至古城涧，渠道纵横，形成洪水灌溉网。

"每到汛期，峪口设专人在渠首观察，如遇山洪暴发，则鸣炮为号，有水放一炮，水涨放两炮，水大放三炮，通知百姓引水浇地。

"这洪水灌田有一极大的好处，山区雨水从山谷山坡一路下来，裹挟了大量的牛羊牲畜粪便、山坡落叶腐土。浇一水，秋粮丰收；浇两水，第二年小麦丰收，亩产粮食常常增加三四百斤。故里民有谚语：'放炮三声，五谷丰登。炮声三响，黄金万两。'

"引洪灌溉时，大小沟渠，水流腾泄，由远及近，自上而下，依次轮流，乡民争相搭板拦水，喊声互答。方圆数十里，水天一色。真的是：'大雨夏兼秋，西山众壑流。涨穿十里内，菽还九支投。仿佛雷霆震，分明岛屿浮。町町争灌溉，立马听群讴。'此为太平八景之一'九汧层流'也。

"既得水利，里民视水为性命。历代历年皆有因浇水而争斗，屡屡闹出人命。村与村，户与户，以大欺小，以强欺弱。乡约形同虚设，渠首为豪强把持，每年的淘渠清淤成豪绅的敛财工具。人心渐渐散失，年深日久，渠道淤塞，往往需要官府出面重新整修。

"邻县襄陵以泰平关古城涧滩与太平县为界，共享豁都峪洪水之利。元泰定四年，两县临界村庄侯村、西王、贾朱、上北戌、京安等村争水斗殴各自死伤若干，平阳府知府在峪口两县交界处支油锅一口，下放干柴，燃烈火把油烧至上下翻滚，当众投入十枚铜钱。侯村侯五爷抢先一步，伸手于油锅内捞出铜钱七枚。知府当场断决，太平县得水七成，襄陵县分水三成。绘图刻碑，立于各自县衙大堂。

"虽经官府明断，然争斗仍然不绝。雍正三年，侯村与贾朱争水，侯村渠首刘继先用铁叉把贾朱关老三穿透，抬回侯村，架柴火烧死，引起两县临界数千村民大规模械斗，各自购置鸟枪火铳，隔涧滩互射。此事惊动官府，便以私购火器、谋反叛乱为由派兵镇压，抓住为首刘继先数十人，于古城泰平关下就地杀头，其余乡民抱头鼠窜。

"有古城邓小七、西王崔随喜、贾朱贾天福三人，为躲避官府追捕，逃入豁都峪内，翻山越岭，一路向西，越过黄河，逃入甘肃境内。奔兰州，隐名埋姓，以打烧饼、卖羊汤、卖醪糟谋生。乾隆爷登基，大赦天下，三人均衣着鲜亮回归故里，购地建房娶妻生子，成为富豪。

"一时间，村民羡慕，家家男子皆打起背囊向西奔去，上至三四十岁的中年人，下至十二三岁少年。唉！一百多年了，走西口，做买卖，挣下银钱拿回来，前赴后继，当学徒，熬相公，已成风气。

"豁都峪引洪渠道早毁，'九汧层流'风景已不存在，完全靠天吃饭。如今每年任洪水肆虐，哗哗顺涧滩白白流入汾河。唉！那哗哗流淌的不是洪水，是白花花的银子，是白花花的馍馍卷子。"

吴珍听贾杏农说完"九汧层流"的故事，也叹了一口气，道："今日我欲重现昔日太平风光，学古人侯豁都整修洪水渠道，引水灌田，不知可否？"

贾杏农道："大人有此谋划，乃我县百姓之福。若能办成此事，大人定千古留名。"

吴珍道:"我思考,此事工程浩大,动用民力物力,非一时半载能够完成,若百姓不愿参与,如之奈何?"

贾杏农道:"大人不必忧虑。去年冬天,常村监生代万选、代宜南二人找我,提议重修尉壁峪洪水渠道,走访数个村庄,村民皆愿参与。有几个从兰州回来探亲的做生意的人也表示支持。他们正盼望有人当带头人呢。"

吴珍道:"如此甚好!民力可用。然修渠所需石头石灰需要开采烧制,工程耗费钱粮巨大,官府亏空,无钱资助,可有良策解决?"

贾杏农道:"我与代监生二人考察了豁都峪、尉壁峪,上游引洪渠道经百年淤塞冲垮乱石填满,不显渠道痕迹。下游遗迹犹存,略加整修清理即可通水。渠道工程可以按村分段,按亩摊钱摊工。有钱出钱,有力出力,不上半年即可完工也。"

"同时,要制定严格的用水乡约,由上及下,由北及南,由西及东,上汧满时放水下汧,依次轮番。对违约者要实行惩罚,由各村公平公开选出村渠首、总渠首,每三年轮换一次。如此,强者不违约,弱者不受欺,公平用水,村民必然踊跃参与也。"贾杏农说。

吴知县道:"尉壁峪在我县境内,事情好办。豁都峪涉及襄陵,如先生刚才所言,如要重修,必起纷争,可有办法解决吗?"

贾杏农道:"据说,京安村一在京为官之人已奏请皇上,要重修贾朱上汧,看来修渠之事需要抓紧办理。大人可去公函一封与襄陵知县协商,言明双方可浇地亩数,依然按地亩数多少三七分水,峪口拦水总坝也按三七分摊工程。"

吴知县道:"襄陵村民如不同意三七分水,依然使用油锅捞钱的古法可否?"

贾杏农道:"油锅捞钱的古法过于残忍,断断不可再用。待我想出更好的办法来。"

吴知县道:"有劳先生用心用力,吴珍就此告辞。"

知县吴珍大人这一次来龙门书院,有分叫泰平关下,重擂战鼓,霍都峪口,烈火熊熊。

欲知后事如何,且听下回分解。

第八回 古城镇商贾云集 关帝庙知县敬香

太平县北部与襄陵县交界之处，有一古镇，名叫古城，当地人方言曰"古社"。古城北为涧滩，阔一里，乃是黄河古道。传说尧帝时期，龙门未开，壶口未成。黄河漫越吕梁山脉，向东横流，从豁都峪激荡而出，平阳盆地，一片汪洋。《尚书·尧典》载："汤汤洪水方割，荡荡怀山襄陵。"尧帝命大禹的父亲鲧治水，鲧筑土拦水，九年不成，鲧被杀。舜帝命大禹接替鲧，继续治水。大禹凿壶口，跃马斧辟吕梁山，形成孟门、龙门二巨阙，黄河水从吉县壶口向南穿越二门，沿陕晋边界而下。至今孟门、龙门黄河两岸的山峰上，当年大禹跃马斧辟的痕迹犹存。

北魏太平真君七年，原临汾县治所由古晋城迁古城，更名泰平县，筑泰平关，控扼南北。北周为避文帝宇文泰名讳，改为太平县。唐贞观七年，太平县治所移至鄂公堡。

古城自筑关以来，扼交通要道。大宁、乡宁、隰州、吉州等西部山区诸县，所产物品和所需物资，皆通过豁都峪口进出，古城渐成物资集散之地。日渐繁华，商贾云集，人称"小北京"。一条官道，南通巴蜀，北达幽并，往西从侯村霍都峪进入吕梁山，翻越金刚岭，从吉州过黄河达陕西榆林、延安。

镇上斗行、布行、煤炭行、酒店、烟馆、车马店、钱庄、当铺、京货铺、山货铺，应有尽有。南北东西两条十字大街，商号何止百余家！街上一走，真的是：瓷器店里碗摞碗，黄酒馆里盅对盅。木匠铺里拉大锯，铁匠炉上冒火星，繁华无比。

三月清明已过，谷雨来临，天气转热。四月初十到二十五，古城关帝庙逢庙会，这是在五月端午麦收前的一次庙会，主要是农家交流收麦和过夏的生产用具生活用品，早有各地客商提前赶来，南门外的一条大道也成了交易市场，道两旁摆满了木杈、扫帚、镰刀、麻绳、荆条篓筐、竹编的耙子，以及耕地用的耙、耱、犁、耧，车马用具等。

这些日子每天街上都挤满了赶庙会的人，从南到北，从东到西，来来往往，你挤我推。呼儿寻爷的喊叫声、小商小贩的叫卖声此起彼伏。男女老少随人流涌动，挤得浑身发热，脱下外套夹在胳肘上。少不了有绺娃子（注：方言，小偷、扒手）挤挤攘攘，趁乱割人荷包，窃人钱财。也有光棍闲汉跟在女人身后，故意撩骚趺撞，蹭一下大腿，捏一下屁股，占人便宜。

卖糖葫芦的扛着草把子，站在街边喊着"糖葫芦，糖葫芦，一文钱两串"。一个小贩提着个篮子，装着半筐黑色的黄泥烧捏的狗狗哨，手里拿一个，见到小孩子就放在自己嘴里吹得呜呜响，直吹得小孩子扯着父亲的衣角不走，父亲说待一会儿我给你用柳树枝拧一个哨，比这个更响。孩子哭闹，父亲只好掏出一文钱买一个才罢。

关帝庙在东街，路口一个泥盘的炉子上蹲着一口大锅，里面炖着一副羊骨头架子，熬制好的羊骨头汤白而清亮，冒着腾腾的热气，炉子前边一排长凳，一张条桌，不断有人坐下喊道："来一碗杂烂。"接过掌柜的递过来的碗，放在条桌上，从自己身上背的馍布袋里掏出一个窝窝头，掰成指甲大小的块泡进羊汤里，狠狠地从桌上的辣椒罐里挖一勺羊油辣子倒进自己的碗里，撒一撮芫荽葱花，用筷子搅拌几下，低下头，嘴对着碗边吸溜一口，辣辣地咽了下去。连吸几口，端起碗叫道："掌柜的，再给咱添一勺。"

向东，也有一盘炉子。炉子旁支一椿木案板，案板上右上角放一油碗，一块白布下盖着饧好的面团。打饼子的师傅五短身材，头戴一顶白帽，腰系一条蓝围裙。手揪面团在案板上搓、揉、压几下，抓起一拉一摔，那面变长条，右手在碗里沾油顺势往面上一抹，再往回一卷，竖立起来压成圆饼状，放在炉子上的铁鏊子上，不一会儿就散发出诱人的焦香味。打饼子的师傅握起半尺长的小擀杖，在案板上"啪、啪、啪"连敲三声，喊一嗓子："咱的油，咱的面，咱的火烧卖得贱。"师傅姓原，是永固人，在这里打了快三十年的饼子，一条街上的人都认得。原师傅的饼子表皮焦黄，里酥味香，人人说好吃，十里闻名。

再向前走，街两边一溜各色小吃。有北李张大嫂的炒凉粉，西村李驼背的热豆腐脑，东庄鲁大个的油粉饭，还有远道而来的乡宁油糕、稷山麻花。

挑着醪糟担的老汉，从曲沃高县赶来，找了一块空地，放下担子，支起风箱小火炉，拿出铜马勺，舀半瓢水，放在小火炉上，拉动风箱，呼嗒呼嗒。每呼嗒一下，小火炉上的烟囱就"砰"的一声响，往外喷出一尺远的火苗。

四月二十这一天，关帝庙门外，两个铁铸的狮子脖子上系着红绸，两根铁旗杆上拴着三角云边飞虎旗。旗杆下十多个乞丐，或坐或卧，半跪半躺。有翻白眼的瞎子，有挽起裤腿露出生满脓疮腿的瘸子，个个衣衫褴褛，面前放一个破碗，不住地向进进出出的人磕头。一会儿来了十多个乡勇，把乞丐们远远地驱赶到了一边。

"咣、咣、咣，咚恰恰，咚恰、咚恰、咚恰恰"，由八面彩色旗、八面牛皮鼓、八面大铜锣、八副铜钹、八条龙、八头狮子，一副八抬大轿组成的请神队伍，在震耳欲聋的敲打声中舞进了关帝庙。

四个身穿马褂的衙役举着回避牌，后边一顶四人抬小轿，来到关帝庙门前，轿夫放下轿杆，略略向前倾斜，随从急忙上前掀起轿帘。知县吴大人从轿帘中探出头来，弯腰迈出一脚。随从伸手扶住大人，招呼大人下了轿。吴大人身穿一领新官服，头戴一顶新官帽，脚蹬新官靴。进得关帝庙门，摘下头顶官帽，递给随从。

贾杏农以及豁都峪、尉壁峪洪水灌区的各里的里正，各村新选的渠首，古城乡绅和商会会长邓伯道等人，都早已到了关帝庙，在供奉关老爷的大殿前站成一排，八个乡勇手持单眼火铳立两旁，静候知县大人。

知县吴珍整了整衣服，走到众人前面立定，抬头望关帝大殿，殿门两侧，挂烫金木刻对联。上联："忠义著神威耿耿丹心贯日"，下联："春秋尊正统巍巍峻德参天"；上悬横匾四个大字："威震华夏"。殿内有关老爷坐像，高五尺，丹凤眼，卧蚕眉，长须赤面，右手捋须，左手持一部《春秋》，双目微闭，威严忠义神态自显。整座像乃是用一棵古槐木雕刻而成。

贾杏农高声唱道："全体肃静，整理衣冠，给关帝爷上香。"

知县吴珍上前拈起三炷三尺长的高香，在蜡烛上点燃，恭恭敬敬地插进大殿前的铁香炉。

贾杏农唱道："给关帝爷叩首。一叩首，拜、起，兴。二叩首，拜、起，兴。三叩首，拜、起，兴。礼毕。"

众人在贾杏农的司礼下，完成给关帝爷的跪拜。

贾杏农抬头看了一下太阳，继续唱道："时辰已到，请关帝爷上轿。"

四名壮汉手持红绸红布走进大殿，给关老爷披上红绸，用红布缠好，稳稳地把关老爷的坐像请出大殿，放入八抬大轿内。

贾杏农唱："起驾。鸣炮。奏乐。"

八名乡勇持火铳向上，点燃药捻，八声巨响，八个白色圆形烟圈在空中腾起。龙狮起舞，锣鼓齐鸣。八名轿夫抬起关老爷乘坐的八抬大轿，缓缓地向八字门外走去。围堵在庙门外看热闹的村民立刻让开道路。

回避牌、肃静牌、金瓜、银斧、朝天蹬。彩旗、火铳手前边开路，知县乘四人小轿前行，贾杏农与邓伯道、众里正、渠首殿后。

欲知后事如何，且听下回分解。

第九回　旗舞猎猎金戈铁马　鼓擂咚咚电闪雷鸣

出古城北门外是豁都峪洪水涧滩，涧滩对面是襄陵县京安村。涧滩上建有十五孔石拱桥一座。桥头有廊，木石结构，廊柱悬挂名人对联。涧南廊柱上对联是："四面来风恋此座，八方过客息轻亭"。落款李奇观，北李村人，乾隆庚申岁贡，宁乡训导，著有《四书家训补缀》传世。涧北廊柱上是襄陵才子、雍正八年庚戌科进士、京畿道监察御史卢秉纯题写的对联："横截暮烟虹不断，高褰秋渚月分明"。

四月二十日，涧滩南北两岸，一大早就挤满了准备观看热闹的各村乡民，黑压压的一片，人头攒动，人声鼎沸。豁都峪洪水流经区域两县的数十个村庄的村民集体出动。还有源源不断扶老携幼，推车挑担，从大宁乡宁台头佛崖赶来的山民。涧滩北岸，红旗飞舞，涧滩南岸，蓝旗飘扬。不住地有人燃响鞭炮，敲打锣鼓，为即将开始的争夺赛预热助威。

"几麻个和襄陵家喧福，不招用的发办法，还是油锅里捞钱？"（今天和襄陵争水喝，不知用的什么办法，还是油锅里捞钱？）

"不是啦，俄贴鸟人说是社天塔，跑鼓岔。"（不是啦，我听别人说是上天塔，跑鼓车。）

"咋闷闹楞？"（怎么弄呢？）

"俄不昭，拕一哈就昭啦。"（我不知道，等一下就知道了。）

两个太平县贾阁村人用他们家乡的语言，边走边聊将要进行的一场解决水源争端的比赛。

一阵锣鼓喧天闹，三声火铳震地响。抬着关帝爷的请神队伍来了，涧滩两岸人群一阵骚动，踮起脚尖，伸长脖子往桥上看。

桥中间搭有临时帐篷一座，襄陵县知县陈进德率领今日参加争水比赛的代表村京安、上北戍、贾朱的渠首，各村乡绅五六十人在桥中间接驾关帝爷。帐篷内安放着一张大方桌，一张长条几案，案前摆好了香炉。众人服伺关帝爷稳稳当当入座，献上猪牛羊三牲供品。襄陵知县率先焚表上香。接着太平县知县吴珍率参赛的侯村、西王、古城渠首再次上香。

桥下涧滩搭有三顶帐篷。襄陵陈知县和渠首在涧北帐篷入座，吴知县和古城商会会长等乡绅渠首在涧滩南帐篷入座。

中间帐篷内坐着七个人，担当本次争水比赛的评判，是两县推举、民众公认的当世名士。

坐在太平县评判席上的第一位是梁栖鸾，南膏腴人，号葵山，梁英毓之子，嘉庆二十二年进士，官至宁夏知府，在任期间设义学，创育婴堂，清正廉洁，罢官告老还乡。第二位是贾杏农，字作楷，侯村人，幼承祖父乾隆甲戌科进士贾德贞教，嘉庆十八年癸酉科举人，第二年联科及第中甲戌科进士，朝考第八名，点翰林院庶吉士，授浙江象山县知县，厌倦官场告病回乡，被聘为太平县龙门书院院长。第三位是吉天相，太平县城内人，贡生，宦游山左三十余年，告老致仕还乡。

坐在襄陵县评判席上的三位评判分别是：东柴刘峨，进士出身，曾任河南延津知县，筑河堤治水患，民赖之，号为神君；浪泉监生贾文超，不畏豪强，最能为里民排忧解难；襄陵县城内武生员吴万清，为人慷慨仗义，急人之所及，爱抱打不平，里人送外号"小孟尝"。三人皆德高望重的正直之士。

正中间席位上坐的一人是平阳府督学关魁玄，两县知县专门聘请来担任评判长。

帐篷前空地上立有一旗杆，下悬一铜锣。一人身穿酱紫色衣服，持一把木柄锣槌在锣下站定。关督学走出帐篷看了看杆子落在地上的日影，喊道："时辰已到。"向持锣槌的汉子挥了一下手，那汉子挥槌打锣，"咣"的一声锣响，带着"嗡嗡"的余音向涧滩南北传开。

锣声过后，涧南涧北各响三声炮。涧北高崖上腾空翻出一位旗手，呼啦啦落在涧滩上，舞动着红旗。从桥下洞子里引出黄、青、红、白四条龙，代表土、木、火、金四海龙王。旗手与舞龙队员皆一样打扮，身穿镶蓝边白云红衣，腰束虎头蓝蛮带，红巾裹头，脚蹬红色云靴。

涧南桥洞子下也飞奔出一位旗手，举着一面蓝旗，跑到涧滩中间连翻了两个侧手翻，旗帜在空中呼呼作响。后边桥洞子里同样引出黄、青、红、白四条龙。队员与旗手着同样服装，身穿镶红边白云蓝衣，腰束豹头红蛮带，蓝巾裹头，脚蹬布底蓝色云靴。

八条龙在涧滩里，面向桥上的关帝爷，捉对翻滚挪腾，你前我后，转圈戏耍。一会儿你从我肚子下穿过，一会儿我从你背上蹿越。舞了一会儿，八条龙旋成八个盘状，高昂着龙头，整整齐齐并排向桥上关帝爷点头摆尾做参拜状。拜罢关帝爷随即各归两边，在本县的帐篷前站定。

涧北一队红旗跑步上场，口里"哇——哇——"呼叫，跑到涧中，红旗向两边散开，中间涌出一个锣鼓队方阵，由八八六十四人组成。十六面鼓，十六面锣，十六副钹，十六个铙。方阵前一人持棒，上拴红色布球。那持棒人把木棒上下一举，鼓、锣、钹、铙同时撞击，震天动地的一声响，涧滩两岸看热闹的人心口也跟着跳了一下。接着随着那木棒的上下，锣鼓分节奏地敲打起来。或紧或慢，或鼓声震地，或钹声喧天，奏了一通《秦王点兵》。鼓槌翻飞，如雨打梧桐；铙钹撞击，似金戈铁马。人群发出阵阵叫好声。奏罢，红旗队再次合拢，簇拥着锣鼓队退回涧北。

涧南闪出一队蓝旗，十六面旗帜后面跟的是一队锣鼓，旗到中间，分成四个方队立向四角，锣鼓队从中间向前排开阵势，也如同涧北队一般，由八八六十四人组成。奏的是《十面埋伏》。鼓槌沉稳，如风卷残荷，万马奔腾；锣钹响亮，如山崩石裂，电闪雷鸣。奏罢，鼓槌收音，锣钹停鸣，鸦雀无声。太平县锣鼓队卷旗收兵，顿时两岸一片沸腾。

这是流传于太平襄陵两县的"威风锣鼓"，始于唐朝。数十面皮鼓、铜锣，加上铜钹排成方阵，上百人一起敲打，声传二三十余里，端得威风。古人有诗赞曰：

　　　黄河决口声如雷，万马飞奔势难回。
　　　共工推倒不周山，霸王千钧扛鼎来。

　　守杆的汉子持锣槌"咣——"敲了一下铜锣，关督学再次走出帐篷，持一卷书册，双手展开，朗朗读道：

　　昔者
　　大禹治水，天下咸宁。姑射山脉，神人共襄。
　　豁都峪口，洪水浩荡。自金始兴，引水灌壤。
　　民获其利，五谷丰登。两县相争，互不相容。
　　拳脚刀棒，各叹残殃。水渠即毁，禾稼遭殃。
　　百年至今，流水空汤。今有两县，父老提倡。
　　重修旧渠，再灌旧壤。和则两利，斗则两伤。
　　今日比赛，共有三场。雄狮登塔，鼓车竞强。
　　各凭己力，公开竞争。后者为输，前者为赢。
　　三三分水，四成压箱。输赢无悔，命由天定。
　　签名画押，立字为证。山河共鉴，关帝神明。
　　此状永存，后事不忘。刻石勒碑，万代共享。

　　读罢，评判七人依次签字，传至两县帐篷，各渠首签名画押，一式两份，由两县父母官收藏保存。

　　两县参赛队员个个摩拳擦掌，跃跃欲试，整理衣靴，重束腰带，一场激烈的比赛即将开始。正是：

　　英雄儿女上战场，争先恐后逞豪强。
　　不辜家乡父老意，誓夺比赛第一名。

　　欲知后事如何，且听下回分解。

第十回　走南闯北孤儿泪　跑马上杆壮士魂

话说，写书的一支笔，看书的一双眼，不能同时兼顾两件事。暂且放下古城涧滩争霸夺水的比赛，单说在半月前四月初五这天早晨，家住西王村的玉贵挑了两担水回来，开始给自己和女儿囡囡做早饭。锅里添了两瓢水，下了少半碗米，搭上箅子笼了两个半馍。待锅烧滚上了气，朝炉灶里塞了两把柴，让锅里米汤慢慢地熬，他去屋里唤女儿起床。

女儿囡囡虚五岁，两岁时，母亲感染流疾去世，早已学会了自己穿衣吃饭。爸爸在屋外房檐下的炉子上做饭，烧火拉动风箱啪嗒响。她穿好衣服溜下炕，赤脚走出屋门。

玉贵见女儿赤着脚在地上走，进屋找出一双鞋给女儿穿上。拿过一个瓦盆，在缸里舀了一瓢凉水倒进盆内，拉着女儿蹲下，在屋外的圪台上洗脸。女儿一双小手在水里搅动，捧起一把往脸上抹两下，玉贵看着女儿洗脸，心里十分疼爱。女儿洗罢，玉贵拿过一块红格棉布方巾，一手扶住女儿的头，一手抹去女儿脸上的水。女儿扯住方巾自己擦了擦手，把方巾扔在了瓦盆里。玉贵也洗了一把脸，父女共用了一盆水。

玉贵打开炉窝旁的橱柜，端出半碗咸菜，放在风箱板上。拿出一大一小两个碗放在炉台旁，掀开锅盖，把馍拾在一个用高粱芯子勒成的筐里，取出箅子，用勺子先在锅底捞了一勺稠稠的开花米倒在女儿的碗里，再给自己舀了一碗米汤。

玉贵给女儿搬过一个小凳子，让女儿坐在上边，他自己坐在茶锅索（注：茶锅，方言，指炉灶。索，方言，低一点的凳子。炉灶前烧火专用的凳子叫茶锅索）上。父女俩用风箱板当桌子吃早饭。玉贵吃了两个馍，喝了一碗米汤。女儿喝了半碗稠米，吃了半个馍。玉贵把剩下的米汤刮进一个瓦盆里，准备当作父女俩的晚饭。

玉贵收拾完炉灶，进屋从包袱里找出一身女儿过年时穿的新衣服，给女儿换上，拿一把半截木梳在女儿头上梳了梳，给女儿用布条在头上绑了一个朝天辫。他自己也换了一双白布袜，扎紧裤腿，穿上一双半新的圆口黑布鞋，牵着女儿手出了院门，用一把铁锁锁住两个门环。

玉贵看了看天，时辰不早了。昨天贾院长让人捎话，说今天上午叫他去侯村有一项事情商量，务必来。

玉贵与杏农是叔伯兄弟，同一个爷爷。他的爷爷是进士出身，做过一任知县，生了三个儿子。老大是贾杏农的父亲，在家务农，不喜读书，连个秀才也没考上，每日午饭后到村西吴严寺与老和尚下棋。老二到南京经商去了，连家眷也接了过去。

老三是玉贵的父亲，爷爷当时在外做官，无人管教，送到私塾学校去跟一个老秀才学《三字经》。老师教"人之初，性本善。性相近，习相远"，读了三天没记住，倒是跟着其他几个淘气包学会了几句"人之初，跳过沟，沟喔岸，一条蛇，吓得老师唤我爷"。老秀才抓住他的手打了他手心三戒尺让他重背，他连哭带叫："人之初，性本善，越打老子越不念。"

老秀才给他们讲《百家姓》"赵钱孙李，周吴郑王"，说："赵，就是你们的老师我赵秀才的赵。钱，钱是身外物，欠债必还钱。"讲到这里，老秀才的小孙子跑进来嫩声细气喊了一声"爷爷"，老秀才"哦"老声粗气地答应。奶奶进来把小孙子抱了出去。老秀才接着讲："孙，就是我孙子的孙。李呢有个皇帝叫李隆基，是梨园鼻祖。"放学的时候，几个淘气包一哄出门，在街上蹦蹦跳跳你一句我一句地唱："赵秀才，欠我钱，我孙子，李梨园。赵钱孙李，走进坟里，想吃酸枣，还没红哩，老师打得，屁股疼哩。"

他的爷爷曾经教训杏农的父亲，说他不努力上进。看到三个儿子皆不是读书的种子，就把希望寄托在大孙子身上，辞官回家每日把杏农揽在怀里，教他读书写字。杏农联科及第中了进士后，杏农的父亲对他的爷爷说："我的父亲是进士，我的儿子也是进士，我哪一点比不上你呢？"一句话说得他爷爷像

"掉进面瓮里的老鼠——吹了白胡子翻了白眼儿"，不久便去世了。

玉贵的父亲排行老三，自幼被他母亲惯得一身坏毛病，长大后父母为他娶了一房媳妇，与兄长分家另过。父母亡后，卖掉侯村祖业，搬到西王居住，结交了古城街上几个混混，喝酒赌钱抽大烟。媳妇开始还说了几次，后来也跟着抽起了鸦片烟。两口子两杆烟枪对着喷云吐雾，不上三年，把个祖先分给他的家产抽得精光，欠了一屁股赌博债务无法偿还。一天，数十债主集体上门，顷刻间一起动手，拆房抽椽卸檩条，撬门端锅卷铺盖。家里变作一片白地，两口子无处可去，大冬天死在了涧滩的堰豁里。有人根据玉贵爹的事编了一首民歌教育后人："提起那个贾老三，两口子抽大烟，偌大的家私全败完。哎呀呀，冻死在壕沟里，可恨又可怜！"

剩下个九岁的玉贵无处可去，跟随襄陵县南辛店的舅舅宋老大，跑江湖耍杂技。几年下来练就一身轻功，跑马上杆刀山火海，举手掌劈砖头，扬脖口吞刀剑，无所不能。一项拿手绝活儿，一张桌子离地三尺半，上面放三个火圈，玉贵紧跑几步，飞身一跃从火圈中蹿过，稳稳落地，毫发无损。玉贵还表演过一项绝技，一面水缸，敲去缸底，用铁链悬于空中，三条麻绳饱蘸豆油缠于缸上，下置干柴烈火烘烤。在熊熊的烈火中，玉贵轻身钻过，名叫"孙悟空大闹火云洞"。

舅舅死后，玉贵搭过几个别人的班子，一晃年过四十。走南闯北，跑遍两京十八省，见过世面，吃过苦头，分文未落，两手空空。返回太平县投靠侯村堂兄贾杏农，停了年半，收留一陕北逃荒的女人成了家。杏农帮助他在西王老宅基地上盖了三间土坯房。第二年生了女儿囡囡，玉贵欢喜异常。囡囡刚过一岁就会叫爸爸妈妈，玉贵走古城赶会就把女儿挠到肩头上。

这年秋天，女人吃了半碗头一天的剩饭，上吐下泻，一连三天，滴水未进。请京安村的加大夫号脉，说是胃火太大，需要清理肠胃泻火，开了一剂大黄附子汤。玉贵照方抓药，女人喝了半碗黑苦水，上吐下泻得更厉害了。女人躺在土炕上，软成一条，气若游丝。玉贵急了，把贾杏农请来。杏农让女人张开嘴看了看舌头颜色，看了一下药方，上面写道："附子捌钱，大黄玖钱，细辛陆钱，巴豆肆分，山楂玖钱，红枣两枚为引，水煎服。"摇头叹道："庸医，庸医。"接着说："我给囡囡妈开一服益中补气汤，你先抓一服试试。如果囡囡妈能喝下去不吐，你再连续抓两服。"

古人说儒医不分，秀才学医一盏灯。这贾杏农读过《本草纲目》《黄帝内经》等医书，自然懂得医道。玉贵从邻居家借来纸墨，贾杏农提笔写道："黄芩壹钱，黄耆壹钱，柴胡壹钱，半夏捌分，芍药捌分，人参捌分，白术捌分，当归捌分，甘草伍分，升麻叁分，陈皮陆分。生姜贰片，水煎服。"写完，把药方递给玉贵，告辞而去。

玉贵把囡囡托邻居照管，到古城镇上的王家药铺抓了药，回到家中，把药熬好，折腾了快一个时辰。待药晾得半温，用包药的草纸把药汤滗滤在一个黑瓷碗里，端上炕，半跪着扶起女人的上半身往嘴里灌。那女人喝一口药吐三口苦水，断断续续，到了快天明，在那远处传来第一声鸡叫的时候，女人头一歪，死在了玉贵怀里。一缕苦魂荡荡悠悠从窗户的破纸洞里飘了出去，翻山过河回陕北榆林老家去了。

女人去世，玉贵当爹当妈。囡囡和他的衣服鞋袜，一年四季的换洗，有贾杏农的老妻帮助料理，玉贵感恩不尽，也常常带着女儿到侯村杏农家帮助干些杂活儿。

玉贵和女儿出了西王村西门，向侯村走去，路边是古老的洪水渠道，已经被垃圾杂草填平。囡囡在前边蹦蹦跳跳，掐了一把野草拿在手里玩。玉贵折了一枝柳树条，给女儿编了一顶帽子戴在头上。拧下一段柳枝皮做了一个哨，囡囡噙在小嘴里吹得哔哔响。路边田里的麦子有一尺来高，已经孕育出了麦穗，抽出苤秆挑起了旗，正在灌浆，再有半个月，到五月端午就该收割了。去年秋天少雨，一冬无雪，今年春天只是在清明节那天洒了几点，麦子长得无精打采，稀稀拉拉像鬼剃头。

侯村东门里面，路北有一座砖包四合院，门前立一对青石旗杆。旗杆上有两个斗，表明这座院子的主人是进士出身。三间门楼是廊式结构，厦廊中间一副铁钉大门压着一对石狮子门墩。大门两侧的墙壁上镶嵌有砖雕图案。右边雕刻的是一棵松树上有两只鹤，象征"松鹤延年"；左边雕刻的是一头梅花鹿还有五只蝙蝠，象征"福禄满门"。图案周边是富贵不断头花纹。廊坊门楼的东西墙呈八字向外敞开，墙上镶嵌两副砖雕对联，靠近大门的一副长联是："传家有至宝，克勤克俭，开其源亦节其流，永守高曾规模；处世无他奇，惟恕惟忠，明乎礼达乎用，便是圣贤学问"。外面的一副联是："入则笃行出则友贤，忍以传家宽以处世。"这是侯村贾家大院，贾杏农住在这座院子里。

玉贵牵着囡囡，一手推开大门。跨过门槛，进到院子里，好大的一座院子。虽然以前经常来，但没有今天觉得宽大。四周全是木柱厦廊，檐头柱脚上雕刻一些花鸟人物，院内一色青砖铺地，两株石榴树提前开花，影照得院内一片火红。

"玉贵弟，你来啦！到北厦来。"北厦两扇软门敞开，贾杏农坐在厅里八仙桌旁，端着一柄铜水烟袋抽水烟。玉贵从院中间径直走到北厦圪台前，上一个石台阶，通过厦廊，走进北厦大厅。

北厦大厅的正中间墙壁上挂着一幅中堂，两边各挂一个条幅。是扬州八怪之一的郑板桥在太平县师庄尉家当私塾教师时所作的墨竹画与咏竹诗。墨迹干涩，字体古怪。虽然杏农兄长多次给他讲过条幅上的诗句，但玉贵就是记不全，只记得一句："咬定青山不放松。"

中堂下放一张八仙桌，一边一把圈椅。桌上中间靠墙放一西洋座钟，旁边有一个青白色的瓷瓶裂了许多纹，瓶口插了三根孔雀尾翎，还有四书五经。桌前一个用白锡打造的灯台，约高一尺，上面放了一个油灯碗，一根油灯捻子正冒着如豆一般的火苗。旁边还有一个白锡桶，略高五寸，里面插着烟签子、纸捻子、火链子、银挖耳勺、梳胡须用的小梳子等物件。

"玉贵弟，你坐哈。"杏农一手端铜水烟袋，一手持银烟签子捅烟管。玉贵在另一把圈椅上坐下，略略坐了半个屁股，囡囡站在他的前边背靠着父亲的腿。

"膏胰家！"杏农朝东厢房喊道，"你过来，给娃拿俩好好（注：方言，指好吃的零食一类）。"膏胰家是杏农的老伴，娘家是膏胰村的。从结婚那一天晚上起，杏农就用村名代替新婚妻子的名，叫了半辈子。

膏胰家手里捏了两枚核桃走进北厦。玉贵说："囡囡，唤得得（注：方言，伯母的意思）。"

"特特。"囡囡稚嫩的声音。

"哎——娃真听说（注：方言，听话）。"膏胰家把核桃递到囡囡手里，"哎，来，跟得得到外家里吃好好。"说着牵着囡囡的小手走了出去。

欲知杏农叫玉贵来商量什么事，且听下回分解。

第十一回　一抹红霞映绿水　二分明月照晚窗

上一回说到杏农叫玉贵来商量一件事，务必前来。玉贵吃过早饭，携女儿囡囡来到杏农家，二人见过面，在北厦八仙桌旁坐定。

"大哥，今嘛个叫我来有啥重要的事吗？"玉贵看杏农一脸严肃的样子。

杏农放下手中的烟签子，大拇指掀起水烟袋烟管后边装烟丝的盒子盖，用食指伸进去抠起一团烟丝，和大拇指夹在一起轻轻地搓揉成像黄豆一般大小的一团，按在了烟锅上。从锡桶中抽出一枚纸捻子在油灯上燃着，一手端着水烟袋，一手捏着火捻子对准烟锅上方，噙着长长的上端略微弯曲的烟管嘴吸了一口，烟丝点燃，"呼噜噜"连吸三口，烟丝燃尽成灰。放下纸捻，两根手指拔起前边的铜烟锅，对着烟嘴吹了一口气，那团烟灰从烟锅里扑地跳了出来，落在地上。

贾杏农把水烟袋放在桌子上，说："玉贵兄弟，今天请你来商量一件大事。此事非你不可。"

玉贵说："大哥，你有啥事只管说，只要我玉贵能办到，就是上刀山下火海，也不兴眨一下眼窝。"

贾杏农说："你可能也听说了，这几天知县吴老爷组织咱县里侯村、西王、古城等村的人重修霍都峪洪水灌溉渠。"

玉贵说："我听村里崔二狗说了，按地亩出工摊钱，还说要选渠首，我没地，也没人寻过我。"

贾杏农说："吴知县给襄陵县的陈知县去了一封公文，商谈两县重修霍都峪渠道。襄陵县征求贾朱、上北戍、京安等村民意，皆同意修理。关键是水源多少，不同意按原来的三七分成。"

"那咋办？"玉贵问，"老祖先油锅捞钱的规矩不算啦？"

"商量好了。这回重新竞赛，两县各出三个代表队。第一队表演雄狮登天塔，先登到顶的赢三分水。第二队表演涧滩跑鼓车，先到达终点的赢三分水。"贾杏农说。

"哦。大哥让我参与登天塔还是跑鼓车呢？"玉贵虽然是快五十的人了，说起办社火上阵不输年轻人。

"这些都不用你。我要让你一个人组成第三队，用你的绝技"大闹火云洞"赢最后的四分水。"贾杏农看着玉贵，"不过不是平常钻一个火瓮，而是连过四个，过一个火瓮赢一分水。"

"各村公摊合出十亩好地，给赢得四分水的人永久为业，地块任他挑选，浇地优先，免除终生修渠劳役。"杏农盯着玉贵说，"我考虑你拼上一搏，赢此比赛，获得十亩土地，也挣下你半生的衣食，给囡囡留下一份家业。等囡囡长大，招赘一个女婿在家，生得一男半女，给三叔这一门挽回家声，后继有人。"

提起父母的名声，玉贵觉得在村里抬不起头。好在有叔伯兄长贾杏农的面子，不至于寒碜。今日有此机会，不但可洗去昔日的耻辱，也给囡囡挣得一份嫁妆，自己老有所依。杏农兄为自己谋终身好处，这等好事理应慨然应允。

"好！我一定为咱县赢得这四分水。"玉贵拍了一下桌子，斩钉截铁地说。

说话间，做饭的老王端了一个桐油红漆木盘走进北厦，端出四个盛着小菜的青花瓷碟放在八仙桌上。一碟捣浓的陈韭花，一碟黄豆辣椒酱，一块豆腐乳，一碟新拌的椿树芽。

玉贵起身告辞，杏农说："玉贵，你就在这里吃午饭。吃完饭你也不用回去了，西边小院里收拾一间屋子，被褥已经准备好了，你在那里歇息。后头牛院里有几口水瓮，场地宽阔，你先练练热热身。这事暂时先不要给人说。囡囡这几天就跟她得得睡。"

老王端上来四碗臊子面，在杏农玉贵面前各放两碗，一双檀木镶银筷子。

玉贵端起臊子面碗，豆青瓷碗，口大底小，像朵喇叭花。面上浇油炒碎丁豆腐，鸡油汤水，几段绿芫荽漂浮点缀。玉贵挑起面一筷子吃完，端起另一碗又一筷子吃完。杏农刚刚吃得几根面条，喝一口汤品尝滋味。

"老王，给玉贵用一个钵碗，满满地捞一碗，多浇些个臊子，再切一盘馍片。"

老王盛了一钵碗面，浇了一勺臊子，拿两个馍切成片放在一个青花龙纹盘里，叠成塔尖状，用木盘一起端了上来，唠唠叨叨地说："吃臊子面，讲究的就是碗小、面少、汤宽、味美。面少了才能入味，我做的臊子面，有人一顿吃过三十六碗呢。"

杏农吃了一碗面，端起另一碗面，用筷子把面拨进自己刚吃完的碗里，吃完第二碗面，在剩下的汤里泡了一片馍，就着碟里的小菜，连馍带汤慢慢地咽了下去。

玉贵吃完一钵碗面，又拿起馍片蘸着黄豆辣子酱吃了半盘子，直吃得沟满壕平，连打两个饱嗝。

老王端过一个铜盆，盛了半盆热水，放在洗脸盆架上，杏农洗了一把手脸，拿起搭在盆架上的布巾擦了擦，玉贵也趁水洗了一把。

老王拾掇桌上的碗筷放在木盘里，端去厨房洗刷。玉贵自去西边小院收拾房间，安排被褥铺盖。

下午，玉贵去后边牛院里，看了场地，敲掉一个水瓮的底，变成一个圆筒，支起一个木架子，把没底的水瓮用绳子悬在上边。这水瓮是霍都峪内所产，粗陶瓷烧制而成，三分厚的壁，内外涂一层黑釉质防漏水，一般用来盛水放粮。太平人有一首谜语来形容这水瓮："一个人，圪森森，黑肚子，白嘴唇。"

玉贵练习钻了几次，回到大院里看到杏农的老伴带着女儿囡囡和他的大孙子在石榴树下玩滚核桃玩得高兴。晚上在厨房吃了饭，打了一盆热水回到小院的房屋里，洗了脸，洗了脚，在炕上准备铺展被褥睡觉。窗台上放着一盏豆油灯，似明似暗的灯火照着玉贵的头，在墙壁上投了一个硕大的黑影。

住在隔壁的老王推开门进来，握一杆旱烟袋，坐在了炕沿上。玉贵在炕上斜靠着被褥，半躺着身子。老王一手拿着烟袋杆，一手拿着烟包，把锅子伸进去揉了几下，装了一锅子烟，掏出噙在嘴里。从裤带上的荷包里取出火镰刀、黑燧石、硝棉。"啪""啪"打了两下，一颗火星子溅到硝棉上，冒了一丝白烟，引燃了像米粒大的一点火，老王轻轻地吹了一口气，看那硝棉燃成红红的一团，捏着摁在了烟锅上。

老王长长地吸了一口，从鼻孔里冒出两股白烟。老王说，他每天做饭打火，用惯了火镰刀，不喜欢对着油灯火点烟。他说对着油灯点燃的烟吸起来有一股怪怪的味道，不舒服。

老王说，他叫王麦有，有个弟弟叫王麦穗，跟着他娘从河南逃荒来到山西。十七岁在太平县城鼓楼南的德兴楼饭馆当小伙计，跑堂打杂，给厨师打下手，二十岁就掌勺当大厨。能做十全席、八八席。拿手的是过油肉、蜜汁葫芦、红烧肘子。

唉！老王说，他在德兴楼干了四十年，除了养活老娘，一文钱也没攒下。弟弟招赘到河东，给人当了上门女婿。没有女人愿意跟他，不是当地人，没根基，没世业。唉！都怨河南老家村里那个瞎子先生，给自己起了个名字叫麦有。麦有，没有，一辈子啥都没有了。

去年老娘走了，活了八十岁。一口薄棺材，在沟边土崖上掏了一个洞，埋葬了老娘，花光了他的积蓄。今年过了正月，德兴楼新换的掌柜不要他了。多亏了贾院长收留他，说是儿媳妇要坐月子，家里人口多，忙不过来，让他来做饭。

老王只顾自言自语地唠叨，玉贵早已靠着被子睡着了，呼噜呼噜地打起了鼾。

老王轻轻地出去，给玉贵掩上了门。

一弯月牙儿在西边天空斜视着人间万物，一缕月光透过窗户上的小洞，悄悄地溜进房间，抚摸着玉贵的脸。玉贵对月牙儿爱的抚摸毫无知觉，他已进入梦乡。

欲知后事如何，且听下回分解。

第十二回　无情未必真豪杰　怜子如何不丈夫

玉贵恍恍惚惚间，仿佛看见从炕下的炉窑内冒出一股水，那水越冒越大，淹到了炕沿。他急忙抱起囡囡，站上窗台，那水跟着上了炕，向窗台逼来。他推开窗户，抱着女儿跳到院子里，那水也跟着从窗户涌到院子。他抱着囡囡跑到街上，原来的村庄房屋忽然不见，成了一片旷野。找不到一处高地，脚下泥泞，两条腿陷进泥里，怎么也跑不动。水漫了上来，淹到了他的胸口，他把囡囡顶在头上。水中荡悠悠地漂来一口缸，他把囡囡放进缸里。刚要扶住缸推着走，一个浪头打来，把缸卷走了。他急得大喊"囡囡、囡囡"，任凭他喊，听不到女儿的回答。忽地水不见了，缸和女儿也不见了。他站在一滩乱石的涧滩里，面前两个黑乎乎的影子，好像是爹和娘，瘦骨嶙峋，哆哆嗦嗦要说什么，只是听不到声音。咦！爹娘的影子消失了，舅舅骑了一匹马，他拉着马尾巴在后边跟着跑。

跑啊，跑啊，越跑越快。他觉得自己飞了起来，飞到屋顶，飞到树梢，飞跃一条河流。前边地面上有一个女人，只有一个背影，像是囡囡妈。他喊陕西家，陕西家不理他，走进了河边的一座土地庙。他跟着走了进去，漆黑黑的，没有一个人。他想出去，怎么也找不到进来的门。四周的墙壁向中间收缩，空间越来越小，压得他喘不过气。他使劲蹬了一下腿，蓦地坐了起来，原来是刚才和衣睡觉做了一个梦。

放在窗台上的油灯碗还点着，老王出去时没有吹熄，火苗如豆，昏昏欲灭，扑地亮了一下，渐渐地暗了下去，冒起一缕青烟。从窗户上的那块西洋玻璃向院子里望去，月光照在东边的墙壁上，屋脊上一个龙头的影子，张牙舞爪像一头狼。

玉贵脱了衣服，盖上被子，双手放在脑后枕头上，黑暗里睁着一双眼，脑子里想起跟着舅舅跑江湖的岁月，大师姐的身影在面前晃来晃去。

那年他九岁，师姐十六岁。他刚加入杂技班不久，舅舅赶着一辆马车，拉着演出的道具，大师姐牵着他的手跟在马车后面走。他们要去绛州赶六月初六龙兴寺的瓜果庙会。过了太平县城，越过定兴沟，上了汾阳岭。天气炎热，他和师姐走得汗流浃背，他索性脱去上衣，把衣服提在手里，精瘦的身体，肋骨根根可数。师姐的衣服已经被汗水湿透，贴在身上。前边胸脯上挺着两颗仙桃，收缩的腰肢凸显臀部的圆滑，师姐美妙身材的曲线被阳光照在地上，那两片臀每随着师姐走一步，就左右晃动一下，他觉得好笑，就像那匹拉车的马的屁股一样。

一团云从西边马首山压了过来。舅舅看到那团云，急忙招呼大家，赶快到前边的丑姑姑庙找地方避雨。

原来这马首山是吕梁山脉的南端，一峰突起，高耸云霄，下临黄河龙门，一旦起云，必然有雷阵雨，且来势凶猛，躲避不及。有一首诗，单道马首雷霭的好处："峰头形类鸟，山腹幻疑龙。不是烟云起，何由雷雨从。条青榉柳暗，颖碧黍苗浓。莫讶天难测，为霖必遍农。"

看官，这马首雷霭自古为太平八景之一，儿童牙牙学语，就学会两首童谣，一曰"六月六，淹绛州"；二曰"小娃家，快回家，马首山上雨来啦"。六月，太阳北回，天气炎热。夏粮入仓，秋苗成长，正是农家盼望雨水灌田的时节。那东海上空，风卷云涌，龙王奉玉帝圣旨，在热风的鼓动下从东南沿海携带着水汽，向西北内陆而来。跨越中原大地，从三门峡进入晋陕峡谷，过潼关，遇华山阻挡，折向西北，顺黄河河道北上，一头撞上突凸而起的马首山峰，水瓶迸裂，云树倾倒，丢盔卸甲，刹那间大雨倾盆。

众人跑步进入丑姑姑庙，刚站到廊下，铜钱大的雨点就砸向地面。紧接着一道闪电劈开云层，天崩地裂干脆利索的一声咔嚓巨响，雷公电母站在马首山顶，发疯似地吼雷火闪。追随东海龙王沿黄河北上护驾的鲤鱼，纷纷在马首山下跳跃龙门，摇动着尾巴，把河水甩向陕晋黄土高原。龙王倒提黄河水，一股脑儿地向汾阳岭倾泻。不容半丝喘息，房檐上水流如注，小小的丑姑姑庙院子中间水来不及顺着阴沟往外流淌，呼呼地升起了一尺。

雷电不住地交叉乱舞乱响，震得人心惊肉跳。在第一声雷响的时候，他吓了一跳，抱住师姐的细腰。师姐把他揽在胸前，两手捂住他的耳朵。他的头贴着师姐的胸脯，听到师姐那颗灵巧的心的跳动。师姐气出如兰，他闻到一丝淡淡之香。师姐胸脯柔软如绵，他有点陶醉。母亲在他小的时候把他扔在炕上，任他乱滚乱翻。他从未感受到过女人的温柔，此刻，他觉得师姐就是他的母亲。雷，你震得再剧烈一点吧！电，你闪得再耀眼一点吧！雨，你砸得再迅猛一点吧！他愿意就这样一直在师姐的怀里待下去。

突然云收雨散，那雨来得急去得快，西边天空升起一道彩虹。远处传来儿童的歌声："西虹日头东虹雨，南虹出来卖儿女。日头出来哈雨哩，西北峪里改女哩。"

师姐死了，是他的罪过。那是在他十四岁的时候。师姐表演空中飞人、天女散花。场地上竖起一根高高的可以旋转的木杆，顶端一根横木。横木两端各悬挂一根绳索垂于地面，师姐和另一位女孩抓住绳索在自己的腿上和腰部挽一个圈套，背后打一个保险结。一般是舅舅或者另一位师傅完成这道程序。偏偏那一天舅舅头疼没有上场，是他给师姐挽的结。一切准备就绪，他和另外三个男孩推动木杆旋转，随着他们的快速跑动，木杆旋转速度加快，师姐和另一位女孩渐渐地旋到空中，手捧花篮，身上彩带飘飘，像飞天仙女。突然师姐背后的保险结开了，师姐像一块石头一样甩了出去，重重地落在地上。他飞快地跑过去，抱住师姐。师姐口鼻冒血，艰难地睁开眼睛看了他一眼，就永远地闭上眼睛香消玉殒了。他捶胸顿足地哭，扇自己的耳光，揪自己的头发。他本来准备过三五年，给舅舅说一下，他要娶师姐为妻的。好长一段时间，每天晚上夜深人静的时候，他都会跑到一个没有人的地方，像一匹狼一样仰天长嚎。

第二天中午，玉贵照样和杏农在北厦的八仙桌上吃饭。吃过饭，囡囡跟着杏农老伴儿走进北厦，手里握着一把面豆走到爸爸面前。两个小手指捏起一颗面豆，举着往爸爸嘴里塞。玉贵弯下腰抱起女儿，让囡囡坐在他的膝盖上，把女儿的小手指连面豆一起含在嘴里，觉得十分香甜。

玉贵面向杏农说："大哥，囡囡五岁了，还没有个大名，你给她起个名字吧。"

　　杏农问玉贵囡囡的生辰年月。玉贵说了某某年、某某月、某某日、某某时生的。

　　杏农抬起左手，大拇指在四个手指节上数来数去，说："从囡囡的生辰八字来看，命里缺木，名字需要用带木字旁的字。我看就叫根稳吧。"杏农拿过笔，在一方邓庄麻纸上写下了"根稳"两字，从桌子上推过去放在玉贵面前。

　　玉贵看着字问："根稳两字有个啥讲究？"

　　杏农说："根，木之有根，水之有源，人之有本。扎根家乡之土，根深叶茂。稳，何为稳？有禾为稳。禾乃五谷，人食五谷，五谷为人生之根本。三叔这一门也稳稳当当地扎下了根。"

　　"根字，十笔组成，十减去八得二，由周易八卦得兑卦。兑为金，为少女。稳字，十四笔组成，十四减去八得六，得坎卦，坎为水。金生水，此二字合在一起大吉大利。"

　　玉贵听得似懂非懂，咧着嘴呵呵笑着说："我女有了大名了。根稳，贾根稳，贾根稳。囡囡，你记住，从今天开始你叫贾根稳，快谢谢大伯。"

　　"谢谢大伯。"囡囡说。

　　玉贵收起那一方写有女儿囡囡名字的邓庄麻纸，叠得整整齐齐装进了贴身衣袋里。

　　杏农的本意是让囡囡扎根本土，稳稳当当地度过一生，不要像她父亲一样漂泊半世。但是他万万没有想到的是，根稳俩字，为兑为坎，为金为水，为少女，也为金属乐器，为伶人，为江湖艺人。这似乎成了命中注定的咒语，贾根稳长大后机缘巧合嫁给了蒲剧伶人李小秃，夫妻二人组织了蒲剧戏班"福盛班"当了班主，王存才、景留根、崔三狗、闫逢春、金柱子等一代蒲剧名角皆收揽门下，开创了蒲剧艺术的新纪元，名震晋陕豫三省，被后人称为"蒲剧界的贾母"。

第十三回　雄狮舞风流　豪杰展英姿

四月二十这天早晨，杏农、玉贵早早起来吃了饭。杏农对玉贵说："今天巳时请神，午时开始比赛。先比赛雄狮登天塔，约半个时辰。然后略作休整，吃完午饭未时开始第二场涧滩跑鼓车。申时开始第三场比赛。你中午就不用去了，在家休养精神，让老王给你做几个好菜。下午，我安排人帮助你把比赛用的瓮、柴火、麻绳、豆油、铁架子运到古城涧滩桥下。先由襄陵表演，你最后出场。切记！切记！一定要谨慎，沉住气，赢了这场比赛。"

玉贵说："我听人说，三十而立，四十不惑，五十知天命。我已过了不惑之年，自然懂得。这项表演除我之外，天下无二。请兄长放心。"

杏农穿戴停当，坐轿车到古城，路不远，约八里地。请神、拜神、在神前舞龙表演锣鼓，诸项流程完毕，比赛正式开始。只见那关帝爷稳坐在桥上帐中，依然手持《春秋》，双目微闭，似乎不屑于这些愚民的闹剧，任凭涧滩两岸人群乱噪噪地争吵。桥下，三顶帐篷前的空地上，两伙人马忙碌着搬凳子、抬桌子。

涧南涧北各八名火铳手，手举火铳斜向对方上空依次同时鸣放，共十六声炮响。两县雄狮队在领队训狮人的带领下，摇头摆尾登场。

雄狮登天塔这项表演，流行于襄陵太平，为每年办社火的压轴戏，始于哪朝已不可考证。一张方桌置于地面作为塔基，上摞长条木凳，横竖交叉叠压，每层两条，层层摞高，共二十三条木凳，摞成十三层高塔。训狮人手持绣球，引逗两头雄狮，四只小狮登上塔顶，登塔途中做出各种高难度动作，非经过特殊的艰苦训练，能舞狮登塔者寥寥无几。

　　评判长关督学宣读比赛规则，按天干地支六十甲子轮回计满分六十。登塔途中必须展示四个动作——"倒挂金钟""凤凰展翅""猴子捞月""麻姑献寿"。每个动作十二分，共四十八分，由六名评判根据动作完成的标准难易度打分。先登上塔顶的加十分，共五十八分。另两分由现场民众评判，给予获得叫好声最多的队。

　　一声锣响，比赛开始。两队伴奏各打响鼓点，均是一鼓、一锣、一铙。襄陵队奏的是《急急风》，太平队奏的是《滚绣球》。在急如雨点的锣鼓槌的催促下，两队各有四头小狮子奋勇跑向自己队的塔基下，携运长凳，跃上方桌，叠搭塔台。或口衔，或脚踢，跃上蹿下，塔台层层升高。

　　训狮人手持绣球，在塔下引逗雄狮。雄狮闲得无聊，在场地转圈。时而摇头摆尾，晃动腰肢，低头搔痒，梳理毛发，贴面亲热；时而抬头望一眼台上叠摞凳子的四头小狮子，抖擞皮毛，耸动肩膀，前爪刨土，后脚蹬地，似乎在催促小狮子："孩儿们，快一点，我要上去了。"

　　襄陵队的天塔已经叠搭到第十二层，地上一头小狮子衔起最后一条凳子，飞快地跑到塔下，一个前滚翻，后肢倒立，双脚夹住凳子向上一蹬，说时迟那时快，凳子像离弦之箭射向空中，被停在第七层的小狮子一把接住，顺势往上一送传到第十一层，第十二层的小狮子弯腰一勾，稳稳当当地把凳子横压在了第十二层上。四头小狮上盘下绕至中间第七层，各在东南西北四个角，双脚勾住凳子，向四个方向伸展身躯，双臂张开，做出凌空飞翔的样子，表示天塔已经叠搭完成。

　　襄陵队的领队训狮人姓李，忘其名，陶寺人，口衔绣球，一个箭步跨上方桌，钻入塔中，手脚并用，迅速向上。如猿猱攀藤、豹猫爬树，蹭蹭蹭蹿向塔顶。站在第十三层板凳上，单手一舞，一条红绸牵着绣球飞向地面的两头雄狮，在绣球落在雄狮头顶的一刹那，手一抖，绣球又收了回来。两头雄狮显然被这一挑逗激怒了，张牙舞爪，扑上天塔。在绣球的引逗下，两头雄狮，或南或北，或东或西，在塔上钻进钻出，层层向上。爬到第十层，舞狮人手中突然多出一个绣球，分别向南北两个方向一抛，两头雄狮一南一北，上半身平伸出去抢那绣球，仅有两条后腿踩在凳子上，远远看去，好像天塔长出一对翅膀，展翅欲飞，这就是有名的"凤凰展翅"。看得人揪心打战，一副肝胆提到嗓子眼儿，整个涧滩一片沉静，鸦雀无声，刚才还喊叫加油的人个个捂住嘴巴，瞪大眼睛，憋住一口气，唯恐出气风大，把塔上扮演狮子的人吹落下来。

只听见锣声点点，鼓声咚咚。

太平队明显慢了一步，击鼓人换了乐调，敲打起《山坡羊》。鼓声紧急无端息之机，锣声短促有催促之嫌，鼓声锣声扰乱了襄陵县的锣鼓声。站在塔顶引领雄狮攀爬的襄陵县的老李的手脚有点不合节拍。

襄陵县的击鼓人见状急忙把曲调改成《端正好》。老李屏神凝气，调整好呼气，顺着鼓点的节奏，两颗绣球向下一抖，两头雄狮一个翻身，双脚勾住凳子，仰面朝天垂了下来。张开血盆大口，侧身咬住七层边角的一只小狮子的后脖颈，收身向上把小狮子凌空提到了第十层。两只小狮子坐在第十层的凳子中间，一边一个探身扶住第十二层的凳子腿。

看官，"倒挂金钟""猴子捞月"这两个动作，全凭后边那个舞狮人的两只脚腕的力量，稍有不慎，塔倒人亡，端的危险无比。两个高难度动作被襄陵县舞狮队一气连贯完成，完美无缺。七个评判、两县帐篷中坐的官员绅士都忍不住叫起好来。

此时太平县的狮子队也开始表演"倒挂金钟"，步步紧逼，追了上来。襄陵县领狮的老李不敢怠慢，手中红绸一抖，绣球上飘。两只雄狮随着绣球攀上第十三层，双双在凳子上直立起来。老李一脚踩一只狮子的肩膀，摇摇晃晃地站在空中，双手伸展了一条横幅，上写"福寿"两个大字。两头狮子的口中垂下两条红绸，一条上写"壮志凌云"，另一条上写"揽月摘星"，是襄陵县知县陈进德特地为舞狮队题写。

襄陵县舞狮队率先登上塔顶，完成规定动作，毫无悬念地赢得了第一场比赛，锣鼓队奏起《得胜令》，两岸民众欢天喜地，金鼓齐鸣。鞭炮、雷炮、子母炮、两响炮、花胡、起火、转不溜、窜天猴，不住地往涧滩乱扔。

襄陵县的京安村盛产爆竹，是有名的爆竹生产村，家家是作坊，人人会卷炮。舞狮队赢了第一场比赛，欢喜无比，把去年冬天制作的鞭炮，春节前后未卖出去的库存，全部搬到涧滩燃放。噼噼啪啪，震天动地。

三个帐篷的官员绅士都走出帐篷，齐齐向襄陵队抱拳祝贺。平阳府督学关魁玄从未见过如此惊心动魄的真功夫，当场赋诗一首：

> 板凳叠塔十二层，古城关前谁称英。
>
> 凤凰展翅亮五彩，麻姑献寿捧三星。
>
> 倒挂金钟艺胆大，猴子捞月技术精。
>
> 我观高台心犹跳，壮士自能中雀屏。

中午，古城姚记福泰饭庄老板亲自跟着伙计抬了食盒，把饭菜送到涧滩帐篷，两县官员绅士就地用餐。参加比赛的舞狮队由本县自我招待，回到早已订好的饭馆酒楼吃喝庆功去了。剩下看热闹的平民百姓，无人送吃请喝，少不了从挂在腰带上的布袋里拿出干馍馍或者干窝窝头啃。"太平人真日怪，出门背个馍布袋。"倒也是一道风景。

已是四月下旬，午时的阳光已经由春天的柔和转向了绵里带针，唧唧嘈嘈的人群有人开始寻找水喝，有人寻找一块荫凉地躲避日头的刺激，也有一些穷汉脱去破烂的旧布衫，干脆打起了赤膊，把一条脏兮兮的油辫子盘在头顶。

涧滩一片安静，偶尔有未点燃的零散小炮，遗落在灰烬里，"啪"地响一下。

蓝天无云，西边的姑射山在阳光的照耀下更加巍峨挺拔，山峰丘壑，清晰如洗。霍都峪张开大口，吞纳呼吸，似乎要把天地万物吞进去又吐出来。

欲知接下来的跑鼓车哪个县的队能赢得比赛，且听下回分解。

第十四回　战士出征胆气豪　车轮隆隆鼓声高

　　上回说到，襄陵县在雄狮登天塔比赛中获胜，民众欢喜。中午吃饭，暂时歇息，下午未时开始第二场比赛，涧滩跑鼓车，不知太平县能否取得胜利，扳回一局？写书的没有未卜先知的特异功能，也不知道。暂且借用这中午用餐比赛前的闲暇时间，给诸位看书的讲一讲啥叫跑鼓车，来历为何。

　　原来在隋朝末年，天下大乱，山后刘武周起兵占据并州，夺了李渊父子的老巢。山西朔州麻衣县有一铁匠，复姓尉迟，名恭，字敬德，练就一身好武艺，善使一把丈八长槊，投军刘武周。刘武周大喜，派尉迟恭与宋金刚带领十万兵马南下，一路攻占介休、霍州、平阳等地，进逼夏县、绛州，与唐军决战。

　　唐高祖李渊派秦王李世民带领五万兵马从龙门渡过黄河驻军柏壁，与宋金刚对垒。宋败退，与刘武周逃塞外投奔突厥，被杀。尉迟恭收集刘武周残部三万人马，坚守介休，李世民派人劝降，尉迟恭归顺秦王。

　　尉迟恭跟随秦王李世民东征西讨，荡平各路烟尘，在开辟大唐王朝中立下了汗马功劳，为凌烟阁二十四功臣之一。玄武门之变，射杀齐王元吉，助李世民登上皇帝之位，封鄂国公，食邑太平、襄陵二县。

　　尉迟恭在食邑太平县建鄂公堡，昔日旧部兵士解甲为农，均安插在两县西部沿姑射山一带垦荒屯田。兵士家属聚集成村庄，膏腴、尉村等皆是。昔日兵士，农闲之时，不忘金戈铁马之声，驱车击鼓，奔走呼号，唯恐他日主人征召，好重上战场。尚武精神，代代相传，历经数百年，竟成习俗。

　　每年春节，街与街，村与村之间必开展"跑鼓车"竞赛。一辆木轮战车，上竖牛皮战鼓一面，一武士装扮之人站车上挥槌擂鼓，一人驾辕，二人帮扶，数人在前挽绳牵引奔走。前后两车相互追逐，追上超越者为胜。有一年，正月十五，膏腴与尉村竞赛，在太平县城向南追逐，奔至绛州，未分出输赢。继续追逐至曲沃、闻喜，一直追逐到解州关帝庙，用时半月，至二月二龙抬头方才返回。

说话间下午未时已到。日头偏西，阳光斜射进关帝爷的帐篷里，两名好汉，一人身穿黑衣披黑甲头戴红缨武士帽，一人身穿蓝衣披蓝甲头戴紫缨武士帽，走到关帝爷坐像前，在案几下并排行作揖礼。好一对接受军令出征的将军，站起，相向抱拳拱手，然后分别从桥南北两头走下涧滩。

涧滩上，两辆战车，车轮、车辐皆槐木打造，车轮上星星点点布满铁钉，一根车轴两端套有防撞铁箍。车厢上立一面战鼓，圆如一轮满月，径阔四尺五寸，桐木为帮，黄牛皮做面，一圈五排黄铜钉固定，两面四个铁环，用麻绳与车厢绑为一体。崭新的战鼓，紧绷绷，亮晶晶，襄陵县北许村锣鼓作坊祖传手艺，特地为两县比赛定制。

两面战鼓上，一面绘有一虎头，吊睛白额，张口咆哮；一面绘一貔貅，铜鼻铁头，钢牙如刀，在太阳光的照射下，威风凛凛。

共三十六筹好汉，分两边站定。南边十八人黑衣黑裤，上身穿对襟紧身坎肩，露出两条粗壮的臂膀，腰系蛮带，下绑裹腿，脚穿麻线千纳布底登山靴，辫子皆缠于脖颈。北边十八人蓝衣蓝裤，一样装束打扮，不同的是辫子皆盘于头顶。

关督学宣布比赛方法，从泰平关桥下，顺涧滩一直向西，至霍都峪口狼牙山，那里插有三角杏黄旗两面，各取得一面旗后返回，回到桥下先缴令旗者为胜。太平县鼓车从涧滩南边起步，从涧滩北边返回。襄陵县则相反，从涧滩北起步，从涧滩南返回。往返路程一般远近，难易程度相同。

两队勇士各就各位。一人驾辕，二人傍边扶辕。十四人在前分挽两条鸡蛋粗细的牛皮绳索，一人站车厢中间，持枣木双槌，槌头包裹红绸带。一声炮响，擂鼓手在车上敲响战鼓，驾辕手稳扶车辕把握方向，牵引手绷直绳索飞奔。两车一起隆隆向前，车轮下碾起的小石子向两边溅出，快速转动的车轮撞击在涧滩的卵石上，咣咣当当地响。鼓声，人群的呐喊声，车轮的隆隆声，交织在一起，响彻涧滩上空。

写书的，我问你，跑鼓车为啥要在涧滩举行？

看书的，自古两军交战，人马厮杀，战车相撞，可有提前协商，让人平整出一块土地进行对阵的吗？

每年，洪水在涧滩横流，携带泥沙卵石。洪水过后，或平整，或坑洼，平时也有车马行人在涧滩行走。这涧滩跑鼓车比赛，一要看前边牵引绳索的带头人，选择平坦之处，避开深坑巨石；二要看三个驾辕之人，力保车辆平衡；三要看车上播鼓人，一边鼓声不断，催人奋进，一边盘稳脚根，不跌落下来，靠的是一身硬功夫。集智慧、技巧、速度、耐力于一体，非单纯比拼蛮力。

两队好汉各择道路，在涧滩南北两边向西奔跑。有喊加油助威的，有顽皮少年跟在后面蹦跳撒欢的。鼓车随着鼓声渐渐远去，只剩下一点黑影。

且说，在涧北崖下有一座园子，人称"京安园子"。园子里有一兽医世家，兼儿科大夫，姓张。这一日，园子门前也站满了看比赛的人，张大夫少不了给乡邻提供喝水的方便。

有两个少年，一个叫"骡驹子"，一个叫"驴驹子"，兄弟二人，家住杜村，顽皮异常，上树掏雀，下河摸鱼，没有半日消停，真的是"两眼一睁，闹到熄灯；三天不打，上房揭瓦"，父母也拿他们没有办法。这日二人在京安园子前看热闹。

这骡驹子、驴驹子看到鼓车跑动，跟在后面追赶。骡驹子一脚踩在了一颗圆溜溜、光滑滑的石头上，跌在了　个村民掏挖沙子后留下的坑里，闪颠了腿，疼得嗷嗷叫。

驴驹子上前扶起骡驹子，抱住他的后腰拉出沙坑，扶起他，一瘸一拐地走到京安园子前。

张大夫问："骡驹子，你咋啦？"骡驹子只管疼得叫唤，顾不上回答。

驴驹子说："张伯伯，他摔到坑里把腿跌断了。"

张大夫说："驴驹子，你放开手，让骡驹子朝前走一步，我看看。"

驴驹子放开骡驹子，骡驹子侧着身子掂着一条腿，龇牙咧嘴朝前蹦了一步。

张大夫说："骡驹子，转过身再朝前走一步让我看一下。"

骡驹子转过身，刚要朝前走，张大夫抬起腿朝他的屁股蛋子上狠狠地踢了一脚。骡驹子一个狗吃屎趴在了地上，嘴里还哭着骂："张兽医，你为啥踢我！"

骡驹子翻过身坐在地上，还要继续骂。咦？腿不疼了！他扶地站了起来，朝前走两步，刚才闪颠的腿好了。驴驹子、骡驹子又高兴地炮蹶子撒欢儿去了。周围人哈哈大笑："张大夫不愧为名兽医，一脚把骡驹子的溜胯病治好了。"

原来，刚才张大夫让骡驹子前走一步，已看出他是大腿胯关节脱臼，趁他转身不注意的时候一脚踢了上去，帮他复了位。

说起来，张大夫和骡驹子驴驹子这一对活宝还真有缘分。去年秋天，驴驹子爬上崖边的一棵枣树偷吃枣，吃得急，咽得快，可谓囫囵吞枣。吃了一肚子生枣，跑回家又喝了一瓢凉水，脾胃难以接受，枣在胃里闹嘈。肚子里疙里疙瘩地疼，在炕上翻滚。

他母亲正在擀面，喊骡驹子："你去古城街上给驴驹子请个大夫。"

骡驹子说："古城街上好几个大夫，请哪一个？"

他母亲说："请元大夫。"

骡驹子说："什么圆大夫方大夫，我记不住。"

他母亲揪了一团面，团成一个圆球，递到骡驹子手里，说你到了古城要是忘了就看一下手里这团面。

骡驹子手握面团跑到古城街上，走到一家医馆门前，抬腿上阶，被台阶绊了一下，跌进医馆门内。

医馆内坐着一名戴着老花镜的白胡子医生，看到门外跌进一个人，摘下老花镜问："请哪一位大夫？给什么人看病？"

骡驹子趴在地上，忘了请姓什么的大夫，展开手看面团。面团在他跌倒的时候，手掌着地，往前一搓，圆球变成了一个长条。

骡驹子说："我请长大夫，给驴驹子看病。"

老花镜说："娃，你跑错地方了。给驴驹子看病是兽医张大夫，在京安园子里。"

骡驹子说："对，对。圆，圆大夫。"

老花镜给骒驹子指引了地方。骒驹子在京安园子里请到兽医张大夫，二人一同到杜村。来到骒驹子家门前，张兽医说："把驴驹子牵出来我看看。"

骒驹子进院去屋里炕上往外牵驴驹子。驴驹子一口咬住骒驹子的手指。骒驹子哎哎大叫："驴驹子咬人哩！"

张兽医拿出一把铁嚼子跑进院内，说："不怕，给驴驹子戴上嚼子就不咬人了。"

走进屋内，哪里有什么驴驹子、马驹子！一个孩子躺在炕上打滚。张大夫上前按住小孩，掀起上衣一看，腹胀如鼓，左手掌放上去，右手二根手指叩了三下，似乎有许多空气。张大夫问驴驹子吃了什么，驴驹子说吃了一肚子青梨枣。

张大夫右手压在左手上，用手掌在驴驹子肚皮上由里向外沿同一个方向旋转按摩。按得几下，那驴驹子屁眼里嘟噜嘟噜开始往外排气，一连放了一百零八个青枣屁，搞得满屋子都是酸臭味，把个骒驹子熏得跑到屋外，隔着窗户说："吃枣喝凉水（福），放屁打锣鼓。"

张大夫拍拍驴驹子排完气的肚皮，说："爬起来到茅房拉一泡屎去吧。"

驴驹子跑到茅房拉了一堆青枣瓣子，顿觉轻松舒畅。

闲话休讲，言归正传。且说两岸人群正七股八叉地乱跑乱嚷，涧滩里慢慢起了风，轻微的东南风带着入夏的暖气沿涧滩河道向霍都峪口吹去。人们顺着风向向西望去，一阵咚咚的战鼓声由远及近，甚至能听到车轮撞击石头的声音。来了！涧滩北首先闪出了一辆战车，十六筹好汉正拖曳着战车飞奔，快速地向终点冲刺。

战车越过一道坡坎，腾空飞起二尺半，向前飞跃一丈，双轮平稳落地，众人一片叫好声。

就在众人的叫好声里，战车的右轮撞上了一块石头，就是刚才绊倒骒驹子的那块顽石。车辆一颠，车销迸出，右轮竟然脱离车轴，独自连蹦带跳地向前滚动。

眼看那辆战车就要侧翻，右边帮扶车辕的壮士一手抬起车轴，双腿充当车轮，在人群的欢呼声中，随战车一起冲到桥下，越过了终点。擂鼓手跳出车厢，手持三角杏黄旗到中间帐篷内交令。那个脱离战车的右轮跌跌撞撞也滚到了中间帐篷前，摇摇晃晃地倒了下去。

襄陵县的鼓车也出现了，十六筹好汉，盘在头上的辫子散落飘在了脑后，每跑一步都要左右摇摆三下。风吹起辫子向后飘扬，在后边牵引手的眼前晃动，分散了注意力，脚步也变得凌乱不统一，比太平县的鼓车整整差了半里地。快到终点了，一个人被前边的长辫子梢扫到眼睛，脚下被石块一绊跌倒在地，差点被飞跑的车轮碾住。

京安园子里的张大夫从头到尾观看了这场比赛，他老人家气恼之余愤而写下了一首诗：

> 壮士出征雄赳赳，车轮隆隆震涧沟。
>
> 可恨脑后垂长辫，害我健儿脸蒙羞。

看官，这场比赛完全是贾杏农一手策划的，胜负早已在他的预料之中，学的是古人孙膑"田忌赛马"的故事。太平、襄陵虽然同为尉迟恭的封地食邑，然而由于地理条件不同，襄陵县境内有从唐时开凿的敬德渠，引临平阳府祠娥皇泉水入境，本县境内也有晋水等几汪泉眼。物产丰富，物阜民丰，号称"金襄陵"。正所谓"穷习武，富读书"。金、元、明、清科场考试，中举人、进士者数以百计，秀才更是不计其数。有民谣说："下了东柴坡，秀才比驴多。"尚武风气不如太平，跑鼓车必输无疑。太平县也有民谣："膏腴贾岗，不敢惹碰。不是杵子，就是擀仗。"民风自古剽悍，斗狠逞勇，非襄陵县可比。

第三场比赛即将开始，双方已经开始进入场地布置比赛道具。襄陵县代表队出场的是号称"机智人物"解士美，他要表演的节目名叫"油锅洗澡"。贾杏农稳坐帐篷，他相信玉贵一定能赢得比赛，"火瓮穿越"的难度前无古人后无来者。解士美"油锅洗澡"耍的什么把戏，且待表演的时候再看，他嘱咐自己的学生、南高村的刘笃敬在旁仔细观察。

欲知解士美和贾玉贵二人斗法，谁能技高一筹赢得比赛，且听下回分解。

第十五回　解士美贪吃油粉饭　刘笃敬解说新名词

第三场比赛，双方代表队各有一人出场。襄陵县出场人物名叫解士美，表演"油锅洗澡"。太平县出场人物名叫贾玉贵，表演"火瓮穿越"。听名头，都是玩命的真家伙，那是要舍出老命为本县来赢这四分水了，二人在评判面前当场立了生死状。

解士美是京安村人，性狡黠，能言辞，善诡辩，有机智，喜黄老之术，精通奇门遁甲，自称吴用再世、孔明重生。给自己起了个道号"高灯"，取"高灯下亮"之意，寓意诸葛亮、吴加亮皆在其下。

有一年初冬，农家秋禾早已收割完毕，进入农闲时节，正是"过了九月九，医生闲着手。吃了蔓菁饭，要病哪里有。"家家无事，所谓无事生非，少不了左邻右舍因鸡毛蒜皮的小事吵闹不休。也有想起流年不顺，疑他人下蛊，请高人施魔法破解。据说侯村的贾杏农祖上就被人下过蛊，下蛊之人请泥瓦匠在侯村贾家修建门楼时，把一根施过魔法的竹木筷子泥在门楼前的照壁上，意味着这是一座庙，门前只有一根旗杆。不料，泥瓦匠在西边墙壁上泥筷子的时候，徒弟学着师父的动作，也在东边泥了一根筷子。这贾家后人连出几个举人进士，门前立起双旗杆。

解士美应邀到太平县"没娃沟"给人做法事，破除魔咒。这"没娃沟"原是晋国义士公孙杵臼为救赵氏孤儿，藏假孤儿之处，奸臣屠岸贾为斩草除根，杀尽一村婴儿，故名"没娃沟"。

且说解士美做完法事，主人请他吃油粉饭。海带、黄豆、粉条、豆腐、白萝卜，外加猪油肉末炒酸菜、油泼辣子。解士美美美地咥了三钵碗，吃完，用手抹一下嘴，说："太平县的油粉饭就是比我家襄陵的米剂子好吃。"

解士美接过主人递过来的搭子搭在肩膀上，一头装了三升米，共六升米，是今日做法事主人给的报酬，捏起他的青铜古剑，腆着肚子出了门。

解士美走了约十里地，来到三公村外。哪三公？乃是春秋时期晋国的三位忠臣义士韩厥、程婴、公孙杵臼，三人在此商议救孤、藏孤之事，后人为纪念三位先贤建三公议事亭。

解士美中午贪吃了两碗油粉饭，多吃了几口猪油肉末炒酸菜，内急起来，四处张望，一片旷野，出土的麦苗连个鞋底子都掩不住，没有个沟沟堰堰可以遮挡。情急之下，看到路边麦地里有几株柏树、一座坟茔，坟前立有石碑。解士美走过去，把搭子搭在石碑上，在石碑后面宽衣解带，蹲下拉了个水火无情。拉完，捡起一块土坷垃擦了屁股，提起裤子站了起来。

有个拾粪的老汉，背个筐子、拿个铲子刚好路过。看见有人在程婴墓前出恭，放下筐子，掂着粪铲上前责问："你这个人，怎么能在程公墓前拉屎呢？你这是对忠臣义士的最大不敬。"

解士美边系裤带边说："程公连死都不怕，难道还怕我这泡屎吗？"说完捡起他的宝剑、背起他的米搭子径直走了，把拾粪的老汉看得愣在原处。关于解士美，民间流传有许多故事，大致如此。

两县争水，解士美主动请缨，说他近日遇真人传授"油锅洗澡"之术，多年练就金刚不坏之躯，有天罡五雷正心之法，可赢太平。可惜那时民智未开，封建迷信盛行，众人皆信不疑。

解士美指挥杂役抬过一口三尺大铁锅来，涧滩就地找三块石头支起，下放木柴，提两桶黑乎乎的油倾入锅内，请七位评判上前检验。

解士美用勺子舀起一勺油，举在评判面前，关督学与六位评判轮流用食指沾起一点，放在口中品尝，果然是香喷喷的豆油没有掺半点假。跟随在贾杏农身后的刘笃敬，趁众人围住解士美品验豆油的时候，用一把醋房打醋使用的长柄提子，伸入锅底打了一提子黑乎乎的油提进帐篷。

解士美身批鹤衣氅袍，头戴前长后短瓦楞帽，脚踏登云靴，手捏一柄古定松纹宝剑，左劈右挥，口中念念有词，剑尖挑起一张黄表纸。一名小道童端过一碗水，解士美噙了一口，噗地向剑尖上的黄表纸喷去，喝声"疾"，宝剑一挥，黄表纸携带一团火飞向锅底，木柴顿时毕剥燃烧。顷刻，油锅开始冒泡，酱油色的黑泡沫咕嘟咕嘟上下翻滚。涧滩北看的人叫喊："煮啦！"涧南看到的人喊："滚啦！"两县方言对水烧开沸腾冒泡用词表达不同。

小道童用木盘端过来一只白条鸡，解士美用剑尖挑起，插入油锅内，少倾挑起，向众人示意，那只鸡变得焦黄。小道士叉起一木制圆笸子放入翻滚的油锅内，脱去衣服鞋袜，下身仅穿一短裤，脚踏板凳进入油锅，双腿盘膝坐在笸子上，那油泡在小道士屁股下咕嘟翻滚。小道士双手合十，口里"阿弥陀佛，无量寿佛，太上老君，玉皇大帝，东海龙王，南海观世音菩萨"乱念一气。解士美舞起一把拂尘，绕油锅转圈施法助威，长袍衣袖一甩，油锅冒泡翻滚得更加厉害。

人群议论纷纷，这油锅打坐可比当年油锅捞钱厉害多了。有读过《西游记》的乘机卖弄识闻，说是当年唐僧取经路过车迟国，孙悟空和虎力大仙、鹿力大仙、羊力大仙三位国师斗法。三国师羊力大仙赌油锅洗澡，被孙悟空捉去他修炼了五百年的冷龙，死在油锅内，现了原形。

那边帐篷内，贾杏农正与刘笃敬谈论。二人拿起那提子油闻了闻，有股酸味。

刘笃敬说："我在北京，听那出过洋的说，南洋暹罗国有和尚赤身裸体在油锅内打坐，不太相信。去年我从北京回到太原，路过五台山，亲眼见一和尚坐在油锅内，下置干柴烈火，有和尚在旁向锅内投放白色物块，油沸腾翻滚，和尚并无痛苦之状。一干善男信女纷纷磕头布施，捐钱捐物。"

"家父在北京的生意铺子，有一合伙人，其子游历西洋诸国，写有西洋游记，我曾阅其稿。其人信天主，跟随教士学西洋技巧。满嘴几何、物理、科学等新名词。"

"一日，我与他围在火炉前烧水喝茶。他指着烧滚冒气的壶说，这水烧开上下翻滚叫沸腾，温度一百摄氏度，有温度计可以测量。"

"接着，他拿出一瓶山西老陈醋，倒了半碗，从水壶里抠出一块水垢扔进醋里，醋中开始冒泡，如水烧滚一般。他说这水垢叫碳酸钙，与醋反应生成气体叫化学反应，然温度并没有变化。我看今日老道的表演，大概是应用此法。"

贾杏农对学生刘笃敬说的一些名词如"沸腾""摄氏""物理""化学"也

是第一次听说，有些不太明白，说："且看结果再说。"

刘笃敬说："学生这次从北京回来，带有一本《瀛寰志略》，乃闽浙总督同文馆事务大臣徐继畬新著，老师可抽空一阅。"

说话间，外边油锅打坐表演按规定燃完半炷香时间已到，解士美做了个收官的动作，小道士站起准备出油锅。刚抬起一只脚，木篦子在油锅内侧滑，小道士向前倾倒，连人带锅翻倒在地，一锅黑油扣在火焰上。两岸看热闹的人顿时发出一片惊呼。

俗话说"烈火烹油"，欲知这一锅油倒在火焰上会发生什么事，且听下回分解。

第十六回　小道士翻锅洒醋　贾玉贵穿越成神

　　油锅洗澡时间已到，小道士出锅时踩翻了篦子，连人带锅侧翻在火焰上，有人准备到火堆中去救小道士。

　　众人惊呼。惊呼中不见烈火烹油熊焰起，但闻白烟升腾酸味来。一股太平老陈米醋味扑向洞滩两岸看稀罕的人群的鼻子，众人说："臭道士，臭道士，果然不假，这小道也不知道多少天没有洗澡，把油都洗酸了。"

　　小道士连滚带爬，慢了一点，内衣被火苗燃着，急忙三扯两拉脱了下来，两股赤红如猴尻，抱起刚才放在地上的外衣跑到桥下穿去了。

　　众人再看那火焰已经彻底熄灭，只剩下一丝白烟缓缓摇晃，酸味愈浓。

　　太平县评判梁栖鸾上前问道："言曰油锅洗澡，如何变为用醋？"

　　解士美辩解道："贫道说'有锅洗澡'，那三尺铁锅难道不是有锅吗？锅倾，火灭，油变为醋，乃是贫道施法所为。"

　　刘笃敬拿出那提子醋问道："此乃你未施法之前锅内之物，做何解释？"

　　解士美举起左手打了一个拱："无量寿佛，此乃天机不可泄露。"说罢右手拂尘一摆搭在左臂上转身离去。

　　就在解士美摆动右手拂尘时，从他那宽大的袍袖内掉出一白色物块，遗落于地，刘笃敬上前捡起，放在评判面前。七位儒学之士，社会贤达，退居回乡的官宦，皆认得此物，蒸饭炸油条掺入面内起蓬松作用，名叫白矾。

　　刘笃敬把白矾放入那一提子醋内，白矾遇醋，生成气泡，浮上表面破裂，如同下面有火烧煮一般。

　　七位评判刚才看解士美表演，以为有真功夫，看到他手舞拂尘，东指西画，装神弄鬼，心中疑惑，不知其理。刘笃敬这番操作解开谜团，豁然开朗，但依然有一点不解。

襄陵县城内武生员吴万清问道："刚才我们大家明明看到锅内是油，且都已品尝，如何能变成醋呢？"

刘笃敬说："油比醋轻，漂浮于上，大家看到的只是表面一层，这提子醋是我深入锅底取得。具体如何评判，各位老师自有高见，学生不便多言。"

刘峨叹气说："洒醋，洒醋。今日解道士洒我襄陵之醋。"

后来"洒醋"一词传了出去，成为办事不力、当场丢人出丑的代名词。

下午的风已经能摇动涧滩边一株杨树枝上刚舒展的新叶子，哗哗作响。

太平县的贾玉贵开始表演"火瓮穿越"。四个铁架子上悬四个敲去底部的水瓮，离地三尺半，一字儿摆开，瓮上缠三道浸饱油脂的麻绳，瓮与瓮之间的距离依次拉开，有人抱柴火放在瓮下。

玉贵走到涧滩中抱拳向两边乡邻民众施礼。众人看那汉子，身高不到五尺半，新剃一个精光的头颅，脑后留一小撮头发，寸长小辫，细如香。上身系一红肚兜，下穿一紧身短裤，裸腿赤足。身材削瘦，肌肉结实，古铜色的皮肤，站在那里像一枚固定房屋梁柱用的大铁钉。

贾玉贵检查了四个铁架子，挥了挥手，示意可以开始。一人举火把跑步引燃四个瓮下的柴火，轻风细吹，火舌上卷，三条饱浸油脂的麻绳立刻形成三条火圈，像蛇一样缠住水瓮，吐出可怕的蛇芯子。水瓮在烈火中被烧得铮铮响。

玉贵原地蹦了两下，活动活动身子，朝前猛跑两步，纵身一跃，双臂前身，嗖地一下从第一个瓮内穿过，刚落地的那一刻，一个鹞子翻身，接着从第二个瓮中穿了过去。这连穿两个火瓮，其动作之快，如燕子穿云，蜻蜓点水，隼鹞捕雀，兔子蹬鹰。

涧滩两边，锣声、鼓声、叫好声，响彻云霄。

解老道手持拂尘跑到玉贵前面，展开双臂，说："停！停！"

玉贵问："为什么？"

解道士拂尘一挥，面向众人说道："你身穿红肚兜，安知不是施了妖法的护体之物？你们大家都知道，哪咤三太子身穿红肚兜，脚踏风火轮，不惧火焰。红孩儿身穿红肚兜，能吃火吞炎，会喷三昧真火。"

解道士滔滔不绝慢吞吞地向两县急着看比赛结果的民众演说起来。

玉贵说:"好了!好了!我把红肚兜去掉重新开始总可以了吧。"

玉贵解下红肚兜扔在地上,赤着上身走到第一个火瓮前面。两岸人群发出呼喊声:"开始!开始!"

一个维持现场秩序的乡勇上前把解道士请到了一边。

风渐渐增大,卷着钢刀一般的火舌绕着瓮猛吞,瓮被火舌吞卷发出噼啪的痛苦声。

玉贵如刚才一般,从第一个瓮、第二个瓮穿过,全身被滚烫的瓮壁烤得通红。玉贵穿过第三个瓮,头上汗水直冒,从头到脚通体赤红。

玉贵脚尖踮起轻轻弹跳了两下,举起双手向所有人挥了挥,行了一个圆满礼,纵身一头钻进了第四个火瓮。

山崩石裂一声响。就在玉贵钻进火瓮的那一刻,第四个火瓮由于烧烤时间过久,爆裂开来,铁架子随即倒塌,玉贵被压在火堆里。

两岸人都"啊"地惊叫。人们持铁钩子、木杆子、柴耙子涌向火堆。

火堆中玉贵站了起来,向前走了五步,仰面朝天直挺挺地倒了下去。

贾杏农拨开人群,蹲在玉贵身边,喊着:"玉贵,玉贵。"

玉贵面带微笑,嘴略微张,好像是说:"囡囡,我给你赢了十亩地的嫁妆。"

火瓮爆裂,一块三角形瓮碴子如利刃插入了玉贵的肚子。玉贵死了,贾玉贵用生命为太平县赢了这场比赛,为古城、侯村、西王等村庄赢了四分水,为他的女儿贾根稳赢了十亩好地。

太阳在姑射山背面落了下去,晚霞映红了半个天空,像火烧一样。

突然有人喊:"快看,玉贵!玉贵!"

众人顺着那人手指的方向望去,霍都峪口,狼牙山上升起一团红云,如一个人的模样,有鼻子有眼,就是玉贵刚才穿越火瓮前的样子,周身金光四射。

众人齐声喊:"玉贵成神啦!"哗啦啦一片向霍都峪口跪了下去。

村民把玉贵埋葬在狼牙山上,在霍都峪口建了一座瓮爷庙,瓮爷浑身通红如赤炭,享受姑射山下一带村民的香火,保佑村民水源丰富,有水共享,粮食丰收,人畜平安。至今,瓮爷庙仍存。

欲知后事如何,且听下回分解。

第十七回 晋桥梅月三分明 娥皇竹泉一半烟

四月二十日，古城泰平关下，襄陵、太平二县在豁都峪洪水涧滩开展了三场比赛，太平县赢得了七分水，襄陵县赢了三分水，仍按原三七分成，两县官员签字，刻石立碑。此乃大清道光年间之事，因事关重大，写书的也不敢杜撰，仅照实记录而已。

襄陵县输了两场比赛，众渠首乡绅议论纷纷。那京安村渠首对结果倒不十分上心，虽然这次比赛他们村出力最大，因数十年来，全村主要依靠生产贩卖各种爆竹焰火为生，其利比种地大十倍。对于洪水浇地，等于腊月三十晚上拾了个兔子，有它过年，没它也过年。因为有在京当官之人，说是要奏请皇上圣旨，奉旨开渠，村人不知真假，为迎合本村京官，故带头参与。对于解士美代表本村表演"油锅洗澡"，就当是看了一回热闹。

这结果却激怒了与霍都峪洪水灌溉无关的三位义士，他们是襄陵浪泉里西阳村渠首阎连云、太柴村渠首温其英、景村卫秉直。三位好汉在刘峨、贾文超、武万清面前怒气冲冲地道："我县有泉水不利用，任凭恶霸独占谋利，反而来此与太平县争无益之水，烦请三位评判今日趁此机会，向陈知县申明我里景村恶霸管白俭独霸水源之事，请知县陈大人为民做主。"

陈知县安慰大家说，少等时日，本官一定会给乡老一个结果。说罢和太平知县吴珍共同礼送平阳府关督学先行一步，护送关帝爷起驾回宫，然后各自打道回本县县衙，其他乡绅各自回家。

夜暗了下来，涧滩两岸看热闹的乡民渐渐散去，三口没底的火瓮黑黝黝地停在涧滩里，与夜色融为一体。

原来这襄陵县境内东柴坡上汾河岸边有晋襄公陵墓，故名襄陵。境跨汾河两岸，河东有洗耳河，乃巢父闻听尧王要传位于他，觉其言不堪入耳，污其清白，坏其避世清高的声誉，在河水中清洗耳朵，遇另一位贤人许由牵牛饮水，故后人把这条河叫洗耳河。河西有晋水，称晋母河，源出姑射山下，与临汾龙祠同一水系，向东流经襄陵县城北屏霍门外，河上建有廊桥，称晋桥，桥北东侧有梅月泉，其水清凛，里人用泉水泡茶酿酒，香味醇厚。桥南西侧有梅月酒馆，多有文人骚客在此相聚，有诗赞曰：

> 画桥雄峙接岩城，屏霍门外故道横。
> 牧笛远过芳草滑，酒帘斜扬绿波明。
> 千秋梅月仙留影，三晋云山客讲程。
> 溪水东流无限好，长安北望不胜情。

不仅如此，县城西边浪泉里有薛村九眼泉、景村娥皇泉、西阳女英泉、九色泉、龙澍峪泉。更有唐时尉迟恭跑马开渠，从平阳府引来龙祠泉水的敬德渠。襄陵一境，水源丰富。东柴坡下，荷池连埝，每年夏天荷花盛开，自是一番美景。襄陵才子、"八砖学士"、京畿道监察御史卢秉纯曾题诗《十里荷香》状其景，"荷叶田田露气清，花开不让锦官城"，故襄陵河西一地有"小江南"之称。

怎奈道光元年，景村有一个名叫管白俭的，其兄管白良在京城康亲王府上当厨师。康亲王虽然是旗人，却爱面食。管白良做的一手好面，猫耳朵、揪片、饸饹、拨鱼、擦饹豆、剔尖、刀削面、臊子面，各式各样的面半月不重样。又能腌制好小菜用以佐餐，康亲王往往能多吃半碗，故而喜欢，多有赏赐。

管白俭仗着兄长之势，横行乡里，开有赌坊，抽头放债。看到梅月酒馆生意兴隆，便想占为己有。勾结人称"牛筋""猪蹄""羊骨头"的几个赌鬼，引诱梅月酒馆老板的儿子赌博，欠下巨额赌债。管白俭趁机敲诈，将梅月酒馆弄在手里，改名梅月酒楼。垒了一道围墙把梅月泉圈起，独占梅月泉酿酒，乡人若要打泉水，每桶要缴纳十文铜钱。乡人不服，告至官府。官府贪管白俭的贿赂，以其向官府缴纳税银为由，驳回乡民诉状，准其独占梅月泉。

管白俭将所酿的酒起名"梅月酒"，送与京城其兄管白良数坛。管白良打开一坛酒献给康亲王品尝，康亲王喝后连说三个好字。管白良请康亲王为其兄弟题写几个字，康亲王自幼提笼架鸟，何曾会舞文弄墨！趁着酒兴，偏偏要假装斯文一回。手握松禾（毛笔），歪歪扭扭写下了"好酒，好酒，好酒"六个大字。

管白俭收到管白良寄回的康亲王题字大喜，用框装裱起来悬挂于酒楼醒目之处。自此更是腰拴扁担横行于襄陵大街，连平阳官府也不放在眼里。有那读书识文的儒学生员，看到这六个大字，禁不住暗笑，话说三遍淡如水，这恐怕不是康亲王和管白俭能够想到的。

道光三年，管白俭截娥皇女英二泉，在景村上游开办造纸作坊，造纸产生的毒水排放到敬德渠。下游太柴、西阳、薛村、庄头、焦村等村庄民众大受其害。人畜不能饮水，禾稼不能灌溉。乡民联名告到襄陵县衙，知县怯管白良势力，不敢断。诉至平阳府府台岳宪案下，拖了三年，诉状仍转回襄陵县衙，让由本县自行审理。管白俭越加骄横，在作坊内养恶狗三条，毒水肆意排放。若有乡民围堵造纸作坊吵闹，便放恶狗咬人。

去年八月十五，金鸡西坠，玉兔东升，一轮明月悬挂于襄陵南城门楼上。城墙下吴家院内，月光下，几位士子正在为武生员吴万清把酒接风，半月前吴万清刚从云南边境军营退役归来。

这吴万清性磊落，仗侠义。初从商，资金亏损殆尽，家道中落，时外人欠款尚在二千缗以上，人劝其收回外欠资金，重新创业。万清曰："人必不得已，始负债不归，彼如能偿，早偿之矣，何待讨为！"取券悉焚之。人称"小孟尝"。

云南贵州一带边民叛乱，吴万清携二子投营报效。父子作战勇敢，多有战功。长子吴勇，官至四川龙安营都司。次子吴秀，官至贵州清江协副将，记名总兵，赏加提督衔。吴万清也官至千总，随老将冯子材在云南边境抵抗法国侵略，因年过六十，作战负伤，以身体有疾退役归乡养老。

酒席间，众士子谈起儿童教育，吴万清愿捐水地二十亩，建立义学一所，以育蒙童，捐金百两为生童膏火费。

士子说："如今襄陵县的水地快要全变成旱地了。"

吴万清问："是何缘故？"

士子们说："有恶贼管白俭在景村开办造纸作坊，截断娥皇女英泉水独用，化灰毒排于水渠，养恶犬伤人。"

吴万清问："难道无人上官府控告，任其独占水源损害大伙儿的利益？"

士子们说："仗其兄管白良势炎，官府互相推诿谁也不管。二十余年了，无人奈何得了他。"

吴万清大怒："一个做饭的厨子，仗着亲王的庇护，竟敢在家乡如此胡作非为！我等军人在边境为国家流血拼命，竟保卫此等恶贼！待我去打死这狗东西再回来与诸位吃酒。"说罢，便要叫人备马备刀。

诸位劝道："将军息怒。你刚刚回乡不久，此事且待商议良策。城隍庙有一副对联说得好，'恶有恶报，善有善报；若是不报，时辰未到'。待那狗贼恶贯满盈，自有老天收拾。"

宴罢众人散去，吴将军气愤愤地睡去，当晚一夕无话。

欲知吴将军如何处治管白俭，且听下回分解。

第十八回　除夕夜老天爷祈福　年初一众乡亲贺喜

　　转眼到了腊月，孩子们在街上成群结队地转着、跑着，唱着儿歌"腊八、祭灶，年下来到，姑娘买花，小子买炮"。到了腊月三十这天，家家院子内摆好了祭祀天地的供桌，桌前系一绣花围子，称为桌裙，遮挡住桌子腿。桌子中间前方立一木制牌位，上书"天地十方万物有灵之位"，旁边放一白面与红枣蒸做的糕垛，足有十层之高。核桃、柿饼、花生、酒枣、麻花、馓子、各式花馍，装在九个盘子摆满一桌子，一个景德年间的陶瓷香炉插有五炷香火。桌子腿上绑着一枝新砍回来的柏树枝，上粘贴有红纸条。院子中间摆放两大块炭，炭中堆放柏树叶，准备晚上放旺火。新糊的窗户纸，新贴的窗花"喜鹊登梅""猴子吃桃"，黄黄绿绿的纸旗粘在门框上方。塞门、家门、厨房门，凡有门的地方都贴上了红色对联，就连水缸上也贴了一个大大的福字。一切准备就绪，单等着晚上迎接那位上天汇报家长里短抛米撒面、供奉他的这一家人一年来的过错善恶、乘夜色回来的灶王爷。

　　天刚黑，各家在院子里向天空放了五个两响炮，称为套神，提前预约，请各路神仙和历代祖宗的魂灵明天早早来到认准家门。旺火烧起，柏树枝叶噼啪作响，一股柏树的香味随着火焰向空中冲去，驱散在人间散布疾病瘟疫的邪恶怪物，为新的一年带来红红火火的好运。

　　吃罢年夜饺子，张狂了一天的孩子躺在炕角睡去，母亲忙碌着拾掇寻找明天早上一家人要穿的新衣服。有老人对着油灯打盹儿熬夜，称为熬寿。据说大年三十晚上三更鼓里，南天门大开，老天爷要在一年的这一时刻出南天门观察人间善恶。若在这时看到老天爷，向他求愿，老天爷便能满足你的一个愿望。

有一对老夫妻，熬夜到三更鼓，站在院子里等南天门开。呼啦啦一声响，闪出万道金光，老天爷乘龙车凤辇走出南天门。老头老婆急忙作揖，老天爷说："二位老人家，有什么愿望？"老头子说："我们想年年能吃饱肚子。"老天爷说："你说的啥？我听不见。"老太婆指指老头子的嘴巴，抹抹自己的嘴巴，拍拍肚子。老天爷说："我知道了，一定满足二位老人家的愿望。"说着金光消失，南天门闭上了。老夫妻高高兴兴回屋里睡觉，第二天早上起来，老两口互相一看，老头的胡子没有了，全都长到了老婆婆嘴巴上。

有一位秀才闻听此事，写了一首《老天爷》歌："老天爷，你年纪大，耳又聋来眼又花。你看不见人，听不见话。杀人放火的享着荣华，吃素看经的活活饿杀。老天爷，你不会做天，你塌了吧。"

忽然听见有人喊了一声"走水啦"，接着听见有人敲打铜盆子。众乡亲端着水盆、挑着水桶跑出家门走到街上。原来是城北晋桥旁边的梅月酒楼失火，都站立在原地不动，远远地观看梅月酒楼燃烧。在这个大年三十晚上，众人欣赏了一场有生以来极大的旺火。

管白俭正在景村家中和新娶的小老婆对坐抽烟熬寿，有人报："四老爷，不好了，县里酒楼着火了。"

管白俭大惊，骂道："一定是羊骨头这个老杂毛贪酒失火，看他老骨头过年无处可去，让他看守酒馆，给我弄出这么个乱子来。快！备车，我去看一下。"

管白俭乘坐马车，把在纸厂守夜的二个家丁叫来跟随。大年三十晚上，三更半夜，除了天上的星光，到处一团漆黑。干冷干冷的夜，此时出奇的静。管白俭已经在车上看到了他家酒楼的火光，听到了房梁燃烧爆裂的声音。他催促马车跑得快一点，他骂家丁们办事不力。等他的马车跑到晋桥时，梅月酒楼已经完全倒塌，只剩下一圈砖墙和几根着火的柱子在那里"苟延残喘"，火光中他看见城墙上站满了看火的人，"牛筋""猪蹄"也在其内。

一个家丁回头看了一下，姑射山下，景村西边也冒出了一团火光，家丁惊慌地说："四,四,四老爷，纸,纸厂，好,好,好像，也,也,着火了。"

管白俭差点从车上掉下来，家丁驱车掉头回景村。纸厂的火映红了半个天空。

"嘭——啪——"

迎接神的炮声在各个村庄响起，噼里啪啦的鞭炮声此起彼伏连成一片，家家户户争先恐后地放炮，唯恐天地十方万物有灵的神仙和回家过年的祖先的魂灵走错家门。东方的天空出现了鱼肚白，人们正欢快地迎接新的一年到来。

男人们开始烧火煮饺子，女人们梳妆打扮坐在炕头，正月初一这一天是女人们休息的节日，一年做了三百六十四天的饭，今天应该休息一下，由男人掌一天勺。

第一锅饺子先捞出三碗，恭恭敬敬地端放在神祇楼前，摆上三双筷子，请历代祖宗共享，一家人跪在神祇楼前磕头上香。孩子们给长辈拜年，长辈们给孩子十个铜钱做压岁钱。

刚吃罢饺子，街上的锣鼓声即响起，人们走出家门，人人脸上洋溢着笑容，互相躬身作揖，道一声："恭喜！新年好！"

这年从初一到十五，各村整整办了半个月的热闹。高跷、抬阁、旱船、龙灯、狮子、大头娃娃、花鼓、锣鼓，襄陵的一条南北大街上，都是办社火的人，刚过去一队又来了一队，从早敲打扭到黑。

梅月酒楼失火倒塌，看守酒楼的光棍羊骨头在火中丧命。纸厂三大垛囤积的造纸原料化成灰炭，着了半个多月还没有熄灭，三条恶狗也在大火中被烧成灰烬。管白俭气了个半死，找衙门告状。无奈衙门过年放假，到了正月十四、十五、十六，全县又热闹三日，官民同乐，共庆元宵佳节。到了正月二十县衙才挂牌放告。管白俭要求知县陈进德捉拿放火凶手。

陈知县问放火之人姓甚名谁？可知住址来历？年龄籍贯，是男是女？高低胖瘦，麻脸还是驼背？

管白俭支支吾吾答不上来，说："如你不接收本人的案状，本人明日即启程前往京城告状。到那时你吃不了兜着走。"

陈知县说："好吧。我派一名仵作和两个衙役随你去现场查看，可能寻找到线索。"

仵作和衙役随管白俭到了城北晋桥梅月酒楼废墟，瓦砾中捡得火盆一个，内有未烧完的木炭，是酒楼值夜之人取暖所用。羊骨头的尸体装在一具白棺材里，停放在城墙根下。仵作开棺验尸，查得死者身长五尺三寸，短须，左臂有陈旧性刀伤，全身无其他新外伤，胃内有酒肉食物，气管肺内有烟尘。仵作填写验尸单：系酒后昏睡，遗火引燃衣物被褥，烟熏致死。纸厂余烬未熄，仍有丝丝白烟，火灰中扒拉出三只狗几根烧焦的黑骨头，空白场地上捡得燃放后的烟花爆竹纸壳数枚。

仵作和衙役将验查结果向陈知县汇报，陈知县批复说梅月酒楼显然是值夜之人羊骨头燃木炭取暖酒后失火，且值夜之人已在火中丧生，死无对证。纸厂失火为除夕夜燃放爆竹误落入原料堆引起，是为意外。故本案不予受理。

管白俭闻听大怒，当即写书一封，连夜让人到北京送给二老爷管白良，请他在康亲王面前给山西官员施压。

欲知康亲王如何给山西官员施压，能否找出放火之人，且听下回分解。

第十九回　龙澍峪二龙斗法　华佗庙一签灵验

管白俭独自坐在家中，自从酒楼和纸坊失火，昔日围着他转的靠他讨饭吃的人，这三个月来一个也没有来过，不知道听到了什么风声，都远远地离他而去，连那两个赌鬼"猪蹄""牛筋"也不见面。管白俭派侄儿管墨池去北京送信，请二哥管白良在康亲王面前说情，给山西官员施压。眼看到了四月二十，管墨池走了两个半月了，人不回来，也没有消息。应该不会有什么问题吧？他这个侄儿能说会道，见人说人话，见鬼说鬼话，人送外号"油里西瓜"，善见风使舵，送一封信不是什么难事，可是为啥还不回来呢？

听说各村渠首齐聚京安，要和太平县争水浇地。提到水，管白俭心里又是咯噔一下。那个太柴的渠首温其英，西阳的渠首阎连云，这些年来一直明里暗里和他斗，堵他造纸作坊的排污水口，在他造纸作坊门前道路上挖沟设置障碍，全被他斗了回去。这次他们几个聚集在一起，少不了要在知县陈进德面前告他的状。

唉——管白俭长长地叹了一口气，听说这个知县陈进德是陕西渭南人，有一股子关中愣娃性格，因军功而授知县，走的是朝中李中堂的门路。来了一年，似乎对他不买账，不贪钱也不看康亲王的面子，禁赌禁烟，坏了他不少生意。梅月酒楼和纸厂失火，他去报案，推三阻四，敷衍塞责，不寻找放火之人，还责怪他用人不当，引发了火灾，给县城居民造成了恐慌，影响了大家过年的心情。

哪有两个地方同一天失火的？早不失晚不失，偏偏在腊月三十晚上半夜三更时分。纸厂的三个守夜家丁，跟随他到县城查看梅月酒楼前还没有发现异常。他问了三个人，那天晚上谁也没有在纸厂放炮，空白地上的爆竹纸屑外壳从何而来？两个地方，一前一后，明明是调虎离山之计。好聪明！好狠毒！这是要彻底断绝他的后路。如果真是意外和巧合，那还好说，损失几个银钱是小事，他还可以在旧址重新开张。要是有人背后插刀，跟他作对——他在明处，放火的人在暗处，"明枪易躲，暗箭难防"，这话他还是听弹三弦的白眼瞎子胡海水说《大明英烈传》时说的，找不出这次放火的人，那他有再多的酒楼和纸厂也抵不上一把火。

卫秉直？阎连云？温其英？这些人因为用水浇地跟他斗了二十几年，除了在路上挖坑挑槽堵排水口这些撩猫打狗的手段，量他们也没有放火的胆量和本事。

原梅月酒馆老板的儿子？那小子早就是废物一个，赌博抽大烟败光家产气死爹娘，老婆被人贩子拐到江南卖给青楼当了妓女，栖身城门洞靠翻捡垃圾与狗争食。

那还有谁？这些年和他吵过闹过的人在脑子里过了一遍。忽然闪过一个人影，他不禁打了一个冷战。

那是去年九月初三，黄崖村龙澍峪华佗庙会，管白俭带着他的侄儿管墨池去进香抽签祈福。进了山门，约行半里，来到水火二龙斗法的峡谷。峡谷阔有八尺，两岸峭壁之上各有一洞穴相对，深不可测，右边为水龙洞，左边为火龙洞。有一怪事，每年夏秋之季，水龙洞往外流水，火龙洞必有烟雾冒出，好像相互斗法一般。洞下建一牌坊，上书"龙斗双阙"。过了牌坊，转过"石门缩秀"甬道，进入牛肚洞，峡谷豁然开阔如天井，井中有一圆形巨石。抬头向南，山顶一天然石桥，连接东西两峰，峡谷石壁上刻有"天桥古蹊"四个大字。前行数十步，有一门洞，名为峨山桥，始建于宋代，明嘉靖年间重修。从峨山桥洞下穿过，有一片摩崖石刻，有一首诗："天门高处两仙桥，缥缈白云手可招。坐饮渐熏毛骨爽，翩翩鹤下雨潇潇。"乃是元代大书法家赵孟頫题写的书法真迹。

管白俭和管墨池爬了三十六个台阶，在洗手池净了手，走进华佗殿。高台上坐着华佗塑像，肩上披一块红色的披风，一张白面孔，略显瘦，颔下三绺胡须，像个书生。一个道士坐在案几旁，前边有两个妇女抽签还愿。

等那两个妇女还完愿，道士问管白俭："是还愿还是抽签？"

管白俭说："抽一个签吧。"

道士拿起锤子敲了一下铁钵盂。管白俭上了三炷香，擎起案桌上的签桶，跪在华佗五彩泥塑像前，哗啦哗啦连摇了四五下。说来奇怪，桶里的六十四根竹签齐上齐下没有一根蹦跳出来。坐在案桌旁的道士说："心不诚，罚油三钱。"

管白俭从腰里扣扣索索摸出一枚铜钱投进前边的功德箱里，重新拿起签桶，刚摇得一下，一根竹签突地跳了出来跌在地上。管白俭拾起一看，第十三签，大吉，递给道士。道士查对签书第十三签，只见签书上写着：

谶曰："星冷太阴暗，火德在人间。稼苗方欲秀，犹更上云端。"

诗曰："东方未见日月晓，寅木茁壮发新条。西山有金谁人知，巳辰相追大梦消。"

管白俭看不懂是什么意思，道士解释说："总之有好事会发生，大概在明年四五月间即可应验。"

再看诗下面是华佗神仙给开的药方：大黄、板蓝根、甘草、马兜铃、生地、柴胡、防风、细辛、巴豆各六钱，牛黄少许，碾末蜂蜜调和成丸，绿豆水送服。

管墨池说："这些药都是败火的，平时多喝点水就是了。四叔，咱们到真武庙去看看吧。"

真武大帝庙在北边的峨山最高处，需攀登三百六十五个台阶。管墨池扶着管白俭上了四十个台阶，累得上气不接下气，站在一个稍宽一点的台阶上捧着肚子喘气。只听得"噔、噔、噔"响，回头一看，一个人手拄一根鸡蛋粗细的铁杖，从山下上来了。前边脑门剃得精光，一根粗黑的辫子缠在脖子上，身长六尺，紫棠色脸庞，看样子有六十多岁。两道眉毛又浓又黑，中间几乎连在一起，两角斜向上挑。一步一个台阶，如履平地，每走一步铁拐杖在石台阶上墩一下就发出"噔"的一声响，爬山的人纷纷向两边避开让路。

那老者从管白俭和管墨池中间走过，一股风几乎把二人冲到山崖下。那铁拐杖和脚步墩在石阶上，管白俭感到脚下的山石在震动。管白俭抬起头看那老者，恰好那老者也回头看了他一眼。二人目光相遇，管白俭不由自主地打了一个哆嗦，觉得那老者的眼睛里射出的是两把利剑，寒气逼人，似乎要把他的衣服剥光，丢下山去。他顿时感觉到自己猥琐渺小无地自容，如同赌徒输光钱般，心情懊恼。他看着老者大踏步地向峨山上的真武庙走去，决定立即下山返回。

第二天管墨池就打听得清清楚楚，那老者叫吴万清，住县城南街城墙下吴家大院，刚从军营退役回乡养老。年轻时爱抱打不平，仗义疏财，外号"二敬德"，又称"小孟尝"。单手能举三百斤石锁，善使一把混铁点钢枪。十五岁时随同父亲做粮食生意，双腋下各夹一二百斤麻袋，奔走如飞。二十六岁乡试武举第三名，三十八岁携二子投军，守边关二十七年。

管白俭说："他走他的道，我过我的桥。井水不犯河水，只要不惹他就是了，谅他也不能把我怎么样。"

且说管白俭在家中坐在躺椅上胡思乱想，一个人没有打招呼，推开门撞了进来，吓了他一跳，原来是侄儿管墨池。

管白俭急忙问："见到你二爸爸了吗，墨池？"

墨池气喘吁吁地说："没，没见到。"接着哇地大哭，哭了几声抽泣着说："四叔，二爸爸出事了。"

"出什么事了？"管白俭坐直上身问。

"二爸爸被关到宛平县大牢里去了。"墨池呜呜地说。

"老二犯了什么法？快说！你打听清楚了吗？到底是怎么回事？"管白俭急得从躺椅上站了起来。

"康亲王吃了二爸做的春卷死了。亲王府的人说二爸是拜上帝会的人，害死了亲王，把二爸送到宛平县，打入了死囚大牢。"管墨池哽咽着说。

管白俭头一晕，一屁股坐在躺椅上，闭着双眼仰面朝天躺了下去。躺椅上下乱摇晃。

欲知管白俭性命如何，且听下回分解。

第二十回　北京城官兵净街道　古城镇墨池设赌局

管白俭听说他二哥被官府打入死囚大牢，热血上涌，一口气没喘过来，昏死在躺椅上。

"四叔，四叔。"墨池收住哭声上前查看。

"唉——"管白俭悠悠地缓了过来，长长地出了一口气，咳嗽了两声，咳出一口痰，痰丝中还带着血。

"墨池，你慢慢地给我说。"

正月二十三，管白俭写好诉状去县衙告状，要求陈知县捉拿放火之人。陈知县派仵作和两个衙役随管白俭查看失火现场，过了二月二给他回复失火属于意外，案子不受理。管白俭在家中给管白良写好书信，从万年历上选了个适宜出门的黄道吉日，二月初九让管墨池从家中出发前往京城。

管墨池背上一个包袱，裹了换洗的衣服，掖了一双鞋，贴身藏了盘缠，书信放在包袱内。一路上或骑驴，或雇车，或步行，晓行夜宿，整整用了二十二天，三月初赶到京城。先找一家名叫"云栈"的小客店安顿好，歇了一晚。第二天早早起来，洗了面，在客栈门前的小吃摊上喝了一碗北京豆腐脑，吃了一张天津煎饼果子。回到客栈，换了一件藏青长袍，腰里掖了钱，包袱内取出书信，出门坐上一辆洋车，用襄陵口音撇着京腔说："到亲王府。"

拉车的一口河北沧州话："亲王多球个咧，嘛个亲王？"

管白池说："就是我二爸爸的那个亲王。"

拉车的说："就是你二大爷的亲王，咱也不知晓。"

管墨池说："康亲王府。"

拉车的说："这个咱知晓。走嘞。"拉着车一溜小跑。

绕来绕去转了三四条街巷胡同，在一个小胡同口停了下来，拉车的说："到嘞。"下了车，给了车夫二十个铜钱。车夫说这是西皇城根南街羊圈胡同，出胡同口左转半里地就是康亲王府，这些日子康亲王府办丧事，这条街净街一个多月嘞，不许行人通过，今天只能到这里嘞。

管墨池掸了掸衣服，摇摇摆摆走出胡同口，一条街上净无一人，街道两边商铺门店全部打烊关门。顺街边向左走得百十来步，街道左右站了两排兵勇，每隔十步一人，头戴白缨凉帽，腰悬跨刀，手持长枪，枪上的穗子也全部是白色。前边有一座牌坊，上面挂着白色的布幡，连牌坊下面的石狮子脖子上也缠着白布，牌坊内外停有许多马车。

一个骑马的军官模样的人见管墨池在街边行走，手举马鞭朝他头上就是一鞭子。管墨池侧头躲避，身后商铺一扇门突然打开，伸出一只胳膊把他拉进店内，店门随即关上。

管墨池看拉他的人，那人四十来岁，开口先问："你是襄陵县的吧？"

管墨池一听口音，就听出是古城一带的，连忙说："是是是，我是襄陵浪泉的，我姓管。"

那人说："我姓史，是古城杜村的。刚才从门缝里看到你在街上走，去年在古城街上见到过你和人打赌，所以记得你的面容。你大概是刚来北京吧？"

管墨池也想起来了。去年正月十五，他在古城街头关帝庙门前摆了个打赌摊。这些年他给管白俭看赌场，多少学了几招，也想出去招摇撞骗一下。他从布兜里拿出一块布铺在地上，放两个霍都峪里烧制的黑釉白底粗瓷蒸碗，拿起一个小铜锣当当当敲了几下，围上来一圈人。

管墨池敲三下铜锣，手猛地压住锣盘，锣立刻止住声音。口中念了两句开场词："打开场子压四角，转圈都是我大哥。"接着又敲三下锣，手压住锣再高声念道："高高山上一碗油，一脚踢得满山流。能流能流只管流，流到谁家谁吃油。"

管墨池放下铜锣，抱起双拳向围观的闲汉们说："本可今日在此摆个打赌摊，二百钱一赌。有愿意赌的，赢了，二百钱归你；输了，扔下二百钱走人。本日只开三赌，有愿意第一个赌的吗？"

人群中有一个戴瓜皮帽的人说："有，有，有。"说着挤到摊前问："赌什么？"

管墨池从腰里捏出一枚汉代五铢钱说："这枚钱有正反两面，我把它竖直丢在这个碗里，你赌正面还是反面向上。"

瓜皮帽甩出二百铜钱在布上，说："赌正面向下。"

管墨池用两个手指捏住五铢钱一搓丢在碗里。钱在碗底滴溜溜地转圈。瓜皮帽蹲下盯着碗喊："下，下，下。"人群里也有人跟着喊"下，下"。钱转了几转摇摇晃晃眼看正面向上要倒了，被碗底的火结疤绊了一下，钱顺着碗底转了半圈，反面向上倒了下去。

瓜皮帽高兴地蹦了起来直喊："赢了！"管墨池脸上显出不高兴的样子，从包里掏出一把钱，数了二百递给瓜皮帽。

瓜皮帽高高兴兴地接过管墨池递过来的钱，抓起刚才自己押在摊上的钱，笑眯眯地钻到人群后边去了。

有个穿马褂的汉子，老婆给他二百铜钱让他上街买一把丝线，准备给孩子做个绣花老虎鞋，听见敲锣也站在人群看热闹。见瓜皮帽赢了二百个钱，心里猫抓地痒，捏着老婆给的钱也想赌一把，心里想着赢他二百好自己存个私房钱买酒喝。

管墨池拿起锣敲了一下，说："今日第二赌现在开始，君子一言，白布染蓝，就是输了裤衩也要把今日赌盘开到底。谁来赌第二把？"

马褂挤到前边说："我来和你赌。"

管墨池说我用这两只碗扣住这枚钱，你看好了，待我手移动停止后，你赌钱在哪个碗底下。马褂说好，开始吧。管墨池说先把钱押在这里。

马褂押上二百钱，看管墨池把两只一模一样的碗都倒扣在布上，用右边的一只碗罩住五铢钱，心里默默地念了几十遍，牢牢地记住了那只有钱碗的特征。管墨池双手把两只碗前后左右移来挪去，他的眼睛紧盯着那只扣钱的碗，眼光随着管墨池的手移动。旁边看的人眼花缭乱，已经记不住分不清哪个碗下扣着钱了。

管墨池把两只碗往前一推说："你赌哪个碗里有钱？"

马褂毫不思索，指着左边的碗说："这个碗。"

管墨池说："好，有了你赢，没有你输。看好，开了。"

管墨池右手手掌对着碗底，五个手指抓住碗倒提起来，布上什么都没有。

马褂愣在那里，明明看得清楚那枚铁钱就扣在这个碗下，怎么就飞了呢？看着管墨池左手把他的二百钱搂进包里，一脸沮丧退到人群后边。这马褂今天回去如何向他老婆交代，是跪洗衣板还是睡地上，写书的不敢妄自猜测，总之酒是喝不上了。

管墨池把手中的碗塞进旁边的布兜里，从里面摸出一个沉甸甸的铁秤砣，说："第三赌，最后一赌，这次开一个大的赌，六百钱，有想赢钱的赶快抓住机会，过了这个村就没有这个店了。"

人群里有人问："赌什么？"

管墨池掂掂手中的秤砣，从布上拿起那只小蒸碗，说："我这个碗在老君炉里炼了七七四十九日，坚硬无比。用这个秤锤锤碗锤不烂。有愿意赌的吗？"

围观的人不知道他葫芦里卖什么药，没有一个人应声。

管墨池把碗递给前边的人，有人接过碗看了看，就是家家都有的普通蒸碗，没有看出什么特殊之处。

管墨池说："加到一千个钱，没有人赌就收摊回家喽。"

"且慢！我来和你赌。我不信你的这个碗是铁打的铜铸的，秤锤锤碗锤不烂。"刚才赢了二百钱的瓜皮帽又从后边挤到了前面。

瓜皮帽掏出刚才赢的二百钱，又掏出自己的二百钱，押在布上。"四百钱，全在这里，我和你赌了。"

管墨池说："四百钱不赌，要赌就是一千钱。"

瓜皮帽转向人群说："有愿意合伙做生意的吗？凑够 千咱们和他赌了。"

人群里有三个人动了心，各拿出二百。瓜皮帽数了一下，共一千钱，押了上去。

管墨池举起秤锤说："你们四位听好了，秤锤锤碗锤不烂，现在开赌。"

旁边伸过一只手抓住了他的秤锤，"你说的秤锤锤碗锤不烂？"

"是的，锤不烂。"

"哈哈，原来你赌的是锤不烂，不是碗不烂。"

"哈哈，哈哈。"抓他秤锤的人松开手，一边笑，一边走进了关帝庙。

围观的人恍然大悟，纷纷笑着散开了，那三个人抓回自己的二百钱，也走了。

欲知这个揭穿管墨池赌局的人是谁，且听下回分解。

第二十一回　六陈铺有福论秤砣　康王府妃子喝米粥

上回说到管墨池在北京的大街上行走，被骑马的军官用鞭子抽打，小县城的混混哪里见过大京城的这种威风阵势？被人拉进了一家铺子内，心还吓得怦怦乱跳，认出了救他的人是古城镇的史掌柜。

"史伯伯，史掌柜，原来是您老人家，侄儿多有得罪了。今天能遇到您老人家，真是三生有幸。谢谢史伯伯教育侄儿，救了侄儿，您老是侄儿的再生父母，救命恩人，墨池在这里给您老磕头。"说着管墨池趴在地上给史掌柜磕了三个头，被老乡救了一命，自然是感恩不尽。

这救他的史掌柜叫史福通，古城杜村人，早年在南高刘家和古城邓家合伙开的"德聚源"斗行当伙计，多年下来自己攒了几个钱，问东家借了一点资本，在皇城根开了一家六陈铺。雇了一个小伙计，自己连东带掌。经销粮油米面，熟门熟路，大宗的还是从老东家德聚源斗行进货，零星的自己也采购一点，潞安府小米、雁北莜面、小店大米都是山西特产。另外也经营油盐酱茶，有千里迢迢从山西太平县运来的"三合盛"米醋。那一条街上的旗人爱吃米醋拌凉菜，虽然路途远运价高了一点，但也能赚几个银钱。

小伙计搬来一个凳子，史掌柜请管墨池坐下，问："你来这里是找谁吧？"

管墨池说："是的。到康王府找我二爸。"

史掌柜说："哦，你二爸是管白良。"

"史大伯，你认识我二爸？"

"都是十里八乡的人，岂止认识？当年我们一起来德聚源斗行当小伙计，还在同一个床铺上搭脚梢睡觉呢。"

三十年前，史有福十五岁，经古城舅父介绍到北京德聚源斗行当相公，和他同来的就有襄陵的管白良，比他大两岁。学了三年徒，由相公熬成了伙计。

有个贵公公，姓张，山西汾西人，原来在皇宫当厨师给贵妃娘娘做饭，因年老放出宫，经常到德聚源斗行买米买面。管白良给他送了几次米面，二人谈得投机。一来二去，贵公公认管白良做了干儿子，传授给他一个做饭菜的秘方，名叫"如意福寿膏"，用他的秘方配制的调料做出的饭菜，贵妃娘娘爱吃。后来贵公公介绍管白良到康亲王府当面食师。管白良用他干爹传授的秘方配制调料给康亲王调小菜、做面食，康亲王果然吃得上了瘾，一天不吃就口馋，离不开管白良，一晃二三十年过去了。

史福通拿起一杆秤说："这秤砣最是神圣之物，承载着良知与公平，岂可亵渎用来做赌博骗人钱财的道具？"

"是，史伯伯说得对，我自从去年跟人合伙儿干了那一件事，被史伯伯当场揭穿，就改邪归正了。"管墨池撒起谎说这次来北京找他二爸，就是想在粮行里找份差事做。

史福通说："若要想吃斗行这碗饭，必须懂得秤的道理。当年范蠡创造秤的时候定十六两为一斤，乃是取北斗七星代表秤钩，南斗六星代表秤砣，外加福禄寿三星，共计一十六颗星。人间使用秤进行公平交易，天上太白金星自有账簿，缺人一两，则勾销你的福；缺人二两，则勾销福禄；缺人三两，则福禄寿一起勾销。若是缺人六两，死后在阎王殿被小鬼用秤砣捣成肉泥。若是缺人十两，阎王爷要用秤钩钩住你脊梁骨吊在空中称你的重量了，直到你脊梁骨折断掉下来。"

"是，是，以后还要请史伯伯多多指教。这段日子您见过我二爸爸吗？"管墨池问。

"二月初十早上他来过，打了一壶米醋、一瓶老干酱，说是要给康亲王做春卷。后来听说康亲王被人害死了，府里打杂的下人都被圈起来审，不让外出，再没有见过他。"史福通说。

"那我二爸他们做饭的也被圈起来了吗？"管墨池心里有一丝不祥的感觉。

"那就不知道了。康亲王死了，要做七七四十九天的道场，王公贵族都来吊唁，这条街所有门店关门，街上不许有一个人，说是怕有乱党趁机捣乱。"

史福通摇摇头说。

"我要给我二爸亲自送一封信，交到他手里。"管白良说。

"那你就再等几天吧，过了康亲王的葬礼你再来。"史福通说，"住的客栈离这里不远吧？"这实际上是一句客气话，有端茶送客的意思。

管墨池说："不远，住在云栈客店。"说罢站起来要走。

史福通说："前门有官兵，你从后门出去吧。"

管墨池跟着小伙计从后门转到羊圈胡同，走过一条街打了一辆洋车回到客店。本来是来找他二爸让康亲王过问一下他四叔的酒楼和纸厂失火的案子，现在康亲王死了，看来这条路是不行了。不过既然来了，就等几天，总要见到二爸才行，或许二爸有其他办法。

总算到了三月底，就像过了六个月，康王府办完了丧事。出殡那天那是个热闹，管墨池挤在人群里看，白幡纸旗纸人纸马，一群身穿黄色僧袍的喇嘛手持各种法器在前敲打，八副二人肩扛的长唢呐吹得呜呜响，六十四人抬的彩色棺椁，送丧的队伍排了五里长。

管墨池再次坐洋车到西皇城根南街，街上的店铺都打开了门，人来人往，一派热闹繁华的景象。管墨池在康亲王府门前牌楼下踅来踅去就是不敢上前，无奈只好走到史有福的粮油店。

前脚进门，后边跟着进来一个人，那个人进门就嘀嘀："史掌柜，有沁州黄吗？"满口山西长子音。

"这位爷，您来啦。坐、坐、坐。"史掌柜亲自搬过一把凳子。

"什么爷不爷的，王妃娘娘说了，要买几斤上好的沁州黄小米。三天不吃小米饭，肚子饿得格啁格啁地。"

这位长子口音是康亲王府的，和王妃娘娘是同乡。王妃叶赫那拉氏，自幼随父母在潞安府任上长大，养成了爱吃小米饭、喝小米粥的习惯，有个妹妹在皇宫，就是后来的咸丰皇帝宠幸的懿贵妃、执掌晚清四十余年的慈禧太后。

"爷，您瞧，这是正宗的沁州黄。"史掌柜抓了一把黄澄澄的米说，"保证蒸出来香喷喷甜蜜蜜。爷，称多少？"

"称五斤。"

"爷，王府上的管二爷还好吧？"史有福一边称米一边问。

"你说的是那个给王爷做面食的管白良是吧？"

"这位是管二爷的侄儿，从山西来给他送一封信。"史有福说。

"给爷请安。"管墨池立即学着北京城里的人的样子，两只手在两条胳膊上左右交叉啪啪拍了一下，半弯腰屈膝，一只手垂在地上给长子的爷请了个安。

"这个嘛，信恐怕他收不上嘞。"长子的爷说。

"爷，怎么回事？"管墨池着急地问。

"嘘！这个不能外说是吧。"长子的爷做出神秘的样子，拿起米要走。

管墨池见状，从口袋里掏出一锭银子塞到长子的爷手里。

欲知这位长子的爷能否帮管墨池见到管白良，且听下回分解。

第二十二回　一包烟壳白良入狱　三杯闷酒香香潜逃

长子的爷提起米袋要走，管墨池塞到他手里一锭银子。长子的爷接过银子掖到腰里说："你是他侄儿是吧，给你说说倒也无妨。不过这个地方嘛——"

史福通给管墨池使了个眼色，管墨池说："爷，咱们到对面酒楼找个僻静的座，您慢慢说。"

说罢，管墨池从长子的爷手里拿过米袋，二人跟着走到对面"悦客来"酒楼，要了一个单间，点了一只烤鸭外加两荤两素共五个菜，烫了一壶山西杏花村二十年窖藏老白汾，一壶香喷喷的西湖龙井茶。

管墨池捏起酒壶斟了满满一杯酒，双手端起说："爷，敬您一杯，这是小的一片诚意。"

长子的爷接过酒杯一饮而尽，酒杯放在桌子上。

管墨池再斟满一杯，说："请爷喝了这第二杯酒，这叫双喜临门，祝爷福寿康宁。"

长子的爷端起酒杯倒进嘴里，说："你还挺会说话的啊。"

不等长子的爷放下酒杯，管墨池就在他手中给杯添满，自己拿过一个酒杯也倒满酒，端起说："爷，按咱老家的规矩，这第三杯您喝了，小的陪爷喝一杯，这叫三星高照，小的也沾点光。"

长子的爷说："喝，喝。"第三杯酒吱溜一声吸进了肚。

管墨池说："爷，您请吃菜，吃菜。"不等管墨池说完，长子的爷早拿起一张面饼，卷了两片肥腻腻的鸭肉，夹上葱丝、黄瓜丝，抹上酱，塞进了嘴里。

长子的爷一连吃了三张面饼卷烤鸭，夹了一筷子肉丝炒竹笋。管墨池陪着吃了两口，给长子的爷倒了一杯热茶。长子的爷放下筷子品了一口，说："管白良是你的二爸是吧，他到宛平县吃牢饭去了。没有个十年八载你是见不到他了。"

管墨池问："我二爸他是因为啥给送到牢里了呢？"

"因为啥？罪名大着呢是吧。康亲王那天中午不是吃了他做的春卷是吧？吃了一个是吧，还有半个没吃完呢，咽到喉咙里就给噎死了是吧。"

长子的爷拿过酒壶给自己倒了一杯，端起灌进嘴里，接着说："王妃和小王爷平时就看管白良不顺眼，说是他害死了王爷。让人把他捆起来查了他住的地方是吧。你说是吧，这一查还真查出东西来咯是吧。"

长子的爷又拿起一张饼卷了几片鸭肉，吃得嘴角流油。

"啥东西？葫芦皮，一包葫芦皮是吧。就是那个叫作啥？啥？对！罂粟壳，收割了大烟的那个东西是吧。小王爷一审问，你二爸就承认了是吧，这么多年给王爷做面调菜就加的有这个东西。或熬制成汤，或碾碎成末，加入饭菜，怪不得王爷爱吃他做的面是吧。这种东西和大烟一样是吧，吃多了上瘾。你说王爷不是他给害死的吗是吧？"这个长子的爷说话一句后面带一个是吧，喝了酒后面的"是吧"带得更多。

"包葫芦皮的纸上还有几个字是吧，说啥'烟枪如铳枪，自打自受伤。多少英雄汉，弹死在烟床。'谁写的？啥意思？要造反？皇上正在派人秘密查办捉拿是吧，这不成了朝廷钦犯了吗是吧！"

"老王爷不主张禁烟，小王爷是主张禁烟的是吧。老王爷一死，王妃和小王爷当着皇上面奏了一本是吧，说王爷因吃鸦片烟中毒而死是吧，皇上受了震动，派钦差大臣林则徐前往广东禁烟是吧，已经启程半个多月了是吧。"

管墨池听长子的爷说到他二爸是朝廷钦犯，腿吓得直哆嗦。故作镇定，给自己倒了满满一杯酒喝了下去。"那，我二，管白良这钦犯过堂了吗？"管墨池开始和他二爸割断关系。

"没有呢，这段时间不是忙王爷的丧事吗是吧。送到宛平县大牢里了，等王爷丧事忙完了就该过堂了是吧。"长子的爷说着话不忘吃菜喝酒。

管墨池再给自己斟了一杯，三杯老白汾下肚，他已经做出了两个重大决定，从现在开始，他不姓管，把管的竹子头去掉，换成草字头，他姓菅，叫菅墨池，回去以后要立刻带着他的四小婶子香香远走高飞。

管墨池送走长子的爷，结清酒楼账目，顾不得和粮油店史掌柜道别，路边拦了一辆洋车，到云栈客店提了行李，雇了一头牲口，当天就出了北京城。急忙忙如离群的孤雁贴边飞，脚后跟打着后脑勺，三天的路程并作两天，用了半个月时间，在四月十九这天晚上赶回了襄陵。

管墨池给管白俭说完北京方面的事，说："四叔，我在北京找了一份差事，明天我就不来了。"说罢，头也不回地走了。

侄儿走后，管白俭像腊月二十三掉进水渠里吃了一肚子冰，尽管是四月艳阳天，身上还是觉得凉飕飕。不行，他要寻找温暖做最后的挣扎。

"香香，香香。给我晚上炒两个菜，你陪我喝两杯酒，我要和你打个啵。"香香是他去年刚纳的妾，十七岁。大老婆不能生育，没有个一男半女，这么多年来开赌坊、纸坊、酒楼，挣下的钱拴在肋骨上舍不得花一文，死后留给谁？这份家业谁来继承？今天晚上他要在香香身上播种，在香香的肚皮上寻找到温暖。香香有一个硕大的屁股，一看就是生娃的好把式。是王媒婆给他介绍的，花了他一百两银子。"娶个老婆大屁股，生个儿子闷墩虎。"

香香穿了一身紧身衣服，肉绷得一条一条的，一张大圆盘子脸，胸前挺着两个肥奶，每移动一下身子就忽闪忽闪地上下颤抖，似乎要撑破衣服从领口里蹦出来，一双小脚站在地上像个胖胖的纺好的棉线锤子，一杯接一杯给管白俭斟酒。喝得管白俭醉醺醺，"香香，亲亲，来，扶我上炕，我要跟你打个啵，给你播个种，你给我生个胖儿。"

管白俭心中有事，沾酒就醉，香香扶着他上了炕。软软的像个棉花条，刚把头放在枕头上就到大槐国做梦当了驸马，跟蚂蚁公主打啵播种去了。香香摘下他拴在裤腰带上的钥匙，打开钱柜，抱起一个描金的木匣，悄悄地出了门。趁四月二十的夜晚月黑头的时候来到村口的大杨树下，那里早停留了一辆黑色篷子的马拉轿车，香香钻进轿车，车夫赶着车一路向南奔去。这正是"鲤鱼脱却金钩去，摇头摆尾再不回"。

后来有人在西宁见到了墨池，开了一间杂货铺，已经不姓管，变成了菅掌柜，和他的那个四小婶子香香抱着个胖墩墩的孩子坐在店里。

墨池给香香说："龙澍峪抽签我就知道了四叔要出问题，华佗爷爷给开了许多败火的药，那不是提醒要注意防火吗？我问了算卦的，正月建寅，二月为卯，三月为辰，四月是巳。那句签上的诗'寅木苗壮发新条，巳辰相追大梦消'，正好应验了，还好咱准备得早。"说得香香直点头夸墨池聪明。

这正是："机关算尽瞎慌张，他人结婚当伴娘。落叶已随流水去，莫怨东风选错郎。"

欲知后事如何，且听下回分解。

第二十三回　穷途末路众叛亲离　水源共享石刻永存

管白俭昏昏沉沉睡到第二天早晨，太阳通过窗户照到他的屁股上，舌干口燥，揉了揉惺忪的眼睛喊："香香，给我倒一碗茶来。"喊了三声，无人答应。睁开眼发现自己连鞋都没有脱就躺在炕上。再一摸，拴在裤腰带上的钱柜钥匙哪里去了？侧头看了一眼，墙上放钱的炕头窑柜的门打开了，里面存放金银的描金木匣子不见了。

"香香，香香。"管白俭一骨碌从炕上爬起跑到院子里。他的大老婆从东边的屋子里出来指着他骂："老昏头，你那个大屁股早跟人跑了。老不死的，仗着你那个王八哥哥，一村八舍的人都被你得罪完了。我看你以后咋在村里活人。"

管白俭像发了疯的狗一样，低着头满院子乱转。南房，北房，西厦，东屋，厨房，茅房，柴火房，连鸡窝里都寻了个遍，哪里有香香的影子？一座大院子，空荡荡的就剩下他们老两口。

管白俭跑到隔壁牛院，院门敞开。他的那匹一身皮毛黑如缎子、额头上有一撮白毛、四只白色蹄子的雪上飞儿马连同他的黑色篷子的轿车都不见了。给他养马的人喝得烂醉如泥在马槽前睡着，踢了几脚也没有醒来。

"完了，完了，彻底完了，我要死了。"管白俭坐在院子中心，手拍着大腿号啕大哭。

"完你家了个白（方言，骂人的话）。你要死老娘我还要活呢。快去把你的纸坊推倒，再别干祸害乡邻的事了，给乡亲们道个歉，老老实实种上几亩地，稳稳当当过上几年消停的日子。"大老婆指着他的脑门说。

"可是，乡亲们能原谅我吗？"管白俭停住哭，抬头望着他的结发之妻。

"咋不能，咱们去浪泉找我舅老爷的儿子贾文超，他老人家说一句话，十里八村的人谁不服？哪家有了事不是找他老人家说和？唉，都是你个老杂毛，为了钱把亲戚都疏远了。走！现在走，我跟你去。"

唉！人常说"夫妻本是同林鸟，大难临头各自飞。少年夫妻老来伴，老伴扶你过桥西"。管白俭的老伴在他穷途末路的时候挺身而出，拉起管白俭到了浪泉村。

儒学生员贾文超昨天从古城涧滩回到家中，今天一早正让人叫那几个村的渠首来商量如何对付管白俭纸坊污染水源的事，管白俭的老伴拉着管白俭进了门，喊了一句："舅舅。"

贾文超觉得奇怪，这个姑姑跟前的外孙女儿他是认识的，结婚的时候他还去吃了席，这些年没有什么来往，今天怎么两口子跟着来了呢，莫非听到什么风声？

"舅舅，我们决定把纸坊推倒不干了，把水源还给乡亲，给乡亲们道歉。"管白俭说。

贾文超吃了一惊，"老虎戴佛珠，不吃肉吃青草"，龙澍峪水火二龙相斗，管白俭这条恶龙要改恶从善了。他不敢相信眼前这个曾经气焰嚣张、不可一世、横行乡里、欺压良善的恶霸说的话是事实，莫非真有"放下屠刀，立地成佛"这一说？

"舅舅，千真万确。白俭怕大家不放心，他愿意和乡亲们签一份契约，永不反悔。"管白俭的老伴说。

看样子是真诚的。贾文超说："了口，克己复礼为仁。己所不欲勿施于人，白俭能幡然醒悟，纸坊停业，永不造作，不再独利害众，善莫大焉。"

说话间，温其英、阎连云、卫秉直等人都陆续来到。管白俭给大家作揖点头，把刚才给贾文超说的话又重复了一遍。

渠首们一开始也觉得奇怪，再一想，可能是大年三十三更半夜的两把火把管白俭烧怕了，现在大家又拧在一起和他斗，他实在是撑不下去了。

贾文超当即拿出文房四宝，管白俭亲自在旁边研墨。贾文超提笔写道：

且事之无利于人者，可以志，可以不志。即或有利于一人，而不利于众人，有利于一时，而不足以利后世，亦可以不志。

　　彼如，蔽庄西郊，有源泉，混混不舍昼夜。此固下居之田园，所恃以为生，六畜所籍以为养者也。而无穷之福利，自万历至今永享太平。

　　乃界西景村，忽有管白俭在上开设纸坊，截水谋利。作生涯于源泉之际，化灰毒于水渠之中，不知毒水下流，浇灌多损田苗，饮啄即伤牲畜。一人享利，众人受害，谁其甘心哉？

　　故于道光七年，兴讼于岳宪案下。蒙恩堂讯，不准开做。伊敢违断，不遵，复蹈前辙。累累滋闹不已，兴讼不绝。延至于今，又口角争闹。幸纸坊失火，伊逐释迷醒悟，更不忍独利害众，即日起歇业停工，永不造作，而众人得享万年之休，诚盛举也。虽伊一人之天良偶发，实众台之鼎力所致也。为不忘今日之事，能不勒石刻名，永垂不朽，使后人仰而知之，传而述之也哉！是为序。

　　儒学生员　贾文超撰并书

渠　　长　阎连云　温其英　阎时敏

礼　　首　温发富　阎时勉　温福海　阎椿年　阎学礼

中　　人　李朝英　贾廷鉴　卫秉直　贾廷镒　卫福元　贺从贵

　　　　　立约二张各执一张为据

石匠人　卫清和

　　后面是大清皇帝年号岁次己亥吉日立石。

　　管白俭在契约上签字画押，众人也各自签名按下手印。当即请石匠开工勒石。

　　诸位看书的，这份契约刻在石碑上，有个叫太行一剑的闲人，有一日闲得无聊，心中烦闷，学古人驱车登古垣，去襄陵黄崖龙澍峪峨山真武大帝庙登高望远，返程的时候在太柴村中十字路口观音庙前发现石碑，抄录碑文一份，刊登在襄汾县文史资料水利专辑。

　　话说当日，管白俭拿上一张签了字的契约，千恩万谢，和老伴互相搀扶着回到景村。刚到家门口就见知县陈进德骑了一匹马，三十几个手执兵器的捕快衙役团团围住了他的家门，一连声地喊着"捉拿朝廷钦犯"。一根铁链子套在了他的脖子上。管白俭当即跌倒在地昏死了过去。

　　这真是：墙倒众人推，鼓破乱人捶。屋漏逢雨涝，船破逆风吹。善恶终有报，天道好轮回。不信抬头看，苍天饶过谁？

　　要知管白俭案子如何了结，且听下回分解。

第二十四回　传秘方爱食福寿膏　论抗英堪比隆中对

清道光十九年己亥二月，康王爷因食用如意福寿膏去世，道光皇帝大怒，任命林则徐为钦差大臣，前往广东查禁鸦片。为表明朝廷查禁鸦片的决心，把个康王府的厨师襄陵县的管白良当了罪大恶极的鸦片烟大贩子，拉到菜市口砍了头，做了祭旗的牺牲。管白良稀里糊涂当了屈死鬼，直到那颗圆碌碌肥嘟嘟的头掉在地上滚了三圈也没想明白，他干爹给他的从皇宫里传出来的秘方，为啥成了他的勾魂符？他死不瞑目，掉在地上的头睁着一双白眼，死死地盯着刽子手举在空中的那把让他的头颅和脖颈分离的刀，刀上面血淋淋地往下滴着他的腔中喷出的红色液体。他想说什么，可是已经没有躯体供给的呼吸，张开的嘴巴永远地闭上了。

后来民间传说，轰轰烈烈的一场禁烟运动，全是因为山西平阳襄陵县的管白良这个名不见经传的小人物引起的。没有他把鸦片烟壳给康亲王当饭吃死了王爷，也不会引起道光皇帝的禁烟决心。一个世纪以后有一位美国气象学家提出一个著名的理论，"一只蝴蝶在巴西轻拍翅膀，可以导致一个月之后得克萨斯州的一场龙卷风"。管白良就是扇起19世纪发生在中华大地上的这场禁烟风暴的那只蝴蝶的翅膀。

自道光以后，清朝的皇帝个个短命，咸丰、同治、光绪，三五年一个走马灯似的换。皇帝一死，皇室只好从外边抱一个他人的种入宫接替皇位。

此人与其祖上相比简直有天壤之别。康熙在位六十一年，不但马上功夫举世无双，平定三藩收复台湾一统江山；子嗣也数量可观，一共育有三十五位阿哥和二十位格格。

襄陵知县陈进德接到上司公函，要求查办拜上帝会同党。陈进德不敢怠慢，这是立功升迁的好机会。他急忙带领三十个衙役捕快，奔赴景村抓捕管白俭。把管白俭的家里里外外搜查了一遍，搜出几件康王爷赏赐给管白良的宫中玩意儿当作罪状，门上贴了封条，财产全部没官，把个半死的管白俭拖进了襄陵大牢，是死是活，让他听天由命去了。剩下管白俭的老伴因有贾文超和众乡亲说情，留下部分家产养老，活到七十三岁善终。

关于梅月酒楼和纸厂失火一案究竟是何人所为，民间流传说是有人在大年三十晚上熬寿，亲眼见龙澍峪飞出一条火龙在空中喷了两团火，落在梅月酒楼和管白俭的纸坊。写书的查阅光绪版《襄陵县志》，未见有记载。

有诗人张鼎过晋桥看到梅月酒楼遗址，感叹旧事，赋诗一首：

> 记得当年卖酒家，壁间明月照梅花。
>
> 于今泯灭无消息，独有长桥对落霞。

可怜管白俭在乡下横行了一世，贪得无厌，巧取豪夺，吝啬成性，恨不得把世上钱财全揽到自己怀里，机关算尽到头来鸡飞蛋打一场空。应了"善恶到头终有报，只争来早与来迟"的话。奉劝世上土豪恶霸贪官污吏，这管白俭便是个前车之鉴，占得广厦千间，晚上睡觉宽不过三尺；贪来钱财亿万，总是身外之物。等那无常一到，铁镣加身，自是后悔有迟。

却说林则徐，福建侯官人，字元抚，又字少穆。历任监察御史、道台、按察使、布政使、巡抚和总督。道光十九年初被任命为钦差大臣到广东禁烟，原巡抚祁贡向其推荐仪克中，说其熟悉广东地理，才大堪用。那时仪克中刚从山西太平县回到广东，被林则徐连夜召进大帅行辕中，问禁烟良策。

仪克中从袖中取出条陈道："鸦片为害，由来已久，几成痼疾，无药石可医，非从根本清除不可。首要之务，唤醒国民，全国总动员，知吸食鸦片之危害。若国人不吸食鸦片，任他英吉利法兰西烟商货堆如山，卖不出去一两，无利可图，自然另觅他路。其次严刑峻法，取缔烟馆。禁烟一事，非止广东一境，全国各省府州县设立戒烟局，对吸食鸦片烟者强制戒烟。贩卖烟土者无论中外商贾一律重刑不贷。对于外国洋商通过外事衙门提前通告，所有进入海口货物必须提前报备，既可增加国家税收，又可禁止洋人私下携带烟土入境。如此，不给洋人挑衅之口实。

"若要唤醒民众，可在三元里设立义仓，囤积粮秣，平时赈济灾民，战时作为军粮。英人狼贪，久觊我中华国土，为防止洋人武力胁迫，可在虎门设立炮台。洋人船坚炮利，海上横行无敌。若进入内陆，其越洋远来，枪火虽犀利，然供给不足，必不能长久也。可疏通芦苞河至灵州渠，使其与珠江相连，即可扩大水田面积，增加粮食生产，方便于民，又打通内地与海上水路，便于我内陆小船运送粮草官兵。若英夷入寇，则引其入内河，扬长避短，使用火攻，伺机歼灭。我将士积极备战，官兵用命，民众同仇敌忾。那洋人必不敢小觑于我，轻易挑衅燃起战火。假以三年时日，则烟患基本可绝。我中华不会重蹈印度覆辙也。"

仪克中与林则徐的这番言论，史学家认为堪比诸葛亮的《隆中对》，林则徐听罢仪克中的禁烟条陈，抚掌大喜曰："甚合本大帅之意。有墨农助我，此事可成也。事成之后，当向朝廷报功，给墨农加官晋级。"

当即让仪克中去三元里筹办惠济仓。

仪克中道："有一人姓魏名源，字墨深，湖南邵阳人，对鸦片烟深恶痛绝，写有《阿芙蓉》一诗，可为大帅所用。去年冬天我在北京与他相见，不知近日回江南了没有？"

林则徐道："我与魏源八年前相识，其人才华横溢，著作颇丰，吾甚佩服，其思想主张与吾同。数年前曾持著作《孙子集注》与《古微堂诗集》请我过目。近年来因公务繁忙失去联系，墨农若知魏源去处可代我召其前来。《阿芙蓉》一诗内容是什么，墨农还记得否？"

仪克中道："去年在北京相会，当面听其朗读，还记得一二，试为大人背诵。"

"阿芙蓉，阿芙蓉，产海西，来海东。不知何国香风过，醉我士女如醇醲。长夜国，莫愁湖，销金锅里乾坤无。"

林则徐道："英吉利国在印度种植鸦片，专门运往我大清销售。可叹我大清国民竟然把毒物当饭吃。"

仪克中继续背道："涸六合，迷九有，上朱邸，下黔首。彼昏自瘖何足言，藩决膏殚付谁守？"

林则徐道："每年数亿两白银流失海外，国库日虚一日，黎民倾家荡产，皆鸦片之害也。长此以往，国无可用之财，战无可用之兵，民无进取之志，非亡国灭种不可。"

仪克中高声朗朗背道："阿芙蓉，有形无形瘾则同。边臣之瘾曰养痈，枢臣之瘾曰中庸。儒臣鹦鹉巧学舌，库臣阳虎能窃弓。中朝但断大官瘾，阿芙蓉烟可立尽。"

林则徐拍掌叫道："绝妙好辞！朝中但断大官瘾，阿芙蓉烟可立尽。只可恨朝中掣肘太多，流言蜚语不少，少穆顾不了这些了。苟利国家生死以，岂因祸福避趋之？烟患一日不绝，本大臣一日不回，誓与此事相始终，断无中止之理。"

林则徐把魏源诗句"中朝但断大官瘾"直接改为"朝中"，深知禁烟之难根源在哪里。对仪克中的抓内御外三年平息烟患的策略虽然赞同，但觉得难以获得朝廷支持。目前唯一可行的是从源头截断鸦片烟的来源，欲行非常之事，必采取霹雳手段不可，如此才能惊醒国人。于是勒令外夷商人交出鸦片烟二万余箱，在虎门海滩当众销毁，从六月三日至二十五日，历时二十三天，震惊中外。

欲知后事如何，且听下回分解。

第二十五回　治河患克中殉职　吊英贤维屏赋诗

仪克中深为林则徐禁烟决心感动，受林大人之托，赴番禺三元里筹办惠济仓，作为调动民众、安抚民心、备战的需要。

这番禺是仪克中的母亲家族故地，五岁随母亲和兄长由山西太平到番禺定居，在番禺长大，有神童之称，一县之人皆知其名。闻听仪克中回乡筹办惠济仓，民众皆踊跃参与。

有原南康知府张维屏，号南山，本是番禺人，辞去官职回乡隐居，与墨农同为菊花诗社成员，去年冬天与克中在北京相会，今春由京杭大运河乘船转道回广东，克中书信一封邀他协助，张维屏慨然应允，捐银五百两，捐粮三十石，负责管理惠济仓账目，不上三个月筹得粮食二万石，回广州向林则徐复命。

仪克中完成惠济仓建设，林大人再任命他为治理芦苞河、疏通灵州渠的总督工。仪克中马不停蹄奔赴工地，测量河道，某处筑堤，某处加宽，某处取直，某处清淤，皆亲自策划，昼夜不息催赶工程。正值八九月天气，梅雨多涝，蚊虫肆虐，仪克中不顾泥泞，风雨侵袭，加上饮食不周，冷热不均，造成脾胃受寒，背部发疮病倒。回城略加休息调整，身体稍有起色，即返工地。不料竟以身殉职于芦苞河治理现场，英年早逝，时年仅四十一岁。我太平县晚清第一诗人、书法家，卒于禁烟抗英第一线。惜哉！痛哉！

《清史稿》《番禺县志》《襄汾县志》对仪克中都列有传记。称"克中少有奇志，读书经目成诵，人咸异之。倜傥，尚侠义。有济世之才。抚军深倚之。"

菊花诗社僧人成果闻听克中去世，赋诗叹息。

　　谁信坡仙有后身，争持名教早惊人。共期用作苍生雨，未止心存大雅轮。

　　如此鸿才天不祚，但真名士世多贫。凡为斯世关心辈，谁不缘君一伦神。

　　水月襟怀铁石肝，英雄从古称心难。贫犹悟卖相如赋，出不轻弹禹贡冠。

　　热血满胸成积粟，忧衷千载在狂澜。当年偿遂凌云翮，能不文成一例看。

　　气壮诗豪又酒豪，风华难得更清操。未能勋业舒怀抱，怕不深心讨素毫。

　　千里骥谁甘伏枥，九霄鸿岂易为絛？如何几费轮蹄铁，竟滞春风一锦袍。

　　林大人一面让仪克中修建惠济仓筹备粮秣，疏通芦苞河和灵州渠，一方面修建虎门炮台，铸造大炮，操演军马，积极备战。越明年，英军悍然侵华，史称第一次鸦片战争。英军四十余艘军舰封锁珠江入海口，遇林大人率军坚决抵抗，未能占到便宜，丢盔弃甲遁去。英军见广东方面军备森严，掉头沿海拐道北上，一路上如入无人之境，清军皆不设防，炮台形同虚设。英军七月趁虚侵占浙江定海，八月到达天津渤海湾，直逼京畿。

　　道光听见洋人的军舰来到渤海湾，在海上放炮，炮响连珠，顿时惊慌失措，腹中咕咕响，一个中午蹲了三次马桶。急呼救驾，欲往热河承德避暑山庄巡狩，下圣旨邀各路总督巡抚进京勤王。

　　朝中一派吸食鸦片烟的大臣本来就对禁烟不满，坏了他们八旗子弟的多少生意。不趁此机，更待何时？纷纷对林则徐攻击，上朝奏本，说他禁烟不力，擅自专行，得罪洋人，挑起战事，理应革职，以息洋人之怒。更有大臣在道光面前故意夸张洋人炮火的厉害，把洋人描绘成牛魔王般的怪兽，身披钢铁盔甲，黄毛蓝睛，两腿直如竹竿，走路一蹦一跳，腿不打弯，如阎王殿勾魂的黑白无常。把个皇帝老儿听得一惊一乍，险些从龙椅上跌落下来。

　　那道光皇帝本来就无主张，一艘千疮百孔的大清老船让他掌舵，毫无方向，漫无目的地在海上随波随流。东边风大向西飘，西边浪来向东摇，哪管海上有礁石，只求日日拥美娇。今有洋人炮火迎面打来，何曾见过这种阵仗，吓得屁滚尿流，几乎要弃船保命了。急忙忙革去为他拼命撑篙划桨的惹祸头林则徐的职务，派琦善为钦差大臣与英军议和。

琦善一到广州，见到洋人自然膝盖打软矮了半截，露出一副奴才的面容，把在北京向皇帝谄媚的一套本领全部在广州施展出来，应用于英军司令义律身上。献上金银，撤掉军事防务。英夷暗暗嗤笑，趁清军毫无防备占领虎门炮台，进入广州城内。向官府索要赎城费、鸦片烟损失费。未能按时满足便四处掠夺，下乡扰民。

一日汉奸告密说番禺惠济仓有粮，夷酋率百余洋兵赴三元里抢夺粮食，早已探知消息的三元里民众举三星黑旗为号，十万男女老幼齐举镰锄棍棒，将英军围割数段，日夜攻打。天降大雨，英军火器不能施展，多被民众击伤击死，有夷酋一人，面目丑陋可憎，身披甲胄，被一少年挥长戈刺穿喉咙身亡。

第二年清明，张维屏感叹仪克中先见之明，愤恨朝廷腐败软弱无能，备薄酒果蔬在克中坟前祭奠，手捧一首新写的《三元里》长诗当祭文。

> 吊我克中，番禺贤雄，少有奇志，过目成诵。
> 吊我克中，词书画强，菊花诗社，君称英明。
> 吊我克中，金石文章，编写通志，君为采访。
> 吊我克中，禁烟策良，疏通河道，惠民粮仓。
> 吊我克中，不闻君声，君竟早逝，我何心伤。
> 呜呼克中，弟有魂灵，佑我家乡，振我家邦。

诗曰：

> 三元里前声若雷，千众万众同时来。因义生愤愤生勇，乡民合力强徒摧。
> 不待鼓声群作气，家室田庐须保卫。犁锄在手皆兵器，妇女齐心亦健儿。

　　乡分远近旗斑斓，什队百队沿溪山。众夷相视忽变色，黑旗死仗难生还。

　　中有夷酋貌尤丑，象皮作甲裹身厚。一戈已摏长狄喉，十日犹悬郅支首。

　　纷然欲遁无双翅，歼厥渠魁真易事。不解何由巨网开，粘鱼竟得攸然逝。

　　魏绛和戎且解忧，风人慷慨赋同仇。如何全盛金瓯日，却类金缯岁币谋！

　　呜呼！哀哉！痛哉！伏惟尚飨。

读罢，把诗在克中坟前慢慢焚化。

一声春雷轰隆隆滚过头顶，张维屏抬头观看，天空中阴云四合，不一会儿，那天竟沥沥淅淅下起雨来。

欲知后事如何，且听下回分解。

　　　　　　（上篇《洪水》完）

中篇　秋风

第二十六回　吴知县巧吞红楼梦　刘州同喜得倒崽子

太平县县城名为敬德堡，县城中心一道十字大街，高耸入云的钟鼓楼压在十字中心上，鼓楼东上一个坡是东大街，路北是太平县衙门，雄踞县城最高处，原为唐朝鄂国公尉迟恭的行辕。大门呈八字形状，衙门大堂黄绿蓝三色琉璃瓦覆顶，看上去十分耀眼威武辉煌。

大堂外立二通石碑，一通上刻为官十戒："勿慢君子，勿近小人，勿易言语，勿好财名，勿听谗言，勿滥徭刑，勿嗜旨酒，勿尚浮赢，无作无益，无图幸成。"

另一通刻持己十箴："如山之重，如水之清，如松之劲，如兰之馨，如玉之润，如金之精，如刃之利，如衡之平，如矢之直，如鉴之明。"

太平县知县吴珍大人，从古城回到县衙。这次和襄陵县争霍都峪的水，太平县取得了胜利，他心中十分高兴，这是他上任以来的政绩一件，心里感谢贾杏农的策划周到，等收割完麦子，农闲的时候再组织民众修筑引洪渠道。有代万选、代宜南、邓伯道等乡绅带头，相信用不了两年时间就会重现"九沔层流"，自己将如同古人霍都一样永载史册，受后人歌颂敬仰。

吴大人取出一包手稿，这是襄陵县东柴村的刘峨、原河南延津知县今天在涧滩给他的。他打开包裹，线装宣纸手抄本，封面写有"《红楼梦》脂砚斋点评"，里面蝇头小楷，书写十分工整，共有二十册，每册四回。

吴珍喜出望外，听说曹雪芹著《红楼梦》，世上留有九套原著真迹，没想到他今日竟能在山西太平见到其中的一套！这真是天大的福气，天助我也，不枉来太平县做官一回。

上个月，刘峨突然到太平县衙找他，说是有一个本家的弟弟名叫刘嵋，去年腊月被关进了太平县的西大狱，请他关照释放，说着递给他一张五百两银子的银票。

他问刘嵋犯了什么罪？何时被关进了牢房？

刘峨说，也没有犯什么罪，说起来荒唐，一场误会而已。

吴珍说，他来太平县一年半了，办的案子里不记得有个叫刘嵋的，待会儿他亲自查一下再说。前辈前来托情，又是本家兄弟，晚生自然会尽十万分的心照顾。别说没有犯法，就是犯了法也能死罪化活，活罪化无。如果收前辈的银子就是晚生有罪了。说着把银票退给了刘峨。

吴珍知道襄陵东柴刘家在朝中的势力，和前监察御史卢秉纯是姻亲关系，这点面子还是要给的。

刘峨说，银票你不收，这银子终究也会被别人替他花了去。你收下等于替他花钱免灾。

吴珍说，银票他万万不能收。听说刘峨这个堂弟家中有一部《红楼梦》书稿，能否借给一阅？

刘峨说，他也听说叔叔刘桐曾经收藏过曹雪芹先生的这么一部书稿，待他回去问问看。

他本来只是试试问了一下，刘峨今天真的给他带了来，这比五百两银子值钱多了，千金难买。

他收藏好《红楼梦》书稿，把他它进了一个牛皮箱内，让人传唤西大狱牢头辛五良。

牢头辛五良，山西洪洞人，一脸络腮胡，竖眉斜眼，给人一副凶神恶煞的样子，自称李逵再世，人送外号李鬼，极贪钱财。敲诈勒索犯人手到擒来，是祖传的一匹老膏药，整治犯人花样百出，什么"鸭子浮水""倒吊金钟""坐热鏊子"，只有你想不到的，没有他做不出的。对新来的犯人先是一顿吓唬。他说："我这西大狱，就是钢铁烘炉，无论你什么样的英雄好汉，来到我这里自然服软。"只要犯人给了银钱，立马换上另一副嘴脸："爷，您可能是冤枉的。出去以后一定高升发财。"有了这样一个牢头，太平县的西大狱闻名河东。

辛五良来到知县面前满脸堆笑，络腮胡连根抖动："大人，您叫小人有何吩咐？"

吴珍说："今天晚上，你把那个刘嵋放出去吧。"

"是！谨遵大人之命。"辛五良向后退了两步要走。

"且慢。"吴大人略作思考，从抽屉里拿出一百个铜钱，说："明天你把那个西贾村的小孩子也放了吧，这一百个钱送给那个孩子，找个人把他送到河津渡口，让他找他父亲去吧。"

辛五良上前接过铜钱，说："大人心地善良，仁政爱民，名不虚传，小的佩服。"在官府混了多少年，这个在犯人面前恶言恶语的牢头也学会了几句官场奉承话，用得恰到好处。说完向后退着走了出去。

辛五良回到牢房，先去放那个叫刘嵋的。第二天早上放了西贾村那个姓关的小孩子，一百个铜钱装进了自己的腰包。那个小孩子一路上讨饭到了兰州找他的父亲去了，这个孩子什么时候因为什么事被关进西大狱，因公案繁多，一时捋不出个头绪，暂且放下不表。先说这个刘嵋因何事坐了班房。

辛五良把刘嵋从后门放了出去，早有刘家的家人套了一辆轿车在外等候。刘嵋自从去年冬天腊月初八进了西大狱，到现在快半年了，进去的时候穿的绸缎棉袍，现在穿了一身破烂囚衣。胡茬满脸，浑身虱子。一条辫子半年没有梳洗，散发出一股油腻腻的臭味。

轿车走了一个时辰，刘嵋半夜回到襄陵东柴家中，家中的佣人早给刘大公子烧好了一锅热水。囚服脱掉让一个佣人拿到外边烧了，跳进澡盆，有两个佣人帮助他洗澡。佣人在他背上轻轻一搓，似羊毛擀毡卷起一层又一层污垢，不一会儿一盆清水就变成了杀猪褪毛的荤汤，丝丝缕缕混浊不堪，连换了五次水才算洗刷干净。佣人扶住他出了澡盆，蛇蜕皮蝉蜕壳，整个人瘦了一圈。

刘嵋，襄陵东柴楼院后人，与刘峨是堂兄弟。刘家先祖在明朝出过一个举人做过官。到了清朝更是连续出了两个进士，刘峨的一个弟弟娶襄陵才子卢秉纯家的一个孙女为妻，刘家在襄陵县是大户人家。明朝末年为躲避流寇滋扰，在刘家一位祖母的主持下修建了一座碉楼，底层为三孔石砌窑洞，高七层，内有木制楼梯，若从上面抽去楼梯、关住楼门则外人无法攀登。原名摘星楼，楼北面是一座花园，所以楼又叫作观花楼。

刘嵋的父亲名叫刘桐，也是进士出身，官州同，敛财百万。虽然官运财运处处亨通，却子嗣艰难。五十岁上才得了一子，取名刘嵋。

刘嵋从出生之日起，便昼夜颠倒，白天睡觉，晚上哭泣，一夜不停。家人写了字帖："天惶惶，地灵灵，我家有个夜哭郎，行路君子念三遍，一觉睡到大天明。"贴在村中的庙门口。派了一个家人站在那里，凡有过路的就请人家念三遍，念完给银一两。村里人听说有这等好事，纷纷去庙门口排队念帖。外村的人听说了也来排队念，队伍排了一条街，念了一个月花去银子三千两，哭的声音反而比以前更大了。饿了哭，困了哭，醒来哭，尿了哭，拉了也哭。哭得一家老小心烦，无计可施。只是苦了丫鬟春梅和秋香，抱着小少爷在堂屋里走来走去，边走边轻轻地拍："哦，哦，睡逗逗，老猫来了咬勾勾。"

"三翻、六坐、七爬爬，八九个月打哇哇。"在其他婴儿都会咯咯大笑的时候，这刘嵋不会笑。无论怎样逗他，挠胳肢窝，抓脚心，他就是不笑，逗得狠了就哇哇大哭。周岁抓周，把毛笔书本胭脂粉盒戥子算盘元宝铜钱摆在他面前，这刘嵋什么都不抓，三把五把全拨拉到一边。他父亲看后叹气说："生了一个倒崽子。"

过了周岁，刘嵋仍然不会笑。家里人着急，请洪洞广胜寺的释证大师做法事。释证大师是襄陵县刘庄人，在广胜寺出家，是得道高僧。家人遵照释证大师的吩咐，全家斋戒半月，香汤沐浴，在观花楼下摆起道场，众人看大和尚作法。

全家人跟随释证大师上香，拜了释迦牟尼、观世音菩萨、普贤菩萨，坐到一边双手合十听大师念经。

释证跟随了一个小和尚，二位和尚盘腿入座。大和尚敲起木鱼，小和尚手拿两个铜铃铎互相撞击。先念一部《心经》。

大和尚念道："观自在菩萨，行深般若波罗蜜多时，照见五蕴皆空，度一切苦厄。舍利子，色不异空，空不异色，色即是空，空即是色。"

众人听老和尚唱经，一字一顿，抑扬顿挫，声音洪亮。记住了一句"色即是空，空即是色"。

又听老和尚高声唱道："舍利子，是诸法空相，不生不灭，不垢不净，不增不减。是故空中无色，无受想行识，无眼耳鼻舌身意，无色声香味触法，无眼界，乃至无意识界，无无明，亦无无明尽，乃至无老死，亦无老死尽。无苦集灭道，无智亦无得。以无所得故。"

众人听见许多无，无眼界，无老死。记住了三句："不生不灭，不垢不净，不增不减。"皆点头称是。双手合十，齐诵佛号"阿弥陀佛"。

老和尚拉长了声音："菩提萨埵，依般若波罗蜜多故，心无挂碍。无挂碍故，无有恐怖，远离颠倒梦想，究竟涅槃。"

刘峒的母亲听到这里，说："可不是吗，这孩子颠倒梦想，白天睡觉晚上哭，一周岁了还不会笑，让人心里挂碍害怕。"

接下来老和尚又唱了一段："故知般若波罗蜜多，是大神咒，是大明咒，是无上咒，是无等等咒，能除一切苦，真实不虚。故说般若波罗蜜多咒，即说咒曰：揭谛揭谛，波罗揭谛，波罗僧揭谛，菩提萨婆诃。"

众人听见许多这个粥那个粥，菠菜粥，萝卜粥，粥里多加蜜的。

丫鬟春梅说："小少爷就是喜欢喝小米南瓜粥，粥里加蜂蜜，菩萨说得对，加上蜂蜜甜甜的，不管啥粥的苦味都没有了。"

丫鬟秋香说："菩萨说的是喝菠菜粥、萝卜粥，蜂蜜又不是菠萝蜜。"

丫鬟春梅说："菠萝蜜、蜂蜜，反正都是蜜。"

春梅和秋香争吵起来。

上午释证大师诵了一部《心经》，都说诵得好。吃了中午斋饭，略做休息，继续登坛做法事。

下午老和尚开始诵读《妙法莲花经》，众人半句也听不懂，只听得一句一个菩萨，也不知有多少菩萨。听得打困，年轻的跑回屋里睡觉去了，只剩下几个老婆婆陪着老和尚念"阿弥陀佛"。

下午念了一个时辰，老和尚口渴，喝了两碗茶水。

第二天上午巳时开始继续念经，上午和下午各念一个时辰，一部《妙法莲花经》老和尚念了两天半，共做了三天法事。刘州同给了和尚一百两银子、三斗米，师徒二人高高兴兴地驮着回广胜寺去了。

欲知刘峒法事之后会不会笑，且听下回分解。

第二十七回　捉狐妖庚午做法事　摔茶碗刘嵋开口笑

家里人按照老和尚念的《心经》里说的"菠萝蜜多粥"给刘嵋吃，菠萝是海南产物，任你州同有钱，无人给你快马加鞭来个一骑红尘妃子笑，菠菜萝卜南瓜蜂蜜倒有的是。南瓜粥、萝卜粥、糯米粥、黑米粥、绿豆粥、豇豆粥，熬好粥加一勺蜂蜜，刘嵋喝得有滋有味。

喝了半个月粥，刘嵋拉起了肚子。请京安园子里的张大夫给推拿了几次，止住了泻肚。张大夫说，蜂蜜喝得太多了，喝得肠子滑了。小儿夜哭，他没有办法，一般过了满月，最多过了百天就好了。"小少爷过了周岁还哭，看看是不是有什么邪魔外道？"

刘州同问："哪里有高人治得了邪魔外道？"

张大夫说："古城有个高人，名叫庚午，精通奇门遁甲，会撒豆成兵、剪草为马、剪纸成人之术。据说有一次老婆让他去锄地，十亩绿豆一中午就锄完了。他老婆明明见他在屋里睡觉，什么时候去锄地了呢？走到地里一看，十把锄头像有人握住一般，自动前后移动锄地除草。下了几点雨，锄头倒在地上，每把锄头上面都粘了一个纸人，被雨水打湿了。州同可请他来。"

刘州同说："请张大夫回去的时候给庚午说一下，就请他来给小儿看一下。"

张大夫说："庚午这个人只可礼聘，做一次法事要价极高，还是大人亲自去请的好。"

刘州同让家人刘富贵去古城请庚午，说好做一场法事捉了妖魔给银子三百两。庚午表示不管是有百年还是千年道行的妖邪，保证手到擒来。

庚午跟了一个小道童——京安村的解士美。师徒二人穿起道袍,擎了法器——桃木剑、牛尾拂尘、罗盘、朱砂、翻天印、黄表纸、捆妖绳、捉妖瓶。神气十足地走进了东柴刘家楼院,师傅庚午大叫一声:“不好!有千年狐妖。”

刘州同问:“狐妖在哪里?”

庚午指着观花楼说:“刚才贫道在村外东柴坡上观望,这座楼上有一团妖气,乃是姑射山中得道的一只千年狐狸,把这座楼当作了它的行宫,住在楼上每晚参星拜斗,吸取天地精华。有两只小狐狸和公子玩耍,捏公子屁股,故贵公子哭啼不停。”

丫鬟秋香说:“晚上经常听到楼上啪啪响,有时还能听到下楼梯的声音,以为是老鼠打闹,原来是狐大仙。”

丫鬟春梅说:“少爷屁股上青一块、紫一块,原来都是狐仙捏的。”

这座摘星楼高七层,从明朝末年到现在二百多年了。当年为躲避流寇,没有门窗,一层为三孔石棺窑洞,二层以上每层只有直径二尺的三个圆形窗洞,里面有两扇两寸厚的槐木板做窗门,闭上槐木板,黑洞洞的不辨五指。平时也没有人敢上去,层层楼板上积了一层多年的灰尘。早就传说楼上有狐仙鼠精,今日庚午一说,众人皆信是实。

刘州同说:“就请神仙做法捉拿狐妖。”

庚午大仙打起精神,拿过一支未曾使用过的毛笔,饱蘸朱砂,在黄表纸上画了一张符箓,把捉妖瓶和符箓交给徒弟解士美说:“待会儿我上楼去驱赶狐妖,你拿住捉妖瓶站在楼梯口,看到有一股黑烟尘从楼上下来,你把瓶口对准烟尘念‘敕敕如令,狐妖遵命,速入宝瓶,饶汝性命’。待狐妖进入瓶中,你把这道符紧紧贴住瓶口。”

庚午大仙在楼下焚了香表,邀请了哪吒三太子前来助阵,用照妖镜在空中照住,防止狐妖逃走。在楼下中间窑洞门口摆了七个桃木小人,布下七星北斗阵。背插桃木剑,左手拂尘,右手捆妖绳,大踏步地向楼上攀登。

庚午大仙摸黑上了三层楼梯,毕竟是六十多岁的人了,身体发福,木制的楼梯直上直下,腿酸脚软,气喘吁吁。一脚踏空,从楼梯上滚了下来,头在下,脚在上,跌了个发昏。

小道童解士美听见楼上咣咣当当地响，以为师父和狐妖搏斗，不敢有半点怠慢，把捉妖瓶高高举起，对准楼梯口连连念道："敕敕如令，狐妖遵命，速入宝瓶，饶汝性命。"只见一股黑烟尘从楼上滚滚而下，烟尘灌入瓶中，顷刻装满。解士美用师父画好的符箓贴住瓶口，大叫"狐妖捉住了"。楼上又下来一股黑烟尘落入他的口中，呛得他仰面朝天弯腰打了一个极大的喷嚏，震得窑洞嗡嗡响。喷嚏声中朝前一个趔趄，手中的捉妖瓶抛出了七星北斗阵，跌在院子里摔得粉碎。一股黑烟冒向空中，千年狐妖逃之夭夭回到姑射山中去了。

众人听楼上恢复了平静，不见庚大仙下来。再仔细一听，庚大仙在楼上喊救命。有两个大胆的家人端了一盏油灯爬上三楼，庚午正躺在楼板的灰尘中哼哼。家人要扶他起来，庚午摔断了一条胳膊和一条腿，不能动弹。家人叫上一个人，用箩筐和绳索把庚午放了下去。

庚大仙的道袍上沾满了百年尘土，头上也跌了一个大包，师徒二人都灰头土脸，狼狈不堪。庚午哼哼说："狐妖手段厉害，小道被他暗算。"刘州同让人用箩筐抬了庚午送到姑射山下的梁段村，让祖传骨科名医段大夫给他接骨疗伤。

又有人给刘州同说："龙澍峪真武大帝乃九天降魔祖师，何不前去烧一炷香？"

刘州同乘坐一顶小轿，二人把他抬到龙澍峪峨山真武大帝殿，敬了香。下了峨山到了华佗庙，布施了一百两银子，顺便抽了一个第十八上上签。查对签文，那签书这一页不知哪一年被道士泼上了茶水，纸张被水浸过，字迹模糊，水渍犹存，只剩下四句诗句和四味药。诗曰："任他闹来任他哭，花海行船风雨途。有朝一日归去了，赤条无挂无痛苦。"

刘州同抄了药名，回去让家人按方抓回。哪四味药？苦杏仁、莲子心、斑蝥、槐米。丫鬟春梅熬好汤药，装在一个官窑茶盅里，秋香端起喂少爷刘嵋喝药。刘嵋被哄喝了一口，苦不堪言，哇地大哭，肚子一挺手脚乱蹬，把秋香手中的茶盅打翻在地。

茶盅跌落在地发出了清脆的声音，摔成四瓣。果然是官窑的瓷器，与民窑的不同，摔破的声音也比民窑的响亮悦耳。少爷刘嵋听到茶碗摔破的声音如同裂竹撕帛，先是一愣止住了哭声，接着咯咯大笑。

春梅秋香同时大叫："老爷，少爷会笑了，少爷会笑了。"

自此以后，只要少爷哭，在他面前摔一个茶碗，立即转哭为笑，越是官窑瓷器摔得越碎声音越响亮他越高兴，百试不爽。

转眼刘嵋长到十五六岁，父亲刘桐去世。这刘嵋自幼娇生惯养，冬穿皮袄夏穿纱，浑身绫罗绸缎，只穿上一水就丢弃不要，从不知物品生产艰难。或有人问他："你吃的米饭从何而来？"他答曰："从锅里来。"

再长大，喜玩风月。江宁、北京玩了个遍。苏州、杭州、扬州、广州，哪里热闹去哪里。秦淮十艳、扬州九美、西湖八娇，琴瑟丝竹、管簧弦笙，左拥右抱，好不威风。丽春院、丽夏院，学唐伯虎点秋香。花钱如秋风飘黄叶，做了个烟花队里的散财童子。江南风月场中，老鸨乌龟个个把刘嵋当作财神供奉。

正是："华堂旧日逢迎。花艳参差，香雾飘零。弦管当头，偏怜娇凤，夜深簧暖笙清。眼波传意，恨密约、匆匆未成。许多烦恼，只为当时，一饷留情。"

刘嵋玩遍天下繁华，享尽富贵温柔。去年腊月初八跟了随从刘安，穿了绸缎皮袍，赶一辆黑篷暖车，到太平县城隍庙看戏。戏台上演出的是《苏三起解》，扮演苏三的是牛席娃娃班的马喜来，八岁学戏，九岁登台，十岁唱红。男演旦角，扮相俊俏，一投足一举手，尽显婀娜风流。苏三身披枷锁，轻迈莲步，走到戏台中间。唱道："苏三离了洪洞县，将身来在大街前。"戏台下响起一片叫好。

刘嵋看了一会儿戏，和刘安到德兴楼要了一个干净的阁子，点了一壶茶，慢慢品尝。忽然想到，我刘嵋也曾在江宁秦淮河岸烟花丛中如王景龙一般，可叹无苏三为我坐牢。也不知这牢房之中是般什么模样，苏三姐姐这般娇柔，在牢房中必然吃苦，待我学那有情有义的公子去牢房探监一回。

想到此，刘嵋道："刘安，套上车走，咱们到洪洞监狱玩耍去了。"

刘安吓了一跳，这监狱可不是江宁扬州的妓院，有钱就能让你随便进去吗？

欲知刘嵋能不能到洪洞监狱玩一回，且听下回分解。

第二十八回　索贿赂牢头称霸　要银钱公子坐监

刘嵋玩遍天下，这日忽发奇想要到洪洞监狱里玩一回，自觉能到牢房里转一圈，那可是真真正正成了一个完人了。

刘安说："少爷，洪洞监狱今日是赶不到了。这太平县的西大狱天下闻名，牢头辛午良是洪洞人，与小的认识，小的把他叫来，与他通融一下，就请少爷在西大狱玩耍一回如何？"

刘嵋说："既然你有这么个门道，何不早说，快去！快去！要多少钱，请他开个价码。"

刘安下了楼，给跑堂的小二十个铜钱，说你到西大狱请一下辛牢头，就说有一位客人要见他。

西大狱在县衙门后边，离德兴楼不远，刘嵋喝完一壶茶的工夫，小二领了一个满脸络腮胡一双斗鸡眼的汉子上了楼。

刘安迎上前道："辛爷，这位是我家少爷，想与您商量个事。"

刘嵋起身打了个拱，请辛牢头入座。点了四个菜，一壶酒。

辛牢头看面前这位富家公子，一身皮袍绸缎，闪闪发亮，怕不值个百八十两银子。二十七八年纪，面庞虚胖，一看就是酒色伤身、不吝钱财的大爷。不知有何事找我，看来今日又能赚几个银钱了，怪不得早上有喜鹊冲着我叫呢。

小二端上酒菜，刘安在一旁伺候。端起酒壶给辛牢头倒了一杯说："辛爷，我家少爷想去您的地盘西大狱看看，请您给赏个光。"

辛午良夹起一筷子牛肉塞进嘴里，歪着头嚼肉，每嚼动一下腮帮子扯得五官乱动，斜眼被额头上的顽皮皱纹竖直吊起，只剩下白眼珠子翻动，好一只景阳冈上吃人的吊睛白额大虫。

有人编了一首小曲《醉太平》，单说这辛午良："辛午良，心不良，敲骨吸髓刮肚肠，芦柴也能榨出油，从不彷徨。苍蝇蚊子叮蟑螂，蝌蚪蜉蝣捉蜻蜓，拾到碗里都是菜，山中饿狼。"

辛午良扬直脖子往上伸了两伸吞下牛肉，说："这牢房是朝廷关押犯人的地方，不是东庄坡上的龙王庙，你娃子随便说一声就能进去看看吗？"

刘崳说："辛爷，这办法总是有的嘛。不是还有探监的吗？"

辛牢头说："自从宋朝那娃子母大虫顾大嫂以探监的名义赚开牢房门，劫了狱，以后就不允许探监的进入里面了，只能把东西放在外面，由狱卒转给，怕你个娃子和犯人私通信息呢。"

刘崳掏出一张银票递了过去，说："看在这位大哥的面子上，总能进去吧。"

辛牢头接过银票，翻开眼皮一双斗鸡眼珠挤在鼻梁中间。"哇！二百两。"

公人见钱如苍蝇见血，这话一点也不假。辛午良把银票揣进袖子里，说："这娃子可是个犯法的事，弄不好要丢了兄弟的饭碗。不过看在这位大哥的面子上，这个干系我担当了。"

辛牢头说要去看现在就走，酒不要喝了。趁中午吃饭的这段时间，下午知县大人要查牢房，核对犯人名单。

刘崳刘安跟着辛午良到了西大狱班房。辛午良拿出一套囚服说："委屈刘公子，脱下外面的绸缎皮袍，换上这身衣服，充作犯人和我进里面去看看。"

刘崳把绸缎皮袍脱了交给刘安，换上囚服，辛牢头递给他一把扫帚，充作打扫卫生的囚犯。辛牢头打开监狱大门二人进了西大狱。

西大狱六间牢房，一尺宽二尺长的青砖并排三行做墙楹的窑洞，糯米石灰灌浆填缝、铁包木栅栏门上挂一把大铁锁。五间关男囚犯，一间关女囚犯。两丈高的院墙，院子上方还覆盖了一张铁丝网。

刘崳从木栅栏缝往里看去，一个囚犯的辫子拴在墙上的一个铁环上，脚尖踮着刚刚着地。一个犯人站在一个木笼里，脖子被木枷夹住，头露在木笼外面，脚下垫了三块砖。有三个犯人坐在地上，被一副木枷夹住脚脖子。

辛午良催刘崳快一点，刘崳要去看女牢，看看有没有娇滴滴的苏三姐姐，只见一个面孔黝黑的母夜叉孙二娘坐在里面。

一个值班的狱卒在门口喊了一声："吴大人到。"

辛牢头吃了一惊，打开一扇牢门把刘嵋推了进去。

知县大人吴珍跟了吏目，让辛午良捧了犯人花名册，逐个牢房核对。年底了，该结案的结案，该释放的释放。核对完犯人发现多了一人，吴知县问："这个犯人是怎么回事，怎么名单上没有他的名字？"

辛午良说："这是捕快清风烈酒新送来的，该犯人叫刘三，今天中午在大街上纵马行车撞坏行人。未来得及给大人汇报。"

吴知县问："行人伤情如何？"

辛午良说："据说行人撞坏了一条腿，昏迷不醒，回家疗伤去了。"

吴知县说："此案且待半年之后看行人伤情结果如何再做处理。刘三暂作收监。"

吏目做了案卷，让辛无良给刘三编了囚号。辛午良暗暗叫苦，吴大人走后，把情况给刘安说了一遍，刘安也叫苦不迭。辛牢头把二百两银票退还给刘安，刘安说，这银票还是辛爷您拿上吧，公子在里面就托您照顾了，待我回去给夫人说一下再想办法。说罢又掏出几张散碎的银票递给辛爷，说吃饭上不要让公子受了委屈。

刘安驾车回到东柴，藏了刘嵋的皮衣绸袍，撒了一个谎。夫人以为刘嵋又住到哪个青楼妓院了，并不在意。到了腊月三十还不回，夫人问刘安，刘安在外边躲了几天。正月刘嵋的姐姐刘岚回娘家拜年，不见弟弟的面，问家人都说不知道。到了三月清明节刘岚给父母上坟，还不见弟弟，把刘安叫到跟前问。刘安支支吾吾不回答，刘岚喝道："如你今天不说实话，拉出去打断狗腿，撵出家门。"

刘安跪在地上，磕头如捣蒜："姑奶奶，你饶了奴才吧。小的愿说实话。"把情况一五一十说给了刘岚。

刘岚托刘峨去太平县找知县正堂大人吴珍要求释放刘嵋。

刘嵋坐了一回监狱，前前后后花了数千两银子打点各方面关系，狱卒、捕快、书吏，一一关照，享受了半年太平县西大狱的风光，有辛牢头照顾，肉体上没有受多大痛苦。没有人伺候，不能花天酒地痛快地使用银钱，比戴上木枷的犯人还感觉难受。

刘嵋从牢房出来是否改掉了浪荡公子的毛病？至今山西晋南一带还流传着"刘嵋倒灶"的故事，流传之广，影响深远，"刘嵋坐监，花银三千"，成了人们口中败家子的典型。

有一个故事说，刘嵋败光家产，住在寒窑，几乎到了乞讨的地步。家里揭不开锅，到河东邓庄姐姐刘岚家借粮。姐姐给了他十升米，在米里藏了两个一百两的元宝，这是他姐姐存的私房钱，不敢让公婆和丈夫知道。

刘嵋背了米在襄陵渡口乘船过河，船夫和人议论："听说东柴的大财主刘嵋倒灶了，成了穷汉。那么大的一个财主，咋说倒灶就倒灶了呢？这事真邪乎，不知道咋倒的。"

刘嵋从船舱里站起来，掂着米袋子走到船边，捉起布袋底口朝下，向着一船人说："就是这样倒的。"三十斤米和两锭元宝哗哗倒进了汾河，高兴坏了水里的鱼虾和龙王，打起几个水花向刘嵋致谢。

还有一个故事说，刘嵋的父亲刘桐知道儿子不成器，不会理财，怕他死后儿子一下败光家产，就把他做官搜刮积累的几百万金银财宝藏在了祭祀祖宗的神祇楼后面。家中的红木家具全是定做，二门口垒了一道照壁，照壁内也藏了几百万金银财宝。若儿子花完现钱卖房卖地，需要先卖室内家具，有照壁挡住，家具抬不出去。拆除照壁就会露出金银，这下又够他花上十几年了。最后若卖房子的时候，祖宗的神祇楼总不能卖掉，移开神祇楼露出金银，有连他的孙子辈也花不完的钱。没想到刘嵋连整座院子带家具一并抵押给了他人，在神祇楼前磕了一个头，用绳拴住四角转过身背上神祇楼就走，头也不回，嘴里还说"没脸见老先人"。

关于后一个故事，写书的查看了东柴刘家的家谱，问了刘家楼院的后人说没有此事，供奉宗族神祇楼的地方他一个刘嵋说卖就能卖吗？看来民间流传的故事夸张杜撰的可能性比较大。

也有传说，刘家的观花楼上住的狐仙专门引诱刘嵋花钱，把他父亲刘桐搜刮来的银钱挥霍一空，这叫一报还一报。

刘家的观花楼后来经历了两次劫难，日寇侵华占领襄陵时，占据了东柴，把观花楼做了关押襄陵抗日志士的临时牢房。楼上的藏书成了日寇做饭引火取暖的原料遭焚烧。"文革"时期破四旧，临汾造反派组织说这观花楼是牛鬼蛇神的老窝，封建官僚地主享乐的地方，炮轰药炸，最后用了一个半月时间拆除。砖石被村民建了生产队的牛棚。

蜀地诗人拙夫评论说："刘峭倒灶时人叹，破家自古多顽男。废柴沤烟衰朽疾，不单晋地有难堪。"

史家叹刘桐枉费心机，当了个搂柴的耙子，积攒下柴草连垛，被儿子一把火烧光。敛财有术，教子无方，一生处心积虑聚财富千万，终究是汤里来水里去，为他人保管银钱一回。

诗曰："世人做事太荒唐，都把金银当儿郎。有朝一日眼闭了，黄土一抔纸灰扬。"

欲知后事如何，且听下回分解。

第二十九回　兴义学杏农助力　擒恶徒吴珍惩凶

　　知县吴大人让牢头辛午良释放了刘嵋，销了案卷。释放了西贾村姓关的小孩，让他去兰州寻找自己的父亲。想起西贾村从去年夏天到今年春季连续发生的两起未成年人杀人案，让人请龙门书院院长贾杏农来商议民众教化之事。

　　吴珍说："乡民愚昧，非教化不知礼仪。欲兴儒学之道，非读书识字不可。儿童教育，实为头等大事，本县欲推行村办义学，院长以为如何？"

　　杏农说："太平县人注重经商，男子十二三岁即外出学做生意，三年学徒期满，方才能回家探亲一次。路途遥远，有的人往往熬了二十多年才积攒了一点钱，回家娶亲。结婚一个多月，告别妻子父母又踏上了路途，大人听过那首《走西口》的民歌，世人皆知外出挣钱，可知一个村有多少孤儿寡母独守空房！儿童缺失教育皆因于此。"

　　吴珍说："吾闻县东西村，有一人姓郭名炳然，襁褓时，父郭琳商游西宁，死于边地。有姑舅程达三，亦贸易于此，寄书告琳病故。时郭炳然年幼，无能处理，待其长大，来至西宁，程达三已谢世，对父棺椁厝处，无从得知。经多方打听，方晓其所。数千里扶柩归葬，祭之如礼。乡人呼为'郭孝子'，我欲将其事上报朝廷，以旌表其孝行，号召县人向其学习。"

　　杏农说："近日更有一人，其事迹可以立传。"

　　吴珍说："可是高庄的高梅老先生？"

　　杏农说："正是高老先生。周岁时，父远游，四岁又遭母丧，赖伯叔抚养得以成立。但每念父母时，辄终日涕泣。十四岁，得知父寓居湖广黄梅，遂私自出走，家人不知其去处。越二载，竟同父一起归来。老年其子长闰又商游西塞，十年不返。时梅已六旬，复跋涉万里寻子偕归。今春去世，寿八十三岁，无疾而终，乡人称奇。"

吴珍说："贡生王子肃与我谈起高老先生，说写墓志铭一文，让我润色。其铭文曰'童年寻父，人惊其胆，天亲未睹，此志不返。暮年寻子，人惊其老，其子未还，此志不了'。"

贾杏农说："北古县善惠寺主持圆行和尚，法名方德，壮游四方，募金二千两，重修佛寺。于寺旁构屋三间，作为义学。圆行兼明医理，以行医所得，资延塾师，凡村中贫不学者，皆可入学。今春开学，吾助银十两，新编《弟子规》二十本作识字启蒙用书。"

吴珍说："《弟子规》吾闻是新绛秀才李毓秀所著，院长说的新编作者是谁？"

贾杏农说："同姓宗亲贾存仁，浮山人，贾氏出资刻板印刷赠人，为教育子弟。"

吴珍说："贾氏历来重视教育，文人辈出，汉有贾谊，唐有贾岛，明代山东兰陵有一人叫贾三近，隆庆进士，号石屋山人，著奇书《金瓶梅》，旧居离我故乡村庄十里地。"

贾杏农说："知县大人不说，我还不知《金瓶梅》作者'兰陵笑笑生'为何人，原是德修宗亲前辈。"

吴珍说："今秋明春，各里要有私塾一座，各乡要设立义学一所，已请张教谕负责督办，院长可协助办理。把刚才我们所说这些乡贤事迹编成故事，我已整理了《三娘教子》《杀狗劝妻》《五元哭坟》等曲目，让私塾先生和民间艺人说唱传诵以教化乡民。"

贾杏农说："作楷定尽心协力。吾闻南高刘家开办新式学校，教学生学经济学，以珠算、书写、记账为主。毕业学生大都安排到刘家开办的商号、作坊，不以考取功名为目的，已办一届。"

吴珍说："西贾村烈女柴氏去年秋天上报礼部旌表，近日已批复，朝廷拨付银二十两，建牌坊费用不够，只能立一块贞洁石碑了，就请院长题写碑文。"

贾杏农题写了碑文，吴知县交付西贾里正仪履太，拨付了二十两银子，即日督促刻石勒碑，在北西贾村东门外立起了烈女柴氏贞节石碑一座。

这朝廷旌表在西贾村给柴氏立贞节石碑是怎么回事？原来这北西贾村有一恶少，叫杨毛蛋，一伙孩子把他的名字中间的毛字去掉，取了个外号叫他羊蛋。细长的脖子上顶着一个尖尖的脑袋，两片厚厚的嘴唇。其祖父原来住在吉县明珠镇黑龙湾，父母从小喝了青冈木树根下流出的泉水得了柳拐病，手指粗短，骨节膨大，走路一拐一拐，十年前迁居西贾，靠杀猪宰羊为生。羊蛋自小缺少教养，性情乖戾，不识好歹，没有上过一天学。在村中偷鸡摸狗，若有人捉住他，便回家拿出他父亲的杀羊刀和人玩命，因此全村无人敢惹。

羊蛋长到十五六岁，渐渐发育，整日像个发情的公羊，伸着鼻子四处乱嗅，跟在女人屁股后面闻骚。若女人们回头骂他一句，便嘿嘿傻笑。慢慢变得胆子越来越大，站在西门口泊池边看女人露出两条白白的胳膊洗衣服，趁女人不注意，就拿一块砖头扔在女人前面的水里，溅人一脸水花。女人抬起胳膊擦脸，他便哈哈大笑，手舞足蹈像只猴子一般，噘着两片厚嘴唇朝女人嘘嘘吹气。

东门口住着一户人家，男人姓柴，娶妻赵氏。正当中年，独门小户，生性老实，在村里从不惹是生非。两口子上有二位年老多病老人，下有一个女儿，一家五口人靠在北坡上种几亩薄田为生。女儿叫小娥，年十四岁，虽然是农家女儿，却也生得眉清目秀、唇红齿白。女儿知道父母劳累不易，每日在家洗衣做饭，帮助父母干些家务活儿。一家人其乐融融。

去年夏天麦子收割之后，这一天吃罢午饭，天气炎热，小娥端了盆子到大西门外的泊池洗父母换下的汗渍衣服。羊蛋站在对岸边的砖墙后，不断地往水里扔砖头瓦片。小娥不理他，匆匆洗完端起衣服盆子回家。中午时分街上空无一人，羊蛋跟在在小娥后面。快到村东门口，这野兽扑了上去，从后面捂住小娥的嘴，勒住脖子连拉带拽拖到东门外的城壕里用强。小娥抵死不从，两手十指如铁钩一般紧紧钳住中衣。羊蛋兽性大发，抽出随身携带的杀羊刀在小娥胳膊上手上乱砍，一刀砍在脖子上杀死了小娥。

小娥的母亲吃完午饭洗刷锅碗，丈夫在西房睡觉。女儿洗衣服不回来，出门去看。洗好的衣服和木盆扔在大门外边的地上，不见女儿的踪影，心一阵怦怦乱跳。羊蛋从东城门门洞里进了村，嘴唇流血，手里提了一把血淋淋的杀羊刀，边走那刀还往下滴血。

　　小娥母亲跑回家叫醒丈夫，二人出门顺着血滴寻到东门外城壕，见宝贝女儿被人杀死，顿时号啕大哭。小娥父亲到里正仪履太家报案，说女儿被羊蛋杀死在东城壕。仪履太大惊，一面派人去太平县城衙门报案，一面组织起七个乡勇去羊蛋家抓人。

　　知县吴珍听说西贾村出了人命大案，骑一匹枣红色骟马，后边跟着捕快清风烈酒忤作和二十个做公的人员，手持刀枪棍棒铁链绳索跑步到了西贾。在村西泊池边和里正接上头，里正仪履太说乡勇去羊蛋家没有抓到人，已经将羊蛋父母扣押，有人看见羊蛋拿了一把刀往南沟跑了。

　　知县让忤作和五个衙役和他先到东城壕验尸，捕快清风烈酒带其他十五个做公的人员还有乡勇去南沟寻找羊蛋。此时羊蛋杀死人的消息已经传遍全村，南北西贾城门关闭，家家害怕羊蛋再次伤人，户户关紧门户，女人儿童躲在家中不敢出来。有几个胆大的男子持锄头钉耙协助抓人。

　　知县吴珍和里正忤作等人到了东城壕，小娥的尸体已被用一张芦苇席子盖住。母亲被人劝了回去，留下父亲坐在城壕的地上哭泣。

　　忤作揭开席子，惨不忍睹，小娥的手腕几乎被砍断，脖子上一刀致命伤。嘴里有一片羊蛋的下嘴唇肉，上衣凌乱下衣被脱至膝盖，双手十指如铁钩紧紧抓住中衣，忤作验尸时怎么也掰不开。

　　知县大人吴珍看得连连感叹："烈女！烈女！必当上报朝廷给予柴氏旌表。"当即安排由官府出纹银五两安葬小娥，父母免除终生劳役。

　　十五名做公的分成三伙，五人一队，加上乡勇二人，分头到南沟搜捕羊蛋。一队到牛角凹，一队到野狐堰，一队到鳖凫潭。那一条南沟从东到西长达十余里，沟沟凹凹何止上百，皆是上万年洪水冲刷形成，沟凹内树木杂草，堰豁窑洞，藏有许多獾狐野兔嘎嘎鸡，灾荒年间甚至有狼虫虎豹出没。

　　道光元年，距西贾村正西二里半地的蒿村，有兄弟二人早晨起来去井台打水，发现一头豹子正伏在泊池岸南边饮水。二人大惊，水桶跌落在地，惊动了豹子。豹子发现有人，蹿上泊池岸边的一株大槐树。村人听说有豹子入村，年轻胆大的拿起身边趁手的家伙把槐树团团围住，在树下敲打铁盆惊吓豹子。豹子受到惊吓，向人龇牙咧嘴，低声咆哮。有人向上投掷砖块，豹子向树枝高处爬去。一村民回家拿来一副久不使用的弓箭，瞄准豹子射了一箭，正中豹子屁股。豹子负疼，一跃跳入泊池水中游向对面，爬上岸带箭向彭村沟窜去，众人后面追赶，那豹子隐人沟凹已不知去向。官府听说有豹子下山祸害，组织了百八十人猎捕，在一沟凹的洞内发现受伤的豹子，洞口点了一把火把豹子熏死在洞内。

知县吴珍让人通知了沟南的几个村庄的里正，让他们派乡勇沿沟巡守，各负责一段，防止羊蛋窜上沟南。下午天快黑的时候在鳖鬼潭的一队发现了羊蛋的踪迹，在烧瓦窑沟的一个旧窑洞前发现蒿草被人踩踏，一行脚印通向窑洞，草上有几滴新鲜的血迹。一声呼哨，一个做公的升起一枚号炮，其他两队看到信号都围了过来。三四十人围住洞口，众人害怕他有凶器没有人敢进洞抓捕，刀枪铁链摇得哗哗响，一片的喊声让羊蛋出来。羊蛋藏在洞的深处，嘴唇被小娥咬掉了疼得咩咩叫，黑暗中龇着牙像一头野兽。任你外边声响如雷，他也只是在里面咩咩叫。

有人建议像熏獾一样在洞口点一把火，用烟把他熏出来。很快就有人抱来麦草堆在洞口，抬来一架扬谷用的风车，用火镰打着点燃麦草，摇动风车向洞内灌烟。

灌得几下，羊蛋嗷嗷喷着满口血沫挥舞杀羊刀冲出了洞口。刚出洞被脚下绳索绊倒，六七根水火棍压在他的身上，捕快清风一条铁链子缠住羊蛋脖颈，烈酒一铁拐尺打断了羊蛋拿刀子的胳膊。众人一拥而上，七手八脚把羊蛋四马攒蹄捆了起来。背后插了一条水火棍，两个衙役抬着羊蛋回到西贾村。

村民听说抓到凶犯，出门围观。衙役抬着羊蛋像杀猪的一样走过，都喊打喊杀，有的朝羊蛋吐口水，有的扔土块。

吴知县让里正确认验明凶犯正身，确实是羊蛋无疑。将凶犯和凶犯父母一起带回县衙连夜审问。

吴大人升堂，先把羊蛋押了上来，身上的绳索已经去掉，换上了杀人重刑犯享用的脚镣手铐。吴大人看到羊蛋这般模样，失去下嘴唇的嘴巴，露出一排黄黄的牙齿，两只三角白眼，眼睑上翻露出恶狠狠的目光，心中厌恶，如此猪狗不如的畜生哪里是人？直接打死算了，喝令先打一百大板。

衙役皆是多年"修炼成精"，自然懂得大人的意思，手中的板子不紧不慢，不轻不重，上下翻飞，打得恰到好处，舒舒服服"伺候"了羊蛋一百板子，把个硬邦邦的羊蛋地变成了软囊囊的屄蛋，幽幽地只剩下一口气，保证当堂不死活不过三天。旁边的师爷做好案状，抓住羊蛋的手指画了押。

吴大人当堂判了羊蛋一个斩字，让把羊蛋拖下去关进西大狱死囚牢房，上报刑部，待批复后秋后处斩。羊蛋的父母判了一个纵子行凶、管教不严、包庇罪犯的罪名，发配运城牢房服劳役三年。

太平县把柴氏小娥的事迹报至平阳府，层层上报朝廷礼部，给予烈女旌表。在小娥被害处西贾东门外立贞节烈女石碑一座。至今该石碑仍存，字迹清晰，向世人诉说着这个血腥的历史故事。

欲知西贾村还发生了什么骇人听闻的故事，且听下回分解。

第三十回　骨肉相连父子情深　生活相依婆媳怨恨

西贾村在县城的正东八里，为古贾国国都所在地，因在贾国旧国都贾罕村西南边，隔一条深沟与沟东岸巴山上的南贾镇相对应，故名西贾。一个村分北西贾、南西贾、疙瘩上、南堡、北堡。

疙瘩上有龙王庙，原为贾国宗庙，庙东居住有世代守护宗庙的贾姓族人，还有乔姓、原姓和其他姓氏的村民。村东高台之上沿沟的南堡北堡两座堡垒，为贾国的两座兵营烽火台。鲁桓公五年曲沃武公篡晋，贾国奉周王之命，和荀、虢、芮、梁五国联合伐曲沃，反被武公所灭。

贾国被武公晋国吞并，老百姓纷纷逃亡。有个叫贾林回的放弃了一块价值千金的玉璧，只背着自己刚出生的孩子跟着人群逃向姑射山躲避。有人问道："你是为了图钱财吗？婴儿并不值钱啊！你是怕受拖累吗？带着婴儿逃难多麻烦？你丢弃了价值千金的玉璧，却背着初生的婴儿逃跑，这是为什么呢？"贾林回说："那块玉璧是因为值钱才与我有关联，而这个初生的婴儿，却是与我骨肉相连啊！"林回携子逃到陕西蒲城，其子后来被周王室封为贾大夫，墓葬位于蒲城贾曲乡。

出北西贾南门有一座书院，仪克让老先生设帐授学，西贾村子弟皆在此入学读书。以学院为界，南边为南西贾村。

且说南西贾村居住的人家大部分姓关，占据了大半个村子，另有张姓、李姓。进北门路东一座碾米的碾盘，路西是关家祠堂，向南一直到南城墙根门路东路西都是关家兄弟的十几座院子，祠堂南边一座是举人院，门前立有一对石旗杆。举人老爷院门前有一条东西大街，往西村中间有一座菩萨庙，庙前一条南北路通向南门口，路西第一座院子住着一位孤寡的妇人张婆。

张婆丈夫早年在外经商，数十年没有音信，生死不知。留下一子，取名关英山，村南沟沿有二十亩地，佃与他人耕种，对半分成。那时粮食产量极低，丰收年景亩产小麦三斗半左右，若遇灾年颗粒无收。收获季节，佃农私藏隐瞒，加上拾荒的流民明拿暗偷，完成朝廷的税赋，张婆到手的麦子只有七八石，一年的吃喝全靠这点粮食，若要觅人修缮房屋干些杂活儿，往往需要赊欠若干钱粮。

张婆昼夜纺花织布，拉扯儿子英山长大。英山十四岁上跟随叔父关煌文到兰州点心铺熬相公，一走就是十年，往回捎过两封报平安的家书。张婆盼望儿子能早点回家娶妻生子，因没有余钱给儿子定亲下聘礼，只有等儿子挣下钱回家时再说亲了。

一日，有个小女孩沿门乞讨。有人对她说："张婆，你把这个女孩收留下吧，给你的儿子做个童养媳。"

张婆看那女孩，虽然满脸污垢，倒也五官齐整。拉回家中，洗洗涮涮，找出一身她的旧衣服给换了，像个袍子一般罩住了女孩瘦小的身体，衣袖嫌长绾了上去。

女孩叫凤，给张婆做了童养媳。张婆多了一个帮手，也多了一张吃饭的嘴。张婆支使训练凤，白天扫地洗衣做饭，晚上婆媳二人对着一盏油灯纺线织布。锅里米下得多了，线纺得粗了，纳鞋底时打盹儿了，稍有差错，笤帚疙瘩，量布的尺子，烧火的圪叉，三般武器，张婆耍起来得心应手。或梅花点穴，或当头棒喝，或拦腰横扫，轮番在凤的身上使用，把凤当作了练功的靶子。吃饭定量，每顿只能吃半个馍、喝一碗汤，中午吃干，晚上吃稀，早上半干半稀，杂以油根萝卜红薯。

多年的孤独，心中的憋闷，有了凤便寻找到了出气的窗口和泄火的池塘，张婆骂人的天才也发挥了出来，创造了许多新鲜的名词："抄化头""瓣子馍""捤砍刀""狼吃的""木疙瘩""羊骨头""死牛筋"。每日骂人花样翻新，凤一声不吭，待张婆出完了积攒了十二个时辰的气，婆媳二人继续着一天的生活。

转眼三年，凤已十三岁，张婆的儿子关英山从兰州回来，请了几个亲戚，摆了两桌，凤上了头算是和英山结了婚。英山在家停了四个多月，一来一去就是半年，急忙忙赶回兰州柜上去了。

儿子走了不到一个月，凤开始呕吐，想喝酸汤。张婆看到媳妇怀孕，把骂人打人的绝世武学暂时收起。九个半月，凤生下了一个儿子，未满十五岁就做了母亲。满月的那天张婆拿了一颗红鸡蛋，把孙子抱出大门，碰到的第一个人是本家给人看病的关先生，把红鸡蛋塞到他手里，请关先生给孙子起了个名叫关家兴。

孙子会爬会坐会站立走路呀呀学语，张婆盘腿坐在炕上，拉着孙子的两只小手，祖孙两代面对面，前后摇晃着身子，"拖拖崽崽，出门门，做买卖。挣哈银钱拿回来，挣哈狗屁你吃啦。"三十年前，她就是这样哄着儿子，三十年后，她继续用这首儿歌给孙子启蒙。

晚上孙子睡了，张婆和媳妇在油灯下或纺线，或做针线活儿。凤年轻轻地做了妈，带孩子累，瞌睡多。张婆怕影响孙子睡觉，手里的武器变成了暗器，每当凤瞌睡点豆的时候，纳鞋底的针就会悄无声息地在凤的大腿上来个锥刺股。

婆媳两个纺了一年的线，缠线、倒线、刷线、浆线，一根根把线穿过筝子，把线安在织布机上。张婆教会了凤织布，脚踏莲板一上一下，手握梭子左右投递。细细的纬线，一丝一丝地积累，由寸及尺，由尺及丈，一匹布就这样在凤的手中织成了。

太平县有一首《织布谣》单说这妇女织布的辛苦："嘎嗒嗒，嘎嗒嗒，天明织布两丈八。拿到集上找买家，卖了银子白花花，籴下黍米黄蜡蜡，煮到锅里黏乍乍，公公一碗婆一碗，小叔小姑各一碗，临到媳妇干瞪眼。"

《牛郎织女》《天仙配》中，把会织布的女人誉为仙女，说天上的彩虹彩霞是仙女们织好的布，被王母娘娘拿来在天空中晾晒展览评比。会织布的女人在中国古代男人心目中的地位是崇高的。

写书的特别佩服织布女子顽强持久的毅力、甘耐寂寞的品质、无私奉献的精神。她们的劳动不但为人们提供了遮体御寒的衣物，还为中华民族提供了道德的精神食粮和艰难困苦中行进的动力。两千多年前的一天，孟子逃学回家，他的母亲拿起剪刀，剪断了正在织布的经线"断机教子"，由此产生了亚圣。

凤织完了一匹布，裁剪下二尺，要给儿子做一顶老虎帽和老虎鞋。没有颜料染布，张婆说，你去南门外的大槐树上勾一些嫩嫩的槐角，把布和槐角放在一起，用杵子把槐角中的汁水砸出来就可以把布染黄。

剩下两丈布，张婆说，你把它浸泡在泊池中的青泥里，泡上五天，捞出来漂洗干净，布就会变成青灰色，给你我各做一件棉衣。

凤按照婆婆的吩咐，在南门外的大槐树上采摘了槐角，染了黄布。把两丈白布浸泡在村外西南坡下的泊池边浅水的青泥里，怕布被水漂走，凤还在岸边捡了一块石头压在上边。

凤每天去泊池岸看布一回，第四天下午凤蹲在岸边掀开石块不见了布。凤心里着急，穿着鞋袜跳下泊池寻找，脚下一滑到了中间的深水里，咕嘟咕嘟喝了几口沉了下去。

当天晚上凤的尸体被打捞上来，陈放在泊池岸边。张婆找了两个人用一口水缸殓了媳妇，在通往南沟的堰下掏了一个洞厝放进去，抱着孙子哀哀地痛哭了一场。

埋了凤的那天晚上，轰隆轰隆一直打雷，雷声绕着村子的上空转来转去，干打雷不下雨。像有人在房顶上往下推碾麦的石滚，窗户纸也震得哗哗响。人们吓得心惊胆战，家家关门闭户，大人把小孩搂在怀里躲在炕上，用被子蒙住头不敢睡觉。

"吼雷火闪，龙抓秃蛋，秃蛋剩壳，抓他大哥。"一道接一道的闪电像利剑不断地撕扯这个漆黑黑的夜空，漆黑的夜是沉厚的，撕裂了一道缝又很快地合拢。每一道闪电耀起，藏在黑暗中的狼虫虎豹妖魔鬼怪就会趁机张牙舞爪，做出各种吓人的动作，把影子照在窗户纸上，似乎要破窗而入噬人脑髓。

人们真的被这雷电吓坏了，想起了一个阴森恐怖的故事：一个猎人在汾阳岭上打猎，晚上歇息在丑姑姑庙。雷在丑姑姑庙上方不断地响，就是不肯离去。猎人接着电的闪光抬头一看，房梁上有一只二尺长的蝎虎子（壁虎）在躲避劫难。他端起火绳枪朝蝎虎子打了一枪，蝎虎子伸出长长的舌头卷猎人的枪。在空中盘旋的龙借着猎人这一声枪响的威力干扰了蝎虎子精护体魔法的时候，一龙爪击穿屋顶把蝎虎子精抓了去。那个猎人的枪掉在地上，从枪管里爬出许多小蝎虎子。猎人连滚带爬跑回家得了病，每咳嗽一下就从嘴里吐出一只小壁虎。

每个人都在提心吊胆地想，自己有没有做过伤天害理的事？不知道今天晚上有哪个作孽的妖精要被龙抓了？天明人们发现泊池岸边的柳树下蜷缩着一个老妪，软绵绵的抽了筋，已经被雷打死了。怀抱一匹湿漉漉的布，布上沾满了青泥。老妪住在南西贾村西南角城墙下一座歪歪斜斜的院子里，人称"歪歪子院，扭扭子墙，弹花老人，憨娃的娘"。

人们议论纷纷，说凤的布丢了，淹死在泊池里，一缕冤魂去疙瘩上的龙王庙告状索要自己的布，状告龙王监守自盗。龙王气得吹胡子瞪眼，跺脚咆哮，两根龙须耍得像秦琼的金装铜尉迟敬德的钢铁鞭一样，跃到空中，盘来盘去，嘶吼连连，把盗窃了凤的布的憨娃娘抓到泊池岸边对证。

弹三弦的瞎子胡海水把这件事编成了一首曲子弹唱，曲名是《告龙王》。

> 太阳那个落山鹊归巢，
> 家家户户那个把烟冒。
> 吃罢了晚饭你就朝我这里坐呀，
> 听我说一曲把龙王告。
> 我婆媳纺线织布多辛劳，
> 你龙王贪我的布是为了哪条？
> 阎王爷不嫌那个鬼魂瘦呀，
> 你当官的只把俺穷人的骨髓敲。
> 你高高在上享富贵呀，
> 看不见天下有多少人受煎熬。
> 今天你龙王若不把俺的布来还呀，
> 小女子定去玉帝面前把你告！

媳妇死了，张婆领着孙子生活，孙子哭着喊奶（民国以前汾城人把母亲称呼奶）。张婆给儿子去了信，说了家里的变故。英山这几年做了两桩大买卖，赚了几个钱，收到张婆的信，决定回太平续娶一房，照顾年幼的儿子和年老的母亲。

欲知英山回家续娶一个什么样的妻子，且听下回分解。

第三十一回　英山相亲定姻缘　周鹚出阁成大礼

凤在村外的泊池里浸染布，掉进泊池淹死了。张婆给儿子英山去了一封信，说了家中的变故。英山五年没有回家，到了当归的时候，赚了一笔钱想回去把家里的房子翻修一下，老房子还是他曾祖爷爷手里盖的，虽说是瓦房但后山墙却是土打的版筑，墙脚也有些碱化。

娶妻要紧，把翻修房子的事情缓一缓。儿子关家兴四岁了，不认得他，也不叫他爸爸。他从褡裢里掏出一只拨浪鼓在儿子面前摇晃，家兴接过摇晃了几下。他又从褡裢里掏出一块糕点递给儿子，家兴接过张开嘴咬了一口，硬邦邦的像石头。家兴把糕点扔在地上，骨碌骨碌滚出去好远。家兴怯怯地喊了一声"爸"，捡起糕点当蛋子球滚着玩去了。

孙媒婆给提了亲，女方是西毛的，家住泊池岸牌楼巷。姓周，父母双亡，兄妹三人，哥哥已经娶亲，两个妹妹正是二八年龄，花一般的季节，姐姐叫周蝉，妹妹叫周鹚。哥嫂贪图钱财，说好的英山看中哪一个就把哪一个娶了去。

那时候社会封建，男女未结婚不能见面，父母之命，媒妁之言，有父从父，父死从兄。孙媒婆给英山安排了一个巧见面。

关英山跟着孙媒婆越过三毛沟，进入西毛村北门，村子中间有一座圆形的泊池，围着泊池有一圈青砖砌的花墙。泊池西南一座石牌楼，名"节孝坊"，是朝廷旌表西毛村的廉毛氏的牌坊。

这廉毛氏是西毛村人，嫁与廉姓男子，男子在漕运上服役，当了一名千总。毛氏过门后，孝敬公婆，礼仪周到，公婆面前，低声温语。亲有疾，药先尝。婆婆瘫痪在床，廉毛氏端汤送水，夏热冬凉，十几年毫无怠倦，每日第一碗饭必恭恭敬敬双手捧在公婆面前。廉毛氏的孝行感动里人，事迹上报官府，官府查明属实，拨官银建了一座石牌楼给予旌表。

过了牌楼有一座院子，门口有两个女孩。一个女孩坐在台阶上，手端簸箕一上一下扬着簸米，面前有几只鸡抢着吃掉在地上的米粒。另一个女孩一只脚踏着下面的圪台，一只脚踩着上面的圪台，手里提了个倒线车拿了个穗子缠线，嘴里"咕咕"喊鸡吃米。

关英山躲在牌楼后面偷窥女孩簸米缠线，孙媒婆问："一个鹁，一个蝉，你要哪一个？"

关英山说："我要簸的。"他在牌坊后偷看了一会儿，对两个女孩比较了一下，觉得端簸箕簸米的年龄大一点。偷偷地相了亲，互换了庚帖，请本家的关先生排了八字。

关先生说："白马怕青牛，羊鼠一旦休。蛇虎如刀错，龙兔泪交流。金鸡怕玉犬，猪猴不到头。除此六冲相克以外，其他属相不必忌讳。看此女生辰八字，四柱是旺夫的命。"

问了名，算了命，排了八字。关英山和张婆都感到满意，给女方纳采，金戒指两只、金耳环一副、银耳环一副、绸缎衣料六件，算是订了亲。接着下聘礼，包袱三十六、花馍三十六等，用杠箱抬到女家。给女方送了"过书"，双方定了结婚的日子。不到二十天，这些流程全部走完。周氏的哥哥请私塾先生给写了婚帖：

伏以瑶琴韵雅，正逢初夏之和。麦垄风来，喜见双歧之秀。合由人作，泰自天成。

亲台先生门下，治河察地形，奏上三策；读书先左传，诵及五经。矧，令弟才比栋梁，堪应东床之选。愧周妹，姿同蒲柳，勉仰南国之风。迤者曲从，冰仪肯订，山盟从此。乔木垂阴，遂使衡门生色。

辱承币帛之陈，愧之琼瑶之报。肃复芜词，仰祈亲慈莞纳，并希藻鉴，勿宣。

大清某年清和月下澣旦订。忝眷姻周稽首。

迎亲这天，关英山骑了一匹高头大马，虽说是二次结婚，也是新郎官，穿了缎子马褂，披红挂彩，两眼火铳，一对大红灯笼，四名吹鼓手，一顶八人花轿，沿途吹吹打打好不高兴。

周家嫁女自是张灯结彩，迎亲的被安排到别院吃酒。喜娘用五色棉线为新娘子绞去脸上的汗毛开了面，客人开始吃"开面汤果"。

吃了中午席，日头偏西，迎亲的在门外放了三次炮催新娘上轿。喜娘和嫂嫂为新娘梳妆打扮，穿上一身大红的衣服，盖上红头盖，哥哥把妹妹抱上了轿。

放了两声火铳一挂鞭炮，吹鼓手奏乐，轿夫起轿，新娘子在轿内哭哭啼啼。

出了西毛村走了半里多地，快到沟沿，新娘子还在轿内哭泣，轿夫说："新娘子，你如此哭泣不愿出嫁，不如我们转身把你送回去吧。要不到了沟底，你的哭声引来留云洞中的老猫咬你的嫩脸，到那时我们可顾不了你。"

轿夫说的留云洞在沟北的悬崖上，下到沟底就能看到峭壁上黑幽幽的一个洞口，每到傍晚夕阳斜照就会有五彩云雾从洞中飘出，伴随着咕咕呱呱的怪笑声，无人敢黑夜从崖下经过翻越三毛沟。

新娘子说："那就不哭了，你们抬着轿子走快一点吧。"

快到西贾村门口了，轿夫根据吹鼓手的音乐开始颠轿捉弄新娘子，左摇右晃，上下颠簸。颠了几下，轿底子颠掉了。换轿子来不及，新娘子说："你们照样抬着做颠轿子的状，我在轿里面跟着走，就像过年扮社火的一样。"

到了新郎家门口，迎亲的喜娘掀开轿帘扶新娘下轿，进门跨过一盆火，踏过一个红漆的马鞍子。众人看新娘子，高高的个子，苗苗条条，裙下露出一双金莲，尖尖窄窄，走路风拂弱柳，一步一朵莲花。众人皆说："新娘子被轿颠晕了，走路不稳。"

新郎官满面春风喜气洋洋，正是"久旱逢甘雨，他乡遇故知。洞房花烛夜，金榜题名时。"今日迎得美人归，高兴无比。

一拜天地，二拜高堂，夫妻对拜，送入洞房。

新娘子入了洞房坐在炕角，怀抱秤、筝，谓之压炕角、早生贵子。几个小孩子讨新媳妇，从炕角被褥下搜寻掏摸出花生、枣、核桃等，闹闹嚷嚷、嘻嘻哈哈抢着吃去了。关英山忙着招呼客人吃酒，一直闹到半夜。

第二天早上起来，新媳妇下炕梳妆，关英山吓了一跳。"怎么新人比昨天矮了一截？"走路一颠一跛，身子倾斜，左腿比右腿短半寸。门窗关闭得好好的，谁会半夜给他换了新娘？

地上一双高筒绣花鞋，里面垫了半尺高的一段木头。新娘子穿上绣花鞋果然是高高挑挑，两腿一般长短，像满人妇女脚穿的马蹄底鞋。

英山觉得受了媒婆骗，去找孙媒婆。媒婆说："我让你当面相亲，问了你要'跛'的还是要'缠'？你说要'跛'。男子汉大丈夫亲口选的媳妇，岂能怪老身！"

英山说："罢了！罢了！"娶媳妇已经花光了他这几年赚的钱，婚后两个月他回兰州去了。

周鸬穿高底鞋掩盖了残疾，骗过了英山，被人当作笑话传说。三十年后，蒲剧"福胜班"的旦角王存才受到周鸬的启发，制作了木底跷鞋，男子扮演妙龄少女，一双大脚被巧妙地遮掩。练就了绝世技艺，踩着跷鞋在舞台上扭来扭去，甚至能在椅子背上独脚站立，蹦上跳下做出钉钉挂画的动作。"误了收秋打夏，不误存才'挂画'"，这是后话不表。

周鸬过了门，英山走后一天天变懒，想吃吃，想睡睡，肚皮隆起，身子一天天发胖。张婆领着孙子家兴要做饭洗衣，还要纺线织布，拿出婆婆的威风，要求周鸬像凤一样对她唯命是从。

"媳妇不是婆养的"。这周鸬自小父母双亡，跟随哥哥嫂子长大，腿有残疾，家里人都让着她，无拘无束长到十六岁，哪里受得了张婆的约束？张婆让吃稀，她偏要吃干。张婆让喝汤，她说肚子饿了要吃馍。张婆晚上让点灯熬夜纺线织布，周鸬说困了要去睡觉。

张婆骂周鸬"小懒骨头"，周鸬腆着个大肚子回骂"老贱骨头"。

张婆骂："偷汉子的小娼妇。"

周鸬拍拍肚皮说："这是你儿子的种。"

张婆对周鸬掩盖残疾骗她儿子从心底厌恶，发挥她骂人的天赋，新词老调，源源不断，把从说书的瞎子那里听来的词转手就用在周鸬身上，骂周鸬是"铁拐李""白骨精""天杀的""饿死鬼"。

周鹁也不嘴软，原样给撑回去，前边还加一个"老"字。

张婆气得踮着脚尖蹦："哪里有媳妇跟婆婆回嘴的！"

周鹁说："我是关家明媒正娶，八抬大轿抬进门的，不是你家的童养媳，不是你花钱买的丫鬟专门来伺候你的。"

张婆要打周鹁，拿起她昔日教训凤的三般兵器：扫地的笤帚、烧火的圪叉、量布的尺子。一手叉腰，一手挥舞。

周鹁嗤之一笑，左手擀面杖，右手捶布的杵子，左脚踩着捶布石，保持身体平衡："老鸡婆，你过来打我一下试试！"

两个女人，一老一少，像两只斗架的公鸡，伸着脖子，奓着羽毛。隔着院心，手持武器指指点点，比比画画，谁也不敢向前，张婆的暗器自然派不上用场。

每当此时，孙子关家兴就会站在张婆后面，看奶奶和这个瘸子女人吵架。爸爸走的时候曾经让他叫周鹁"妈"，他知道这个瘸子不是他的母亲，他的妈妈已经在土堰下的窑洞里睡着了。

三天一小吵，半月一大吵，这婆媳俩铁锅遇到铜刷子，一个比一个硬气，把吵架练得炉火纯青，名传沟南沟北。《孔雀东南飞》中的焦母自叹不如，敢打插翅虎雷横母亲耳刮子的白秀英也甘拜下风。有一首《浪淘沙》单说这婆媳吵架：

> 花泪暗飘红，莫近帘栊。春雷几日雨声中，寒透五更人不寐，锤撞金钟。
>
> 春梦又无踪，恨意蒙蒙。隔窗恶语碎东风，记得昨宵摔破碗，婆婆发疯。

正是："恶婆婆，狠媳妇，二女同居锣对鼓，一山难容俩老虎。"

欲知后事如何，且听下回分解。

第三十二回　回婆家桥头遇妖怪　寻幽处洞中探奇景

从西贾到西毛要跨过一道宽一百二十丈、深三十丈的沟，原是大禹治水时挖掘的排洪渠道，历经千年的洪水冲刷，沟逐年加深加宽。沟两岸的分岔也越来越多，站在姑射山峰上看去像一条百脚蜈蚣。西贾村人叫南沟，西毛村人叫北沟，原来的名字"禹沟"被人忘记了。

通过半里长的一条狭窄的通道下到沟底，沟北一座直立的黄土悬崖，崖上有一奇洞，名留云洞。洞口上方黄土缝隙中长出一簇奇怪的芦苇，冬不凋谢，茎长丈余，柔软似绳，细如少女纤纤手指，垂落下来恰是一道门帘半遮住洞口。悬崖对面沟南是几道沟壑，形成几座山峰。沟壑间、山峰上长满古藤老树，一片郁郁苍苍。

上游彭村沟有泉水，常年四季向外喷涌，汩汩成溪流，在留云洞下注入一水潭，潭满水从东南角缺口流出。潭上建有一三孔石桥，名"通惠桥"，乃是西贾村布政使仪佩、守御所千总仪三太为方便其出嫁到西毛村的女儿通行，于嘉庆二十二年出资五百金修建。

站在通惠桥上往西望去，南北各有一座城堡，建在四面环沟的土山之上，两座城堡隔沟对应。沟北的叫康家堡，沟南的叫谷家堡，相传为东汉末年驻扎在汾河西岸白波谷的黄巾军郭大、杨奉部的后方存粮堡垒。

每到傍晚夕阳斜照到沟北悬崖，就会有五色云彩在留云洞口飘荡，成群结队的红嘴鸦随五色云彩飞进飞出。山崖、云雾、树木、石桥、夕阳倒映在水中，景色美丽富有诗情画意，值得文人墨客把玩到此一游。

周鹉怀胎十月，第二年四月生下一个儿子，取名关学兴。过了满月哥嫂接回娘家，住了两个半月，正是伏里天，炎热异常，下了几场暴雨，压住了暑气。周鹁要回婆家，哥哥周虎赶了一辆驴车送行。趁早晨天气凉爽、太阳还没有在塔儿山升起的时候出了村北门。

周虎赶着驴车从沟南下到沟底来到通惠桥上，那头毛驴听见桥下水响发起了蛮脾气，四条驴腿死死地站定，如铁桩打入铺在桥上的石块里一般，任周虎吆喝、鞭打、在前拉扯缰绳，就是不向前一步，打得急了反而向后倒退。

原来伏里天下了几场大雨，从姑射山尉壁峪暴发的山洪一路上横冲直撞，摧枯拉朽，把沟中的芦苇推倒抹平，一条小溪变成了河，混浊的河水在惠通桥下翻滚打旋。毛驴天生怕水，听见水响，不敢在桥上行走。

正当周虎与毛驴纠缠对峙的时候，哗啦啦一声响，从桥下的旋涡中蹿起一条蟒蛇，血盆大口，露出颚上白森森、五寸长的两颗倒钩牙齿。一尺长的蛇芯子似一把钢叉，忽左忽右，伸进伸出，闪电一般刺探着周围的空气，呼呼呼喷着阴飕飕的腥臭冷风，凌空扑向拉车的毛驴。

周虎吓得面色苍白，扔下驴车，顾不得妹妹和外甥，扭头就往回跑，被桥上的石头绊了一下，向前倾倒，嘴唇磕在石头上，满嘴鲜血直流。周鹁在车内有围帘挡住，听见水响，闻得腥风，不知道发生了什么事情，把儿子紧紧抱在怀里，大气不敢出一声。

那妖怪少说有碗口粗，原住姑射山尉壁峪黑龙潭，山洪暴发，随洪水冲到此处，在通惠桥下盘桓了几日，潭水中的鱼虾被它吞吃殆尽，依然腹中饥饿。这日闻得毛驴气味，决定饱餐一顿，尾巴一摆，冲出水面，带动浪花，湿淋淋地跃向空中，张开大口从上往下要吞拉车的毛驴。说时迟那时快，就在蟒蛇的嘴巴离毛驴的头有半尺远的时候，沟北悬崖上留云洞中飞出一把石斧，不偏不倚正好击中蟒蛇的一只眼睛。蟒蛇眼冒金星，疼痛从头部沿脊髓传到尾巴梢，哪里还顾得上享用到口的毛驴？长身抽搐，扭了一招麻花，垂头射入水中，藏到桥洞下面去了。

留云洞口纵身跃下一人，三步五步跃到周虎身边，扶起周虎。

周虎看扶起他的人，上身穿一件白布无袖汗衫，没有系扣子，露出两块紫油发亮的胸肌。下身穿一条黑色的裤子，宽大的裤裆，半尺宽的白色裤腰，系一条红色裤带。裤腿紧扎，脚穿白色的袜子，外蹬圆口黑布鞋，腰间缠一条九节钢鞭。

"谢谢廉大哥救命！谢谢廉大哥救命！"周虎认得救他性命的人，名叫廉勇，和他是一个村的，住在西毛村泊池岸牌楼巷东，西贾村仪佩的外甥，称呼"小老八"为舅老爷，刚从银川回来不久，据说是在那边犯了法，被发配充军。

廉勇说："这个畜生，我已经观察它三四天了，今日果然露面行凶。周虎你快送你妹子和外甥回西贾吧。"

周虎说："请廉大哥在这里等我一会儿，我送了妹子就返回，害怕回来时再遇到妖怪。"

廉勇："你不用怕，我就在崖上留云洞中歇息。这畜生被我打伤了一只眼睛，一时半会儿不敢出来，起码得将息十天半月。"

周虎捡起掉在地上的鞭子，扯下驴车上的黑布门帘，蒙在毛驴的头上遮挡住驴的眼睛，牵着驴过了通惠桥，匆匆把妹子周鹉和外甥送到西贾村。

周虎返回沟中，廉勇依然站在通惠桥上，看桥下滚滚的洪水。

廉勇说："这条蟒蛇应该是姑射山中的怪物，随山洪冲下来的。前几天我听见一群乌鸦惊叫，围绕潭水盘旋，发现这畜生在水里打了个浪花，把这桥底下做了它的家。"

有廉勇壮胆，周虎生出了男子汉的勇气。问廉勇："留云洞在高高的悬崖上，你是怎么上去的？"

廉勇说："悬崖东边有一条道，我带你爬上去看看。"

周虎把毛驴车赶过桥南，停在　株大榆树下，返回桥北和廉勇走到悬崖下，向东走了五十余步，一个沟凹长满树木杂草。廉勇在前手扯树枝，分开杂草，沿山坡向上爬了十余丈。廉勇拨开一簇荆条，后面露出一个洞口。周虎跟随廉勇爬入洞中，弯腰向前走了一段，忽然眼前开朗，一缕阳光从南边洞口射入。周虎借着光线看这洞穴，迎面一根悬空的黄土柱子，从窑顶倒垂下来，黄土柱被鸟雀啄出许多孔似马蜂窝一般，每个孔中都藏有一只红嘴乌鸦，瞪着眼左右摇头看周虎。

洞中一侧有一盘土炕，有炉灶，有烧火的痕迹。继续向里下几个土台阶进入一个深井之中，抬头向上，这洞穴好似一座穹庐，周边洞壁是直立的黄土，有许多流水雕刻的线条。顶部土层颜色清灰，内夹杂有石子、贝壳等湖底沉积物，平卧的土层与直立的黄土界限分明。周虎把这种土层分别叫立土和卧土，立土上的卧土层约有五尺厚，从下往上层层叠叠一圈圈向中心收缩，构成一圆形的洞顶，恰似人工修建的莲花藻井。在黄土崖上能发育出这样一处奇妙的洞穴，是数十万年前洪水的杰作，真是世所罕见，地质上的奇观。

廉勇弯腰在脚下的土层中捡起两块石片，周虎也捡了一个石球。廉勇说："这是古人使用过的石刀石斧，上面还残留万年前动物的油脂。刚才打蟒蛇的石斧就是在洞底捡的，你捡的石球叫投掷器，古人打猎用的。听我姥爷讲过一首古诗：'断竹，续竹。飞土，逐肉。'古人砍竹子制作弹弓，弹射石丸打野兽。"

周虎和廉勇走到留云洞口向南瞭望，这洞口不知是何年何月哪位在此隐居的神仙开凿的。只见对面山峰座座，树木葱茏，有"梦笔生花""乌龟问天""猴子望月""老鼠拖木锨""蛤蟆跳门槛"等诸般景色尽收眼底。一潭池水圆圆如月，一座石桥弯弯如虹，一滩芦苇青青如坪，一条溪水蜿蜒如抖动的丝带。洞壁上有人刻写一副对联"远挹千峰翠，平吞一水清"。落款：彭蒲。

廉勇指着对联落款说："这彭蒲是西贾里人，幼年在汾阳岭下汾阴洞出家，后任西贾龙王庙主持，号'定三和尚'，明洪武十二年在北京卢沟桥自焚圆寂。这土炕、土灶，应是他当年在此修行留下的遗迹。"

周虎随廉勇看了留云洞内外的景色，长这么大还是第一次看到家乡有如此美景，近在咫尺，多少次从它脚下经过，却不知它是如此清纯美丽，温柔动人，兼有江南秀色、草原风光。

廉勇说："在此洞口观察潭水，桥下蟒蛇一举一动看得清楚。这东西属于极阴之物，夜晚凉爽时出来活动掠食。"廉勇抬头看了看西部天空："天上勾勾云，不过三天雨淋淋。明天下午必有一场暴雨。我怕那时洪水猛涨，此怪趁水势逃走。除恶务尽，周虎助我一臂之力。"

周虎说："我回村庄叫上几十个青壮年，大家拿刀枪火铳围捕此害，以防恶畜伤人性命。"

廉勇说："蟒蛇吃我一石斧，潜入水底，它不出来，任凭你人再多，刀枪也奈何它不得，欲除恶畜只能用计诱捕了，就怕这怪不上当。"

周虎说："廉大哥用何计谋？"

廉勇说："请你回村准备大红公鸡一只、铁钩一个、绳索一条，于日头落山前来桥上与我会合。"

周虎说："用钓鱼的办法抓捕蟒蛇这办法不错，我这就回村准备，叫上几十人协助廉哥。"

廉勇说："人多嘴杂噪声大，容易打草惊蛇，有你协助即可。"

周虎出了留云洞，下了悬崖，战战兢兢过了通惠桥，左顾右盼，害怕从桥下再蹿出一条蟒蛇来，到榆树下牵了驴车回西毛准备公鸡去了。

到了中午，西毛沟通惠桥下有蟒蛇吃人的消息已经传遍西贾、西毛、西彭、西张、西李、西村、蒿村等沿沟的数十个村庄。消息越传越远，蟒蛇在人们惊恐的眼神、口口相传中变得越来越大。先是碗口粗细，一丈长；接着变成了水瓮般粗细，十丈长，头如斗，眼似灯笼，牙比钢刀，张开嘴如城门一般，连毛驴带车一口吞了下去；到了下午，蟒蛇长到一百丈长，一丈粗细，头在沟南，尾在沟北，张开嘴仰头向天，一口吸进去了在半天空飞的一群鸟雀，足有四五千只。

西贾村有人不信，去问周鹄。周鹄坐在轿车中有围帘遮挡，并未看清，只觉得一股腥味难闻，回到家中一直恶心呕吐。回答说："有十丈长，十丈粗。"问的人说："那长条形的蛇不变成一条方蛇了吗？"

这话很快又传了出去，说蟒蛇成了精会变化，四四方方的一个大脑袋，有十丈粗的肚子，十丈阔的嘴巴。说的人绘声绘色添油加醋，听的人毛骨悚然目瞪口呆。

在西贾村有一个流传很久的蛇精的故事，此时再次被坐在十字道口菩萨庙前的石头上乘凉的老年人，趁着落日余晖，从手中破旧的芭蕉扇中摇了出来。

在很久很久以前，有一个少年在南沟里的小溪旁割草，草丛中有一条赤练蛇。少年用镰刀把蛇砍成了两段，回到家中告诉他的母亲，说割草砍断了一条蛇，那条蛇的两段身躯竟然扭扭捏捏自己对接在了一起，溜到溪水中游走了。他母亲知道儿子闯了祸，遇到了报复性极强的蛇精。晚上当人们都睡着了的时候，蛇会闻着你的脚印的气味，在天上星光的指引下，追寻到家中来找砍断它的人报仇。

她把一口水瓮扳倒扣在地上，让儿子藏在了里面。又害怕蛇从地面的缝隙中钻进瓮内咬她的儿子，用棉花和布条把缝隙堵得严严实实。半夜里那条蛇来了，伸着舌头寻找白天用镰刀砍断它的身体的孩子，在水瓮旁嗅到了这少年的气味，盘绕着水瓮转了一圈走了。第二天他的母亲掀开水瓮，儿子已经死了，面色乌青，浑身的血被蛇隔空吸干。

这个故事的结论和教训是：这个孩子在南沟里把蛇砍成两段，必须把其中的一段挑到北坡上埋了，让蛇的上半段身体找不到残缺的下半部分，不能结合在一起，也就不用怕蛇拖着半截身体来报仇。听过这个故事的儿童总会在心里留下一个终生难以抹去的阴影，加深人类对蛇与生俱来的恐惧。

欲知廉勇和周虎能不能捉住留云洞下深水潭中的巨蟒，且听下回分解。

第三十三回　知耻辱浪子除三害　逞奋勇义士斗恶畜

　　周鹁回婆家的这天下午，天气异常闷热。婆婆养的几只老母鸡，耷拉着翅膀，张着嘴呼哧呼哧喘气，太阳已经落到西山后的云里头去了，老母鸡还是不上窝。西边院子里的一株大椿树上足有上百只的麻雀，叽叽喳喳地叫，两只麻雀因争一个树枝栖息打斗起来，扑扑棱棱相互用喙啄着对方羽毛，从树枝上一直打落到地上。麻雀的聒噪让上午回到家的周鹁感到烦躁，儿子因天热也不停地哭闹。周鹁烧了一盆水，给儿子洗了个澡，儿子才静静地睡着。

　　周鹁住的房子后面是一条宽阔的街道，路北有一座小小的菩萨庙，庙西有一间房，是夜晚打更的更夫歇息的地方。每到傍晚的时候，村中的老年人就会从家中走出，迈着慢吞吞的步子，来到菩萨庙前，坐在石头上，摇着芭蕉扇乘凉聊天，说一些家长里短的陈年旧事。

　　更夫老卫放下他手中打更用的梆了，走出更房，搬　把杌坐在乘凉的人旁边，抽一袋旱烟，鼻孔里冒出两道浓浓的白烟，然后开始给人讲述夜晚打更时的见闻。

　　老卫喜欢讲一些吓唬人的故事，说他在三更半夜看到黑如鬼魅的城头上有飘忽的鬼火，漆黑黑的小巷里突然蹿出一只野猫，西头城墙上的那株柏树上有一个修炼的狐仙。每到月圆的晚上，月亮正南的时候，狐仙在城楼上后腿站立，仰脖朝天，张开嘴向着月亮吞吐一颗红色的丹丸，如果谁把狐仙的丹丸偷走吃了，就会长生不老。

　　有人问："老卫，你晚上打更遇到过鬼吗？"

　　更夫老卫说："一般人头上都有三尺高的火，火焰越高阳气越旺，鬼看见人头上的火就远远躲开了。若是人的阳数尽了，头上的火焰就消失了。"

老卫说要想看见鬼有一个办法，去年腊月三十晚上，他拿了一张筛面的筹，点了一支蜡烛，站在城门楼上，隔着蒙在筹上的纱，看到城外一队队高高低低的鬼魂，飘飘荡荡，恍恍惚惚，急忙忙赶着回各家过年。还看到一队披头散发的阴兵，拿着明晃晃的刀枪，由西南方向而来，向东北方向杀了过去。一股阴风吹灭了他的蜡烛，吹得他浑身寒冷牙齿上下打架。吓得他跑下城门楼，拖着发抖的双腿回到更房，点着挂在墙壁上的油灯，拨开地炉中的炭火，加了两块硬木柴，烤了半个时辰的火，才算让颤抖的身体有了温暖恢复了平静。

张婆领着孙子关家兴出来乘凉，看一群孩子蹦蹦跳跳打打闹闹。有三个男孩子玩抬花轿，两个孩子双手交叉握住对方手腕，抬着另一个孩子在庙前转圈，口中唱着童谣："歪戴帽，狗抬轿，抬到庙里没人要，抬回来乱人笑。"

出来的孩子多了，分成两队玩跑马城。两队孩子相隔一段距离，手拉手站成一排代表城墙，一队一句交叉对话："城门楼，几丈高？三丈五尺高。骑白马，过金桥，你们打仗我们跑，跑就跑。"一个孩子咬牙握拳飞快地跑过去，选择一个薄弱部分，用肚皮撞开对方紧拉的手臂，然后抓一个俘虏回来。

家兴只是站在旁边看，抱着奶奶的腿，从不参与孩子们的玩耍。从小失去了母亲，孤独与胆怯一直伴随着他。

夜色上来了，天空中由东向西飘过去几团黑云。更夫老卫说："黑猪拱河，大雨滂沱。孩子们，回家去吧，不要在外边玩耍得睡着了，像张教谕的儿子一样被雨淋坏了身体。"

老卫说的张教谕住在村子的西头，有一个十二岁的儿子。大前年夏天晚上乘凉，躺到牛院里的一个喂牛的石槽中，凉凉爽爽睡着了。家里人满村地找他找不到。半夜一声雷响，瓢泼大雨刹那间落了下来。可怜这孩子被石头和雨水双重夹击，寒气侵入脏腑，浑身肌肉萎缩，在炕上睡了两年，发汗药、驱寒药、柴胡、当归、防风、生地、熟地、生姜、红枣吃了几百斤，羊汤、鸡血灌了几十碗，全如"鹅毛入水，轻飘飘没有半点动静"。好端端、胖嘟嘟的一个孩子，半年光景骨瘦如柴，华佗再世也无力回天了。

老卫说了鬼，说了雨，话题扯到西毛沟通惠桥下的蟒蛇，乘凉的人个个面容失色，纷纷站起来拍拍屁股，喊叫着自家的孩子回家去了。庙前剩下了老卫一个人站在那里发呆，今天晚上的更还按时给村里人打吗？毕竟蟒蛇比鬼厉害得多了。

此时，西毛沟通惠桥上，廉勇与周虎正在和蟒蛇斗智斗勇。

下午，天气闷热，潭水中的小鱼小虾不停地在水面上蹦跳，太阳快落山的时候，西边的姑射山上起了乌云。"日落云里走，不到半夜大雨吼"，廉勇心中念叨着，今天前半夜必须把这妖怪捉住，后半夜下了暴雨让这条畜生乘机逃走就不好了。

周虎来了，带来了公鸡、绳索、铁钩、钢叉、火把，还跟了两个本家的兄弟周文和周武。周武从背上卸下一个黑花纹的蛇皮袋子，从中抽出一把宝剑递给廉勇，说此宝剑名干将，是周家祖传之物，先祖周处曾经持此剑斩杀过山中猛虎和水中蛟龙。

廉勇接过宝剑，目光接触到宝剑的那一刻，一道青光射入眼睛，只觉得冷飕飕寒气逼人，剑柄上一行字："越王勾践自作用"。

周虎问："廉大哥认得此宝剑？"

廉勇用手指弹了一下剑，那剑发出铮铮的声音，清脆悦耳。廉勇说："天下名剑有湛卢、巨阙、胜邪、鱼肠、纯钩、龙渊、泰阿、工布、干将、莫邪。年代久远，均已失传。此宝剑应该是干将，周家能保存此剑，实属不易。"

当年越王勾践为报吴王夫差之仇，请干将莫邪为他铸造宝剑。干将莫邪夫妇入深山，采精铁，登高塔，祈黄天，炼名剑，七七四十九日以身赴铜水，血凝剑气，干将、莫邪双剑出焉，其志惊天动地。勾践后三年持干将灭吴，配莫邪登吴之宫殿。

这把越王剑三国时期落入吴国大将周鲂之手。周鲂诈降魏国，持剑断发赚曹休。周鲂死，子周处年幼，母亲过于溺爱。年少时身材魁梧，好驰骋田猎，为人凶暴强悍，任性使气，被同乡的人认为是一大祸害，与南山猛虎、河中蛟龙合称为义兴的三害。这个说法传到了周处那里，就只身持剑入山杀死了老虎，下河与蛟搏斗了三日三夜，在水中追逐数十里斩杀了孽蛟。

同乡的人都认为周处已经死了，互相庆祝。周处从水中提着蛟龙出来了，听说乡里人以为自己已死而互相庆贺，才知道自己实际上被当作了一个大祸害。周处痛下决心悔改，剥下蛟龙皮做了一个剑套，随身携带用以警醒自己。

发愤图强，拜文学家陆机、陆云为师，终于才兼文武，得到吴国的重用，历任东吴左丞、太守、御史中丞。西晋元康六年，授建威将军，奉命率兵西征羌人，次年春于陕西乾县战死沙场。死后追赠平西将军，赐封孝侯。

这周虎、周文、周武为周处后人，今日拿出祖先用过的斩蛟剑誓要除掉恶畜，保障妹子外甥回娘家通行安全。廉勇说："这畜生今晚能享用此剑，也是它的造化。"

廉勇把公鸡的两只脚绑在铁钩上，做了钓蛇的诱饵，让周虎用绳子拴好铁钩，从桥的东边把公鸡倒垂到水面处。周虎、周文抓住绳子，周武持钢叉，廉勇持宝剑，四位勇士屏住呼吸，静静地单等蟒蛇上钩。

小溪从西而来，悄无声息地穿过通惠桥，一路向东匆匆流入汾河，蛤蟆咕呱咕呱在小溪岸边的芦苇丛中鸣叫。

公鸡扑棱扑棱扇动翅膀，喔喔的叫声惊动了桥底下的蟒蛇。这恶畜早晨吃了廉勇一石斧，打伤了眼睛，气愤愤地在桥下躺了一天。听到水面上有动静，悄悄地浮上水面，把身体的一半藏在桥洞下的水里，露出一颗头，伸着信子刺探。用另一只好眼睛观察了一会儿，通过微弱的星光看到一只又肥又嫩的大红公鸡在扑棱翅膀。

蛇心中暗喜，最爱吃的东西就是鸡，一连三天没有吃饭，饥渴搅肠，现在有一只鸡落到水面，送上门的晚餐，岂有不吃之理？吃了这只鸡恰好能补补身体，养养被打伤的眼睛。

蛇张开口仰头要咬鸡，猛然间看到水中的倒影，有一把明晃晃的钢叉。心想这几天除了有乌鸦不停地在水面聒噪，不曾见过鸡的影子，莫要着了人的暗算，早晨被打的眼睛还疼呢。慢慢缩回了头沉到了水底。

蛇的举动，廉勇看在眼里，暗暗惊叹："好狡猾的蟒蛇，不愧为百年修炼的怪物。"

乌云在姑射山头积累，峡谷两岸的山峰只剩下一个黑黑的轮廓，与头顶上的天连接在一起。空中的群星拥挤在峡谷的上方，拼命地你闪他闪，一起向廉勇发出了警示。"星星眨眼，离雨不远"，催促廉勇快点捉蛇，暴雨马上要来了。

廉勇让周虎把公鸡提了上来，走到桥的西边，捉住鸡的脖子，用越王勾践的宝剑割破了鸡的喉咙，把鸡垂下去半放到水里。

鸡在水中挣扎，殷红的血从鸡的脖子里喷出，随水扩散。血的腥味很快传到蛇的信子上，刺激着它的神经。凶狠、野蛮、阴险、恶毒的脊液一起膨胀，涌向蛇小小的大脑。

恶畜愤怒了，终于忍不住鸡血的诱惑与挑衅，打了一个浪花，从水下一口咬住了鸡头。

周虎感到手中的绳索往下一抻，大喜，叫道："上钩了。"双手猛地往上一拉，扯上来半只公鸡。唉！这周虎是打小就种地的农民，何曾当过一天的渔夫？不懂得放松绳索、欲擒故纵的道理，让上钩的蛇脱钩了。

西边的乌云涌上来了，星星隐退，天地间一团漆黑。廉勇来不及思考，手持宝剑纵身跃入水潭。

蟒蛇看到有人跳入水中，使出捕捉猎物的第一绝招，甩动尾巴向廉勇拦腰横扫。廉勇向下一潜，蛇尾巴贴着廉勇的头皮扫了过去。

一道闪电瞬间把西毛沟照得如同白昼，电光射入水潭，廉勇借着亮光抬头向上，好凶险，那蛇圆张大嘴正向他的头部咬来。

廉勇双手紧握剑柄举向头顶，双脚蹬水迎着蟒蛇张开的大嘴，连剑带双臂直直地插入了蟒蛇血腥的喉咙。这一剑直击要害，蛇似乎没有感到它的生命即将结束，本能地扭动粗长的身躯缠住了廉勇的腰。

蛇捕捉猎物一般有三项必杀绝技，一是甩尾横扫，把猎物击倒在地；二是张嘴直吞，咬住猎物的头部；三是扭身缠绕，勒住猎物的胸腹。这第三招最是凶狠，猎物一旦被蛇缠住，绝无逃脱的可能。随着猎物的呼吸，蛇收缩身躯，压迫猎物的胸腔，直到猎物窒息而亡。

廉勇双手后缩，在往回抽剑的过程中，剑尖斜向上从咽喉到口腔给蛇开了一个天窗。这蛇的血液喷溅而出，一命呜呼哀哉，心脑虽死但身体上的神经不僵，在潭中翻滚扭动，卷着廉勇翻到了水面。

闪电一道接一道，周虎在桥上看到蟒蛇与廉勇在水面翻滚搏斗，把绳索铁钩甩了下去。廉勇抓住铁钩，勾住蟒蛇的下颚。周虎、周武、周文一起用力，把蟒蛇和廉勇拉到了桥上。

周虎怕蛇不死，用钢叉把蛇头戳得稀烂，算是报了仇。

雨点开始下落，四位勇士打起火把，爬到了留云洞中避雨，留下了一条死蛇在通惠桥上。

雷公在漆黑的云层里推着他的车子，轰隆隆地响着从峡谷上方碾过来碾过去，龙王爷挥舞起明晃晃的闪电皮鞭，使劲抽打躺在桥上一动也不动的死蟒。是怨恨蟒蛇贪吃，还是恼怒自己未能及时发洪水把徒孙带到东洋大海？或者代表玉皇大帝向妖魔鬼怪宣告天地的权威。

蛇大成蟒，蟒大成蛟，蛟大成龙。这条已经成了蟒的蛇，在进化的途中祸害人间，被廉勇、周虎兄弟杀死，永远也不可能成蛟化龙了。

欲知后事如何，且听下回分解。

第三十四回　小侠仗义惩罚恶少　英雄点赞后生可畏

廉勇、周虎、周文、周武，四个勇士看着打死的蟒蛇，心中激动，从小到大从未见过如此巨大的怪物，今日除去恶畜，为民除害，当了一回英雄，高兴无比，在电闪雷鸣中吼起了乱弹。

赵氏孤儿一声吼，

三尺宝剑提在手，

屠岸老贼哪里走，

今日要报灭门仇。

铿铿锵，铿铿锵。

铿锵，铿锵，铿铿锵。

朗格里格哪当锵。

四个人边走边唱，举着火把钻进留云洞避雨。周虎把火把插在洞壁上，四位勇士席地而坐。

"廉哥，这么多年你在外走南闯北，见过许多世面，给我们讲一段你闯荡江湖的故事吧。"

火把的光照在四个人的头顶，藏在黄土柱中进入梦乡的红嘴鸦被惊醒，咕咕叫了两声。洞外雨箭从天空射向满沟的芦苇，只听得一片急促的唰唰声，似乎是两军对垒万马奔腾。

"嗨！说什么好呢？这个晚上，这留云洞正是咱们聊天的好地方，我给你们讲一下我舅爷小老八的故事吧。"廉勇说。

我的母亲是西贾村仪家，沟中的这座桥就是我的姥爷出钱修建的，明里说是为了我母亲回娘家方便，实际上是为了惠及沟南沟北村民的通行。通惠，就是这个意思。

我舅爷名叫仪旺汾，在西贾仪姓家族兄弟中排行老八，个子比其他兄弟矮半个头，人称小老八。

小老八从小习武，终身未娶，练就一身童子功，夜晚睡觉以簸箕为床，蜷缩四肢，打熬筋骨。

小老八虽说个子矮小，但四肢粗壮，浑身肌肉如铜铸铁打，力大无比，三百斤石锁单手提起奔走如飞，面不改色，气喘如常。

小老八练有铁爪功，能伸手插入城墙抠出一块砖来。你们到西贾斜院的北房后面去看，砖墙上留下许多指痕，是舅爷在墙上练铁爪功的印记。砖墙上有几个二三寸深，比手指粗的洞，是小老八练一阳指长年累月戳下的。

小老八十七岁那一年，我太姥爷守御所千总仪三太过寿，宾客云集，齐聚仪家大院。院中心并排摆了十张桌子，为首一张客桌上坐着有三位武林高手，仪丙太携儿子旺汾坐在下首陪座敬客人吃酒。

坐在上首第一位席上的客人是柴庄柴廷选，马上功夫了得，能开三百石强弓，百步穿杨，箭无虚发。十五岁从军，赴新疆征讨叛乱，立有军功，曾任广南增城营副将。

第二位是北柴卫养正，膂力过人，能饮酒百斛，早年任王家护院，乾隆爷下江南，北柴王家负责采办，卫养正给皇帝担任护卫。嘉庆年间曾参与平定京城天理教叛乱。

第三位是梁坡赵登科，骁勇有名，太平福威镖局镖师，曾在陕西青铜峡牛首山一人力战八名番贼。一只耳朵被番贼弯刀砍掉，人送外号独耳大侠。

这几位皆是早已出道的名人，虽然年迈，豪气却不减当年。

高手聚会，少不了在一起切磋武艺，谈一些棒法拳脚。众人要欣赏仪家鞭法，说道，闻听贵府如今出了一位小英雄，力能扛鼎，曾一膀子撞塌了戏院的一堵墙，今日我等老朽欲见识小侠功夫。

三位老英雄说的小侠就是小老八仪旺汾，十三岁那年和村中两个少年去东南李村三官庙看戏。东南李村的恶少李有才，年已十八，自称大哥，结拜了十个有名的无赖子弟，外号分别叫半吊子、二愣子、七成半、夜鳖狐、癞蛤蟆、夜猫子、蛆条子、地老鼠、蝎虎子、蚂蚱蚱。在南李、北李、东李、西李四村称霸，有逢庙会唱戏，他们就结伴寻衅滋事，欺负提篮肩挑的小商小贩，哄抢瓜果梨桃，围着外村来的孩子要钱，不给钱就按在地上打。

仪旺汾进入庙门听见有人哭叫，拨开围着的人，只见地上扔着一个插糖葫芦用的草把子，一个孩子脸朝下直条条地躺在地上。李有才一只手拽着倒在地上的少年脑后的辫子使劲向上拉，一只脚踩在他背上。那孩子头被辫子扯得向上仰，满眼泪花。

李恶少双脚跳起全身落在那孩子背上，孩子嘴里呼地喷出一口早晨吃下胃里的饭菜。李恶少说："小爷吃你一串山楂果是看得起你，快把这几日卖山楂果的钱拿出来孝敬大爷。"

一圈围着的十个无赖一人手里拿着一串山楂果啃，个个酸得龇牙咧嘴，嘴染得红红的，流着哈喇子嘻嘻哈哈叫："使劲踩死这个小鳖孙，喷出的东西臭死人了，让他吃回去。"

小老八上前，左臂反手在李有才胸前往后一推，右手五指捏住了他提辫子的手腕。李有才仰面朝天摔倒，后脑勺重重地磕在地上，手腕像被人用铁钳子夹了一下，疼得骨头咯嘣响。

小老八拉起卖糖葫芦的少年，比他还高半个头。

李有才从地上爬起，看那小老八，个子不到他下巴，竟然趁他不备摔了他一跤，让他在小兄弟们面前丢人，顿时心中大怒，无名之火腾腾升上脑门，一张脸憋得像猪肝，骂道："哪里来的碎子毛蛋，小屁孩也敢在爷的裤裆里咬毛。"侧身飞起一脚向小老八胸口踢来。

这李有才之所以能在南李、北李、东李、西李四村称霸，聚拢一伙无良少年跟着他吃屁起哄，除了仗着父亲家族势力，本人也确实有两下子真功夫。这踢向小老八的一脚就是西门庆踢武大郎时使用过的招式，名叫"窝心拐"，最是狠毒，一招毙命，若是中了这一脚，不死也受了内伤，成了废人。

小老八顺着李有才那一脚踢来的方向，上身向后顺势倾倒，来了个懒驴打滚，头在下双腿向上夹住李有才的脚，一个剪刀切旋转了半个圆。李有才来不及随脚旋转，咔嚓一声，脚腕子骨头被扭断。

十个痞子看到他们的大哥被小个子打伤，躺在地上抱着腿哭疼，纷纷叫"快去喊大老爷来""快关上庙门""不要让这几个碎子毛蛋的跑了"。

小老八看对方人多势众，庙门被关，拉着卖山楂果的少年跑向东边院墙，侧过身子用肩膀一撞，一堵砖墙哗啦向外倒塌。两个西贾村看戏的少年还有卖山楂果的孩子，跟随小老八从倒塌的墙豁口跑出，一路向南上了北坡岭。

小老八使用双腿钳断南李村恶少李有才脚腕，这一招式名叫"鳄鱼剪刀腿"，又名"夺命风火轮"。当日看的人只觉得真邪乎，事情传遍十里八村，说得神乎其神。有人称小老八为路见不平行侠仗义一声吼的小侠艾虎，有人说他是哪吒三太子转世。

李有才把双拐拄了半年，打听得伤了他的是西贾村仪家的公子，只好自认倒霉。从此威风失尽，从地头蛇变成地老鼠，留下了一个病根儿，成了踮脚的跛子，罗圈腿，走路左右晃荡像摇耧种麦。天阴下雨脚腕子就隐隐作痛，这件事倒是成全了他，预测下雨刮风天气变化无有不准。他趁势学了周易八卦、奇门遁甲，在南李三官庙大柏树下给人算命，混一口饭吃，一辈子衣食无忧，号称李半仙。

三位老英雄要看仪家公子表演家传绝技九节钢鞭，仪三太轻捻胡须，微笑点头示意侄儿小老八。

小老八起身抱拳："各位长辈在上，晚侄如何敢造次。"

众人道："旺汾不必谦虚，岂不闻自古英雄出少年？就请小侠露一手让大家开开眼界。"

小老八说："好，那晚辈就只好献丑了。院中开席吃饭，场地狭窄，我们到牛院空地上吧。"

祝寿的众宾客听说小老八要表演绝技，皆随小老八出了大新院。向南走进牛院，果然是场地宽阔。场地中有碾场的石磙、练功用的石锁，旁边有拴马的石桩。西边四间场厦，停有马车、牛车、扇车、叉车等碾场打麦用的农具。一个木架子，上面插有练功用的刀枪棍棒。

小老八从场厦里取出一根大火炉烧炭用的生铁炉齿，长约三尺，一寸见方，两头有一寸长呈扁平状，重约二十斤。小老八单手抡起耍了几圈，顺势抛向空中。炉齿飞向空中一丈高，垂直落下。就在炉齿落地的一瞬间，小老八飞身跃向空中，一只脚踩在炉齿尖上，炉齿像被铁匠老王重重击了一锤，似铁钉入木直直插入场地一尺深。

这场地，每年夏秋碾麦碾谷，人踩马踏，石磙碾轧，地面早已坚硬无比，堪比砖石。炉齿生生入地一尺深，可见这一脚下去足有千斤力气。

小老八右脚站在炉齿尖上，左手托住左脚抬过头顶，来了个金鸡独立。此时观看的人越来越多，连做饭的厨师、端盘打杂的下人都到了牛院围观。

小老八打了一个侧翻稳稳落在地上，众人纷纷叫好。

小老八一个纵步跃到场厦，从架子上取下九节钢鞭，跳到场地中央，前后左右甩了几下。

这九节钢鞭乃是用熟铁锻造，每节长三寸，粗若拇指，各节之间用铁环相连，后有一独木把柄，长二尺，粗若鸡卵，手握处缠有牛皮，一皮环套于手腕防止滑脱。舞动起来，钢鞭与人体手臂连为一体，人在鞭在，人走鞭走。鞭锋所到之处，砖石俱裂，草木皆断。

小老八半蹲马步，钢鞭在头顶舞得呜呜响，只见一团黑影像一把钢铁伞盖罩住身躯，密不透风，任你枪林箭雨也近不得身。

这仪家鞭法是其先祖所创，当年仪家先祖给商队赶马车，耍得一手好红缨鞭，常年跑走江湖，鞭子成了护身的武器。鞭法传到小老八手里，把皮鞭改为钢鞭，化软为硬，软硬结合，可以有效地克制敌人的刀锋剑刃。

小老八舞到兴致之处，钢鞭向前缠住插入场地的炉齿，随手一扬，炉齿从土中拔出飞向空中。

炉齿在空中旋转下落，又恰好插入原来的洞穴，小老八伏地一个扫堂腿，生铁炉齿从地面齐齐撅断。

不等三位老英雄点赞，众仪家子弟先喝起彩来。

"好家伙！"

"真厉害！"

"厉害了我的哥！"

欲知后事如何，且听下回分解。

第三十五回　论气功亲身做示范　谈武学镖路藏玄机

上回说到廉勇给周虎、周文、周武讲小老八行侠仗义惩治恶少，在众人面前耍九节钢鞭，踢断生铁炉齿的故事，直听得三人啧啧称奇。

周文说："我要折断一根拇指粗的树枝，还要双手握住两端，在膝盖上磕，或者放在地上用脚踩。小老八一个扫堂腿就能踢断生铁炉齿，难道他的腿不是肉包着骨头？"

周武说："我听说练过气功的人可以刀枪不入。我见过一个人在街头表演，一把红缨枪，明晃晃的枪尖对准喉咙，枪柄推着一辆车绕场地转圈。"

周虎说："我也见过一个练气功的，光着上身躺在地上，肚皮上压一块石头，一个人抡铁锤敲打，石头破裂，人安然无恙。"

廉勇把胳膊伸到周文面前，手臂上隆起几团肌肉。周文用手指捏了一下，觉得瓷瓷实实。廉勇吸了一口气，攥紧拳头，那臂上的肌肉一块块暴胀起来。周文周武都捏了一下，硬邦邦像石头。

廉勇说："人常说'打铁还需自身硬'，练武之人，气功和招式二者缺一不可。只练气功不练招式，空有一身蛮力；只练招式不练气功，出手无力等于花架子。"

周虎问："气功是如何练的呢？"

廉勇站了起来，伸手、握拳，做了一个深呼吸。气息下降，蹲马步，双臂弯曲收拢于腹部两侧。廉勇侧头目光注视自己的右臂，右臂上肌肉青筋暴突。廉勇侧头注视左臂，左臂上同样青筋暴突，肌肉隆起，好像是听他命令一般。

廉勇收了架势道："练气功就是要让自己周身的血脉听从自己意念，到达所需要的身体之处，也就是人常说的集全身之力。初学气功很简单，深吸一口气，沉于丹田，集中意识，排除一切杂念，心里想着要让这股气到达肢体某处。一旦气血顺着你的意念流动，武学上叫打通了任督二脉，恭喜你成了武学高手。"

周虎、周文、周武三个人按照廉勇的说法，深吸一口气，攥紧拳头，凝视自己的手臂，果然肌肉隆起。廉勇笑了笑说："你们每天劳动，捏镰挥锄，自然锻炼得筋骨强健。"

廉勇走到洞口，洞外的雨已经停了下来，乌云散去，露出满天的繁星。

廉勇掐断一截垂悬在洞口的芦苇，剥去外边湿漉漉的叶子，让周武弯下腰，把芦管放他在背上，举起斩杀了百年蟒蛇的千年宝剑，嚓嚓两下砍成三段，周武只觉得背上微微一凉。

周虎周文看得目瞪口呆，说："周武什么时候学会气功，也能刀枪不入了？"

廉勇呵呵一笑说："剑刃锋利加上我手腕的力量用得恰到好处，练武之人能掌握自己的出手力度。街头上跑江湖的表演胸口碎石，枪刺咽喉，全是骗人的把戏。"

周文说："彭村范秀才的老婆身体粗壮，经常把范秀才呼来喝去，像捉小鸡一般把他提起来放在炕上打。范秀才跟武师学了几招太极拳，这天晚上他老婆让他去茅房把尿盆子提回来，范秀才说叔可忍，婶不可忍。他老婆说你个酸秀才拽什么文，去不去提尿盆子？范秀才说男子汉大丈夫，说不去就不去，说罢在院子里摆了一个架势，前腿弓，后腿蹬，手在胸前抱灯笼。他老婆拿起一把笤帚从屋里冲出来，劈头盖脸给了他几笤帚。范秀才说你这个人打架怎么不按招式来呢？"

廉勇说："这是老笑话了。传统的拳有太祖拳、小洪拳、少林拳、太极拳、螳螂拳、通背拳、虎啸拳、梅花拳、八卦掌、昆仑拳，十大拳种，讲究以守为攻，以静制动，借力打力，一招制胜。

周武说："相传太祖拳是明太祖朱元璋所创，靠一双拳头打下大明江山。"

廉勇说："太祖拳是宋太祖赵匡胤所传，故称太祖拳。打起来快如风，击如雷，前手领，后手追，两手互换一气摧。行拳过步，长打短靠，囚身似猫，抖身如虎，行似游龙，动如闪电，是战场上近身攻击的拳术，讲究的是主动攻击。"

"太祖拳有十句口诀。"廉勇比画动作，洞内场地狭小，只能点到为止。

脚立八字两手垂，怀中抱月白云飞。
猿猴缩身上步跨，斜行掠手狮子嘴。
带步抢手旋风脚，冲天一炮蝎子尾。
转面扳手上绷腿，单脚盘肘云顶揎。
转身六掌饿虎扑，上步阳拳侧耳雷。

周虎问："人说南拳北腿，这有个什么讲究呢？"

廉勇说："北方人身高腿长，体格健壮，拳法上常用砸、崩、捶，出手抢、冲、撞，这些技巧在于力量上的优势。从地域上来看，北方太行巍巍，黄河奔腾，空旷间，大开大合，蹿纵跳跃，舒展大方，这是北派武术的特点；南方山清水秀，小桥流水，武当峨眉，终南雁荡，林水间，短桥寸劲，阔幅沉马，迅疾紧凑，此乃南派武术的特点。"

周虎周文兄弟的先祖周处是南方吴国人，武将世家，虽然后人落户北方，弃武为农，但骨子里对武术有先天的悟性，听廉勇一讲顿时心有灵犀。周家兄弟个子不高，小老八也是矮子，三个人同时问：

"小老八腿上功夫厉害，练的是什么拳脚？"

廉勇说："小老八练的是少林小洪拳加十二路弹腿。少林小洪拳步型有并步、弓步、马步、蹲步、虚步；手法有推掌、抢手、扳手、砍手、掠手、拦手、撩手；拳法有冲拳、劈拳、撩拳、砸拳、侧拳；足法有踩脚、泼脚、勾脚；腿法有踢、弹、跳；身法有转身、缩身；眼法有盯、迷、暴、瞪。练成手、足、身、眼攻防合一"。

廉勇说："练拳不练腿，如同冒失鬼。拳是两扇门，全凭腿打人。小老八根据自己四肢粗壮、下盘稳固的特点练了十二路腿。哪十二路？

头路出马一条鞭，二路十字鬼扯钻。

三路夺命风火轮，四路斜踢撑、抹、拦。

五路鳄鱼双戏水，六路勾劈扭单鞭。

七路凤凰双展翅，八路转金凳朝天。

九路擒龙夺玉带，十路喜鹊登梅尖。

十一路风摆荷叶腿，十二路鸳鸯巧连环。

　　小老八夹断李有福的脚腕用的是第三路夺命风火轮带第五路鳄鱼双戏水，那时也是刚学会了五路，在李有福身上初试一把竟然成功。三年后把十二路腿法全部练成，在我太姥爷过寿时展露功夫，得到三位老英雄的一致赞赏。从此名扬江湖，当了一名镖师，打出太平小老八的旗号，威震晋、豫、陕、甘。"

　　周武抢着说："小老八把炉齿踏入场地，站在炉齿尖上用的是第十路喜鹊登梅尖，扫断炉齿用的是第十一路风摆荷叶腿，对吧？"

　　廉勇说："正是这二路。人的肢体也是骨肉组成，岂能硬过钢铁！皆是借用巧力而非蛮力。"

　　周武说："秤砣虽小压千斤，我们也经常用木杠子撬几百斤的石头，借力打力，大概就是这个意思吧？"

　　"不错。看来周武领会了武学的真谛，还真是一个可以习武之人哩。"廉勇夸奖道。

　　周文说："廉哥，你在咱村里办一个习武堂，我们都跟着你学几招，有朝一日也好保家卫国。这习武堂叫一个什么名字好呢？"

　　周武说："待我跟着廉哥学一身功夫，也去当一名镖师，外号就叫'擒蛟龙周武'。且说这一日，周武押着镖来到中条山下，突然当的一声锣响，从草丛中跳出一群小喽啰，为首一个黑大汉，手持一把泼风大砍刀，高声叫道：'此树是我栽，此路是我开。要想从此过，留下买路财。'呔！小小蟊贼，岂敢拦住爷的去路！偌大的一条蟒蛇都吃我杀了。饶汝等不死，快快逃命去吧。黑大汉说来者何人？吾乃西毛周武是也。那黑大汉闻听是周武，急忙上前作揖，原来是擒蛟龙周爷的镖，我等有眼不识泰山，小的们，让开一条道，让周爷过去。"

　　周武手持钢叉连比带画，一副认真的模样，说得抑扬顿挫。廉勇周虎周文哈哈大笑，笑声经洞壁反射扩大，从洞口挤了出去。

"哈哈！哈哈！哈哈！"笑声在三毛沟峡谷中回荡，与通惠桥下流水的声音融为一体，在雨后的夜晚显得十分响亮。

廉勇说："周武这是从说书的那里学来的吧？你要认为当镖师就是像小说中写的那样遇到绿林好汉，大战三百个回合，不打不相识，你还是不要走镖了。"

周武问："此话怎讲？"

廉勇说："若国家到处都是占山为王的梁山好汉，光天化日之下跳出一队人马在官道上拦路抢劫，岂不是天下大乱，还走什么镖做什么生意？若地方发生抢劫案件，定有人报与官府，维护地方治安剿灭贼寇是官府的责任，若官府不管，那官府与贼寇不是串通一气了吗？"

周虎说："人们都说小偷与捕快挂钩着哩，我去年到县里赶集，看见一个小偷被人扭送到县衙门，前门送进去，不一会儿从后门出来了。"

廉勇说："官府在河口、关口设有卡，过往行人商队都要抽税。如果你想逃避关税，不走官道绕过关卡，从其他路行走，那开路的村民必然要拦路问你收费。我问你们是少掏一点钱过去的好，还是要和拦路收钱的村民打架？"

周文说："还是少出一点过路费的好，逃了关税也不用和人打架。以后还要通过呢，打了架就过不去了。"

廉勇说："是的，官府设卡收税与村民拦路收费都是占山为王，走上几趟认识了头领，买了年票还能优惠你通行哩。这就是不打不相识。"

"哈哈哈！"周虎周文觉得廉勇说得可笑，正笑到好处，周武把手中的钢叉往洞壁上一戳，"哗啦"一声从洞壁上塌下一块土来，露出一个黑乎乎的洞口，呼呼向外冒凉气。

四个人都呆住了，不知道这暗洞中藏有什么怪物、武功秘籍，还是金银财宝？

欲知后事如何，且听下回分解。

第三十六回　李闯王报仇西中黄　王长工掘金古晋城

　　周武听廉勇讲镖行走镖的秘密，打断了他当镖师的念头，觉得泄气，无意中把钢叉往洞壁上一戳，戳出一个洞来。周武连续用钢叉戳了几下，洞口扩大，能容得一个人钻了进去。周虎举火把在洞口晃了一下，俯身要往里爬。廉勇拉住他说："且慢，待洞中的瘴气往外跑跑再说。"

　　周文说："这个洞中不知道藏有什么金银财宝，是不是李闯王的藏宝洞？若要是，我们今天就发财了。"

　　周虎说："有可能是，北柴王家就是发现了李自成埋藏的金砖才娶得尉家姑娘。"

　　周文和周虎说的李自成藏宝的故事，廉勇也听人说过。

　　明朝末年，李自成带领陕西饥民造反，由壶口过黄河涌入山西境内，造反队伍出豁都峪进入太平县占领古城。李自成当年被驿站裁员，无处谋生，饥寒交迫，偷盗他人羊一只，被主家发现扭送到官。米脂县知县名叫张邴华，是山西太平县人，下令打他二十大板，当日受刑之时曾暗暗发誓，若他日这狗官落在自己手里，定要扇他二十个耳光。今日已到这狗官家门前，此仇如何不报？

　　民军哨探捉来几个当地乡民，李闯王亲自审问，打听到张邴华家住西中黄村，正在组织村民加固城墙，磨刀擦枪，准备抵抗，心中大怒。令大将刘宗敏先领大军北上，占领襄陵。自己亲率十万人马如洪水出峪，蝗虫过境，刀枪旗帜，铺天盖地，杀腾腾奔向西中黄，喊声连天："踏平西中黄，杀他个精打光。"十万人马里三层外三层，把个三千人的村子围得似铁桶一般，野猫野兔也休想逃出一只来。

西中黄四门紧闭，砖石麻袋把城门洞堵了个严严实实。张邝华督促村中青壮男子上城守卫。城墙上摆满了檑木炮石刀枪弓箭，李自成连打十日，几次攻城，皆被城上民兵打退。

李自成在营帐中咬牙切齿，一个小小的村庄都攻打不下，如何能打到北京城坐天下？一旦攻破城池，定杀他鸡犬不留！

军师牛金星进帐，向李自成报告说："公公曹化成来信，催大王迅速北上，他已做好内应准备工作，若迟恐机密泄露。"

李自成说："如今张邝华已成瓮中之鳖，我已下令踏平此处村庄，誓报昔日受辱之仇。"

牛金星说："大王兴义兵本为百姓，若是因为张邝华一人而屠尽一村数千人口，如何能收揽民心？我有一计，可令张邝华提头来见。"

李自成说："军师有何妙计快快讲来。"

牛金星说："请大王下令，人马分头行动，把村庄四郊的麦子收割干净，麦秸堆放在城墙下，做出放火烧城的样子。待我射一封书信入城内，保障张邝华的人头纳于大王帐下。"

李自成说："好。下令各营依计行动，麦粒充作军粮。"

西中黄村内百姓在城墙上看到贼军四处抢掠麦子，做出长期围困的准备，人心惶惶，没有了粮食如何能长期坚守？有人准备出城向李自成投降。

牛金星带领数骑来到城墙下，向着城墙上喊话："张邝华昔日在米脂县当官，盘剥百姓，滥施刑罚，官逼民反。今日闯王只为张邝华一人而来，若捉得张邝华者，赏黄金千两；若负隅顽抗，城破之日，玉石俱焚，鸡犬不留。"说罢，让人把一封信射入城内。

众人拾得李自成射入城内的书信，打开来看，只见上面写道："不动村民半钱油，只要邝华一颗头。十万大军围城外，定要报得昔年仇。"

张邝华接到李自成告示，自知性命难保，叹息说："若能保全村人性命免遭生灵涂炭，我何惜此头颅哉。"就让家中长工张三把自己绑缚。

张三押着主人走上城墙，张邝华面向北京方向跪下，头伸向垛口外。张三忍泪举起大刀，闭目砍了下去。张邝华的血顺城墙流到底部，头直直地掉落，碰上城墙凸出的部位被弹了出去，骨碌碌滚到牛金星马蹄下。

牛金星提起张邝华的头走进闯王大帐，李自成自然认得，哈哈大笑，对着张邝华的脸扇了二十巴掌。扇得张邝华的眼睛微微睁开，下巴壳子也掉了下去。李自成大怒，学着张邝华当年审判他的样子："来人，给我把这死不改悔的贼拖下去打二十大板。"一脚把张邝华的头踢出帐外。

两个军士用枪尖挑着张邝华的头绕西中黄村城墙走了一圈，推来一个碾麦的石磙，当着军士和在城上观看的村民面儿，把一个苍白的头颅碾得粉碎，骨头脑浆毛发压在一起成了肉饼。城上西中黄村民看得心惊肉跳，唯恐李自成说话不算数，继续攻城。待看到义军撤退，远远而去，张邝华的家人才将无头尸体入殓，草草运出城外埋葬。

闯王报了仇，撤了西中黄的围，率军急急北上攻打平阳城，刘宗敏已围城十余日，无计可施。与刘宗敏查看地形，李自成被城上射来一箭，伤了一只眼睛。

李自成脱下盔甲，挂于树上，弃平阳城而去。至今临汾城外有一村名叫挂甲庄，即李自成受伤挂甲之处。

李自成率大军继续北上，投奔义军的民众越来越多。李岩红娘子夫妇领三十万人马从河南越太行山与闯王会合，声势大振，占大同，夺居庸关，一路势如破竹直逼京畿。公公曹化成打开宣化门迎闯王进京。崇祯走投无路，吊死于煤山一棵歪脖槐树上。

三百多年以后，有个太平人到北京游玩，在景山公园看到这棵槐树，想起崇祯当年的情景，查阅历史，连连叹息。李自成连太平县的一个小小的西中黄村庄都攻打不下，在平阳城外受了伤还差点丢了命，偌大的一个国都，墙高城固，满朝文武，世食国家俸禄，国难之日，居然无一人坚守。可叹！可叹！天之亡也，非人力可挽。当即口占一绝：

浪得浮名曰国槐，弯腰屈脖也生哀。满园可恨无他种，事急难寻砥柱材。

李自成在北京紫禁城金銮殿坐了一个月，过了一把皇帝瘾。每日拷打前明官员和城中商贾富户，追逼金银，放纵手下将士入户抢掠。突遇吴三桂引满洲兵偷袭，李自成率六十万农民军仓促应战，那农民军个个腰缠抢来的财物准备回家过年，娶妻纳妾，买房置地，当一个富家翁，人人没有斗志，被满洲两千骑兵一个冲击，即刻溃散扭头拼命逃跑。

李自成将追赃来的金银熔化成锭，装了几十袋子，放在马背上从北京退到山西，清兵在后紧紧追赶。驮金银的马匹不断倒毙，人逃命要紧，只好将金砖银锭就地掩埋。

李自成领二十骑逃到湖北九宫山，入村抢掠饭食，被当地农民程九伯误杀，所藏金银从此无人知晓。

话说自吴三桂引清兵入关，清朝建立，太平县冒出一个大财主，跟随清兵南下，生意迅速扩张，买卖做到苏州杭州，自称师庄尉家。

尉家有一年轻长工，姓王，北柴人。一日驾牛车在古晋国遗址城墙下拉土，掘出李自成掩埋的金砖，悄悄拉回北柴，第二日即向尉家提出辞职，并托人求婚，要娶尉家姑娘为妻。

尉家想，这穷小子异想天开，莫非掘了金发了意外横财？"人无外财不富，马无夜草不肥"。若要想娶我尉家姑娘，一步一个金砖从北柴摆到我师庄尉家来。

王小子满口答应，果然是一步一个金砖把尉家姑娘迎娶进门，从此北柴王家与师庄尉家齐名，成为晋南四大首富之一。

周文说："今日我们得到李闯王的宝藏，明天我就去南高刘家提亲，娶一个刘家姑娘。周虎哥，你也娶一个小老婆吧。"

周虎说："娶小老婆这话不敢胡说，让你嫂子知道了还不让我跪在院子里，剥我一层皮？我倒是要买一座院子，买二百亩地，美滋滋地当一回他二大爷呢。"

周武说："你们两个想得美，半夜做梦娶媳妇，净想好事。我怕洞里蹿出一个妖怪把你们都吃了呢。"

廉勇说："人传说西贾龙王庙有一条地洞通到西毛沟，地洞中有水井、磨盘，藏有粮食，可供百八十人生活一个月，这说不定就是那条地洞。"

四个人说说笑笑，大约熬了一锅小米粥的时间，廉勇接过周虎手中的火把，伸入暗洞中晃了晃，火把依然燃烧兴旺。廉勇说："可以进去了，就让我们一探虚实，解开西贾龙王庙的一段谜团吧。"

关于廉勇四人在留云洞避雨意外发现一暗洞，是否从中寻到李自成埋藏的财宝，解开西贾龙王庙的传说之谜，因他们没有向外透露任何消息，外人不得而知，写书的也不好杜撰，只好留待后人挖掘证实了。

且说周虎家人见周家兄弟一晚上没有回来，心中着急，天明雨晴急忙报告里正。里正带了二十多人，拿起锄头棍棒到了沟底，远远就闻到一股腥臭，一条大蟒蛇躺在桥上，一动也不动，蛇身上黑压压地落了一层苍蝇。

里正四处张望，不见周虎周文周武，莫不是天黑下雨，四个人掉到桥下水潭中去了？急忙让人用长杆铁耙在潭水中打捞，顺溪水向下游寻找。

昨夜下雨，潭水比过去深了二尺，溪水如同小河，正当众人乱哄哄在潭水边舞动长杆铁耙的时候，"呱呱"传来几声乌鸦的叫声，里正抬头顺鸦雀鸣叫的方向望去，北岸悬崖留云洞口扑棱棱飞出一群红嘴鸦，廉勇、周武、周虎、周文正挥手向大家致意。

不到半顿饭的工夫，临近的西贾、东彭，上毛村的人都知道西毛沟打死了一条大蟒蛇，纷纷前来观看。

众人找来扁担、绳索、太师椅绑了四顶轿，给四位勇士身上披了红绸，让勇士坐在轿上，另用一根长长的扁担抬了死蟒，敲打起威风锣鼓，吹吹打打到了太平县城。

知县正在升堂，闻听外面锣鼓喧天，人声鼎沸，急令衙役打探消息。少刻回报，三毛沟打死了一条吃人的大蟒，乡民们正抬着打蟒的勇士和蟒向县衙而来。

知县出衙门迎接，太平县一条南北大街上，人们摩肩接踵，你挤我推，争着向前看打蟒英雄和百年大蟒。

知县看那被人高高抬起的打蟒英雄，心中大喜，传令左右，快快将那个好汉给我抬入县大衙来。

欲知知县说的好汉是谁，且听下回分解。

第三十七回　知州勤政德誉三县　贼寇凶猛横扫二西

　　话说廉勇周虎等四人在留云洞通惠桥杀死了恶蟒，轰动太平县，死蟒蛇被抬着转村展览，抬到东毛村时蛇身腐烂臭不可闻，扔到了村南一条深沟内。为了纪念这件事，把埋葬蟒蛇尸骨的这条沟叫长蛇沟。

　　太平县知县当日听见衙门外哄闹，让衙役把四位打蟒英雄请进县衙，当堂奖励一千贯钱。

　　时任太平县知县姓李，陕西乾县人，李知县查了廉勇被发配的文案，感谢他为民除害，把他留在衙门当差。

　　半年之后，李知县觉得廉勇诚实可靠，有勇有谋，把廉勇叫到后堂，搬过一把凳来，请廉勇坐下说话。

　　李知县说："太平县有两个西毛村，外地人问起常常混错，我在前各加一字以区别，三毛沟南西毛加一'德'字，叫'德西毛'，汾阳岭下西毛加一'义'字，叫'义西毛'，以令厢坊记载在册。"

　　廉勇说："谢谢大人为我村加一'德'字，村人定不负大人起名之心愿，世代以德为本。有德有义，实为太平人本色也。"

　　李知县问："德西毛村雍正年有个武举，曾任陕西乾州知州，名叫李柏龄，其家中还有后人吗？"

　　廉勇说："李举人的直系后人现在西安居住，村里同姓族人有十多户。"

　　李知县问："当年陕西永寿县乡绅曾为李知州立生祠纪念，专刻一块功德碑送到知州家乡，不知这块功德碑立于何处，现在还在否？"

　　廉勇说："李前辈的功德碑在我村西门外，前年秋天下连阴雨半月，碑楼坍塌，至今无人整修。"

李知县说："我让你回村去寻找工匠，把石碑重新整修矗立，所费金银可在县库支取。"

廉勇说："一定遵照大人吩咐。是否另刻一块石碑说明大人重修？"

李知县说："不必了，修好之后把原碑文拓印一份给我。"

廉勇说："碑文我读过，其书法笔画似太祖拳法，功力深厚，一横一竖皆有招式，点似流星，撇似剑锋，捺如刀。书写之人一定是武功高手了。"

李知县说："碑文是我曾祖所撰写，李知州与我家祖上有交情，曾在一起切磋过拳法，连了宗认了兄弟。"

廉勇说："原来大人祖上也是武林中人，怪不得大人声若洪钟，英气逼人，行动如风，虎虎生威。"

李知县呵呵笑道："重修先祖所立石碑也是后人应尽的责任。你完成这件工程后，我另有一事要你办理。"

廉勇按照李知县吩咐，回德西毛村召集工匠，重新整修了李柏龄的功德碑，克日完工，花费银子在县库支取报账，拓印了一份碑文，交给李知县。

李知县展开碑文，看其曾祖笔迹，读道："李柏龄，山西太平人，字大年。清雍正二年甲辰科武举，由河工保荐，历任陕西临潼、永寿知县，乾州知州。所在均有惠政，以永寿尤著。永寿地处山隅，民风闭塞，男不善稼穑，女不善纺织。民生贫苦，衣着褴褛。柏龄徒步深山河谷，相地度势，测得隔山之水高于川谷，可以引入利用。成竹在胸，于山前统一模式，设窑陶罐，时筹资有难，计做出'以金赎罪，以罐抵金'，年余，罐积如丘，随集匠聚民，选线铺渠，套罐引水。不数月，罐虹形如贯珠，爬山而通，潺潺清水，引至河谷，浇地饮水，万民受惠。后又入山，掘地探土，令民开窑得炭。再之召集民妇，由其妻女教导纺织。永寿之有水、有煤、有纺织术，均自柏龄始。寿民为志其功，特立碑记之。"

李知县赞叹说："李知州可为天下官吏楷模，惜哉！天下似李知州者凤毛麟角，如今这等官员罕有了。今日有我能为你重新竖碑，千百年后可还有人能记得知州功劳否？"

说罢把祖先所撰碑文细细收好，对廉勇说："我有两个箱子，着你到陕西乾县一趟，把箱子送到我的家中。待你回来之后，我荐你去河南洛阳河工处，黄河发大水，多处决堤，亟需人才，你也可从此讨个出身，光宗耀祖。"

廉勇说："谢谢大人提携，廉勇定没齿不忘。"

廉勇把李知县的两个沉甸甸的私囊押送回陕西乾县，一路平安无事，交付给知县家人收讫，按时返回。

李知县赏了廉勇十两纹银，给他写了一封推荐信。廉勇谢了知县，回到家中，收拾了一个包裹，用一根五尺长的青冈木棒挑起，怀藏推荐信，出西毛东门，过永固渡口，经曲沃、侯马、闻喜、绛县到了垣曲，进入中条山。

前边马车堵在路上，赶马车的人正吵吵嚷嚷。原是廉勇太姥爷仪佩玄孙西贾仪煌的商队，三辆马车满载货物由河南返回，与运城李家商队狭路相逢，正是同行是冤家，冤家路窄，互不相让，吵得面红耳赤，剑拔弩张，大有大战三百个回合之意。

廉勇上前查看，原是前几日下大雨，冲坏一半路面，外侧一个四尺宽的豁口，下临百丈深沟，剩下一半路面只能容一辆马车通过。双方在豁口处相遇，谁也不后退。

这山西做生意的人极其迷信，拜关老爷为财神，讲究商场如战场，狭路相逢勇者胜，让路如让钱，让路霉三年。

廉勇相看了路面，取下包裹，用木棒量了豁口宽度，豁口两边挖了一个槽，把青冈木棒搭在堰豁上，两头埋入槽内固定，做了一个独木桥。

廉勇上前与西贾仪煌商队押镖的镖师交谈几句，卸下拉车的马，牵到一旁。廉勇驾起车辕，镖师和赶车的车把式在后相扶。五六个人一起用力，车辆前行，要从独木桥上通过。

蒲州李家商队车把式坐在车上，抱着鞭子观看廉勇拉车过独木桥。铁钉木轮，宽不过一寸，一只车轮要在直径二寸的圆木棒上通过，略有一丝偏差，连车带货坠入深渊，都想着看一场笑话。

廉勇稳驾车辕，一只车轮在路面，一只车轮轧在独木桥上，稳稳当当地把第一辆车拉了过去。

接着盘过去第二辆、第三辆。

仪煌商队车把式把马匹牵过豁口重新套好，甩了三个响鞭向廉勇致谢，高高兴兴拉着货物回到太平县。

蒲州李家车队目送仪家车队远去，押车镖师对廉勇甚是钦佩，疑为神人。问廉勇要去何处，廉勇说要到河南洛阳，遂邀请廉勇上车一同前行。

廉勇到了洛阳，在河工处表现出色，上司提拔升了千总，负责巡防淮河缉捕盗贼，抓了几名贩卖私盐的贩子。其中一名贩子，名张老乐，年轻腿快，扔下私盐趁夜色潜水逃走。

廉勇在任上干了十余年，告病返乡，在德西毛村开办了一个武馆，教授村中子弟学习武术拳脚。

时北方民间有贼寇造反，其首领正是当年在廉勇手下逃脱的私盐贩子张老乐。他被众贼寇推举为首领，聚众造反。

贼军纵横河南，转战数年，张老乐战死，贼军分东、西两军。东军首领张小乐是张老乐之子，率领部众入陕西，联络西军首领李大胆攻陷渭南城。

李大胆想独占陕西，不想让张小乐染指自己的地盘，撺掇张小乐说："河东一带自古富饶，多商贾富户，昔日李自成由陕入晋，打入北京，逼崇祯自杀，亡大明。您若率兵走闯王之路，取得河东富足之地，广有钱粮，挥兵北上，直捣京城清军老巢，大胆愿在侧翼接应。"

张小乐领东军由渭南到韩城过黄河龙门，一路烧杀抢掠，经河津、万荣、稷山、新绛进入太平县。

李大胆领西军也到了到太平县，两股贼军在德西毛村会合，欲劫掠一番。廉勇此时已退职回乡多年，闻听有贼寇过黄河，立即动员全村乡勇做好抵抗贼寇准备。关闭城门，城墙上遍插旗帜，村民家中所有的在永固河滩打雁用的抬杆、火铳都摆上城头，装满火药铁子，单等贼寇来临。周虎、周武、周文虽然头上已有白发，依然每人把守一个城门。

张小乐、李大胆领贼军围住德西毛村庄四面攻打，廉勇、周虎、周武、周文领子弟顽强抵抗。廉勇虽老，依然有其祖上廉颇之风，威武不减当年，亲操抬杆，瞄准一名指挥攻城的满脸胡须的贼军头目点燃药捻，一声炮响，贼军头目两个布满红色血丝的面颊被打成了黑麻子。这个被廉勇打成麻子脸的就是李大胆。

张小乐看德西毛人个个英勇，又抵抗顽强，知道占不到什么便宜，就放弃围攻德西毛，领东军北上，过三毛沟，途经西贾村，把村西疙瘩上贾姓族人房子百余间放火烧做瓦砾堆，未逃走的三十多口人同时遇害。

李大胆看张小乐带东军离去，在周边村庄劫掠一番，也带领西军返回老巢继续造反。

张小乐领东军穿王屋山入河南济源，再向东北挺进直隶，至保定，威胁北京。旋退入河南三河尖，进入山东黄河以北、运河以东地区，被清军包围消灭。

看书的，廉勇的故事告一段落，前边所说的周虎的妹子周鹁一家，张婆与他的孙子在此期间发生了什么事情，那个被知县吴珍释放的姓关的小孩子到底是怎么回事，欲知详情，且听下回分解。

第三十八回　瘟疫流行蝙蝠惹祸　孤儿受辱怒火喷涌

春天是什么时候来的？张婆清楚地记得，那天半中午日头的光，随着东房影子的移动，已经照到西房窗台下的墙脚处，两只燕子在院子的上方盘旋，一啼一声相互鸣和，婉转悠扬，似乎是小两口在协商。终于确认张婆的院子就是它们的老家后，这对燕子飞进了北厦，转了一个圈又飞了出去。

张婆胳膊上挎着一个竹篮，篮子扁扁的像个元宝，里边放了几张麻纸。张婆手里提着一把镰刀，领着她的大孙子关家兴到村南的壕沟给死去的媳妇凤烧了纸。

地里的麦苗有一拃高，一群黑老鸹隐藏在麦行里寻食，时而露出头探视一下。地头一只禾鼠刚从冬眠中睡醒，爬出洞站在洞口瞪着一双黑亮的大圆眼睛四处张望，前肢双爪抱拳，向春天的阳光拜揖，"吱吱""吱吱"，吟诵对春的美好祝愿。

春秋时期，山东鲁国有一位圣人名叫孔子，感叹社会礼乐崩坏，周游列国传道周公之礼，渡过汾河来到晋国，在这黄土高原上第一次见到这样的小动物，站在路边，向他作揖敬礼，欢迎他的到来。孔子感叹："尧舜古地，里仁为美，见贤思齐，动物尚知礼仪，何恐人乎？吾不入晋也。"于是掉转车头，返回鲁国去了。

太平县有村名"车回东"，即孔子当年回车向东之处。有个农民根据村庄地名，东牛村、西牛村、车回东出了一个下联，"东牛西牛二牛拉车车回东"，求上联，至今无人能对出，成千古绝对。

麦地里有荠菜，地边堰畔上新发出许多白蒿。"三月里茵陈四月里蒿，五黄六月当柴烧"，张婆砍了多半篮子荠菜和白蒿，回到家择洗干净，准备晚上蒸古雷吃（古雷，当地一种吃食）。

燕子上午刚刚在海南岛过冬回来，下午收拾旧巢，打扫房间，整理卧室。在房檐下居住的麻雀对燕子每年冬天到南方不满，叽叽喳喳围着燕子喋喋不休，指责燕子不能与房屋的主人共度寒冬。

燕子口舌伶俐，能言善辩，吟诗一首："我是富翁兮，海南有别墅兮，住高楼大厦兮，温暖舒畅兮，享用肉食兮。你是穷鬼兮，无处栖身兮，住墙缝旮旯兮，寒冬受冷兮，偷食秕糠兮。我是贵族兮，身穿紫衣兮。你是乞丐兮，身披麻片兮。我是主人兮，发号施令兮。你是奴才兮，只能喳喳兮。"

麻雀气得说不出话，双腿抽筋，在房檐上跳来跳去。

燕子炫富取得了胜利，气瘫了麻雀。麻雀从此不会迈步行走，只能靠双脚一起跳跃前行。真的成了奴才，任人驱赶药杀网罩弹打，只会说一个字："喳！"还差点被灭了族。

吃晚饭的时候周鹆说："婆，那只老黄鸡卧在窝里两天了，也不下蛋，怕是在老窝吧？"

张婆说："正好让它抱上一窝鸡，到了年底小公鸡杀了吃，小母鸡就可以下蛋了。"

"鸡，鸡，二十一。"张婆拿出一罐子鸡蛋，对着阳光一个个挑选被公鸡踩过的蛋，选了二十一个。

张婆用一个荆条筐，里面铺了麦草，把鸡蛋和老窝的黄母鸡放了进去。为防止老鼠和野猫晚上祸害，筐上盖一个竹筛子，还压了一块砖头。每隔一天，张婆就把老窝鸡放出来一会儿，喂它吃食饮水。

终于在三七二十一天的早晨，鸡笼里传出啾啾声，张婆掀开竹筛，毛茸茸的小鸡钻出了蛋壳，像六月成熟了的杏，黄澄澄，圆嘟嘟。

二十一个鸡蛋，孵出来十七只小鸡，有四个晾蛋了。张婆剥开蛋壳，小鸡已经成形，即将破壳而出的时候停止了孕育。

张婆用凉水泡了半碗小米，三个手指捏出一撮，撒在一张干净的麻纸上，把小鸡从笼里一个一个双手捧出放在纸上。小鸡傻不愣登地仰着头，拖着一个沉甸甸的屁股，东倒西歪站不稳，不知道张婆要让它们干什么。老母鸡跳出鸡笼，给小鸡做了几个吃米的示范动作。

在张婆的喂养下，小鸡身上的茸毛渐渐褪去，换了一身羽毛，七只小公鸡翅膀尾巴长出了长长的羽，爱打斗的天性，为争一粒米、一条小虫，会伸着脖子打斗好半天。

炎热的夏天在椿树上蝉的高歌中过去，凉爽的秋伴随着麻雀的叽叽喳喳到来。张婆养的小鸡一天天长大，小公鸡们开始学打鸣，尽管嗓音走调，遭到小母鸡的嘲笑，依然阻挡不住青春萌动的热情，争先恐后尽情地在美丽的母鸡小姐面前表演自己的技能，希望能获得小花、小黄、小丽、小白等的青睐。

有一只名叫小金的小公鸡，脖子长着一圈金黄羽毛，两条黑红色的尾羽像弯曲的镰刀，浑身油光闪亮。小金捉住了一条虫子，咕咕叫着，把虫子放在地上，引起了小花的注意，跑到小金面前。小金耷拉着一只翅膀，歪着头，向小花献殷勤，围着小花跳起了转圈舞。小花吃了小金送的虫子，面目羞红转身向柴火房跑去，小金扑扇着翅膀在后面追。

下午，太阳落山的时候，小花在柴草堆里下了一个蛋，"咕咕嗒，咕咕嗒"向张婆报喜。张婆喜滋滋地去柴房收蛋，刚到柴房门口，忽地飞出一只蝙蝠，在张婆的耳朵边掠了一下飞向空中。张婆吓了一跳，弯腰从柴堆中捡起小花产下的第一个蛋，拿在手心里温温的，蛋壳上有一丝血。张婆从北厦的粮缸里抓出一把麦粒赏给小花吃。

第二天，小黄、小丽也开始下蛋，张婆为庆贺自己四个月的喂养，给两个孙子每人煮了一个新鸡蛋。小公鸡拿到集上卖了四只，剩下三只，一只留种，另外两只留下到过年的时候杀了给孙子吃肉。

张婆盘算着十只母鸡每月能下多少蛋，除了孙子吃外，还能积攒多少，换取油盐和针头线脑。

张婆的梦很快破灭了，就在小花下了三颗蛋后，在柴房里卧了一天没有出来。张婆去看，小花鸡冠黑红，喉咙里咕咕响，像人憋着痰吐不出来一般，浑身发热，腿关节红肿。

小花病了，张婆用凉水给它冲洗，用针扎鸡冠挤出几滴黑红的血，剥了一瓣蒜捣碎用水灌进小花的肚子里。

张婆把关先生请来，关先生看了一眼，说："鸡瘟，鸡瘟，赶快把它和其他鸡隔离。”

鸡瘟随着傍晚蝙蝠的飞舞在全村蔓延开来，有人说给鸡吃绿豆可以消毒，有人说吃板蓝根可以防治鸡瘟。于是张婆扛起锄头到南沟里的崖畔上去寻找这种被村民叫作“鬼扣”的野草，挖出地下的块状根，一串串如豆角，剥去外面黑色的硬壳，将里面嫩嫩的白色的仁切碎，拌在麸皮里让鸡吃，或者捣成汁给鸡喝。

张婆的鸡一只接一只死亡，每死去一只她都要伤心老半天。村民把死了的鸡扔到村外的城壕里，臭味围绕着村庄飘荡，老年人忍受不了臭味的熏蒸病倒，气喘咳嗽，浑身酸痛，四肢无力。

各种谣言在村民中间流传，有人看见瘟神骑着夜鳖蝠在月光下飞行，怀里抱着一只老鼠，夜鳖蝠的尿撒到哪里，哪里就染上鸡瘟。家家在院子里摆上香炉，烧香许愿，祈祷瘟神不要到来。

张婆遭遇鸡瘟的打击，躺在炕上三天，发热，喉咙里呼噜噜有痰。媳妇周鹁去请关先生来给号了脉，看了舌苔，说是邪侵肺经，需要化瘀祛痰，扶正祛邪，开了一剂麻黄汤：“麻黄壹两，生姜壹两，黄芩壹两，甘草半两，石膏半两，芍药半两，杏仁十枚，桂心半两。以水四升，煮取壹升半，分两次服。”喝下去不见起色。

连续五天水米不进。张婆把孙子关家兴叫到跟前，拉着孙子的手说：“家兴，昨天晚上，你妈妈来叫我了。你已经十岁了，读了一年的书，懂得了道理，奶奶我要跟你妈妈走了，今后你要照顾好自己，还要多让着弟弟，你要知道，‘一父两母亲兄弟，两父一母是旁人’。”

“奶奶，我不让你走。”家兴哭着说。

“咳，咳。”张婆一口痰憋在喉咙里，瞪着一双眼睛没有了呼吸。

张婆害瘟病死了。关先生说，害了瘟病的不能在家停留，当天媳妇周鹁就叫来娘家的兄弟，周虎、周武、周文和几个关姓族人帮忙，把张婆装到棺材里，抬到南沟沿自家坟地里，打了一个墓，深深地埋了。张婆穿过的衣服、盖过的被褥也拿到坟前一把火烧得干净。

张婆死后，村里又有五个老年人染瘟疫去世。关先生让人们把死鸡掩埋，家家鸡窝里掏净鸡粪，洒上石灰。把麻黄汤、小柴胡汤、五苓散几个药方重新调整，亲手熬制了"清肺排毒汤"给病人喝，染病的人一个个好转。写书的翻看家谱，偶然发现关先生的这一药方，写在一方发黄的麻纸上，"救人一命胜造七级浮屠"，有济世良方何忍私藏！抄录如下："麻黄叁钱、白术叁钱、茯苓五钱、柴胡五钱、黄芩贰钱、姜半夏叁钱、紫菀叁钱、冬花叁钱、炙甘草贰钱、杏仁叁钱、桂枝叁钱、泽泻叁钱、猪苓叁钱、射干叁钱、细辛贰钱、山药四钱、枳实贰钱、陈皮贰钱、藿香叁钱、生姜叁钱为引，生石膏适量（先煎），水煎服。"

折腾了一个多月，一场大雨洗净了瘟气，把臭味冲到了南沟，随洪水消迹于无形，村里的鸡死得寥寥可数。

关家兴退了学，背起篓子，拿一把镰刀，到南沟里砍柴、割草。每天上午一篓子草，下午一篓子柴。这是周鹉给他的任务，完不成不能吃饭。可怜家兴衣衫褴褛，大冬天还赤着脚，头上常带伤疤，全是继母所赐。有一首《小白菜》单说这孤儿的痛苦：

> 小白菜，叶儿黄，小小孩儿没了娘。
> 跟着爹爹还好过，就怕爹爹娶后娘。
> 娶了后娘三年整，添个弟弟比我强。
> 弟弟吃面我喝汤，有心不吃饿得慌。
> 弟弟南学把书念，我在南沟放猪羊。
> 晚上睡觉想亲娘，泪水流在枕头上。
> 亲娘想我一阵风，我想亲娘在梦中。

转眼又是一个春天的到来，正是仪克中到龙门书院拜访贾杏农的这天中午，关家兴要到南沟里割草，弟弟学兴吵吵嚷嚷要跟着去采摘杜梨花。

阳春三月，满沟的杜梨花盛开。黄鹂、杜鹃，闻香而来，顺三毛沟峡谷飞行。婉转莺喉，为两岸春耕的农夫献上一首春的颂歌。

黄鹂鸟看到推车送肥的农夫吃力地在田间行走，扇动翅膀在后面鼓励："推不动了加点油——推不动了加点油——"

这个"油"字声调悠长高昂，黄鹂似乎是把丹田中的气全部吐了出来。

杜鹃继续唱着千年的老调："布谷，布谷，古德姐夫。"

关家兴和弟弟关学兴来到南沟通惠桥小溪边，那里有一株大杜梨树。关家兴爬上树，用镰刀砍下一枝杜梨花，抛下树，学兴捡起拿在手里玩耍。

从沟南过来三个顽皮少年，一个姓胡，一个姓牛，一个姓朱。姓胡的恶少一把从学兴手中抢过杜梨花，放在鼻子下嗅了嗅，扔进了溪水。

学兴哭哭啼啼弯腰在溪水里打捞自己的杜梨花，姓牛的在学兴屁股上踢了一脚，学兴一头栽进溪水里。幸好是春天，溪水不深，学兴一身新衣服湿漉漉的。刚爬起来要上溪岸，牛恶少又一脚把学兴踢到水里。

家兴在树上看到西毛的三个恶少欺负弟弟，跳下树，在溪水中拉起学兴，背起篓子准备离开。这三个恶少这几年没有少欺负他，经常拿他砍的柴和草。有一次，他用篓子在小溪里罩住一条鱼，看到三个恶少从沟南下来，把鱼放在篓子底部用草盖住，背起篓子快速地逃走，还是被三个恶少追住，抢走了他的鱼。

姓牛的恶少拦住关家兴，说："今天给牛大爷在河里捞一条鱼就放你们走。"

看到眼前这个罗圈腿，关家兴怒从心头起，恶向胆边生，正是"好人不恼，恼了不了"，长期的屈辱压迫汇集成火山怒焰，瞬间爆发。一镰刀挥去，正中牛恶少太阳穴。

牛恶少应声倒地，成了断角的牛魔王，血从头上的窟窿里呼呼往外喷。那姓胡与姓朱的小子看到关家兴今日玩命，吓得屁滚尿流，抱头鼠窜，鞋跑掉了也顾不得捡，一溜烟跑回西毛家中，关住门，藏在炕上的被窝里瑟瑟发抖。

欲知后事如何，且听下回分解。

第三十九回　腐秀才冲撞御驾　小炉匠状告皇上

关家兴怒伤人命，小小年纪成了杀人犯。看到姓牛的小子躺在小溪旁，头上的血染红了溪水，手中的镰刀尖上还在往下滴血，脑子里一片空白，茫茫然不知所措。弟弟学兴沿小路跑上沟，回头喊了一句"哥哥"。

关家兴觉得自己做了一个梦，被弟弟从梦中叫醒，心里开始害怕，知道闯下了弥天大祸。他不敢回家，奶奶死了，瘸子后妈经常打他，家里没有留恋的人。他扔下镰刀篓子，顺沟向西逃跑，他要越过黄河到兰州找他的父亲。

他逃了四天，饿了进村乞讨一点吃的。他穿的衣服破烂，本身就像一个小叫花子。他逃到河津龙门渡口，想蹭船过河。从船舱里跳出两位公人，太平县的捕快清风和烈酒，用铁链套住他的脖子，把他押回了太平县，和游逛西大狱的襄陵县的刘公子刘嵋关在同一间牢房。

血案发生时，知县吴珍正和龙门书院的院长贾杏农商议古城涧滩争水比赛一事，案情简单明了。大人了解了关家兴身世，怜其孤苦无依，让书吏将其年龄略作改动，小了一个月，未到清朝法律年龄，在与襄陵县争霍都峪洪水比赛结束后，让牢头把他和刘嵋同一天放了出去。据说关家兴出狱后一路乞讨到了兰州，找到了他的父亲，在点心铺当了小伙计，熬相公。民国时期有人在兰州见到他，垂垂老矣。

吴知县处理完西贾村的两起公案，这日在后堂听贾杏农谈督促各厢坊开办学校的事情，戴万选汇报霍都峪洪水渠道整修工程进展情况。忽衙门前有人击鼓，鼓声紧急，似乎告状之人有极大的冤枉。

吴知县升堂，让衙役带进击鼓鸣冤之人。一大一小两个人，挑着小炉匠担子，大的三十来岁，小的也就十岁左右，满脸烟灰，双手乌黑。二人把担子放在大堂下，跪下喊道："请大老爷为民做主。"

吴知县问道："告状者何人？因何事告状？"

大的说："小民姓张，潞安府人，以走村串巷给人补锅为生，人称小民为'锢漏锅张'，也叫'小炉匠张'，这位是小民的徒弟。"

这潞安府的小炉匠说话如鸟语，听起来圪糟圪糟的。吴知县费了很大的力气才听明白。

吴知县问："小炉匠，你要状告何人？"

小炉匠张说："我要状告皇上。"

吴知县吃了一惊，以为自己听错了。惊堂木一拍："大胆！掌嘴！"两边衙役齐声喝道："威——武——"

小炉匠张急着说："老爷，皇上就是朝廷。"

"掌嘴二十！朝廷岂是尔等小民冒犯的！"啪！吴知县把惊堂木一拍，扔下一根行刑的签子，上来三个衙役，两人捏住小炉匠张的胳膊，一人持木板在他嘴上打了二十下，打得满嘴流血牙齿松动，小徒弟跪在旁边吓得浑身发抖。

"老爷，小民冤枉哪！"小炉匠张喷着血沫痛哭流涕磕头如捣蒜，"小的辛辛苦苦，一个钉钯一麻钱，攒了三百个钱，昨天晚上被皇上偷走了，我徒弟亲眼所见。"

"胡说！继续掌嘴。"吴知县知道清朝律条，冒犯了皇帝是要掉脑袋的，何恐诬告皇帝是贼！昔日襄陵县有一秀才，想娶表妹为妻，怎奈家人不答应，苦无他计，忽生一念，给乾隆皇帝写了一份状纸，准备告御状，备诉他与表妹恩爱思念之苦，请皇帝下旨恩准他与表妹成婚。闻听乾隆爷下江南，这酸秀才提前到山东，藏身官道旁。等皇帝御驾从江南返回，秀才忽然跳出拦住马头，高喊要天子为民做主。左右护驾的御林军把秀才拉过道旁抽刀要砍，冲撞御驾，死罪难免，刀架在脖子上，就等皇帝爷的一句话了。

乾隆爷坐在御轿中，忽听前面有人拦路告状，疑是红花会的刺客。这次下江南到扬州，在苏州寒山寺亲手为"寒山""舍得""和合二圣"题写了匾额，在杭州被红花会困于六和塔，险遭毒手。乾隆给御林军总管摆摆手，且把这刺客押回去慢慢审问，好把红花会反贼一网打尽。

回到京城，乾隆爷让吏部、户部、兵部三堂会审，满希望能从秀才身上审出一窝红花会的反贼。这秀才从口袋里掏出状纸，朗朗读道："此状为求圣上恩准事，学生景飞云，与表妹兰英，青梅竹马，两情相悦，才子佳人，天赐良缘。吾闻君子成人之美，陆游遗憾终身；月老执伐柯之斧，弄玉吹箫跨凤。天子英明，准飞云与兰英成亲；青山不老，赐金榜享洞房花烛。吾皇万岁！万岁！万万岁！"

审案大员，哭笑不得，再三审问，大刑伺候，得不到半点红花会信息。只得如实给皇帝禀报：一个走火入魔的疯子。乾隆大怒，狂徒妖言戏弄朕，推出斩了！这一案连累得地方一干官员也被免去了职务。

今日这个小炉匠张污蔑皇帝是贼，非同小可。

吴知县走下公堂来到小炉匠张的徒弟面前，说："小伙计，不要怕，你告诉本官，你师父的钱在什么地方丢的？"

小炉匠张的徒弟仰起头，脸蛋上两道炭黑，一个黑黑的鼻子尖，两只黑白分明的眼睛，战战兢兢浑身如筛糠。

吴知县满脸堆笑："你告诉本官，给你买一个饼子吃。"

小炉匠张的徒弟吃糟吃糟说的话吴知县更是半句听不懂，一个衙役会说潞安府话，连说带比画，终于问出了个七七八八。

小炉匠师徒二人昨天在汾阳岭上清储镇补了一天锅，晚上歇息在岭上的丑姑姑庙，被贼偷去了钱。

吴知县骑了一匹马，四名衙役跟随，捕快清风烈酒押着小炉匠师徒二人，挑着他们的小炉匠担子，前往汾阳岭上实地察看小炉匠张说的是否属实。

汾阳岭横亘东西，岭上树木繁茂，有椿树、杨树、桑树、柏树、柿子树。正是金秋时节，民谚"七月枣，八月梨，九月柿子红了皮"。路旁一株大柿子树，主干粗大，二人合围，高不盈尺，上面分了三道杈。树冠下能卧十头牛。一老翁与一老妇携一儿童，正在用铁钩采摘红了的柿子。

吴知县觉得这柿子树长得奇怪，果实形状如磨盘，就停下马问采摘柿子的老翁。

老翁说："这汾阳岭上柿子树长得奇怪，源自晋文公重耳。昔日，晋献公受骊姬迷惑，太子申生被害，重耳出逃。逃到汾阳岭上，又饥又渴，采摘桑葚充饥。祷告说，他日若我能重回晋国，登上君位，必封汝为大夫。"

"重耳在外十九年，六十岁时返回晋国，当了国君。想起出逃第一站在汾阳岭吃桑葚之事，于是下令封桑葚树为大夫，执行的人错把大夫牌挂在了椿树上。椿树受了封，高兴得疯狂猛长，毕竟是无功受禄，心里头是空的不实在。在一旁看热闹的杨树鼓掌祝贺椿树当上了大夫，桑葚树见晋文公忘恩负义气破了肚皮，柿子树为桑葚树打抱不平，觉得这事荒唐可笑，一屁股蹲坐在了地上。从那以后这柿子树就长不高了。"

吴珍说："这是后人附会编撰的吧。"

老翁一脸严肃的样子说："祖先传言，千百年来皆是如此，你可能从其他地方找到这样的柿子树来？"

吴知县一想也是，自己老家山东的柿子树，树干最低也有五六尺，不曾见过有这么大的树冠。

吴知县别了老翁，小炉匠张领着他们到了丑姑姑庙。

丑姑姑庙在大路西边，坐北朝南，路东面有一条沟叫打虎沟。相传晋献公时期，这沟中有一窝老虎，吃得路断人稀。岭北贾岗村出了一位女英雄，名叫贾荣，弟弟贾佗。贾荣小名丑姑，生得身材健壮，闻听岭上有老虎伤人，和弟弟贾佗上岭为民除害。

晋献公讨伐北面的狄人，狄人进献一美女求和。晋献公车载美人骊姬归来，车上汾阳岭，进入打虎沟，一只斑斓猛虎从路西崖上草丛中跳出扑向拉车的马。美人大惊失色，吓晕在车厢内。从路东跳下两个壮士，一人揪住老虎后脖颈，一人按住老虎的腰，三拳两脚打死了猛虎。

晋献公把打虎壮士叫到车前，问了姓名，原是贾伯后裔，姐弟二人，贾荣和贾佗。晋献公大喜，车载二人回宫，封贾佗为将军，把贾荣纳入后宫，史称贾后。骊姬陷害诸位公子，贾佗随公子重耳在外流浪漂泊十九年，归国后辅佐重耳打败楚国称霸中原，史称晋文公。

当地土人为纪念丑姑贾荣打虎，立庙祭祀，名丑姑姑庙。

知县吴珍和衙役进入丑姑姑庙，三间北房，破烂不堪，房顶一个窟窿，地上一堆麦秸草，庙内没有塑像。

吴知县给了小炉匠张三百个麻钱，让他表演昨天晚上的场景。

　　小炉匠张遵照知县的吩咐，和徒弟挑着担子，拉着长长的声音："锢漏——锅吜——啊——锢漏锅——"从外面进入。放下担子，小徒弟整理地上的麦草，展开脏分分的铺卷盖在身上，躺在麦草堆里。

　　小炉匠张一件件检点他的谋生工具，一个铁砧子，一个小炉子，一个木工具箱，里面放有一大一小两把铁钳、两把铁锤、十个铁钉钯、一个化铁的砂锅。一个风箱，上下两层，上面是一个抽屉，里面放着给人补锅挣来的麻钱。

　　小炉匠张拉开抽屉拿出麻钱一个一个开始数。

　　小徒弟瞪着眼睛，望着房顶上的窟窿，说："是虎（师父），是虎（师父），皇上（房上）是谁？"

　　"皇上就是朝廷。"小炉匠张头也不抬，随口答道，只顾数他的钱，"十五、十六、十七。唉！错了，重数。"

　　小炉匠张算了一下，今天给人钉了九个钉钯，一个钉钯十文钱，共九十文。补了三个窟窿，一个窟窿八个十文的麻钱，"三八二十三"个麻钱。把个麻钱在黑油油的手里反过来复过去数了三遍，多出一个钱，高高兴兴地抛向空中，接住放在嘴里咬了一下。把钱装在一个布袋里，用绳子紧紧地绑住口，放在风箱上的抽屉里，扣上铁环挂上一把铁锁。

　　师徒二人睡到天明，抽屉拉开不见了钱袋子。师父问徒弟："你见谁把钱偷走了吗？"

　　徒弟指了指房顶上的窟窿说："是朝廷在皇上（房上）。"

　　小炉匠张说："朝廷还偷人？"

　　知县、衙役、捕快都看得明白，这徒弟说话卷舌，房上说成皇上，师父专心数钱，听差了徒弟的话，这才去县衙状告皇上偷了他们的钱。

　　吴知县收回刚才让小炉匠张数的钱，布袋装好，当场喝道："清风烈酒！"

　　"小的在！"清风烈酒答。

　　"令你们二位三天之内，必须把名叫黄裳的贼捉拿归案。迟一天刑罚伺候。"

　　"嚯！"清风烈酒心里直叫苦，"我的娘诶！"这三天之内去哪里找一个叫黄裳的人呢？

　　欲知后事如何，且听下回分解。

第四十回　爬房顶鬼针留踪迹　洗铜钱炭黑现原形

吴知县给清风、烈酒下达了捉拿贼人黄裳的命令，和衙役打道回府，小炉匠师徒二人挑担自去谋生活。留下二位捕快在丑姑姑庙暗暗叫苦，三日之内去哪里寻找一个叫黄裳的贼呢？

清风在殿内观察了一遍，一个破门，据小炉匠张说，晚上睡觉时他们用两根扁担在里面把门顶住。两个小小的窗户被乱砖头堵得严严实实，还糊了一层泥。墙角一堆麦草，是无家可归的流浪汉歇宿之地。房屋矮小，站在地上伸手可够着房梁，椽隙间一个被雷击穿的窟窿透着天。清风心想，莫非贼人是从房顶窟窿下来的？

清风出了殿转到庙后，一片乱草七倒八歪，有刺蓬、黄蒿、苍耳、咪咕毛、鬼针针。

清风找了一根棍子拨开草丛，殿后墙下有一段三尺来长的木头。清风把木头竖起靠在墙上，踩着木头，双手扒着房檐纵身上了房。

脚踩屋脊，向南瞭望，秋高气爽时节，晴空万里，蓝天白云，汾水如练，裹绕着一片沃野，岭下村庄，炊烟袅袅，鸡鸣犬吠，尽收眼底。

春秋时期，诸国吞并，曲沃武公代替翼城，其子继位为晋献公。晋献公在汾河西岸、汾阳岭下营造国都，名"绛"，背负汾阳岭的虎豹雄姿，并国十七，服国三十八。晋国霸业，隆隆兴起，晋文公、晋襄公更是把霸业推向一个高峰。

杨威、史威，二村树冠笼罩，犹如昔日兵营连座，军旗飘扬。点将台上，战鼓雷响。三军将帅，威风凛凛。虎狼之师，由此出发，千乘雄兵，争霸中原。

牛席、习礼，数千年过去，礼乐余音依然回响，遥想当年情景，各国来宾在此享受盛大的欢迎场面，演绎学习晋国礼仪，跳着欢快的舞蹈，铺下牛衣，席地而坐，吃着肥嫩流油的烤全牛。

晋城园子，曾是晋灵公的桃园，昏君在此建造楼台，寻欢作乐，把国民当作猎物，在台上用弹弓打园外行人。

清风蹲下身子，查看屋顶窟窿，从瓦上发现一枚"鬼针针"，再看自己的裤腿上也扎了好几枚，刚才在草丛中走过的时候扎上去的，"鬼针针"是"鬼针草"结的籽，黑色，约有三分，扎在衣服上极难拔下来。有人用它泡茶喝，治疗咽喉肿痛、咳嗽、流鼻涕、大便干燥。

清风手捏鬼针针从窟窿里伸下去："烈酒兄，你在地上找找，看有这种东西没有，鬼针针。"

烈酒弯下腰，在地上一个个砖缝里搜寻。人常说："捕快的眼睛，驿员的腿，讼师的刀笔，媒婆的嘴。"这烈酒一双鹰眼，何等锐利，很快从小炉匠昨天晚上放风箱的地上的砖缝里抠出一枚鬼针针。

清风从房上跳下去，从腰里抽出一个布包，里面有一个竹筒，接过烈酒手中的鬼针针，打开盖把两枚都放了进去。

"走，到岭下村庄看看。"

清风、烈酒来到岭下东汾阳村，道旁一通石碑，高丈余，上书"赵宣子故里"五个大字。村口一家酒馆，杏黄旗帘斜插。夫妻二人开的店，连东带掌。二人进入店内，有五六张桌子，选靠窗台的一张坐下，恰能望见路上的行人。

靠近里面，一个曲尺形柜台，后面坐了一个中年妇女，一头青丝，鬓角插一朵菊花，轻施薄粉，丰满动人，甜盈盈地说道："二位官人，是要吃酒，还是吃面？新到的绛州卷子，自家卤制的猪蹄，客官来一份尝尝？"

清风说："我们二位在此等一位熟人，先给我们上一盘油炸花生米、一份素拼，切一盘猪卷子，烫一壶高粱白。主食一会儿再说。"

男掌柜的从里面出来，给摆了两副盘筷，拿了两个茶杯，提了一壶茶。

清风问："掌柜的，贵姓？"

掌柜的说："免贵，姓超（赵）。"

"哦！赵掌柜的，这村里有一个姓黄的吗？"

"我们这村庄是超（赵）宣子故里，村民都姓超（赵）。"赵掌柜的把姓"赵"的赵口语发音为"超"。

烈酒说："原来你们是忠臣赵盾的后裔。周围其他村子有姓黄的吗？"

"这汾阳岭下村子南赵、北赵、大赵、小赵、赵熊、赵豹，村民都姓赵，有姓丁，姓杨，姓李的几户人家，没有听说有姓黄的。"赵掌柜的一连说了几个村子都是"超"。

窗户外一伙小孩子吵吵闹闹，玩一种猜星星的游戏，一个孩子大声嚷："叮里叮咣，庙里烧香，谁来放屁，乱打臭气，叮当是谁？叮当是你！哇——抓住啦！"

清风问："赵掌柜，这附近哪个村子有庙宇？我们想去烧个香。"

赵掌柜说："北赵有个汾阴洞，儒释道三教合一，塑有观音菩萨，香火挺旺盛。"

烈酒说："来两碗肉炒面，跑了一中午肚子饿了，吃饱了再说。"

很快两碗香喷喷的肉炒面端了上来，清风捏起桌上的醋壶往面里倒了一股子太平米醋，他喜欢酸酸地吃面。烈酒问掌柜的要了一头蒜，把皮慢慢地剥光，吃一口面咬一口蒜，嚼一嚼辣辣地咽下去，吸溜吸溜一碗面很快吃完，吃了多半头蒜。

"掌柜的，来一碗面汤，原汤化原食。"烈酒说。

掌柜的拿上来两个空碗，舀了一瓢滚烫的面汤倒进去。烈酒嘴对着碗边喝了一口，烫得喉咙疼，手对着嘴扇。

一个人进了面馆，清风看他，身材瘦小，趿拉着鞋，一头稀稀拉拉枯干的头发，几块斑秃，脑后垂一条细辫子，末梢系一槐豆豆汁染的黄布条。

"黄布条"走进靠里面的一张桌子，说："老超（赵），来一碗手擀面。"

老板娘说："超（赵）丁，你上一回吃了面还没有结账呢。"

这个被老板娘唤作超丁的说："几麻各吃了一哈给。"（今天吃了一起结账。）

老赵给端出来一碗面放在"黄布条"面前，说："超丁，你呀黑喽手气怎么样，丢色子赢钱啦还是又输了个底朝天？"（赵丁，你昨晚手气怎么样，丢色子赢钱了还是又输了个底朝天？）

"嘿嘿，还能老输？"黄布条咧着嘴，露出稀疏的黄斑牙，牙根发黑，一看就是从小喝岭下浅井水造成的。

"超丁，谁不知道你是'贼娃子打官司——场场输'。呀黑喽（昨晚）其他人都睡着了吧！"赵掌柜调侃地说。

"三年还能碰一个闰月哩，我就不兴赢一回？"黄布条说。

清风听老板和黄布条说话，一直喊黄布条为"朝廷"，心里忽地一个咯噔，小炉匠说"朝廷就是黄裳"，莫非这个赵丁？

"老板，结一下账。"清风起身向老板娘坐的柜台走去，边走边掏钱，走到黄布条桌子边，口袋里一个麻钱掉在地上。清风弯腰蹲在地上去捡，眼睛向黄布条的裤腿一个斜视，几枚黑色的鬼针针扎在这小子的裤脚上十分显眼，心里暗暗叫道："人常说，踏破铁鞋无觅处，得来全不费工夫，今日正是应了说书的这句话，这贼娃子自己送上门来，运气！运气！"

清风捡起麻钱，到柜台和老板娘结了账，回到门口桌子上，给烈酒施了个眼色，二人各斟一杯酒，夹起一个花生米放进嘴里。

"老赵（超），算账。"黄布条从腰里抽出一个青布布袋，从中倒出一把麻钱，放在面前桌子上。

"超丁，连上一回吃的面钱一共二十个。"老赵笑眯眯地要去数钱。

"且慢。这位朋友的面钱我结了。"烈酒的铁手捏住了黄布条鸡爪一般的手腕，"赵丁就是朝廷，朝廷就是皇上。哈哈，有意思。"

黄布条以为遇到抢劫的强盗，刚站起来要喊，眼前一张捕快的牌子，又瘫软地坐下去，说："我没偷人，这是我赌博赢的钱。"

"嘿嘿！谁说你偷人了呢？快快交代昨天晚上在丑姑姑庙干的好事。"烈酒瞪着一双圆眼，脸几乎贴着"朝廷"的脸，嘴里喷出一股臭烘烘的大蒜味，熏得"朝廷"哇地吐了一大口，把刚吃下去的面吐了出来。

烈酒端起桌子上的热面汤，对着"朝廷"的嘴呼地灌了进去。

"莫要——冤枉——好人。"赵丁一边咽着面汤，一边挣扎着说。

"你嘴里不认账，你的裤腿倒是很诚实哩。你不说，这东西会说。"清风掏出竹筒，取出一枚鬼针针，举到"朝廷"面前。

烈酒另一只手捏住赵丁的脖子往上一提，甩手转身把"朝廷"平放在对面饭桌上。

"你看看你这裤腿上是什么？"清风从"朝廷"裤腿上捏下一枚鬼针针。

"这种鬼针草地里到处都有，小的肚子急，去野地里拉屎撒尿粘上去的。"赵丁说。

"呵呵，这个骗得了别人，可骗不了我。别的地方的鬼针草的种子头上长四个倒钩，柄长三分，菱形，尾部是扁平的。而汾阳岭上丑姑姑庙后的鬼针草结的籽是五个倒钩，柄长二分半，尾部是圆柱形，如虎爪。据说是当年丑姑姑打死老虎后，老虎的血洒在了鬼针草上，所以汾阳岭上的鬼针草与其他地方的不同。"清风慢条斯理地说。

"就是小的在丑姑姑庙后粘的鬼针草又怎么样？小的前几天还和几个人在庙里赌博呢。"

"是的，岭上丑姑姑庙里经常聚集一伙儿闲汉赌博。"在一旁看呆了的赵掌柜的忍不住插了一句话。

"哈哈，看来你是不见棺材不掉泪了，就请赵掌柜夫妻二人当个证人。"清风说。

"爷，我家两口子可都是老老实实的百姓，从不赌博，啥都不知道。"赵掌柜的对着清风连作几个揖。

"你去给我端出一碗清水来，今天我要学包青天，也断他一回偷盗麻钱案。"清风说。

赵掌柜的端出一碗清凌凌的水，清风慢慢捏起几枚麻钱放进碗里，用筷子搅动几下，清水变黑。

清风说："赵丁，你小子是不是要先听我讲一段故事？话说当年有一个人偷了卖油条人的麻钱，不承认，告到开封府，包公让人端出一盆清水，把钱放入盆中，水面漂浮油花，由此断定，钱是卖油条人的。听明白了没有？赵丁！"

清风从布袋里捏出一枚麻钱举在赵丁眼前晃了晃，转过身对着赵掌柜的说："这小炉匠张整天打铁补锅，两手沾满烟灰炭黑，把挣来的麻钱拿在手中数来数去，一手烟灰炭黑沾在麻钱上。若是赌博场中的钱，经赌鬼的手你来我去，早摩擦得干干净净，像去了一层皮，还能有黑？这一袋子钱个个上面沾有炭黑，显然是小炉匠的钱。"

"赵丁（朝廷），快快如实招来，免得到公堂上皮肉受苦。你是如何从房顶上的窟窿下去的？"

赵丁见抵赖不过去，只得如实交代："这些天赌博输得连裤衩子也丢了，昨天晚上想到岭上清储镇偷几只鸡卖了换钱。看到小炉匠师徒挑担进了丑姑姑庙歇息，就悄悄地跟在后面，从门缝里瞅见小炉匠张数钱，数完装在风箱抽屉里。然后转到庙后，爬上房顶，从窟窿里向下张望，脑后的辫子垂下窟窿，被小炉匠张的小徒弟看到了辫子上绑的黄布条。小炉匠张打了一天铁，补了一天锅，身体劳累，很快睡得跟死猪一般。等他们师徒睡着了，从腰里解开绳子拴在房顶橡上，从窟窿里顺绳溜下去，偷了钱，原路返回。"

"绳子呢？"烈酒对着躺在桌子上的赵丁脸问。

"爷，爷，别对着小的吹。"赵丁侧过脸躲避烈酒口中喷出来的酒和蒜混合在一起的气体，"绳子在小人腰里缠着呢。"

烈酒掀开赵丁的外衣，腰里缠了一条黄色的绳子，用黄布条夹黄麻丝编织而成，一端拴铁钩，是盗贼爬墙的专业工具。

"黄裳，黄绳，知县大人真乃神断！"烈酒感叹道，解下赵丁腰中的黄绳，把他双手拧在背后捆住。

"清风、烈酒，二位快快到北赵汾阴洞，出了人命案，知县大人已经到了那里。"

个衙役急匆匆冲进饭店，气喘吁吁地说。

欲知后事如何，且听下回分解。

第四十一回　暮鼓晨钟佛门藏暧昧　鸣机夜课慈母恩情深

汾阳岭下有一山洞，阴气森森，深不可测。据传当年屠岸贾诛灭赵氏，有赵氏族人逃入洞中避难。东汉时期，道教兴起，有人依山旁洞建一道观，供奉九天荡魔祖师真武大帝，名"汾阴洞"，取"洞天福地"之意。

大唐开元年间，乡民重修庙宇，磨石立碑，说来也怪，立碑那日，碑似有千万斤重，数十人绳捆木扛，抬立不起来。

众人把石碑平放地上，坐下休息。一老者长髯飘飘，宽袍大袖，骑一头毛驴从汾阳岭上下来，至众人面前，道："贫道乃过路之人，走得口渴，向诸位讨口水吃。"

众人说："桶里有茶水，有瓢，你自己取来饮用，但吃无妨。"

道人取瓢吃茶，一桶茶水，黑红如琥珀琼浆，乃是汾阳岭上的柿子树叶沸水蒸煮而成。道人吃了半瓢，连说："好茶。"

道人再取半瓢茶，走到石碑前看碑上文字，衣袖轻拂，石碑忽地立起，原来的文字不见。道人手指蘸茶，以指代笔，以茶代墨。唰唰唰，龙飞凤舞写下十个字："八仙传百世，十位永千秋"，远看是字，近看是人物，衣服拐杖，手足鞋履，眉毛胡须，眼耳口鼻，一应尽显。

那老者意犹未尽，走到石碑背面，手掌一磨，石屑飞去，出现一光滑平面。半瓢茶水向石碑上泼去，茶水飞溅，顺流而下，看那石碑上，一幅龟蛇图，活灵活现，线条清晰，已经深深地刻入碑上。

众人惊愕，回头看那老者，骑驴飘然而去。后来多方打听明白，原是画圣吴道子应唐玄宗宣召赴京师路过，为感谢众人请他吃茶，留下一幅稀世奇宝

《龟蛇镇宅图》。

北赵村赵宣子后裔赵月林先生有诗赞曰：

古刹千年气势雄，依山建洞有遗风。

龟蛇镇庙群仙助，惊叹先人造化功。

且说清风、烈酒用黄绳捆了赵丁双手，收了赃物，押着赵丁到了北赵汾阴洞。

庙门口把着四个做公的衙役，一伙乡民远远观看。见两个捕快押着赵丁过来，围上来议论，说："这么快就抓住杀人凶手啦！"

有人认得赵丁，说："没想到赵丁（朝廷）是杀人凶手。"

汾阴洞住持被人杀死于院内一株柏树下，中午有人进庙内烧香，发现住持张天贵坐在地上，斜靠着柏树。香客以为张天贵喝醉了酒，上前一推倒了下去。

香客发现张天贵被人杀死，吓得大呼小叫，一路跑回村内，惊动村长、村副。到庙内察看属实，一面让人关住庙门，一面火速到县衙报案。

吴知县刚从汾阳岭丑姑姑庙回到县衙，午饭吃了一半，接到报案，立即带领衙役赶来。

吴知县坐在大殿廊坊下，北赵村的村长、村副、甲长站在旁边，给吴知县说他们发现的经过。仵作忙着检验尸休，查看伤口，填写验尸单。

清风、烈酒把赵丁押入庙内，拴在殿前廊柱上，上前参见吴知县，说："盗窃小炉匠张麻钱的贼'黄裳'捉到。"

吴知县说："你二位且在此等候，待他们搜查完毕再说。"

二十个做公的分成四组，每组跟一个熟悉庙内布局的村民，从前院开始向后，分东西两边挨着房间搜去。

殿前院内，五株唐代古柏，枝干倾斜，腰肢扭曲，似杨贵妃甩袖起舞跳霓裳。

一株北宋吊槐，树冠下垂，细丝如柳，如吕洞宾拂尘倒插度重阳。

这汾阴洞分前院后院，东西厢房，分别供奉着燃灯佛、地藏王、玄天祖师、送子观音、千手观音、弥勒佛、韦佗佛、华佗，以及王母娘娘、十八罗汉、财神、吕祖、火神等。俗话说"地过千年换百主"，昔日的道家庙宇，经历千年风雨，早随着朝代变换成了各路神仙的大杂烩，儒、释、道三教混杂，各抢香火。

四组人交叉搜查，每个神殿都搜了四遍，神仙桌前身后，点滴不漏。厨房茅房柴房，老鼠窟窿麻雀窝，甚至连房梁上倒挂的蝙蝠有几只也数得一清二楚。把个清静的佛门之地，翻了个底朝天。惹得韦陀佛持降妖宝杵怒目圆睁，弥勒佛坐在殿上笑眯眯地腆着大肚子看公差忙碌，十八罗汉手舞足蹈，王母娘娘要回瑶池开蟠桃大会。

各组陆续回来汇报，各处房间，搜查一遍，未发现藏有凶手凶器，唯有玄天祖师大殿，案前不见了一只黑漆四足铜香炉，庙内打杂的火工住的房间内搜出乱党传单一张，人不知去向。

吴知县接过公差交上的传单，收入公文袋内，问村长："这汾阴洞，平日有几位和尚道士？"

村长说："这庙内这么多年就只有张天贵一人看守，今年前半年来了一位居士，留下当火工，打杂扫地。"

吴知县问："这位火工叫什么名字？哪里人士？附近可有亲属？"

村长回答说："这位火工不知道叫什么，也不知道是哪里人，只知道是五月芒种收麦前来此挂单。"

村副说："听住持张天贵说过，半年前这位火工，身背一铺盖卷从汾阳岭上下来，夜晚投宿庙内。住持在廊下给他铺了一卷谷草，留宿一晚，天明辞别。到了第二天下午，这人又返回在外敲门。住持开门问道，客官返回是有何事？客人说，昨天晚上歇宿，展开铺卷，发现一根谷草，我想此谷草是我佛门之物，岂能占为己有或胡乱丢弃？佛祖云，'无我无物，四大皆空'，故我返回将谷草还给师父。说话间，一只飞蛾落在头上，此人轻轻拿下，放在掌心，吹一口气，飞蛾展翅飞去。张天贵大为感动，如此寸草不拿的人，心地善良，诚实信用，爱惜蝼蚁生命，真是佛门弟子。经过询问，此人无家无业，靠给人打短工谋生，于是，再三挽留这人当了打杂的火工。平日在庙内挑水扫地种菜，自称姓洪。"

吴知县说："目前此人不知是死是活，只有找到这位姓洪的火工的下落，此案才好定夺。着地方把和尚张天贵尸体火化，发现火工线索立即禀报。"

村长叫来几个村民把和尚尸体抬出庙后一片空地，架柴火焚化，骨灰装入一瓦罐内，在山坡上挖了个坑草草掩埋。

吴知县命人封了汾阴洞庙门，清风、烈酒一起押着赵丁回到太平县衙，天色已晚，把赵丁手脚上了木枷关入西大狱，待明日升堂再审。

吴知县一天办理两起案子，翻山越岭，身体劳累，吃了晚饭，感到困乏，上床早早休息。蒙蒙眬眬之中，一个人走了进来，光着头，满脸血污。

吴知县吃了一惊，呵斥道："来者何人？为何私闯本官卧室！"

那个人双手合十，低着头说："阿弥陀佛，贫僧冒昧闯进大人私室，因有一件儿女情债未了，特求大人高抬贵手。"

吴知县说："出家之人，何来儿女私情？"

那人说："阿弥陀佛，此乃贫僧种下的恶果，即结孽缘，必还孽债。佛祖罚贫僧坠入地狱，还求大人超度。"

吴知县说："你即犯淫戒，坏良家妇女名声，坠入地狱，罪有应得。不知如何让我超度你？"

忽然窗外咣当一声，一只野猫从房上跳下，踩翻了窗台上的花盆，摔在地上。吴知县从床上坐起，眼前不见了那个人，揉揉眼睛，似梦非梦。打开家门，披衣走到室外，正是深秋天气，一丝凉飕飕的寒意，深邃的夜空满天星斗，一条银河在头顶上贯穿南北，牛郎、织女隔河相望。好一个·玉宇无尘三千界，银河泻影十二楼。

静静的夜，远处传来"嘎达、嘎达"的织布声。吴珍想起远在山东兰陵的妻子，自己只身一人赴山西上任，未携家眷，留妻子在家侍奉老母。

吴珍遥望着夜空，思绪如繁星点点，想起母亲夜晚纺线织布，怀中抱着他，教他读书识字的情景。

母亲十八岁上嫁与父亲，父亲年龄已四十，任侠好客，常聚宾客在家宴饮。第二年，母亲生下吴珍，家道衰落，父亲为谋生计，游历于直隶山西，把他和母亲送回外祖母家寄养。

吴珍四岁，母亲开始教他读四书五经中的名句。他不会拿笔写字，母亲用竹子片削成横竖撇捺，摆成文字教他识读。

外祖母家生活也不宽裕，遇到灾荒年景，衣食窘迫，母亲靠做鞋袜、刺绣变卖，母子始得温饱。

母亲教吴珍读书时，刺绣纺织工具放在一边，膝盖上放着书本，一边纺线，一边口中教吴珍念读。母子一唱一和的读书声与纺车的呀呀声相互融和在一起。吴珍稍有懈怠，则遭母责罚。到了夜晚天冷的时候，母亲坐在床上，用被子盖住腿脚，解开衣服把吴珍揽于怀中。在母亲温暖的怀抱里，和母亲一起朗读。困了，就在母亲怀里睡一小会儿，母亲把他摇醒又继续读书，到鸡叫的时候才睡去。

吴珍九岁，母亲教他读《礼记》《周易》《毛诗》，录写唐诗宋词贴在家里墙壁上，抬头举手即可阅读。母亲体弱，经常有病，吴珍站在床前问母亲想吃什么，母亲说，你给我背一首唐诗。

吴珍一边给母亲熬药，一边朗诵，药锅鼎沸，诗声琅琅，母亲笑着说，我的病好多了。

吴珍十二岁上，父亲从外归来，两手空空，母亲未尝有怨言，高兴地说，一家人终于团聚了。过三年，父亲去世，母亲择地把他安葬。

吴珍二十岁上，母亲为他娶妻张氏，把他的媳妇当作女儿一样看待，教她纺线织布、裁衣做鞋。

吴珍二十二岁考中秀才，第三年中了举人，又三年朝试中三甲第十九名进士。

吴珍中举的那一年曾经请人给母亲画了一幅图：也像今天晚上一样的深秋之夜，一间没有墙壁的宽阔堂屋，闪烁的灯火，萧疏的梧桐，月光照着房檐，堂中一架织布机，母亲坐在机上织布。儿子在房檐下点着蜡烛，趴在一小条几上读书。

做了几年官，每日公务繁忙，闹闹嚷嚷，皆是名利相争，何日能返回山东兰陵？

想到此，长叹一声，返回室内，点燃案上蜡烛，从公文袋内取出白天在汾阴洞搜出的乱党传单，烛光下看了一遍，只觉得字字惊心。

《大明顺天国元年兴汉大将军檄》

为声罪致讨事：案查满清者，乃西胡之鄙族东辽之小邦也。政等虎苛，性同狼毒。当多尔衮渡江之后，乘吴三桂战疲之余，窃踞京城，逆戕明裔。托词讨贼，恣志杀民。嘉定则屠戮全城，扬州则残杀十日。五羊城外，十八甫寸草不留；六脉渠中，四万众残生莫保。君臣无罪，骈首受剥洗之刑；妇孺何辜，坦胸任干戈之刺。呜呼！残矣！能勿凄然！

乃复外托仁慈，阴恣狼毒，藉口轻徭薄赋，肆意吸髓敲膏。汉民则尺布寸丝，既征厘，复征税；满人则暖衣饱食，女不织，男不耕。晋爵则汉卑而满高，授官则满多而汉少。凡此多偏之政，应为不平之鸣。

苛政频加，是以民怨繁兴，群思拨乱反正。用能天心感应，迭生水旱瘟疫。此正天亡满清之时，即为天兴我汉之候。

大将军应天顺人，吊民伐罪。邀集豪杰之士，齐举义旗，共灭满清，重兴汉室。天命攸归，人心所向。风云之际，各秉精忠。大军所到之处，日月重光，天地咸宁。此檄。

欲知后事如何，且听下回分解。

第四十二回　情中更有情中手　漆内还藏漆里金

吴知县看完乱党传单，摇头叹息，又觉得事态重大，不知如何是好。想来思去，且待明日把贾杏农请来当面向他请教。

第二天，用罢早膳，吴知县升堂办案，着公差传唤小炉匠张，让衙役去西大狱提赵丁。不一刻，小炉匠张传到，跪在堂下。

吴知县问："小炉匠张，你的钱装在一个什么样的袋子里？颜色如何？"

小炉匠张说："小人的装钱袋子是用粗棉布缝制的，原是清灰色，袋口穿的抽绳是一根麻索。小的每日打铁，双手肮脏，布袋沾染，颜色已辨不清。"

吴知县问："你的袋子里装有多少麻钱？"

小炉匠张说："小人每日清数，已有三百整。"

吴知县让清风拿出钱袋，钱袋被锅底灰染得黑不溜秋的，问道："小炉匠张，你看这钱袋可是你的？"

小炉匠张说："这个钱袋正是小人的，千真万确。"

吴知县让小炉匠张跪在一边，烈酒把赵丁带上，赵丁双膝下跪。

知县问："赵丁，这钱袋子可是你偷盗小炉匠的？"

赵丁答："是小的前日夜间偷盗锔漏锅的钱袋。"

吴知县问："在何处偷来？详细供述，不得有半点假话。"

赵丁说："在岭上丑姑姑庙内，小的趁锔漏锅师徒二人睡着了，用绳索从房顶窟窿下去，用他裤带上的钥匙打开风箱上的抽屉，取了钱袋，揣在怀里，再顺绳索爬上房顶由原路返回。"

吴知县问："绳索何在？"

烈酒把赵丁爬墙用的黄绳呈上，知县问："赵丁，这绳子可是你爬墙偷盗用的？"

赵丁说："正是小人的绳子。"

吴知县问完，书吏拿过口供笔录，让小炉匠张和赵丁画押。小炉匠张满把抓住笔，如打铁抢锤一般，沉甸甸在纸上敲打了一下，黑墨四溅，画了朵燃烧的火焰。赵丁是画押的行家，二指捏住笔管，斜斜地画了个带把的鸡蛋。

吴知县让小炉匠张领了钱袋，当堂数清，三百个麻钱，上面手抓的锅底灰依然存在，不曾少了一星半点。

小炉匠张千恩万谢，磕了三个头，捧着钱袋子去了。出了官府，在大街上回头对着衙门口长长地喊了一嗓子："咿呀——锔漏锅吽——阿锔漏锅——"

小炉匠张退出大堂，吴知县把惊堂木狠狠一拍，大声喝道："贼人赵丁，汾阴洞和尚张天贵可是你所杀？"

两边衙役齐声："威——武——"

宽阔的大堂高大森严，如城隍殿，衙役一声"威武"，四面墙壁嗡嗡回响，赵丁吓得浑身哆嗦，伏地磕头如鸡吃米。

"青天大老爷，小的偷鸡摸狗，除了赌博耍钱，确确实实不敢杀人。"

"汾阴洞大殿香炉失窃，定是你偷盗，被和尚发现，杀人灭口。如实招来，免你死罪。"吴知县连唬带诈。

"大人，小的前日夜间偷了小炉匠张的钱，就回家睡觉，一直睡到昨天中午，起来到饭店吃饭，被公人捉住，没有去过汾阴洞，更不知道什么香炉。如小人有半句假话，今后赌博丢色子永不赢钱，走路被牛毛绊倒摔死，天打五雷轰。"赵丁指天发誓。

吴知县见赵丁说话滴水不漏，无半句破绽，特别是他敢说赌博不赢钱，犯了赌鬼的忌讳，料定汾阴洞杀人事件非他所为，但希望能从他这里得到有用的消息。

"贼是顽皮，不打如何肯招！左右大刑伺候。"

"威——武——"

左右衙役把杠子、木枷、铁链拿上，扔在赵丁面前，摔得哗哩哗啦响。

"大人，不要用刑，小人知道一点消息。"赵丁说。

"快快讲来。"吴知县说。

"汾阴洞和尚张天贵，年幼随父母从河南逃荒到太平县，在汾阳岭乔村沟土崖上挖穴居住，八岁给人放牛，十岁父母双亡。到汾阴洞出家当小和尚，老和尚死后他当了住持。去年腊月，小的赌博输了钱，到师庄尉家偷点东西。尉家老牌财主，听赌博场中人说，嘉庆年间尉家老爷从扬州回太平，在黄河里翻了船，账簿被水冲走，各地生意凭据全丢失，被伙计掌柜的联合做了手脚，一夜之间都不姓了尉。虽说是外边生意倒了灶，但老家底子厚，院子大，铜盆锡壶不少，随便偷一个就可换钱。"

"小的抹黑溜入尉家，在他家神祇楼前偷得一对白铁烛台。出了尉家大院，见一人影，小的躲在暗处观看，认得是汾阴洞住持张天贵，布巾裹着头，肩上背了一个袋子，看上去像是装的米。小的觉得奇怪，这深更半夜的，天寒地冻，一个和尚不在庙里休息，背一布袋米到哪里去？就悄悄跟在他身后。"

"张天贵走到北柴，在王家的伙计院门前轻轻咳嗽一声，门拉开一条缝。张天贵闪了进去，门又关上。"

"小的从旁边踩着一垛乱砖，翻墙进入院，东房一间屋子亮着灯。小的蹑手蹑脚走到窗台边，手指沾湿口水，在窗户上轻轻戳了一个洞。老和尚脱了鞋袜，坐在炕沿上，一个四十多岁的女人，端了一盆热水给和尚洗脚。"

吴知县问："你可对他人说过这件事情？"

赵丁说："小的嘴严得很，小时候说脏话骂人被父母拧烂了嘴，贴了半月膏药，长大从不谈论男女私事。这事除小人外，他人一概不知。"

吴知县说："今日案子到此，赵丁押回牢房。清风、烈酒二位留下，其他公人退堂。"

待其他人退走，吴知县对清风、烈酒说："此案交给你二位，务必查出杀人凶手，追查姓洪的火工下落。你二位可先去北柴查清与和尚通奸的女人姓氏，看是否还有其他男人与她有来往。"

清风说："自古赌博出盗贼，奸情出命案，我看此案与奸情有关，说不定是争风吃醋引起。"

烈酒说："我看也不一定，真武大帝殿黑漆香炉丢失，火工不见踪影。这黑漆香炉丢得可有点奇怪。"

清风说："你这么一说，我倒是想起了一个南蛮子盗宝的故事，塔儿山上有个三县寺，寺里有一个黑石头香炉，上面写着'内七里，外七里，不内不外整七里'，人们不知其意。有一个传说，三县寺老和尚有个宝贝，名叫'金锅银耳朵'，煮一锅饭，无论来多少香客，你一碗，他一碗，永远吃不完。老和尚死了，锅不知道埋到哪里。人们根据香炉上的字猜想，在寺周围七里到处寻找金锅银耳朵。不知道找了多少年，挖了多少坑。乾隆年间来了个南蛮子，围着香炉转了转，敲了敲，把香炉偷走了，原来这石头香炉就是'金锅银耳朵'，用金银做成，外面裹了一层黑漆。莫非这汾阴洞的黑漆香炉也有这个意思？"

吴知县说："二位说的都有道理，下午就去用心破案，我请书吏写一份寻人启事，四处张贴，查找火工下落。"

清风、烈酒领了命，吃过午饭，决定先到汾阴洞实地查找一下，看能否从中找到一点蛛丝马迹。

二人越过汾阳岭，从汾阴洞庙后山坡上飞身落入庙内。昨天一干公人在庙内搜查，地上脚印凌乱。二人来到玄天上帝殿，进门正中高台上一大柜，上坐一尊金身塑像，高一丈，身披黄色披风，面目威严，三绺黑色长须，脚踩龟蛇。柜上一行大字："北极镇天真武玄天上帝玉虚师相金阙化身荡魔永镇终劫济苦天尊。"

传说真武大帝原是一个屠夫，观音菩萨为了劝其归善，于是化身为一个老太婆在河边洗衣服。屠夫见老婆婆年迈力衰还在漂洗，非常同情她，便过去帮老婆婆洗，谁知他越洗衣服越脏。老婆婆在一旁笑道："你这一双手沾满血腥，怎能洗净衣服呢？"这句话如醍醐灌顶，他顿时醒悟过来，明白自己杀生太多，罪孽深重，决心悔罪。这时只见河水突然猛涨，波浪翻涌，一龟一蛇扑向洗衣服的婆婆，屠夫跳下河中与龟蛇搏斗，擒拿了龟蛇上岸。观音见屠夫放下屠刀，一心向善，便度他上天，被玉帝封为"荡魔天尊"。

二人给真武大帝磕了一个头，清风双手合十祷告说："请天尊显灵，协助清风、烈酒抓获在天尊面前行凶杀人恶徒，追回天尊案前香炉。"

二人起身，左右两边墙壁上绘有人物，一边十八个，乃是天尊御前三十六将官，个个有名有姓，乡村画师模仿吴道子笔法，虽然衣服线条形似，但是面部眉毛眼睛却显得呆板，缺少灵气。

二人顾不得欣赏壁画，出天尊殿，入吕祖宫。一间小殿，宽阔丈余，一座砖台，上有一三尺高泥塑吕洞宾像，一张供桌，上有一陶瓷香炉，前悬一黄色绣花桌裙，底下一行丝线绣字："某某信士供奉"。

清风端起香炉，把炉中沙子香灰倒扣桌子上，香炉底部有用毛笔写的字"某信士某年供奉"。

清风用手指轻扣，香炉发出"叮当""叮当"的声音。

清风和烈酒把各路神仙殿中的香炉都拿到前院真武大帝殿，数十个香炉在供桌上摆了一溜，有铜的、陶瓷的、铁的，翻看底部，皆有布施者姓名。

清风到了张天贵住的房间，一张木柜子，打开有一沓历年信士上布施的账簿。清风拿出，翻阅了几本，各本封面标有殿的名称，内记载着某年某月某村信士某某供奉布施的香油灯火钱，修缮银两若干。

一本蓝布包皮的账簿，上写玄天大帝殿，棉麻纸张，清风逐页查看，终于发现这样一行字："某年某月某日师庄尉信士某某布施米一担，供桌一张，黑漆铜香炉一只。"

"哇——抓住你啦！"清风一拍桌子，叫道，"烈酒，快来看，我找到了。"

"找到了什么？"烈酒从外面进来问。

"你还记得昨天儿童在窗外唱的童谣吗？'叮哩叮咣，庙里烧香。谁来放屁，乱打臭气。叮当是谁？叮当是你！'"清风说。

"这是儿童玩游戏唱的歌谣，流传了几代人了。它与汾阴洞案子有什么关系吗？"烈酒不解。

"自古童谣传唱，预兆某事发生，皆有原由。这首童谣好像就是为汾阴洞定做的。"

清风说着话，拿着账簿，和烈酒重新回到玄天大帝殿。持殿前和尚念经敲打木鱼的杵，挨个儿敲打香炉，发出叮里叮咣的声音。

"乱打臭气？臭气？丑七？仇七？稠漆？哦，敲打上了漆的香炉，发出叮当的声音。叮当是谁？叮当是你。就是这只师庄尉家布施的黑漆铜香炉，它一定藏有谜。"

清风摇头晃脑，手拿木杵，踱着方步，边走边敲打另一个手中的账簿，口中念念有词，神态像个师爷。

烈酒上前，一把夺过清风手中的账簿，刺啦一声，账簿外面包裹的封面蓝布，年深日久，已经糟化，经不住用力，撕裂开来，露出一张白色的绵丝绸布，上面似乎有文字。

清风把丝绸布轻轻抽出，展开来看，约一尺见方大小，写满蝇头小楷，开头文字是"闯王藏宝图与尉家发家史　山石老人记述"。

清风急不可待地读了起来，"原来如此！原来如此！"

这闯王藏宝图上说了什么？欲知详情，且听下回分解。

第四十三回　乱世军中黑心发乱财　秋风萧杀红叶叹秋霜

清风从玄天大帝殿布施账簿封面套布夹层中抽出一块白色绸巾，一尺见方，上书文字。清风展开阅读，连连称奇。

烈酒说："这上面写的什么？"

清风说："你不读书识字，每次看文书都要我给你念。待我给你读来：'崇祯末，天下草昧，闯王起事，携十八骑，出商洛。张献忠出没蕲、黄、潜、桐间，官军疲于应付。闯王，占洛阳，鼎煮福王朱常洵为福禄汤，宴军士，获金银财富无数焉。有兵士，姓尉名得胜，原籍河南尉氏人，性狼贪，善奉承，能冶铁锻造兵器。'"

烈酒说："文绉绉的，听不明白，你直接给我说大概意思罢。"

清风说："好吧，这上面记载的是赵康尉家先祖尉得胜，盗窃闯王李自成的财宝军饷的故事。"

清风说，原来这太平县师庄大财主尉家的先祖名叫尉得胜，老家是河南尉氏人，家住叶县，以打铁为生，年少时曾入少林，学过几天棍棒拳术。一日，为某富家公子打造一把刀具，因争竞费用多少，与富家公子争吵。对方抢刀劈砍，尉得胜年轻气盛，分毫不让。使用少林拳脚，抡起打铁的锤子，一锤子把对方打得头破血流昏死在地。怕吃人命官司，撇下家中老母连夜逃到山西太平县，落脚汾阳岭下南赵村，给人打造镰刀锄头。

尉得胜打了十年铁，手头宽裕，购买田地十余亩。思念家中老母，决定回老家河南看看。从三门峡过了黄河，遇上李自成率领十八骑从商洛山中出来，适逢河南连年遭灾，洪涝旱蝗相继接踵，庄稼颗粒无收，遍地饥民，官府税赋依然不减。人心思乱，平地起反。

有李岩红娘子夫妇编造民谣："朝求升，暮求合，近来贫汉难存活。早早开门迎闯王，管叫大小都欢悦。""吃他娘，穿他娘，开了大门迎闯王，闯王来了不纳粮。"民谣适合民心，灾民四处传诵，李自成一下子收纳了五十万人马，声势大振。崇祯皇帝急派孙传庭率大军平乱。

崇祯十三年冬，张献忠部入四川，李自成乘中原明军兵力空虚之机，率部由郧阳迂回进入河南，连克永宁、宜阳、新安等十余城。明廷闻地方报急，急令参政王胤昌、总兵王绍禹率兵前往洛阳加强防守。次年正月，李自成指挥数十万大军，四面围攻洛阳城。经两天激战，守军不支，王绍禹所部数百名士卒开北门迎农民军入城。福王朱常洵被农民军在王府抓获，被割肉一块，和鹿肉一起用大火蒸煮，名福禄汤。之后处死福王。闯王从福王朱常洵府内搜出金银财宝无数，其中有一金鼎，双耳四足，重十斤。

且说尉得胜到达河南地面被起义的民军裹挟，加入李自成造反队伍，改名卫得胜，因会打铁，义军缺少兵器，在义军队伍中当了一名打造兵器的小头目。一日打造成一口宝刀，锋利无比，献给闯王。闯王问他叫什么名字，他说叫卫得胜。李自成问他会武艺否？尉得胜要了一套铁锤。闯王见他膀阔腰圆，懂得武艺，名字吉利，正当壮年，甚为高兴，提拔卫得胜当了一名护卫，负责看管缴获来的财物。

洛阳失陷，崇祯惊惶，一面派三路官兵围剿，一面让人负责招抚，卫得胜趁乱，杀死其他两名看护财物的护兵，牵了两匹骡子，把闯王的金银财宝装了两驮子，上面覆盖马粪，扮作上地送粪的农民，从义军队伍中逃了出来。尉得胜逃回山西太平县，在师庄买了一处院子，隐藏财物。把单姓尉（wèi）音改为复姓尉迟恭的尉（yù），音改字不改，自称师庄尉家。

李自成失去金银，粮草不继，决定暂时接受朝廷招抚，保存实力。崇祯十七年，李自成势力再起，一鼓作气攻入北京。吴三桂引清兵入关，李自成兵败，退却山西。尉得胜闻李自成退到太平县，害怕被闯王发现他的踪迹，遭到义军报复，携盗窃来的金银，藏身汾阴洞庙后的山洞中。等到清军来到，尉得胜出洞迎接，组织车马，为清军输送粮草。清军统帅多尔衮大喜，给他盐票为报酬，允许他贩卖经营民用食盐。

尉得胜随清军一路南下，从山西太平、曲沃、闻喜、运城到河南、安徽，湖广、杭州、苏州、扬州，清军每占一处，尉得胜开商铺一座，一面为清军组织粮草，一面贩卖粮米和盐，有清军保驾，垄断盐业经营，独家生意，获利百倍。

"呜呼！尉贼之万两黄金，皆我义军兵士之血。窃我义军之军饷，使我义军粮秣不继，兵败垂成，皆尉贼之故也！其仇岂能不报？愿我义军子孙，时时不忘，夺回财宝，作为兴汉资金，重举义旗，驱除清妖，再振汉人江山。汾阴洞主，山石老人谨记。"

烈酒听完清风叙述，说："我听人说，尉家日进斗金，康熙时期，朝廷平定新疆葛尔丹叛乱，借尉家六万两黄金作军费。平叛之后，康熙帝感激于尉家的慷慨解囊，'借金还银'，归还白银六十万两，不知真假。"

清风说："应该属实，乾隆年间，新疆大小和卓叛乱，而国库却一时空虚，乾隆决定向民间富豪借贷，想到的第一个富商就是山西太平县师庄尉家。尉家借给朝廷一百四十八大车银子。乾隆感念于尉家的资助，特封尉家掌门人尉嘉为护国员外，还赏赐了一件黄马褂。"

烈酒说："民间流传一句话，尉家姑娘不知道木炭是黑的，谁家儿女娇气，大人就说，看你和尉家姑娘似的。"

清风说："尉家第五代掌门人尉嘉，在扬州结识八大怪郑板桥，聘请郑板桥到师庄当家庭教师，训导两个儿子读书。郑板桥写一米字，问道，米从何来？尉大公子尉维模说，从锅里来；二公子尉维范说，从碗里来。郑板桥摇头叹息，一对活宝，难兄难弟，一脑袋糨糊，真是糊涂难得。遂写下'难得糊涂'四个大字，辞别而去。"

烈酒说："郑板桥给尉家写了一句话，'布衣暖，菜根香，诗书滋味长'不知道是啥意思？这么有钱的大财主，苏州、杭州开有绸缎庄，河南良田万顷，柜里穿不完的绫罗，囤里吃不完的粮米，还要穿布衣、嚼菜根么？"

清风说："我说烈酒兄，劝你读一点书，你偏说看见黑乎乎的字头疼。这不，不知道郑板桥的意思了吧？这是警告尉家，世受朝廷庇护恩宠，享受荣华富贵，其后人不知进取，坐享其成，总有一天要混到穿布衣、嚼菜根的日子哩。"

烈酒说："你读的书多，怎么连半个秀才也考不上呢？还不是和我一样，受人差使？不过，你说了这么多，和我们今天这案子有什么关系呢？"

清风手举木杵，在一个香炉上敲了一下，连咳了两声，清清嗓子，说："诸位看官，话说，尉得胜自从得到闯王财宝，日夜提心吊胆，唯恐义军追来。闯王领残兵退到太平，尉得胜藏身汾阴洞避难，跪在玄天大帝像前祷告说，祖师保佑得胜躲过灾难，弟子定为大帝再修庙宇，重塑金身。"

"闯王败走西安，尉得胜把从洛阳盗回的福王朱常洵的金鼎，供在自家神祇楼前做了香炉。每到夜晚三更，金鼎总要发出嗡嗡的响声。连续十余日，尉得胜感到害怕，上香祷告，声音依然。年余，遇一风水先生，善看阴阳。尉得胜告之，说家中有一铜香炉，每天夜深人静之时，就要发出声音，不知何故。"

"风水先生说，铜香炉煞气太重，需要锉掉双耳，外用黑漆裹之，可保全家平安。尉得胜依照风水先生的说法，拿起昔日自己的铁匠铲刀，去掉金鼎双耳，用黑漆内外刷了三遍，金香炉果然不再发出异响。于是把刷了黑漆的金鼎放于暗室不用。"

"尉得胜死，后人不知这黑漆香炉是铜是铁，嘉庆五年，尉维模给朝廷捐银五十万两，得到一个举人头衔，为感谢神灵，将此黑漆香炉布施在汾阴洞玄天大帝殿前。"

"谁？"烈酒正听清风装模作样说书，门口闪过一个人的影子，一个箭步跨山门外，清风也跟着追了出去。二人追到殿后，不见人影。

"坏了，中了调虎离山之计。"清风说，急忙返回。

清风、烈酒返回大殿，案桌上不见了布施账簿和白丝绸巾。

"哈哈哈！"外边传来一阵笑声，二位捕快跑到院内，大殿的屋脊上坐着一个人。

那个人一手拿账簿，一手拿白丝巾，说道："谢谢二位壮士，我就是姓洪的火工，名叫李洪，这丝巾是我曾高祖奶奶红娘子赠送曾高祖爷爷李岩的定情之物，上面文字是曾高祖爷爷李岩亲笔书写，祖先遗物，今日取回。金香炉原是义军之物，已经送到天王之处，二位不必追寻。张住持被害，速速到北柴村捉拿杀人凶手叮当。"

说罢，李洪把账簿和丝巾揣入怀中，从腰里拿出一把短铳，一尺来长，瞄准了清风、烈酒。

二人大惊，伏地滚到柏树身后，李洪扣动扳机，"轰"的一声，一团白烟，柏树叶哗哗下落。

白烟散后，清风、烈酒从树后探出头，向房顶上望去，李洪早已不知去向，只听得空中传来一阵歌声：

义军血汗尉家楼，

黄河翻船我报仇。

今日取得金鼎去，

明朝风云荡九州。

歌声越来越远，庙后山谷中传来阵阵回声。

"九州——九州——州——州——州——"

起风了，大殿四角挑檐下的铃铎被风吹得摇晃，"叮当叮当"铃声清脆。汾阳岭上的椿树、杨树的叶子被风吹落，飘飘荡荡落到岭下汾阴洞庙宇的房顶上和院子里。秋风萧杀，只剩下满岭的柿子树，举着红红的树冠，像燃烧的火把，夕阳映照，鸟雀归巢。

清风、烈酒惊魂稍定，二人从树后爬起，拍拍身上泥土，整整衣冠。

烈酒说："看来香炉的案子不用追寻了，不是我二人能办到的事，只好假装不知。"

清风说："我的意思也是如此，只是我心中有一个疑惑。当年李自成从北京退到太平县，李岩一路紧随，到了汾阳岭上，李岩提出闯王西渡黄河到西安建立根据地，他带一部分人马东上太行到河南发展，与闯王成犄角之势，相互照应。牛金星给闯王进谗言，说李岩想脱离闯王投降清军。李自成轻信牛金星话，杀死李岩，怎么李岩的遗物会在汾阴洞出现呢？莫非李岩没有死，化名山石老人？"

烈酒说："李岩死没有死的案子，你还是以后再慢慢考察吧，你破不了案让你的儿子孙子继续破，子子孙孙是没有穷尽的。今天日头已经落山了，我也已饿得肚子里头猫抓哩，肠子头上弹花哩。我看咱回县里德兴楼吃一碗酒，填填你我这个瘪下去的皮袋子吧。"

欲知清风是否跟随烈酒到德兴楼吃酒，且听下回分解。

第四十四回　一阴一阳之谓道　亦官亦商致富快

　　且说，吴知县上午升了堂，审问了赵丁，下午让人把贾杏农请到县衙后堂书室。二人坐定，仆人端上茶水。

　　吴知县开口说："今日把院长请来，有一事请教。"

　　贾杏农说："大人是父母官，有事但说无妨，杏农知一说一，绝不吝啬。"

　　吴知县说："昨日汾阴洞发生一起人命案，住持张天贵被人杀死庙内。火工不知去向，搜得乱党传单一张，内容荒谬。若仅是人命案倒也好处理，涉及乱党，颇感棘手。"

　　吴知县取出乱党传单让贾杏农过目。杏农接过传单，乃是木板刻印，细看文字，和仪克中给他留下的书信内容差不多。

　　贾杏农把传单还给吴珍，缓缓地说："此种传单，多为南方乱党所为，若要查寻，实为无头帖子，难以找到源头。寺庙是人员流动场所，何人何年何日携入庙内？若追寻起来，恐怕一年半载也无结果。到时，大人如何向上司交代？"

　　吴珍说："说来也是，汾阴洞住持被杀，火工一时间找不到，无法了结此案。"

　　贾杏农说："若了此案，本无此案，无非一张破纸而已。大人不报，上司不问，各自相安无事。当今官场多一事不如少一事，大人主导的豁都峪洪水灌溉工程和办学二事，已经凸显政绩，足以名垂青史。南方乱党皆是亡命之徒，暗中刺杀，无所不用，大人何必要冒此风险，引火上身呢？"

　　吴知县闻听杏农此言，猛然惊醒，说："院长所言极是，此传单本官根本没有看见。"说着把传单放在烛火上点燃，一张让他担惊受怕了一个晚上的绵纸在火焰中化成了青烟。

吴知县心情放松，站起来洗了一把，甩了甩手上的水，说："贾院长，按地理来说，山的南边为阳，山的北边为阴，河则相反。县城南边的这座土山叫汾阳岭，这好理解，在汾河的北岸。这汾阴洞寺庙也在汾河的北岸，汾阳岭的南边山脚下，无论按河流，还是按所依靠的山岭，名字都应该叫汾阳洞，为何称汾阴洞呢？"

贾杏农说："汾阳岭古名汾阴山，又名郖丘，北魏郦道元《水经注》云'汾水西经郖'，许慎《说文》中解释，'郖，河东临汾地，即汉祭后土处'。乾隆年间段玉裁著《说文解字注》书中对郖有详解，今山西平阳府太平县南二十五里，临汾故城是也，地临汾水之上，地本名郖。"

吴知县说："今日师庄即临汾古城，岭在城之北，故名汾阴山，对否？"

贾杏农说："并非如此，汉武帝在汾阳岭上祭后土，后土娘娘为大地女神，为阴，所以把汾阳岭称汾阴山是表示在这里祭祀后土娘娘。这汾阴洞呢？因他原为道观，所祭之神是北方玄武大帝，按阴阳五行，金木水火土，北方为水，为阴，也就只能叫汾阴洞了。"

吴知县听了贾杏农的解释，拍掌笑说："妙！岭为阳，洞为阴。岭下有洞，阴阳结合，一阴一阳之谓道，继之者善也，成之者性也。仁者见之谓之仁，智者见之谓之智，百姓日用不知，故君子之道鲜矣！真是妙哉！吾为此口占一绝：汾阴汾阳任由他，秋霜红叶隐酒家。洞中香烟方一炷，岭上已开千午花。"

贾杏农抚掌笑呵呵地说："好诗，知县大人才华横溢，出口成章，敏而好学，不耻下问，爱民如子，关心地方文化，真乃我县民的福分。"

吴知县说："过了这一段，你陪我去看一下代万选和代宜南主持修建的豁都峪与尉壁峪的洪水灌溉渠道，看明年春天能完工否？"

贾杏农说："好的。督促一下他们，正好这几天地里秋庄稼收获完成，种罢麦子，农闲时间，抓紧工程进度，不要等数九寒天上了冻，就不好施工了。"

贾杏农起身告辞，当晚无话。

且说清风、烈酒第二天到县衙点了卯，给知县大人汇报说昨天下午已经打探到一些消息，即起身前往北柴村寻找一个名叫"叮当"的人。

北柴村在师庄东北约三里地，二人各骑一匹快马，从县城出发，翻越定兴沟，汾阳岭，半个时辰到了北柴村西南门外。这里有一个五福亭，亭内立三块石碑，中间一块上刻五个乾隆御笔书写的大福字，左边一块刻乾隆亲笔《香山九老诗序》，右边一块上刻朝廷赏赐给北柴王家的各种玩意儿。

二位捕快下了马，把马拴在亭柱上，进村去找里正。

村中间，当街两座石牌坊，皇帝圣旨旌表王家，敕建"七世同居坊"。

自一世祖王泰来，顺治年间给师庄尉家当长工，偶得李自成藏宝，一步一个金砖从北柴摆到师庄，迎娶尉家姑娘。在岳丈的提携下，王家进入商界，一开始就走上捐官卖爵、筹饷煮账、官商结合的致富捷径，财富迅速扩张，大有超过岳丈尉家之势。王泰来总结一生经验，死前留有遗训："无钱不活，无商不福，无官不稳。"

王家后代，秉承祖先遗训，有钱先买官，不管他官价几何，品位高低，文职武职，实职虚职，先买到手再说。七代二十八人，先后从朝廷手中买到知府、道员、恩加三品、四品头衔。二代王璠、王琳；三代匡鼎、列鼎、篆鼎、珝鼎买到封赠叙议、资政、大夫、员外郎等名头虚职。其他子弟买来的虚职仅大夫就有"中奉大夫""资德大夫""嘉议大夫"等无实位的空头数十个。

王家第五代王协，清乾隆四十年捐银五十万两得举人头衔，再捐一百万两官擢刑部员外郎，知府议叙即用。

乾隆四十六年和五十年，皇帝两次南巡，王协预先探得消息，上下活动，通过和珅大人揽得承办接待差务。

王员外郎是个有心人，皇帝出行日期，游览场所，用膳、歇息行宫，通行街道，皆提前亲自过目。乞丐穷汉闲杂人等，远远驱赶出境。天子到处，人人衣冠整洁，面露笑容，一片繁荣。杭州西湖，丝绸缠树。美女弹琵琶，莺歌燕舞；市民读圣训，山呼万岁。乾隆爷看得开怀大笑，"好一个康乾盛世，朕与万民同乐。"

王员外郎用皇帝家的钱往皇帝身上使，鞍前马后，哄得乾隆爷高兴，特恩加一级。乾隆听说王员外郎把他在西湖边坐过的一方石凳当作圣物保存，供人瞻仰，又恩加一级，并赐御书"福"字和御制《柳絮诗》《落洁诗》《古稀说》《洛水兰亭》《耕织诗》并图，以及貂皮、荷包、朝珠等珍贵物品。王协在家乡建亭立碑以谢圣恩。

王协承办了两次皇帝巡游接待业务，赚足了银子，名声也大振。借商造官威，借官助商势，一举拿下河东盐务，并兼营淮扬盐业。从河东到淮北、淮南、扬州、苏州、罗山等地，遍布王员外郎的盐号。一时间，王家生意如烈火烹油，炎腾腾热浪朝天，算盘如油锅撒盐，噼啪啪乱响连珠，银钱如盐池落雪，白花花冰片落地，数也数不过来。

清风、烈酒找到北柴村里正，姓柴，爷爷给起名青选，取青钱万选之意，年四十有三。十五岁时青选要跟随伯父外出学做生意，父母为他定了一门亲，在他走之前迎娶媳妇过门。结婚三天随媳妇回娘家，青选对岳父岳母说："结婚三天了，你家女儿都还没有给我生个儿子，我过几天就要走了，生不下儿子就把你女儿给休了。"

岳母说："这生儿子也不是'毛裢里倒西瓜——呼啦一下就出来了'，还要十月怀胎，一朝分娩哩。"

岳父说："贤婿，你只管前去学做生意，努力上进，待你三年回来，保我女儿给你生一个胖嘟嘟的小子。"

学了三年，掌柜的给他伯父说："这娃老实，算盘珠上下框分不清大小，不会二一添作五。生意场上奸诈，还是回去打牛后半截吧。"

柴青选给掌柜的提了三年夜壶，算盘没有摸一下。要回家了，媳妇着了急，三年没有生下儿子，害怕丈夫回来把她休回娘家。门外跑过一只小狗，急忙抱回家。

柴青选进门问道："媳妇，你给我生的儿子呢？"

媳妇说："在小褛子里包着哩。"

柴青选抱起褛子，说："媳妇呀，咱儿子耳朵大。"

媳妇说："耳朵大将来能当官。"

柴青选说："咱儿子的嘴巴大。"

媳妇说："嘴巴大有福吃皇粮。"

柴青选说："儿子怎么一身毛？"

媳妇说："我给他做了一身小皮袄。"

柴青选说："皮袄怎么毛朝外？"

媳妇说："毛朝里怕生虱子。"

"汪汪汪！"小狗钻出褥子，跳到地上跑了，小两口笑着关上了门。

里正是个苦差事，催粮完税，办学捐款，地方治安，上边有事先找你，村里有钱有势的王家人都不愿意担当，推给了他这个老实人。

柴里正早晨到地里翻地，准备种麦，刚赶着牛回来，老婆给他用布条制作的拂尘，俗名打子，打身上的土。端了一盆热水，让他洗脸洗手，然后到厨房吃饭。

清风、烈酒进门，里正老婆忙着招呼客人，在院子中间放了一张小桌，两把小板凳。端上一个柳条编制的烟簸箩，泡了一壶茶，拿了两个黑瓷白底蒸碗当茶碗。

烈酒从自己包里掏出旱烟袋，装了老柴一锅子烟，里正老婆从厨房炉子里抽出一根着火的柴递给他。烈酒点着烟开始喷云吐雾，清风倒了一碗茶自己喝水。

吸了两锅子烟的工夫，柴里正吃完饭，从厨房里随手把自己坐的凳子搬出来，问："二位公差，今日有啥公事？"

烈酒在地上磕一下烟锅，说："老柴，村里有姓丁的吗？"

柴里正扳起指头数了一下，说："这村里张、王、李、赵、柴，没有姓丁的。"

清风问："有没有名字叫叮当的？二十岁到五十岁的男子，还是左撇子。"

清风看了仵作的验尸单，和尚张天贵肝脏部位中了一刀，失血过多死亡，伤口显示左手持刀。

柴里正说："我拿出户籍本子，你们从上面查看吧。"

柴里正拿出户籍本，半个秀才清风接过来在小桌上翻着查看。

烈酒和老柴对着抽烟。老柴有一杆好烟袋，铜烟锅，玉石烟嘴，一尺来长的烟杆，上面布满一圈一圈的花纹，经过烟油长期的滋润和人手的摩擦，油光滑亮。老柴说，这根烟杆是地里长的一棵蒿秆，他把它打磨成烟杆，用了二十年，去年有个财主看见了，要出二十两银子买，他不舍得卖。

从烟簸箩里捏了一撮烟叶按入烟锅内，嘴噙着玉石烟嘴，美滋滋地吸一口再吐出去："饭后一袋烟，胜过活神仙。"这是老柴每日饭后必做的功课。

　　清风翻了一遍，没有查到叫叮当、丁当的。再翻一遍，查出五个名字带"丁"字音的人，一个六十余岁，两个八九岁，一个十多岁，可以排除，剩下一个叫"王鼎"，二十多岁，母子二人，母亲王赵氏。

　　清风指着王鼎的名字问柴里正："这位叫王鼎的是以什么为生的？"

　　柴里正看了一下说："这个叫王鼎的十几岁就跑出去了，这么多年不知在哪里，留下他母亲王赵氏一个人在家守寡。"

　　清风问："他母亲王赵氏在哪里居住？"

　　柴里正说："王家原来的长工院，破破烂烂的三间东房。"

　　清风、烈酒眼睛一亮，"这王赵氏就是赵丁说的和和尚通奸的女人。"

　　"柴里正，请你带我们到王赵氏家里去一下，我们要办一件案子。"

　　"莫非这女人与汾阴洞和尚被杀案有关？"这两天村里人早已把汾阴洞案子传得沸沸扬扬。

　　柴里正把清风、烈酒带到王家长工院门前，正要上前敲门，忽然从院子里传来一声粗哑的哭声："我的妈呀——"

　　欲知后事如何，且听下回分解。

第四十五回　王新郎送命柿子树　小捕快诵吟《秋风辞》

且说清风、烈酒听到院内传来一声凄厉的哭声，来不及思考，撞开门闯了进去。院内一个男子抱着一位女人哀号。那女人双手下垂，脖子上挂着一段绳索，显然已悬梁自尽。

男子见二位公差进来，一手抱着女人，一手拿刀，指着二人说："别过来，你们谁都别过来。"

烈酒大声喝道："王鼎，放下手中刀子！"

那男子瞪着血红的眼睛，语无伦次地说："我不姓王！我不姓王！我姓张，我叫张鼎！是我亲手杀死了我的父亲，害死了我的母亲。"

那男子看见柴里正，说："柴叔，拜托您把我的父亲和母亲埋葬在一起。张鼎在这里给你磕头，谢谢你了。"

那男子缓缓把女人的尸体放下，跪在地上，给柴里正磕了一个头。清风、烈酒正要上前拿他，那男子一刀插在自己的胸口，倒在了母亲的尸体旁边。

清风、烈酒叹了一口气，二人出了村，在五福亭解开马，牵着向汾阳岭走去。

据柴里正说，张鼎的母亲名叫赵菊兰，北赵村人，嫁给王力。王力的父亲、爷爷三代人都是给王协家当长工。

王力结婚三天，跟随赵菊兰回北赵拜见岳父母大人，在丈人家坐不住，出门跑到汾阳岭上，正是八月中旬，柿子红了的时候。王力爬上一棵大柿子树上，向阳枝上，一个个红了的柿子光洁如玉诱人口腹，望一眼，垂涎欲滴。王力专拣熟了的软柿子捏，捏下一个，揭掉柿子盖，露出一个圆圆的小洞，对在嘴边，吸溜一下，一团甘之如饴之物甜丝丝滑入腹中，吃得爽快，一连吃了二十个，拍拍肚皮，心满意足，打了一个饱嗝，方才住嘴。

中午，王力在岳父家吃了回门宴，喝了几杯酒，下午，回到北柴家中，腹中疙里疙瘩，肠子一阵阵拧来拧去如搓麻绳。又觉得有一块石头在肚子里往下沉坠，疼得头上冒汗，脸色发青，躺在地上打滚。他母亲急忙请来村里会按揉的老先生，在王力肚子上按、揉、挤、压。

到晚上疼得越加厉害，另请了一个大夫，来号了脉，让王力张开嘴，看了一下问："中午吃了什么？"王力忍着疼哼哼呀呀地说："吃了柿子。"

大夫说："老辈人传说一句话，'男怕柿子女怕梨'，这刚结婚吃了柿子，柿子属阴，男子为阳，阴阳相克，柿子吃得过多，阴盛阳衰，现在亟需补阳。有一单方，取生涩青柿子一枚，切片，放火上炙烤，白开水送下，可壮阳，这叫以毒攻毒。"

家里人上汾阳岭摘下生柿子，按大夫吩咐操作，切片、炙烤、碾末，和在开水中。王力勉强喝下生柿子水，不到一个时辰，肚子疼得从炕上滚到地上，大叫一声，口鼻流血而亡。

王力一死，老母亲心疼儿子，未几也死了。第二年，赵菊兰生了一个儿子，取名王鼎。王鼎长到十四岁，跟母亲赌气跑了出去，多少年没有音信，不知道在哪里谋生。

清风、烈酒牵着马上了汾阳岭，回头向岭下望去。东南，是白波垒，东汉末年，十万黄巾军在此依山临河构筑堡垒，汾河从北而来，在这里拐了一个弯，哗啦啦唱着歌向西而去，至龙门入黄河。西南，九原山平地隆起，如一尊铜钟扣地，依次九个峰头，一团白云冉冉升浮，是古堆泉冒出的热气。

相传古堆泉原出汾阳岭下焦村，有个"焦泉干涸，古水溢流"的千年传说。相传两千多年前，分管太平县地面泉水河流的龙王爷与新绛县的龙王爷在汾阳岭上下棋，以大地为棋盘，村庄为棋子，车马相炮，杀得飞沙走石，昏天黑地。你来我往，连杀七天七夜，黄风呼啸，摧房折树，山摇地动。太平县的龙王爷赌红了眼，押上了岭上的"焦泉"，准备孤注一掷，被新绛县的龙王爷一个当头炮、卧槽马连环双将，输得丢盔卸甲，一败涂地。

汾阳岭上的"焦泉"归了新绛，新绛县的龙王爷高高兴兴地捧着泉水回家，得意忘形，在九原山跌了一跤，泉水洒落在地，从古堆冒了出来。

两个龙王的这场斗棋殃及偌大的晋国一座百年都城被夷为平地，韩、赵、魏三家大夫趁机瓜分晋国独立称王，称霸中原傲视群雄百年的晋朝就此消亡。

太平县黎民叹息说："神仙打架，百姓遭殃。""久赌神仙输，一点也不假。"从此不再敬重龙王爷，遇到天旱少雨，就把龙王爷的塑像抬出来，放到太阳底下曝晒，夹头劈脸泼一桶水，让他尝尝干渴的味道。

烈酒说："半个秀才，你说王鼎为什么要杀死他的父亲张天贵呢？"

清风说："你听说过一个故事吧，从前有一座山，山上有一座庙，庙里有一个和尚，和山下河对面村子里的一个穷寡妇好上了，经常接济寡妇粮米钱财，每天晚上，这和尚蹚水过河，在寡妇家歇息，天不亮又蹚水返回。寡妇有一儿子在外读书，看到母亲把和尚冰冷的足抱在怀里，用身体为和尚暖足，为了孝敬母亲，有了钱后，在河上修了一座桥，便于和尚晚上行走。母亲去世后，埋葬母亲的那天，和尚也来送行。他在父亲的坟前杀死了和尚，说了一句'修桥为母行孝，杀和尚为父报仇'。这王鼎大概是在外面听到了这个故事，要学故事中的人吧。"

烈酒说："可惜学了一半。半个秀才，你说这汾阴洞和尚张天贵与赵菊兰咋就好上的呢？"

清风望着九原山头的白云，慢悠悠地说："唉！这还真是一个凄凉的爱情故事哩。"

清风眼前浮现出一幅场景：汾阴洞后的山坡上，一个十一二岁的小和尚在砍柴，他砍了一捆柴背着下山。忽然听到一个小女孩的哭声："咩咩跑了，咩咩跑了。"

小和尚看到一只白色的山羊，挣脱了小女孩手中的绳索，向山坡上跑去。他放下背上的柴，捉住了羊脖子上的绳子，递给了女孩。

"和尚哥哥，你叫什么名字？"小女孩问。

"我叫天贵。"小和尚摸着光秃秃的头顶说。

"我叫小兰。天贵哥哥，你每天都要砍柴吗？"小女孩说。

"嗯。这是你家的羊吗？"天贵说。

"这是我爸爸给我买的羊，它叫咩咩。爸爸说，等我把咩咩养大了，下了羊羔，就给我买一件花衣服。"小兰说。

"你等着，我给你摘几个酸枣。"天贵爬上崖，那里有一株大酸枣树，结的果像个葫芦。天贵摘了一把，递给小兰。

小兰吃了一颗，说："真甜！天贵哥哥，你也吃一个。"拿起一颗送到天贵嘴边。

春天来了，山上桃花盛开，天贵用桃花编了一个花环，戴在小兰头上。

小兰说："天贵哥哥，我当新娘子，你当新郎官，我们玩过家家。"

天贵说："我师父说了，当和尚是一辈子不能结婚的。"

小兰说："不嘛！我就要嫁给你。"

一群大雁在天空中由东北向西南飞来，"嘎，嘎，嘎"的鸣叫声打断了清风的思绪。清风举头仰望，那领头的大雁伸着长长的脖子在前开路，每鸣叫一声，后面的雁便相继鸣和。似乎在说："兄弟姐妹们，加油，不要掉队，注意口令，快速跟进，保持队形。"

在领头雁的指挥下，群雁不断变换队形，由一字长蛇变成了一个大写的人字。领头雁嘎嘎叫了两声，大雁们接到命令，扇动翅膀交叉移动，每只雁都快速准确地到达了自己的位置，先是排成一个箭头，接着在蓝天上化成了一颗向南飞翔的心。

清风欣赏了大雁们的团体操表演，蓝盈盈的天空似一面平静的湖泊，四五十只大雁扇动翅膀，一上一下，整齐划一，像人们竞划龙舟，领头的大雁放开喉咙，喊着前进的号子，齐心协力，显示出勇往直前的决心。

大雁沿着汾河飞行，看来今天晚上，这群大雁要在龙门口那一片广阔的黄河滩上休息。滩里有水，有草，吃饱喝足，歇息一下，或者趁夜晚的星光，好继续前行。

据说薛仁贵当年未从军之前，在河津龙门汾河湾打雁。一群大雁在晚上睡觉的时候，围成一个圈，把头埋在翅膀下，由一只失去配偶的孤雁在外围担任哨兵。打雁的人用黑布罩住一盏灯火，藏身芦苇丛中，等到大雁们都睡着了后，掀开黑布漏出一丝灯光，又快速地遮住。放哨的大雁看到灯火，急忙发出警报。刚迷糊要入睡的大雁惊醒了，大家睁开眼睛四处张望，一团漆黑，除了河水流淌的哗哗声，没有发现任何可疑的动静，执法的大雁狠狠地啄了放哨的几口，作为对它报假消息的惩罚。大雁们继续围成圈入睡，飞了一天，很快进入梦乡。打雁的人再次漏出一丝灯光，放哨的孤雁再次鸣叫发出警报。群雁再次惊醒，未发现异常，对放哨的大雁群起而攻，说它未报头雁批准就乱叫，惊扰了大家的好梦。如此三番，放哨的大雁也失去了警惕，把头埋在翅膀下，开始做梦思念自己失去的妻子或丈夫。打雁的人趁机走出芦苇丛，捏住熟睡了的大雁的脖子，用箭挨个儿穿了嘴巴，塞进早已准备好的口袋。

秋风吹落黄叶，望鸿雁南飞，往往能勾起漂泊在异乡的游子思念老家的亲人之情。清风触景生情，忍不住大声吟道：

> 秋风起兮白云飞，草木黄落兮雁南归。
> 兰有秀兮菊有芳，怀佳人兮不能忘。
> 泛楼船兮济汾河，横中流兮扬素波。
> 箫鼓鸣兮发棹歌，欢乐极兮哀情多。

烈酒说："半个秀才，又作诗了？"

清风说："哪里是我作的诗呢！这是汉武帝当年在汾阳岭上祭祀了后土，写的一首《秋风赋》，千年已过，情景依旧，我今日拿来一用。"

烈酒说："我也来一段，出出这几日胸中的这口闷气。"

> 柿子树身向外南岸子弯，哥哥你出门我留恋。
> 人人都说咱两个好，阿弥陀佛只有天知道。
> 三哥哥他是个受苦的人，穷人跟穷人是一条心。
> 不爱你的金来不爱你的银，单爱三哥哥好人品。
> 汾阳岭上外就种韭菜，弯弯的铲刀割得快。
> 叫一声妹子你不要忙，满天的星星我在你身旁。

"好！唱得不错。"清风跨上马，扬鞭向前奔去。

"哎——秀才，你还没有给我说张鼎赌的什么气，因为什么要离开他母亲呢。"烈酒大声喊着说。

"你自己慢慢想去吧，你想不出来还有你的儿子，儿子想不出来还有孙子，子子孙孙是没有穷尽的。嘚儿驾！"清风双腿一夹，马快速奔跑起来，一转眼翻过了汾阳岭。

"秀才，等等我，今日中午咱们到德兴楼喝一杯，我请客。"

烈酒翻身上马，缰绳一抖，马儿嘶鸣，四蹄飞腾，身后扬起一溜尘土。

欲知后事如何，且听下回分解。

（中篇《秋风》完）

下篇　火焰

第四十六回　丁戊祲灾民受害　人间地狱鬼唱歌

　　话说自道光皇帝驾崩之后，咸丰皇帝登基，内有贼寇作乱，外有英法联军逼迫，要求签订条约，开设商埠通商。咸丰皇帝惊慌失措，避难于热河行宫，每日忧愁不展，无计可施，唯有以鸦片和酒色解除烦恼。一日，咸丰皇帝正与懿贵妃嬉戏，京城传来英法联军火烧圆明园的消息，吃惊不小，从床上跌落下来，受惊过度，吓破肝胆，一命呜呼了。

　　咸丰皇帝死，同治皇帝继位，懿贵妃母凭子贵，儿子做了皇帝，升为西宫太后，也叫慈禧太后。慈禧趁咸丰皇帝丧葬大礼之际，发动宫廷政变，逮捕了咸丰临终嘱托的八位顾命大臣，垂帘听政，独揽朝纲。同治皇帝年少，患天花，不治身亡。

　　慈禧将自己妹妹的儿子四岁的载湉抱入宫中立为皇帝，年号光绪。新皇上位，各地大员不曾报来祥瑞，却是灾荒消息不断传来。军机大臣上报，京师儿童传谣："天无水地生癍，朝廷没福民受害。"慈禧大怒，下令追查，严禁传唱，唱者抄家没产。

　　不料这一童谣竟成事实，光绪三年、四年，山西、山东、河南、河北、陕西等地，连续两年滴雨未落，百川干涸，河水断流，地面浮土半尺，草木枯死，赤地一片，五谷不收。朝廷害怕饥民造反，下令禁止饥民流动，不许到江南乞食。然朝廷又迟迟不予赈灾，仅靠地方自救，光绪四年春，灾祸酿成，物贱如粪，谷贵似珠，真的是斗银换斗米犹不能得。鸡犬牛马食之净尽。人食榆皮、麻饼、草根、石头面充饥。闹到"人吃人，狗吃狗，老鼠饿得啃砖头"的地步，父子兄弟骨肉相食，卖儿鬻女，以斤称之，民饿死十之四五，山村居民十室九空，种种惨状不可一一言述。人谓之"丁戊祲灾"，寓意灾荒由妖邪引起。

有太平县西贾村代州儒学训导、候选知县甲子科举人关庆余所写《灾民泪》一诗为证：

> 日光惨惨风声恻，道途行人多死色。
> 匍匐求食走千里，双腿浮肿腹中饿。
> 君不见，戊寅春，数千里地人食人。
> 北尽幽冀南到淮，迤西直抵流沙滨。
> 地赤如烧禾尽死，山枯无绿空悲辛。
> 河东河西十八州，谁人不与鬼为邻。
> 爷娘忍食亲子肉，新冢掘尸市中鬻。
> 老稚丛瘗幽壑里，壮者挖树吞根皮。
> 卖尽房屋卖田地，卖尽田地卖儿女。
> 怀中小儿弃路隅，道上无有完死躯。
> 野狗争冲新头颅，鸦雀不见鼠兔稀。
> 伤心哉，天地茫茫不可呼，生命顷刻化尘泥。

华北丁戊祲灾未了，西北有沙俄扶持阿古柏入侵新疆。幸亏有陕甘总督左宗棠坚定平乱，抬棺出征，否则西北几乎不保。

且说阿古柏入侵新疆，波及甘肃、宁夏，太平县在西北做生意的人大受影响。有一人，名叫刘洪元，襄陵县陶寺刘贾村人。光绪四年刘洪元十三岁，祖母和母亲相继饿死，随父亲逃难到宁夏谋生，不久父亲也故于宁夏。

刘洪元在商店学徒，每日晚上要服侍掌柜的睡觉，给掌柜的扫床铺被，端茶递烟提夜壶。一日晚上，掌柜的算完账，接过洪元递过来的水烟袋，抽了两锅子后上床睡觉，躺在床上翻来覆去睡不着。说他没有把床打扫干净，身下有东西硌得慌。

刘洪元重新给掌柜的打扫，从褥子上找到掌柜的小便处毛发一根，这掌柜的才躺下慢慢入睡，打起了鼾声。

杨掌柜的经营不善，关门歇业回太平县南赵村种地去了，刘洪元到一家皮货店当店员，东家是新绛泽掌的，姓高，其女嫁与西贾仪煌长子。刘洪元店务之暇喜读《七侠五义》《说岳全传》《杨家将》，心怀忠义，能仗义执言。夥友无辜遭店家解雇，刘洪元打抱不平，代夥友出头找店家论理。店家说生意难做，不养闲人，你让他留下，那只好把你辞退了。洪元说，夥友家有妻室，辞退一人，则饿其一家。他孤身一人，无有牵挂，他走，夥友留下。于是辞职，返回山西。

刘洪元从吉州马头关渡口过了黄河，翻山越岭进入太平县境，正是七月初的天气，太阳似火一般蒸烤着大地，河东原野，刚刚收割完麦子，地里到处都是白查查一片，看不到一点绿色。偶尔有一两块玉米或谷子地，苗长得有一尺来高，叶子像拧了绳一般。眼看十五年前的那场灾荒要重现。

刘洪元身穿白色纺绸短衣，头戴一顶凉帽，背一随身褡裢。过了汾阳岭，见路边麦地里有一棵柿子树，卧着一头牛，一张犁，一个人躺在树荫下，身下的胡圾疙瘩比人拳头大，呼呼睡得正香。刘洪元看像是杨掌柜的，喊了一声"杨掌柜"。

杨掌柜翻身坐起，看喊他的人是刘洪元，问："你怎么回山西了？"

刘洪元说："不干了，回刘贾村种地。"

杨掌柜的说："如今地也不好种，你看这天旱的，收了麦到现在没下一点雨。人说，收秋不收秋，全看五月二十六。都七月初三了，今年的秋庄稼是没指望了。"

刘洪元说："杨掌柜，我有一事不明白，你在柜上的时候，褥子上一根毛都把你硌得睡不着，这满地的土疙瘩我看你睡得呼呼的。"

杨掌柜说："唉，不当家不知柴米贵，在柜上做生意每天要盘算，一笔一笔的账都要细算，挣钱赔钱熬煎多着哩。"

告别杨掌柜，到了史威村，一个门楼下，一个男子敞着胸，摇着一把破芭蕉扇，睡在一把躺椅上歇凉。刘洪元打了个招呼，问男子，一个叫贾国瑞的人在哪里住？男子说，贾秀才携妻子在泰山庙隐居。

刘洪元问了地点路程，经村民指点，半个时辰来到泰山庙。

这泰山庙隐藏于泰山沟内，在古晋国都城遗址之南，背靠汾阳岭，前临汾河，东有白波垒，西有九原山，太平县与新绛县二县交界之处，满沟柏树、椿树、楸树，若不到跟前，远远的发现不了这个地方。

刘洪元进入庙内，空荡荡的一座庙宇不见一个人影。刘洪元喊了声："有人吗？"

侧殿的门帘掀开一道缝，一个女人伸出头问："你找谁？"

刘洪元说："我找贾国瑞。"

那女人说："在屋里，你进来吧。"说着掀开门帘，把刘洪元请入屋内。

贾秀才坐在一张圈椅上，手中拿着毛笔在方桌上写字，看到刘洪元进屋，抬手示意了一下，请洪元坐在对面。

刘洪元从背上的褡裢里取出一封书信，递给了贾国瑞。秀才娘子给洪元端来一盆水，倒了一碗茶，洪元走来一路，出了一身汗口渴，洗了一把脸，端起茶咕嘟咕嘟喝了下去。

贾秀才撕开信封，展开信纸看了一遍，说："原来你就是刘义士，真是闻名不如见面。你回来得正好，这件大事需要你来主持呢。"

刘洪元说："不知先生所说大事是指何事？洪元见识浅薄，恐怕难当大任。"

贾秀才说："你过了黄河一路上想必有所见，十五年前的大旱褐灾即将重现。然地方官府一味粉饰太平，报喜不报忧，灾情不能上达朝廷。我欲邀河东豪杰，唤起民众，办一件惊天动地的大事，好惊动朝廷。然而我身体多病，力不从心。有好友推荐你与我，事关百万黎民性命，请勿推辞，受我一拜。"

说完，贾国瑞扶着桌子站起，给刘洪元深深地作了一个揖，连续干咳了几下。

刘洪元急忙站起回礼，扶着贾国瑞坐下。

贾秀才说："我已经写好了几十份帖子，邀请附近各县的义士，于七月三十日来泰山沟共同商议，效仿元末八月十五杀鞑子的故事，各地一起动手，拔掉从平阳到解州的电报杆子。此事必然能引起轰动，震惊皇帝，派大员来考察，查明灾情真相，救黎民于水火。"

刘洪元说："好，我听从大哥吩咐。"

说着话，秀才娘子吉大嫂端上来饭，二人吃了饭。贾秀才说："今天你不要走了，晚上在庙里休息，这是我写的帖子，你拿上，到南房里休息一会儿，睡一觉，南房里凉快。醒来你再仔细地看看，想一想怎样能把百姓鼓动起来。"

秀才把刘洪元领到南房，干干净净的床，铺了一张崭新的凉席，一个绣花荞麦皮软枕头。秀才掩门出去，洪元走得人困马乏，放下蚊帐，头挨上枕头就睡着了。一觉睡到秀才娘子做好了晚饭。

吃了晚饭，点上一支蜡烛，对着烛光，一张张看贾秀才写的帖子。

第一份是抄写的闻喜邑庠生员吕步云写的《丁丑大荒记》：

> 昔圣门论政，以足食为先，盖民以食为天，得之则生，弗得则死，理固然也。是故人之得免于凶年饥岁者，当以'耕九余三，耕三余一'为常经焉。圣王制，不然，则民救死亦不瞻矣，奚暇治礼义哉！
>
> 光绪三年，岁次丁丑，春三月微雨，至年终无雨，麦微登，秋禾尽无，岁大饥。平、蒲、绛、解等处尤甚。先是，麦市斗加六，每石粜银三两有余；至是年，每石银渐长至三十二零。白面每斤钱二百文，馍每斤钱一百六十文，豆腐每斤钱四十八文，葱韭亦每斤钱三十余文，余食物相等。人食树皮、草根及山中沙土、石花，将树皮皆剥去，遍地剐成荒墟。猫犬食尽，何论鸡豚；罗雀灌鼠，无所不至。房屋器用，凡属木器，每件卖钱一文，余物虽至贱无售。每地一亩，换面几两，馍几个，家产尽费，室如悬磬，尚莫能保其残生。人死或食其肉，又有货之者，甚至有父子相食，母女相餐，较之易子而食，折骸以爨为尤酷。自九、十月至四年五、六月，强壮者抢夺亡命，体弱者沟壑丧生，到处饥馑相望，往来饿殍盈途。一家十余口，存命仅二三；一处十余家，绝嗣恒八九。少留微息者，莫不目睹心伤，涕泗啼泣而已。此诚我朝二百三十余年未见之惨悽，未闻之悲痛也。虽我皇上赈贷有加，粮税尽蠲，而村共绝户一百七十二户，死男女一千零八十四口。总计人数死者七分有余。虽曰天灾，抑亦人之未预谋于早也。
>
> 大荒至今已六年矣，比岁丰登，人已少苏。村众欲誌以垂戒后世，首事者嘱余以记之，余素拙笔墨不文，略将事之颠末，书诸贞

珉，俟后之览者，将有感于斯，以足食为先务，而凶年免于死亡则幸甚。

第二份帖子是襄陵县张礼村邑庠生赵鑑更于光绪五年写的《丁戊祲灾记》：

且人之所不欲睹者饥饿之形，人之所不能忘者困苦之景。如光绪三、四两年秋夏歉收，遭灾独重。村人面带饥气，形皆枯容，令人见之实属可伤，此正余之所不忍视，所不能想然者也。于是邀同司事人等合村劝捐赈济，两月有零，而村人竟不保命。后粮价昂贵，每升米麦合银三钱。村人卖男鬻女，拆房毁屋，易以斗粮，犹不易换。无法，食树皮树叶，茹草籽草根，饥饿而至食人肉者亦属广有。呜呼！不知如何造孽而竟至于如此之极也！想我村共五百五十三人，今已饿死者三百零七人矣。下留二百余人幸蒙圣天子广谕天下，护救山西，共赈灾半年之久，而我村二百余人始得保全无恙，苟免死亡。而由此天心顺，人心和，于四年九月连雨一十八日，岂非万民之幸哉？而无如，今岁麦季又属歉收。似此劫数犹未脱尽，余等尚其回心向善，广行阴为，以祈风调雨顺时和年丰，庶几可慰吾愿。本村中绝户甚多，至今暴尸露骨者犹有数十余人。因此，合村复行捐钱，觅人公埋，遗一小冢。俾后之览者以为先世之古人哀，以为后世之子孙警。是为序。

刘洪元看的是目眦尽裂，毛发倒竖，想起自己的母亲和祖母在这场饥荒中活活饿死，忍不住悲从心来，捶胸大哭，哭声惊飞屋外楸树上的老鸹，绕枝三匝，落在了另一棵楸树上。

欲知后事如何，且听下回分解。

第四十七回　福盛班初出江湖　陈郭村豪杰聚义

且说贾国瑞夫妇听到刘洪元捶胸大哭，推门进来，那刘洪元咬牙切齿，恨恨连声。

贾秀才说："刘义士看这几份帖子能打动人心否？"

刘洪元略作思索说："这些文章如实记载，传之后世，让人知道在我们这个年代发生过这样残忍的天灾人祸，文字不朽。然若要用它来动员百姓，干一件惊天大事，我看未必能起到效果。"

贾秀才说："依义士之见应当如何？"

刘洪元说："陈涉起义，篝火狐鸣；张角闹事，传言'苍天已死，黄天当立'；李自成的'闯王来了不纳粮'的口号，皆简单易记，能抓住人心，便于流传。"

贾秀才说："这些都是利用迷信或宗教于段来蛊惑民众。"

刘洪元说："当今民众依然迷信，如张礼赵鑑更《丁戊祲灾记》中所述，认为十五年前的那场灾荒是妖邪作祟，天降灾难，人间劫数未尽，需要回心向善。"

贾秀才说："子曰：'民可使由之，不可使知之。'义士之见与圣人同，我看民众的迷信思想是可以为我所用的。"

刘洪元说："我从宁夏一路走来，民众对连年发生旱灾的原因发生疑惑，有人认为是洋人暗中作祟，向我华夏倾销洋布、洋火。怎奈我有土布、火镰和燧石。洋人无法，故用妖术，驱散云雨，试图绝我华夏人种，盗我华夏宝物。"

贾秀才说："我也听村民言，从平阳到蒲州的洋杆上的洋条，每晚风吹之时，发出呜呜的凄厉鬼叫，便是洋人施法阻止下雨。以此为内容编写一段，定能动员起民众。"

刘洪元说："我倒是有几句，大哥看能用否？'天呀呀，地呀呀，女儿娃娃饿死啦。栽上洋杆不下雨，百姓活命没办法。八月十四齐动手，拔掉洋杆雨就下。'"

贾秀才说："这个很好，就把这几句写成帖子传诵。"

当即动手，秀才娘子吉大嫂拿来笔墨纸砚，刘洪元把纸裁成四六长方大小块，吉大嫂研磨，秀才执笔，三人写了一个晚上，到鸡叫写了二百余张。

贾秀才说："此帖子暂时放我这里，等月底各县豪杰聚会之时，大家共同商量传帖办法，过早易暴露引起捕快注意。你先回去安顿一下，多少年不在家，拾掇打扫院子房屋需要几天时间，借此机会联络几位敢作敢为的人。"

东方发白，秀才夫妇回屋休息，刘洪元倒在床上睡了一个半时辰，醒来太阳已经升起三竿子高。吉大嫂做好了早饭，刘洪元吃了两个馍，喝了一碗米汤，起身告辞。吉大嫂给他装了七八个馍，灌了一葫芦水，回到河东陶寺刘贾村还有一天的路程，路上找不到饭店的话可以垫补充饥。

刘洪元离开泰山庙，拽开脚步，踢起路上尘土，鞋底生烟，如踏风火轮一般，赶了半天，日头偏西的时候下了陈郭坡，听见锣鼓梆子响，原是陈郭村村民祈求龙王下雨，在华佗庙唱戏。刘洪元喜爱听家乡蒲剧，看看时辰还早，忍不住顺着梆子声拐进了庙内。

庙内上方搭有一张篷布用来遮荫，后边几张方桌，上面盘腿坐着看戏的妇女，前边地上站着一伙赤膊闲汉。有卖瓜子花生的小贩，提着篮在旁边叫卖。卖西瓜的在远远的人群后边，支起一张桌子，摆上几个西瓜，挥舞着弯弯的切瓜刀，啪地切开一个，大声地喊叫："好西瓜，红如血，甜如蜜，吃一口，甜一口，不吃就不甜啦！"

舞台上，初出江湖的"福盛班"正在演出新编的《打蛮船》，剧本由原太平县龙门书院院长贾杏农与本家侄儿柴寺村秀才贾鸣梧合作编写。故事是说一个叫韩广的秀才，娶妻张香莲，夫妻恩爱，生有一儿一女，突遇大旱三年，赤地千里，饿殍无数，人们无粮可食。

> 老头抱着树皮啃，老妪水泡麻饼咽。
> 木渣掺糠拌槐叶，秸秆磨碎捏成团。
> 大户人家卖骡马，小户人家卖庄田。
> 三户人家没头卖，拆散人口过荒年。

韩广夫妻告贷无门，妻子回娘家借粮，遭嫂子拒绝。家中断炊七日，眼看全家人都要饿死。江南人贩子趁灾荒贩卖人口，其妻自愿卖身，换回了一斗米。韩广妻子随一船女人被贩运到江南，遇到哥哥怒打人贩子的船只。

扮演韩广妻子的是蒲州梆子"福盛班"班主，名叫李小秃，古城人。与儿女告别一段，开口唱道：

> 临走抱抱我儿小宝安，
> 你赶紧吃口失娘奶，
> 再想见娘难上难，
> 今日还能把孩儿抱，
> 明日娘就不回还。

唱得声情并茂，难舍难分，凄凄惨惨，情真意切，听得人无不下泪，台上台下早已哭成一片，坐在方桌上的妇女泪水湿了几条巾。

台上韩广也哭着唱道：

> 牛衣唯汝共，操家赖汝贤。恩爱一十载，永好期百年。
> 瓮底糠核尽，七日断炊烟。兄弟莫相顾，姻戚谁复怜。
> 邻家妇尽去，易米得千钱。夫为一强忍，妇亦得生全。
> 勿为苦相守，共死亦徒然。絮絮终夜语，五鼓犹同眠。
> 夫起匿邻居，相思恐牵缠。从此不复知，永断今生缘。

演到后来，人贩子把女人装进麻袋里，不论老幼，标价按斤称卖，"三岁顽童半升米，十八岁女子一串钱"。演得活灵活现，把个人贩子的丑恶面貌体现得淋漓尽致，看得人咬牙切齿，大声喊打。有一年轻人，从人头上跃过，蹿上舞台，挥拳对着扮演人贩子的戏娃子就打。

刘洪元飞身上去，拦住打人的男子，把他劝到后台，那男子依然恨恨不休。

一个女人走到二位前面，双手叉在胸前道了个万福，说："我是福盛班班主的夫人贾氏，今日本班有得罪二位好汉的地方，还望指出。"

刘洪元看那班主夫人，宽额长脸，鬓角边一朵绿铢翠花，一把大银簪子把头发别在脑后，上身穿一件蓝布偏襟衫，下身系一条紫色褶皱绸裙子，裙子下露出一双大脚，说话精干利索，如男子一般。回了个礼说："班主夫人莫怪，我看这位兄弟看戏入迷了，把演戏当成真的了。"

那打人的男子说："恨死我了，我爷爷奶奶就是那年饿死的，我姐姐被我父亲卖到四川，到现在也没有音信。"

刘洪元问："这位兄弟贵姓？"

那男子说："我叫陈广顺，就是陈郭村人。敢问兄长大号？"

刘洪元说："我是陶寺刘贾村人，名叫刘洪元，刚从宁夏回来。"

陈广顺说："原来是刘大哥，久仰久仰，我们到外面吃一杯酒，小弟为大哥接风洗尘。"

刘洪元从口袋里掏出三块银元，递给贾氏，说："这位兄弟刚才鲁莽，我代这位兄弟向被打的小兄弟赔个不是。"

陈广顺拦住说："我来赔偿，岂能让兄长出钱！"

贾氏说："二位大哥，都不要争了，这钱我们是万万不能要的，我还要代表福盛班全体谢谢二位哩。"说罢，给二位道了一个万福。

这时，台下传来一连串的叫好声："好！打得好！打死个狗日的！"台前正演到张香莲的哥哥张武举带领人上船怒打人贩子，解救被贩卖的妇女儿童。

张武举唱道：

蛮子就使半截棍，

侉子就拿半截砖。

蛮子见血不敢打，

倩子见血打得欢。

打得蛮子罗三官，

跪地哭喊老祖先。

"好——"台下众人来了个满堂彩。

洪元与广顺二人给贾氏道了声对不起，从后台下去。出了庙门，迎面碰见广顺的邻居陈福顺，这陈福顺也是村里的一条好汉，力大无比，喜好结交朋友，和广顺摔跤扳手腕，广顺总是赢不了他。后来广顺到山东即墨学徒，遇到一位武林高手，收了广顺当徒弟，传授给他"点穴""气功""飞檐走壁"等功夫。广顺从山东即墨回来，再和福顺扳手腕比手劲，福顺就受不了了。广顺拿一只碗扣在肚皮上，福顺双手用尽力气也没扳下来，对广顺佩服得五体投地。

广顺给洪元介绍了福顺，三人一起走到村中的小酒店。

进入店内，洪元问："有单间吗？我们兄弟要喝酒说几句心窝子的话。"

店掌柜的说："有，在里头院子里。"

店掌柜的领着三人穿过厨房，从后门进入院子，安排在西头一个单间，墙壁上有个神龛，供奉一尊关老爷像。

掌柜的拿出菜单，让三位点菜。广顺让洪元点，洪元说我不会点菜，你随便点几个吧。福顺说，不用麻烦地点了，掌柜的有什么拿手菜给我们上四五个就是了，先上一盘喝酒的凉菜，来三斤陈郭特酿的老酒。

掌柜的去准备菜，刘洪元说："陈郭村求雨，在华佗庙唱戏，这可是提上猪头走错庙门了。"

陈广顺说："也不算错，华佗能给人看了病，也能给老天爷看了不下雨的病。"

刘洪元说："从丁戊灾荒到现在，天气没有正常过，今年又是一个大旱，这老天爷也不知道抽的是哪股子风。"

陈福顺说："提起光绪三年，灾荒情景犹在眼前。贾罕村有一对青年夫妇，初冬，妻叫丈夫在屋里存了两瓮水，小米几升，半夜用泥坯把门窗糊住。自己躲在家中，让丈夫外出逃个活路。邻居以为夫妇俩一同外出逃荒。半年后，丈夫回来，见门窗依旧封闭，料妻子必死无疑，号啕大哭。邻居帮助挖开门窗，见妻子躺在炕上尚有微气，连忙灌喂汤水，一天后渐渐复苏。妻子说每天吃小米少许，喝清水一勺，躺床上不动。水、米已断数天，想不到还能活下来。"

陈广顺说："我饿得没办法，跑到汾河滩里拾大雁屎吃，后来大雁屎也没有了，拾河滩上的干泥卷，一筷子厚，拾回家掺一点点红薯面做成稀饭、烙成干饼充饥。吃后肚子坠痛，沉闷恶心，拉不下，痛苦不堪，用柴火棍在屁眼儿里掏。"

这些痛苦对刘洪元来说都亲身经历过，要一步步把二位朝正题上引，说："以前咱这里虽然有十年九旱的说法，可都是前半年雨少，年年立了秋下十天半月连阴雨，种上一季麦，就能多半年吃上白馍馍。所以人说'金襄陵，银太平'。可自这洋人来了后，洋油、洋布、洋火、洋枪、洋炮，咱这天气就变了味，连年干旱。"

陈福顺说："我听庙里道士说，咱这塔儿山上有宝，洋人想来盗宝，他一掘洞，龙王就下雨把他的洞淹了，闹得洋人没办法，就施魔法不让下雨。"

陈广顺说："洋人有电报，在平阳说话，顷刻间就传到了太原、蒲州。洋人抓来中国人的鬼魂，在洋条线上跑着送信，跑过去一阵子嘀嘀嗒嗒地鬼叫，洋人通鬼语，知道鬼说的啥，就翻译出来了。"

刘洪元问："你们知道洋人是哪一年在地里栽的洋杆吗？"

陈福顺说："这我记得清楚，光绪爷登基的那一年，平阳府的公差栽的洋杆，我还跑去看他们挖坑、拉洋条线。"

刘洪元问："这洋杆栽上你觉得有什么不对劲的地方吗？"

陈福顺说："洋杆栽上的那年冬天特别冷，晚上洋条线发出呜呜的鬼叫声，吓得人晚上不敢到地里。白天我把耳朵贴到洋杆上都能听到嗡嗡嗡的响声，据说是洋人在里面念咒语，跟鬼说话。"

刘洪元说："这就对了，自从洋人栽上洋杆就怪事不断，天不下雨。要想让老天下雨，求龙王、拜华佗都不顶用。"

陈广顺说："要是把洋杆拔了能下雨，老子明早就把洋杆拔了扔到汾河里。"

刘洪元说："我看二位乃是忠勇之士，不妨实说，我从大宁马头关过了黄河，遇到一位娘娘，自称是黄河仙子，给我说了几句谶语：'天不下雨民发愁，小洋鬼子闹九州，八月十四月初升，拔掉电杆水长流。'说完，忽地不见，抬头看，半山上一座石龛，我攀藤拽葛爬上去，龛内有一女神塑像，旁塑一小女孩、一犬。塑像面带微笑，嘴唇似动非动，容貌与我所见娘娘一般。"

广顺、福顺说："这是黄河仙子显灵了，大哥，咱们就按黄河仙子的指示，把洋杆洋条给他拔了吧！"

刘洪元说："这是天机，不可泄露。每人秘密串联十个人，等到八月十四晚上一起动手。"

广顺、福顺二位好汉血脉贲张，摩拳擦掌，跃跃欲试："好！我二人正想干一件大事呢。"

掌柜的端上来一盘蒜拌拍黄瓜，一盘醋调洋粉，提上一坛酒，先倒了一角壶，摆了三个酒杯，桌子上筒里有油漆红竹木筷子，各抽了一双。

三位好汉，各斟一杯酒，跪在关公像前，对天宣誓："今日我三人在此结拜为异姓兄弟，有福同享，有难同当，如有异心，天诛地灭。"说罢，一饮而尽。

掌柜的又端上来四个热菜，三位好汉揎拳捋袖，"哥俩好呀！""三桃园呀！""五魁首呀！""八仙寿呀！"干了起来。

欲知后事如何，且听下回分解。

第四十八回　壮士举旗心映明月　君子变法血洒秋风

话说太平县史威村秀才贾国瑞，广发英雄帖，邀请河东各路豪杰壬辰年戊申月丁卯日齐聚泰山沟。各县豪杰收到请帖按时到达，泰山庙大殿做了聚义厅，共十二位好汉，歃血誓盟，成立《洪汉会》，共议推翻满清大计。

哪十二位？

第一位：襄陵县刘贾村刘洪元；第二位：太平县北王村赵乐善；

第三位：曲沃县高显镇陈万金；第四位：浮山县木匠陈彩彰；

第五位：太平县史威村秀才贾国瑞；第六位：曲沃县西马庄靳殿华；

第七位：太平县陈郭村陈广顺；第八位：太平县陈郭村陈福顺；

第九位：侯马北堡铁匠钟仁义；第十位：新绛县龙兴村孙光耀；

第十一位：新绛县店头村贾邦豪；第十二位：太平县史威村秀才娘子吉银杏。

众人推刘洪元做了会首，赵乐善为左会首、陈万金为右会首，贾国瑞为军师。规定了互相之间的称呼，会首称老大哥，左右会首为大哥，贾国瑞年长依然按军师称呼，其余依次按二哥、三哥称呼。秀才娘子吉银杏众人以嫂子相称。

贾国瑞执笔起草了《洪汉会》章程，共十条。把拔洋杆作为聚拢民众，收揽民心的第一步，以鸡毛传帖的方式，于八月十四晚上月亮爬上塔儿山尖三竿高时一起动手。写罢，十二位好汉在章程上按下了手印。

当日，宰鸡杀羊，开怀畅饮。宴罢，贾军师给大家分发了帖子，众豪杰藏好鸡毛帖抱拳告辞，各回本地做准备发动乡民。

光绪十八年，旧历壬辰年己酉月辛巳日戌时三刻，是日，月升如轮，发出赤红色的光芒。吃罢晚饭，刘洪元对准月亮，一个号炮放起，直达天际。

平阳、襄陵、太平、曲沃、闻喜，方圆二百里村民看到塔儿山升起号炮，各带铁锨镢头奔赴村外麦田就近拔洋杆、割洋条线。一夜之间，放倒洋杆三百余里。第二日拔洋杆运动北上波及洪洞、赵城、霍州，南下波及解州、蒲州，以及黄河对岸的陕西渭南。村民纷纷仿效拔去自家田地里的洋杆，放倒的电杆被扔进汾河顺水漂流而下直入黄河，便宜了下游河南的村民，把电杆打捞回家，做了牛圈的房梁或者烧火的木柴。

电杆被拔，山西巡抚胡聘之下令平阳府限期破案，抓捕主谋。襄陵、太平是事发首要源地，兵丁捕快挨村挨户搜查被拔掉的电杆和割去的电线，有一人捡拾割断的洋条丝二丈，拿回家绷在院内，做了晾衣服的绳，被衙役发现，押入县大牢。家人求情，官府按洋条丝长短罚钱，一尺一个银元，家人缴纳银元二十块，方才放他回家。

官府追捕紧急，多有无辜群众遭到拘押，刘洪元不忍乡亲受累，欲投案自首。

陈广顺、陈福顺说："刘大哥，你还要带领我们干大事，若你坐牢，我们的天下大计岂不是要泡了汤？"

刘洪元说："每日有乡亲被捕，遭到毒打罚款，我心何忍？舍我一人，而能救千百百姓免遭生命威胁，我意已决，不要阻拦。谅他官府不敢违背民意，你二位暂且隐忍，听从贾军师安排，与左首赵大哥联系，等待时机成熟再做行动。"

刘洪元挺身进入襄陵县衙门，把胸脯一拍，对着知县说："是老子带领百姓拔的洋杆，要杀要剐随便，与众人无关。"

知县吃了一惊，抬头看投案之人，身高七尺，相貌堂堂，双目圆睁，两道剑眉倒竖，站在堂下，威风凛凛，英气逼人。

知县问："你就是鼓动乡民拔电杆的主谋？"

刘洪元说："是的，我就是主谋。"

知县问："你叫什么名字？有何证据？"

刘洪元说："我叫刘洪元，行不改名，坐不改姓，陶寺刘贾村人。"

知县拿出一份传单问道:"这上面内容可是你所写?"

刘洪元说:"一点不假,'天呀呀,地呀呀,女儿娃娃饿死啦。栽上洋杆不下雨,百姓熬煎没办法。八月十四齐动手,拔掉洋杆雨就下'。"

知县说:"谁告诉你拔掉电杆就会下雨呢?"

刘洪元说:"黄河娘娘托梦告诉我的。"

知县说:"妖言惑众,梦境如何当真!"

刘洪元说:"虽是梦境,却是事实。丁戊奇荒,地方人口,三成亡失二成,我祖母和母亲饿死。事过不远,犹在眼前。近几年来连年发生荒旱,人口减少,税赋不但未减,反而增加。当今皇帝知道吗?地方官员能如实上报,不隐瞒灾情,怎能造成数百万百姓的死亡呢?拔掉电杆就是要让朝廷知道,十五年前的灾荒即将重现。"

县衙大门外围有数百人,齐声高喊:"刘洪元!刘洪元!"

知县听民声汹涌,怕激发民变,急忙令人安抚百姓,说:"刘壮士已妥善安置,案子了结就放他回家。大家散去,各安生理。"让衙役抬来一筐馍馍,每人一个,说:"城里馍馍好吃,大家吃了馍散去吧。"

好说歹说,民众方才慢慢散去。

知县敬佩刘洪元是一条汉子,主动投案也解了他的围,好给上司交差。当即安排一个单间牢房,交代牢头绝不能让刘壮士受半点委屈。牢头皂隶都敬洪元是一条好汉,不但不去难为他,还每日掏钱请洪元好吃好喝酒肉招待。

襄陵知县不敢独断,案情呈报平阳府,平阳府知府丁宝全因电杆被砍一案,受到山西巡抚胡聘之责问,限他定期破案,如不能抓获拔杆主谋,则他头上花翎顶戴不保。丁宝全对刘洪元恨之入骨,判刘洪元死刑。

襄陵知县接到平阳府判决,有心为刘洪元开脱,发函呈请刑部复审,说洪元乃是乡野愚民,梦游呓语,狂躁之人,且拔杆非他一人所为,事出有因,天旱属实,若判他死刑恐激发民变。恰好这一年新任刑部主事是太平县南高村的刘笃敬,推行大清刑法改革,废除凌迟、枭首、戮尸、缘坐、刺字等酷刑。

刘笃敬接到襄陵县呈上的公文,调出刘洪元案卷细细审阅一遍,以事实不清、证据不足为由,发回重审,公文往返,一拖三年,改判死刑为充军。

襄陵县衙接到刑部终审,派皂隶押送刘洪元赴解州服苦役,监车从襄陵出发，沿途经过赵曲、史村、曲沃、闻喜，村民蜂拥而至，送衣服食物。陈广顺、陈福顺在路边摆酒桌相送大哥，嘱咐他保重身体，等待日后相聚。

且说刑部主事刘笃敬，乃是山西太平县南高村候补道刘向经的长子，别名刘筱渠。自幼爱读书，师从太平县龙门书院院长贾杏农研读四书五经，十六岁考中秀才，丁卯科以优贡入国子监读书，光绪元年乡试中乙亥恩科举人。曾三次进京会试，因思想不合时宜，皆落第不中。

刘笃敬在京期间，结识了山西闻喜人杨深秀，两人年纪相仿，志趣相投，皆耻与捐官同朝为伍。刘笃敬年长一岁，二人以兄弟相称。

杨深秀，字仪符，少年及第，进士出身，才华横溢，在京为官，任监察御史。刘笃敬回山西探亲，杨深秀赋诗《三月晦日送刘筱渠比部旋里》相赠：

> 软风吹绿燕南草，雨过御沟新柳袅。
> 三载秋曹乡梦深，人归欲趁春归早。
> 春归天末俟来春，人归汾上有故人。
> 未审回头蓟门树，尚能念我天街尘。
> 我今却忆髫龄日，试院同挥呵冻笔。
> 弹指十年冉冉过，谈心一夕匆匆毕。
> 丰台芍药金带围，欲赠翻嫌号可离。
> 只应拂拭桃花纸，为君一赋送春诗。

甲午战争，大清失败，国人震惊，杨与康梁等人力主变法维新。杨与刘深夜燃烛长谈，杨认为欲立国自强，须效法日本，废科举，兴学校，裁庸官，清吏治，颁宪法，设国会。叹息维新阻力巨大，举步维艰，三个月以来变法只停留在给皇帝的奏章和批文上，毫无进展。

刘笃敬说："昔日，龙门未开，洪水横流，鲧筑堰堵水，九年不成，身败被杀。大禹治水，凿壶口，劈龙门，导河入海，功成万民颂扬。今日维新变法，亦当如此，因势利导，新兴者，给予鼓励，废除者，给与出路。废科举，昔日读书举子十年寒窗，出路何在？裁汰官员谈何容易，官场盘根错节，一损俱损，一荣俱荣。所裁官员安于何处？兄弟深耕官场多年，自然比我更加明白。"

杨深秀说："依兄长之意应当如何？"

刘笃敬说："首先改革官僚制度，应先取消捐官，有钱不能再买到官职。满汉平等，取消满人特权。官商剥离，鼓励退职或被裁官员办工厂，开矿业。随着工商业的兴起，旧的教育自然淘汰，引进西学势在必然。子曰诗云，圣人之言，不能拍发电报，不能开矿炼铁，不能织布纺纱，不能操演枪炮，不能驾驶轮船。我刘家在太平县开办学校数年，学生学以致用，毕业入我刘家号铺为店员，不用再熬三年相公，店铺掌柜经理由本号店员中选聘，给予股份，以经营收入多寡定薪金，年底召集股东开会，汇总一年经营成就，研讨明年发展策略，不再是东家一人说了算。上下一心，无不用力。老子曰：治大国若烹小鲜，以小见大，我想，宪法就是公司章程，股东大会就是国会。只有国民变成国家的股东，则国会和宪法才有实际意义，自上而下、自下而上都要求变法，则变法可成，否则无人参与，处处掣肘，变法也是空谈。"

杨深秀说："兄长所言甚善，我明日起草奏章，在皇上面前保举兄长参与变法维新。"

刘笃敬说："我已应山西巡抚胡聘之的邀请，不日回山西开办矿业公司。兄弟在京还是要千方小心，若不成速速退身，恐不久乱局生变，未治洪水，反被洪水吞噬。"

杨深秀说："兄长放心，为弟明白。人活一世，草木一秋。我已到知天命之年，轰轰烈烈干一场大事，青史留名，也不枉来世上一遭，胜过那些碌碌无为尸位素餐的酒囊饭袋多矣。若弟因变法而上刑场，请兄长为弟收尸。"

这杨深秀终究是一介书生，意气用事。不数日，慈禧囚禁光绪，废除新政，搜捕维新党人。杨深秀临危不惧，抗疏直言，上书慈禧太后要求撤帘归政。慈禧怒火中烧，一干守旧官员趁机进言，把杨列入康梁一党。杨深秀在住所伸纸濡笔，刚写下一联"家散千金酬士死，身留一剑报君恩"，禁卫军破门而入将杨逮捕，其所写一联成为谋害太后的罪证，未经审判，与谭嗣同、林旭、刘光第、康广仁、杨锐六人押往菜市口刑场遇害，史称"戊戌六君子"。

杨深秀遇难，刘笃敬买了一具棺材，赶往菜市口为杨收尸，抚尸痛哭，亲自为杨深秀入殓，愤慨万状，拍棺大呼："非大革命不可！"旁边的人称叹：

"此老有骨气、有肝胆，且有国家思想。风尘俗吏中而有此人，诚铁中铮铮、庸中佼佼者矣，令人肃然起敬。"

刘笃敬欲将杨深秀棺木运回山西，北京城四门紧闭，每日搜捕维新党人，风声鹤唳，找了几家车马行，都害怕遭到牵连，不敢运送朝廷钦犯尸体。刘笃敬忽然想起一人，你道是谁？原来就是那一年送仪克中回山西的贾师傅。

贾师傅自那一年在史村渡口与仪克中告别，返回北京，将仪克中送给他的裘皮大衣卖掉，添了一辆马车，自己开了一个车马行。贾师傅练了仪克中传授给他的仪家鞭法，行走江湖以小老八嫡传弟子自居，避免了许多麻烦，化解了几次危机，名声大震。专门给各商铺运送货物，从京城到直隶、山西、热河等地，来回不空行，几年下来，赚了银两，添了十几辆马车，做起了掌柜，人称"贾大掌柜"。

且说这一日，贾大掌柜正在行里坐定，小伙计进来说，有个官人在外面要找掌柜的。贾大掌柜的说请他进来，话音未落，那官人已踏进屋内，进门喊道："贾师傅。"

贾大掌柜一听声音，认出是他三十年前送到太原的刘公子刘笃敬，虽然年过五十，依然能看出当年的模样。

刘笃敬看贾师傅，七十多岁的年纪，满头白发，额头上皱纹依然，只是增添了许多沧桑。刘笃敬开门见山说明来意，贾师傅当即套了一辆篷车，选了两匹稳当的枣红快马，装了杨深秀棺木，要亲自赶车往山西送行。

欲知贾师傅能不能把杨深秀棺木送山城，且听下回分解。

第四十九回　贾掌柜千里送灵柩　刘总办三晋兴工商

话说北京宣武门外，有一条街，自明代起就是京城最大的蔬菜市场，沿街菜摊、菜店众多，所以城里许多人都来此买菜，并把菜市最集中的街口称为"菜市街"。满人入关"菜市街"改称"菜市口"，并把"菜市口"做了行刑的场所，每年秋后问斩，所有死刑犯皆推出"菜市口"斩首。终大清一朝，菜市口的黄土地上不知道喷洒了多少英雄好汉、绿林大盗的血。

诸位看官，清朝时期，北京人把被刑部大堂判处死刑，验明正身，秋后执行斩首处决，叫做"出红差"。何为"红差"？一曰砍头，断首之时血喷满地，血染黄土，此为一红也；二曰刽子手一身粗麻赤红行头，头裹红头巾，怀里抱的鬼头刀，刀无鞘，刃不见天，全凭一幅赤红的蒙刀布罩着，此为二红也；三曰验明正身当场红笔勾魂，在处决罪犯名字上用朱笔恶狠狠地打个对钩，此为三红也。有此三红，所以北京人给犯人被官府杀头起了个雅名叫"出红差"。

咸丰末年，慈禧联合恭亲王奕䜣发动辛酉政变，顾命八大臣之首肃顺被推到菜市口斩首。整个京师震动，老百姓私下传言，宫廷传出消息，是肃顺暗通洋人，把英法联军带到北京，招致京城陷落，火烧圆明园，是头号卖国奸臣。

肃顺出红差的那天，从宣武门到菜市口街道两旁早早挤满了人，高低胖瘦，七嘴八舌，有骂肃顺误国的，有骂肃顺是里通外国的奸臣，还有人绘声绘色地给他人讲述西宫太后如何英明，那肃顺怀揣利刃，准备上朝时行刺，被西宫识破阴谋，果断下手，飞起一脚把肃顺踢翻在地。

押解肃顺的槛车经过，酒楼茶市的人踩着桌子蹬着椅子，扒在窗口往下看。两旁的人你挤我推，踮起脚尖，伸长脖子，噘着嘴巴吐唾沫。也有站在后边的人看不到槛车，吐到前边人的脖子上。卖西瓜的扔瓜皮，卖蔬菜的扔菜叶，押解的刑部官员也凭空挨了不少冤枉。刽子手手捧断头大砍刀，那大砍刀上缠一块红布，一脸严肃，目不斜视，随槛车前行，脚下踩上一块西瓜皮，迎面摔倒，鬼头刀险些伤了监斩官的马蹄，肃顺在车上哈哈大笑。

街上看热闹骂肃顺的人，尽管其中有不少曾经给联军带过路，给洋人搬过梯子，递过火种，随鬼子进入他们从来没有进去过的皇家园林，趁机也捞摸了几件金银器皿，但此时显得格外义愤填膺，比别人多吐了几口水，多给肃顺身上扔了几片菜叶，表达了自己是顺民。

肃顺也是一条硬汉，到了刑场站立不跪，刽子手恼他在路上嘲笑自己跌倒，敲断了肃顺的双腿，用刀削掉了肃顺的膝盖，他才跪下。

杀了肃顺，拖走尸体，黄土盖上血迹，从此天下太平，该卖菜的卖菜，该喝酒的喝酒，该乞讨的继续沿街乞讨。

清代有个许承尧写过一篇《过菜市口》诗，单说这菜市口刑场的恐怖。诗曰：

> 薄暮过西市，踽踽涕泪归，市人竟言笑，谁知我心悲？
>
> 此地复何地？头颅古累累。碧血沁入土，腥气生伊蹴。
>
> 愁云泣不散，六严闻霜飞。疑有万怨魂，逐影争啸啼。

戊戌六君子被推到菜市口的那天，秋风怒号，血光映天。一条街道，家家门前摆起桌子，上放酒菜，密密麻麻的人群中不时传出悲切的呜咽声，突然，谭嗣同高呼："有心杀贼，无力回天，死得其所，快哉快哉！"

监斩官刚毅吓得手忙脚乱，毛笔掉在地上，连喊"快斩快斩"。

福建才子林旭，时年二十三岁，刽子手手起刀落，头颅落地，两目圆瞪，满腔热血从脖颈中喷出，伴随着呼呼的吼声，上蹿丈余。无首之躯竟然不倒，惊吓得整个菜市口鸦雀无声。

杨深秀与康有为的政见不同，上新政条陈五篇，请明定国是，宣布变法；请厘正科举文体，废弃八股，改试策论；请议游学日本章程，派遣近支王公游历世界各国，请筹款译书。他本不应死，因曾对文悌说："八旗宗室中，如有徐敬业其人，我则为骆丞矣！"被文悌告发污蔑老佛爷为武则天，欲效仿唐代的骆宾王谋反，其所写对联"家散千金酬士死，身留一剑报君恩"是预谋刺杀太后的罪证。当日，被推至菜市口，面色从容，含笑就义。

刘笃敬与贾大掌柜收殓了杨深秀尸骸，赶了两辆马车，一辆装了杨深秀的棺木，上面覆盖了一层菜市场上丢弃的菜叶，扮作清理垃圾的车辆；一辆装了几个箱子，放了杨深秀的遗物，刘笃敬扮作一富商坐在车上。

贾大掌柜赶起马车直奔西直门，快到门下，啪啪甩了两个响鞭。把守城门值班的军头听到鞭响，跑了出来："贾大掌柜，您老今日怎么亲自走镖？"

贾掌柜说："军爷，辛苦了！醇亲王府的几件旧东西，变卖给山西商人，主家不放心，非要让我这把老骨头给走一趟。军爷，您看看，保证无违禁物品。"

军头上前翻看了几下，贾大掌柜的拿出一包银元，塞到军头怀里。恰好后面一辆装满菜叶垃圾的车过来，贾大掌柜的喊了句："老孙头，往城外送垃圾呀。"

又拿出十块银元，说："守城的军爷们辛苦啦，拿上买碗酒喝。"

守城门的五个兵士一起过来在贾大掌柜的手里抢银元，赶垃圾车的老孙头一边出城一边说："贾掌柜的今日发财。"

刘笃敬和贾掌柜出了西直门，向南一路到达良乡，一辆乌篷车早已在路边等候，弃了菜叶，把杨深秀棺木装在乌篷车上，老孙头赶空车返回。刘笃敬考虑贾大掌柜的年纪大了，让他随老孙头回去，马车由伙计来赶。贾掌柜的非要一同到山西不可，亲不亲故乡人，能送烈士灵柩回故乡，是他这把老骨头的光荣。

刘笃敬和贾大掌柜把杨深秀灵柩送到闻喜安葬，把杨深秀遗物交给杨家亲人，二人返回到太平县史村分手。

刘笃敬回到南高家中，休息了一日，早晨，刚喝了一碗小米稀粥，忽听门外吵吵嚷嚷。家人来报："太平县苟知县带了三十个公差在门外。"

刘笃敬说："敞开大门让他进来。"

这苟知县名叫苟五德，花五十万两银子捐了一个县官，又花了五十万两银子指名要到"银太平"。这"三年清知府，十万雪花银"让他如何能熬得下来？恨不得一年收回买官的成本，上任以来贪赃枉法，刮地三尺，百姓骂声载道，说自苟县官来了后太平县的天变高了，那苟五德听到后还沾沾自喜，以为百姓表扬他。苟五德垂涎刘家生意，多次欲敲竹杠，怎奈刘家守法经营，按时完成课税，无隙可寻。

戊戌政变，苟五德打探到京城消息，急于立功。听说刘笃敬护送朝廷钦犯杨深秀棺木回到闻喜，心中暗喜，立功索贿的机会来了，不怕他太平首富刘百万不出个百万两银子。有句话自古灭门的县官，任你刘家钱多势大，哼哼！今日栽到我苟五德的手里，给你安个私通朝廷钦犯，反对老佛爷的罪名，不怕你刘家的生意不姓了苟。

苟五德让人每日打探刘笃敬行程，探到刘笃敬已经回到太平南高村家中，带领十多个公差大清早围住了刘笃敬的家门。

苟五德骑在马上，看刘家大门上的一副对联：

世路极崎岖，大扩商权，即可扶持华夏；
昌时怀浩荡，无亏国课，何妨宴赏新春？

这副对联是刘笃敬亲手书写，典型的魏碑楷书，极其工整，杨深秀曾赋诗赞刘笃敬书法："心香一瓣在停云，楷法精能迥不群。濯濯王恭春月柳，君书秀绝亦如君。"

苟五德虽说是花钱买的官，也认识几个字，这样通俗易懂工整的字若要不认识，那真的是要倒栽马下羞死了。

苟五德嘴角露出一丝狞笑："刘笃敬呀刘笃敬，明年你可就安赏不了新春喽。"这狗官把"宴赏"读作"安赏"。

吱吱呀呀一阵响，刘家的两扇铁钉木门向两边打开，从大门外向里望去，刘笃敬坐在厅房中间，手端一盖碗茶，边吹边慢慢饮啜。

苟五德不敢贸然进入，刘笃敬是有功名在身的人。正欲招呼身边衙役进内，忽地冒出数百人，把衙役捕快团团围住，东推西挤，数十人围住一两个人。捕快个个手脚发抖，任由民众你推我搡。

这些衙役十多年没有发过新衣服，一身皂隶服装穿在身上，前披后挂，油乎乎，脏兮兮，若没有胸前的一块白布上写有一个皂字，早被人当作逃难的流民叫花子。

早晨，南高村民看到有官府衙役围住刘家院子，不知何事，有人认得公差，问了一下，公差说，县老爷要捉拿刘笃敬。

这还了得？谁不知道，刘笃敬是刘大善人，对村民恩重如山。光绪三年、四年大旱，刘笃敬给官府捐黄金一万两用于救灾，为太平县富户中捐钱第一人。从南方运回小米一千七百石、大米九十三石、小麦四百八十石，在村中搭设粥棚施粥，活人无数。听说官府要捉拿刘善人，此时不报恩更待何时！呼声一起，全村人蜂拥而至，周边村庄人也陆续赶来。

人越聚越多，苟五德骑在马上看着黑压压的人群浑身发抖，后悔没有趁黑夜下手，此时后悔已经来不及，只盼望自己背上长出一对翅膀，飞回太平县衙，给平阳府打报告，就说刘笃敬聚众谋反。

苟五德正在惶恐之际，忽然人群闪开，一身穿官差服的人骑一匹快马，手扬一封鸡毛书信跑到门前，大声说："巡抚胡聘之胡大人令，请刘主事刘大人速速赴太原，随朝廷工商考察团出国考察，即日起身，不得延误。"

山西巡抚胡聘之是洋务派重臣，进京之间与刘笃敬交谈，为刘笃敬的见识折服，邀请他回山西开办工商业。戊戌政变，有人在慈禧面前说刘笃敬是维新一党，胡聘之竭力为刘笃敬辩护，并推荐他参加出国考察团，得到慈禧允许。

苟五德跳下马，看到书信上大红的巡抚印章，满面谄媚，在门口向大厅上的刘笃敬行了一个礼，笑着说："恭喜刘大人，下官听说刘大人要出国考察，特来送行。"

刘笃敬接过巡抚大人的书信，驾了一辆马车，随来人向太原而去。留下苟五德在村民的咒骂声中灰溜溜地跑回县衙。

且说刘笃敬赴日本神户考察工商业，四年后回国，在山西连连开办了几个第一，成为山西近代工商业的创始人。在太原成立王封磺矿公司，在冶峪开办庆成煤窑，继又开办永春煤窑，引进设备，在山西第一个用机器采矿，轰动省城。光绪三十一年刘笃敬任山西商务局总办，修建了太原至榆次段铁路，成为山西第一条铁路创建人。将频临倒闭的绛州官办纺纱厂接管过来，生产平纹布、斜纹布、花哔叽、毛巾、被面等。接着在太原创办电灯公司和面粉厂，这是山西第一座发电厂和第一座机器面粉厂。抵制英国利用不平等条约对山西工矿业的掠夺，与渠本翘、王用霖成立了民族资本煤炭企业保晋公司。将平定、盂县、潞安、泽州、平阳各矿产赎回自办。种种第一，不胜枚举。

民国五年，刘笃敬辞去山西保晋公司总经理职务，回到太平县南高村，晚年投入到办学育人之中，把原刘家义学改为南高私立高等小学，开设国文、经学、英文、史学、国画、修身、艺论、体育等现代课程，学生入学只需每月交一斗口粮，教师员工薪水和学生书本学杂费均由刘家承担。

刘笃敬亲自撰写对联一副悬挂于学校大门两侧，作为办学育人宗旨。

"勿坠薪传教宜分孔耶？欲开知识学必统中西。"

民国九年，岁次庚申，这位三晋工商精英、实业先驱，集教育家、书画家、慈善家于一身的老人，在春暖花开的时日，聆听着学童的琅琅读书声，微笑着闭上了眼睛，享年七十三岁。

刘笃敬生前留下一联：

> 世界崇利权，经商宜寓拯民意；
> 倡言昭信用，济物须有爱国心。

刘笃敬去世后南高小学教师编了一首歌，歌词曰：

> 吾晋不乏富翁，仗义首推刘君。私立学校广招生，省县界无分。愧煞那争权争利的人，名利双失一场空。眼光要丰，气量要宏！今日世界竞存，要与欧美人相争。我辈当发奋，莫辜负刘君苦心。

这首歌至今依然有人传唱。

欲知后事如何，且听下回分解。

第五十回　老佛爷气恼洋人　贾秀才笑读告示

诸位看官，上一回书说到，刘笃敬被山西巡抚胡聘之推荐，随大清考察团出国到日本考察工商，一去四年未回，一个五十多岁的人，抛弃官职和家庭商业，在日本学习什么？原来刘笃敬随考察团第一站东渡日本，国内山东、河北、山西义和团运动兴起，山西巡抚更换，由毓贤替代胡聘之。刘笃敬听到这个消息，以学习工矿开采管理为名，决定暂时留在日本，一方面学习，一方面等待时局稳定后再做回国的打算。

话说这新任巡抚毓贤，字佐臣，内务府汉军正黄旗，出身于官宦世家，家中广有钱财，平日不学无术，到了做官年纪，靠祖上人脉找了个名额，捐钱买了一个监生，又纳钱给吏部买了个知府实职。派分山东，署曹州知府。这毓贤上任，有老父传授的做官经验，一手对下举刀，一手对上举钱。逢下有乡民闹事，则一律以聚众造反为名，不分良莠，举刀排头砍去。逢上则不吝钱财，官府往来，送迎接待，送礼送物，所有花费银钱一律由官库火耗税银中支出。有一点好处，从不收下属私人财物，拒绝受贿，得了个清官名声。官职如同坐了火箭一般，飕飕直往上冒，半年一升，不久升授山东兖沂曹济道，补山东按察使，再升山东布政使，同年八月调湖南布政使，十一月署江宁将军，次年二月授山东巡抚，继调山西接替胡聘之任巡抚。

毓贤是个极端排外的人，与杀害戊戌六君子的监斩官刚毅都是守旧派大臣，面对七疮八孔风雨飘摇的大清这艘烂船，毓贤与刚毅联合上书慈禧，请求用老祖先的"萨满"术来对付洋人的洋枪洋炮。谁知这满人入关，萨满渐渐失传，会呼风唤雨跳大神的萨满师找不出一个人。恰好这时山东、直隶闹义和团，那义和团大师兄有"孙悟空""猪八戒""黄三太""柳树精""哪吒三太子""托塔李天王"等各路神仙好汉附体，当着毓贤、刚毅的面表演"刀枪不入"，高喊"扶清灭洋"的口号。毓贤、刚毅看得深信不疑，推荐给慈禧老佛爷，主张利用义和团对付洋人。

慈禧老太太多年受洋人窝囊气，那洋人放着好端端的日子不过，千里迢迢，漂洋过海，今天要来割地，明日要来通商，没有一日消停，让老太太连一出安稳的京剧都听不完。听说义和团有天兵天将，老太太说："今日可要出出胸中这口闷气了。"当即授命刚毅统领义和团团民，向十一国宣战，攻打各国驻京使馆。

毓贤调任山西，那些在山东被袁世凯镇压的义和团拳民随毓贤一窝蜂涌入太原，"挑铁道，拔电杆，海里去翻火轮船"。把个内地省城太原的晋阳湖当作了渤海湾，找不到洋鬼子的火轮船，找了几家洋教堂点了一把火烧了。灭洋教、杀洋人，有使用洋灯、洋火、戴眼镜的家庭，一律按汉奸二毛子论处，不分男女老幼全部杀死。一时间，山西有贩卖洋货的商人个个心惊，急忙忙藏起洋货，在商铺门前打出广告"抵制洋货，本店出售纯国产爱清牌棉布手工缝制裹脚带、裹腿带、火镰、火香（纯国产火蒿），量大从优"。

晋中、太原、雁北，义和团闹得鸡飞狗跳乌烟瘴气，唯有平阳府无有大的风波。

或有人给毓贤说，平阳府襄陵县有个叫刘洪元的，六年前率领百姓拔洋人电杆，武艺高强，有黄河娘娘传授的法术，站在塔儿山上手掌一挥，一道火光，二百里电杆拔地而起飞入黄河，如能把刘洪元请来，则不怕洋人轮船炮火凶猛，保我大清江山万万年。

毓贤急问："刘洪元在哪里？"

说："充军运城牢房服苦役。"

毓贤说："有此奇人，是我大清的福气，速速将刘洪元释放出牢，让他前来见我。"

巡抚有令，当天就用洋人发明的电报打到平阳府，知府接到巡抚电报不敢怠慢，即刻把刘洪元释放出来。牢房外面，襄陵县的知县亲自跟随马车，接刘洪元回家，要把他送到太原见巡抚大人。

　　刘洪元坐了知县大人的马车，出了解州，过了闻喜、曲沃，到了太平县的一个险要去处。这个去处端的有名，一条深沟，直直下切百余丈，东从太行山脉的主峰乔山出发向西直达汾河，与河对面巴山相对，一凹一凸，如水火二将，把守着尧都平阳大地的南大门，自古为兵家必争之地。秦始皇统一六国后，派大将蒙恬在此驻兵，后人把这条天堑叫作蒙堑或蒙坑。《魏书·安同传》说"汾东有蒙坑，东西三百余里，径路不通"，即此地也。

　　要越过蒙坑只有一条人工开凿的通道，有诗人形容曰："忽如一线坠沟底，两岸对峙分南北。千古豪杰争雄处，虎狼无翅空落泪。"

　　如此一个险要关隘，曾发生过四次有名的争夺战，南北朝时期，北魏与后秦的蒙坑之战，东魏与西魏的乔山之战，北周与北齐的蒙坑之战，五代时期的梁晋蒙坑之战。数十万人马隔堑对峙，获胜一方即可全部占领三晋，统一北方，南下进取中原。

　　襄陵县知县与刘洪元坐车来到蒙坑，下沟前车夫停下马车，紧了紧刹车的摩杆和马的肚带，车催着马唰溜溜向沟底滑去，刹车的摩杆与车轴摩擦发出"吱扭，吱扭"的刺耳声。

　　下到沟底中间有一座石桥，名"豫让桥"。战国时期晋国的智伯被赵襄子联合韩、魏二家灭门，分了智氏的土地。智伯的家臣豫让，为给智伯报仇，吞炭漆面，手持一把利剑藏身桥下，等待赵襄子经过时要刺杀他，反被赵襄子的先锋人马从桥下搜出杀死。太平县人为纪念这位忠于主人的义士，把这座桥叫做"豫让桥"。

　　车刚到桥上，刘洪元忽然口喷鲜血，一头倒栽车下。知县和车夫停车查看，刘洪元口吐白沫，手脚抽搐，呀呀说不出话来。眼看这刘洪元得了急中风，知县连连叹息，从沟岸上的闫店村雇了一个村民，用驴车把刘洪元送回陶寺刘贾村，自己乘车回襄陵去了，给巡抚毓贤打了一封电报，说刘洪元患了半身不遂，已成为废人，毓贤收到电报只得作罢。

　　知县大人一走，刘洪元翻身坐起，拍拍屁股，从柴庄越过汾河，直奔泰山沟。

　　泰山庙内，贾国瑞、吉银杏夫妇吃罢晚饭，收拾碗筷，忽听得有人敲打山门，秀才娘子吉银杏打开庙门，一看是刘洪元，惊喜异常，急忙让进，关上庙门。

贾国瑞正在抱病伏案，写一部巨著《太平风云》，要把自盘古开天辟地以来发生在太平县这块土地上的事，用笔记录下来，传之后世。见刘洪元来到，自然是十分高兴，来不及细问，先烧水让刘洪元洗了一个澡，找出一身衣服给换上。宰了一只鸡，庙内菜地拔了几棵自己种的新鲜蔬菜，萝卜、茄子、豆角、莴笋、南瓜，各炒了一盘，烫了一壶酒，三个人坐下，举杯庆贺刘洪元脱离牢狱之灾。

三人一边吃菜喝酒，刘洪元简单说了他出狱、装病、骗过襄陵知县的经过。

贾国瑞说："六年前会首挺身而出，独扛责任，救了大家，遭遇缧绁，乡民传诵，视会首为英雄。左会首赵乐善在北王村开设武馆，收徒练武，秘密发展会员，周围二三十村慕名而来者已有一百余人，每日操演刀枪。右会首陈万金联系垣曲哥老会，与垣曲哥老会大师兄结拜为兄弟，相约共同举事。刘会首回来，有了领头人，这事就好办了。"

刘洪元说："我这几年不在，不了解世事变化，明日请赵、陈二位左右会首来，大家商量一下。"

当晚无话，第二天中午北王赵乐善来到，随行还跟了一个人，高高的个子，两腿细长，像一根麻秆。

赵乐善介绍说："这位小兄弟名叫李四高，原籍山东人，兄弟五个，排行老四，三年前兄弟五人携老母从山东梁山逃难来到山西，落脚西贾村给地主仪老三当长工。仪老二无端把他大哥李大高扔到二毛沟的潭水中淹死，暂欲为他大哥报仇，投奔于我。性情豪爽，能大碗喝酒，是梁山好汉扑天雕李应的后人。"

李四高抱拳作揖，给刘洪元行了个礼，大声说："刘老大哥，小弟四高这里有礼了。"

刘洪元看这李四高，果然是个子高，说话嗓门高，不知道还剩下的两高是什么。

赵乐善说："这位兄弟，个子长得高，跳得也高，会轻功，一丈来高的墙，轻轻一跳，手勾着墙头就翻了过去。"

刘洪元总觉得这个李四高怪怪的，因为是赵左会首的人，不好再说什么。

不一会儿，右会首曲沃陈万金、陈郭村陈广顺、陈福顺也来到，新兄弟见过面，大家坐下。贾国瑞说："我这里有一份兴中会的宣言，这兴中会是革命家孙逸仙成立的，在广东、香港、南洋各地势头不小，已聚有四五万众，皆忠勇之士，多次起事，屡败屡起。"

赵乐善也拿出一份抄报，是西贾村的仪克中的侄儿，前往广东番禺看望老祖母时在街上抄回来的官府告示。仪家人为了做生意喜欢收集抄写官府告示已经成为习惯，当年仪克中就是上街看县衙告示，回来给众人叙述，一字不差而出名。众人看那抄报共两份，第一份上面写着：

> 钦命广东提刑按察使兼管全省驿传事务加三级记录一次张，为悬赏购匪事，照得土匪纠结夥党，暗运军火，约期在省城举事一案，当经拿获匪犯陆皓东等多名审办，惟尚有首要各匪孙文等，在逃未获，亟宜悬赏缉拿，合行出示晓谕，各属平民人等知悉：尔等如能拿获后开各匪解案，一经讯明定夺，即如数给与花红银两，勿怀疑观望，特示。
>
> 光绪二十一年十月二十一日示。

第二份是广东番禺县的告示，四字一句，贾秀才拿起给大家读道：

> 现有党匪，名曰孙文。结有匪党，曰杨衢云。起义谋叛，扰乱省城。
>
> 分散党羽，到处诱人。借名招勇，煽惑愚民。每人每月，十块洋钱。
>
> 乡愚贪利，应募纷纷。数日之前，听得风声。严密查防，派拨防营。
>
> 果获匪犯，朱丘陆程。经众指证，供出反情。红带为记，口号分明。
>
> 枪械旗帜，搜出为凭。谋反叛逆，律有明刑。甘心从贼，厥罪为均。
>
> 严拿重办，绝不从轻。城乡内外，兵勇如林。搜捕乱党，决不

饶人。

惟彼乡愚，想充勇丁。不知祸害，贪利忘身。一时迷惑，概予施恩。

丢掉红带，及早逃奔。同归乡里，安分偷生。免遭擒获，身首两分。

特此告示，剀切简明。去逆效顺，其各凛遵。

贾秀才读完忍不住哈哈大笑，说："这番禺县的师爷，在个官府告示上卖弄文字，这真是一篇千古奇文，若不把它记录下来，写入书内，流传下去让后人知晓，还真是我的罪过。"

陈广顺说："这告示听起来酸酸的，满篇都是吓唬老百姓的话，老百姓是吃馍饭长大的，不是吓大的。"

陈万金说："番禺县告示中说的'朱丘陆程'不知指的何人？"

贾秀才说："朱是朱桂铨，丘是邱四，陆是陆皓东，程是程怀、程次兄弟。都是兴中会会员，被捕后英勇就义。"

众人说："贾军师真是秀才不出门，便知天下事。"

贾秀才说："这是三年前的事情，我从上海的《申报》上得知。"

刘洪元说："官府把我们乡下老百姓指为愚民，把起义的革命党人污蔑为匪，真是狗眼看人低，怨不得老百姓骂县官是狗官呢！"

贾秀才说："燕雀安知鸿鹄之志哉！我们也要向兴中会学习，吸纳会员，向天宣誓，造册登记，每人缴纳五元做会费。"

赵乐善说："看抄报内容，兴中会起事购买枪械军火，我们只有大刀长矛是不行的。虽然有几条打雁的抬杆和火铳，想攻打县城还是有困难。"

陈万金说："浮山陈彩彰兄弟最近制作了一门土炮，用榆木树干，一劈两半，中间掏空，外用铁箍合在一起，装上火药铁砂，能打五十步远，叫榆木喷。"

刘洪元说："五十步有点太近，起码能打一百步远。陈大哥再和浮山陈兄弟联系，让他不要着急，慢慢研究制作，多造几门炮。"

众人商议讨论了一天，重新修改了洪汉会章程，加了两条，吸收新会员必须宣誓，每人缴纳三块钱做会费；和南方革命党联系，与兴中会配合，推动北方地区的反清运动。

刘洪元说："我想起一个人，名叫段砚田，东张村人，可以给我们联络南方革命党。"

众人正要问刘洪元所说的段砚田是一个什么样的人物，一个人急急忙忙跑了进来，说："出大事了。"

欲知所出何事，且听下回分解。

第五十一回　史村驿太后用膳　蒙坑沟好汉设伏

众人正要问刘洪元所说的段砚田是一个什么样的人物，吉大嫂推门进来说："刚收到飞鸽传书，八国联军打入北京，慈禧携光绪仓皇出逃，目前已经进入山西。"

刘洪元眼睛一亮，说："天赐良机，让我们干他狗日的一家伙。"

刘洪元拿过一张纸，抓起贾秀才的写字笔，在上面画了一幅图，指着图说："慈禧要逃往西安，必然要沿着汾河顺官道一路南下，到达平阳，过史村驿站到曲沃。从史村到曲沃中间有一道天堑，就是大家知道的蒙坑。在蒙坑底部有一座桥，我们在桥下埋上炸药，等慈禧通过时引爆，炸断桥梁，就是把老妖婆炸飞不上天，也能让她坠入沟底。"

贾秀才说："当年豫让藏在这个桥下要刺杀赵襄子，留下千年佳话，我们若能成功炸死慈禧必定能引起朝野震动，换朝改代，千古奇功一件，永载史册。"

陈万金："好机会！我们就埋伏在蒙坑沟内，截住他逃跑去路，打他个措手不及。"

陈广顺说："史村北面的鸡鸣山，下面是官道，我看在这里设伏，山头上架一门炮，等老妖婆过来时对准她的轿子轰一炮。"

赵乐善说："就怕老妖婆不从河东这条路上来，在平阳过河，改走河西，过古城泰平关，从汾阳岭到绛州，从龙门过河到西安。"

贾秀才说："从太原南下，官道上的驿站都在河东，若要改走汾阳岭需要过两次汾河。我考虑老妖婆会一直在河东逃命，我们还是在豫让桥设伏。"

众人说："好！就请刘老大哥和军师安排，我们遵命行事。"

刘洪元说："广顺和福顺二位去京安村采购炸药，就说制作烟花爆竹用。我和赵、陈二位会首去蒙坑实地观察一下，看哪里埋放炸药合适。"

陈万金说："我去浮山通知陈彩彰大哥，用他的榆木喷大炮在鸡鸣山上对准慈禧轰他娘的一炮。"

刘洪元说："此法也可行，我们分头准备。"

李四高见没有给他分派任务，大嗓门嚷着说："刘大哥，小弟还没有差事呢。"

刘洪元看了看李四高，说："四高兄弟，人高腿长会轻功，就配合和吉大嫂打探消息，看老妖婆大概什么时间能到了平阳，我们好埋伏。"

贾秀才说："本次行动，事关重大，任何人不能提前泄露半点消息，如若走漏风声定按会规严厉惩罚。"

众人一起焚香宣誓，宣誓毕，即开始分头行动。

且说这慈禧老太太，因听说洋人要让她归政给光绪，一怒之下颁发了一份《向万国宣战诏书》，递送给十一国领馆。哪十一国？英国、美国、法国、德国、意大利、日本、俄罗斯、西班牙、比利时、荷兰、奥匈帝国。

这操作和胆量的确是史无前例，让人佩服这位老太太的勇气，试问自古以来从国家诞生，这世界上有哪个国家的元首敢独挑群雄？那秦国当年兵强马壮，一代枭雄秦始皇在吞并六国的时候，还搞了个远交近攻的连横策略，各个击破。这老太太莫非吃错了药，发了精神病？既然已宣战，部署的兵力在哪里？戊戌政变，杀几个纸上谈兵的书呆子还动用荣禄和袁世凯操练的新军，这次向世界列强同时宣战，仅仅让协办大学士刚毅率领十万由乡下农民组成的义和团高喊"刀枪不入"，头裹红巾，手拿大刀长矛去攻打各国驻京大使馆，被人家使馆内的几杆洋枪一个排射，撂下几十具尸体回头就跑。

中国有句成语"两国交战，不斩来使"。成天听说书的讲这句话，连乡下的愚夫愚妇都知道，难道慈禧她老人家不知道？专门去攻打人家的外交人员？或曰：斩来使以示威。

看书的，你要是也这么认为，还真低估了老佛爷的智商了。老佛爷对义和团说："近畿及山东等省义兵，同日不期而集者，不下数十万人。下至五尺童子，亦能执干戈以卫社稷。彼仗诈谋，我恃天理；彼凭悍力，我恃人心。无论我国忠信甲胄，礼义干橹，人人敢死，即土地广有二十余省，人民多至四百余兆，何难减比凶焰，张我国威。"一碗迷魂汤，几顶高帽子，忽悠得义和团大师兄、二师兄一愣一愣，把个"大法国，心胆寒，英吉俄罗已玩完"的帖子传来传去。

慈禧忽悠义和团在前攻打各国使馆，派官军在后助威，也偶尔让官军朝使馆内打几炮给团民看看，奇怪的是清军的炮弹不是从使馆上方飞过，就是落在使馆前的空地上。开炮的清军将领对义和团的大师兄说："洋人有妖术，还是请大师兄施法，破了洋人妖术方可。"

大师兄登坛做法，焚烧黄表纸请来骊山老母，杀了一只黑狗，把狗血涂抹在刀枪尖上，带着一队喝了黄表纸灰的义和团勇士，高喊"刀枪不入"向东交民巷杀去，使馆内飞出一排枪子，大师兄迎面扑倒，身上被打了七八个血窟窿。

这边厢义和团勇士奋勇杀敌，流血牺牲，那边厢慈禧又让庆亲王带了整车的面粉、蔬菜、瓜果和酒送到各国使馆慰问。天气炎热，还给洋人送去了冰块降温。荣禄秉承旨意，派人到北御河桥端挂出白旗，竖了一块木牌，上写"奉旨停战，保护使馆"。

咳咳！到这个时候，眼不瞎的人都能算出这个卦，这分明是要借洋人之手消灭义和团嘛。洋人与义和团，一个要钱，一个要命，老太太会算账，门清得很。

东汉末年，十常侍为患，大将军何进要借刀杀人诛灭宦官，邀请各路诸侯进京。这次老佛爷要借刀杀人除掉义和团，向万国宣战，有俄、英、美、日、德、法、意、奥八个国家应宣战书邀请组成联军而来。八月四日，联军二万余人由天津进犯北京。十四日进至北京城下，进攻东便门、朝阳门、东直门。英军率先由广渠门窜入，俄、日两军也破城而入。

八月十五日，正是中秋节日，城外炮声隆隆，洋兵已进了城。慈禧喜忧交加，喜的是义和团这个心头之患终于有理由除掉。忧的是想起董卓进京的故事，这洋人统帅瓦德西要是效法董卓换一个皇帝，那她岂不是成了第二个何进？

慈禧正在思想，枪弹在皇宫的大殿上飞过，"喵"的一声接一声全像猫儿叫。慈禧疑惑哪里有许多的猫儿，又听着'喵'一声，一个枪弹从窗格子飞进来。那弹子落地跳滚，仔细认着明白，老太太骇异。才要问外边查问，一眼瞧见载澜跪在帘子外，颤着声气奏道："洋兵已进了城，老佛爷还不快走！"

慈禧慌忙起身，急问皇帝何在。说在某殿上行礼，慈禧叫赶速通报。原来这一天刚刚碰着祭祀，皇帝正在那里拈香，听着叫唤，急忙前来，头上还戴着红缨帽子，身上穿的是补服。

慈禧道："洋兵已到，咱们只得立刻走避，再作计较。"

光绪皇帝着了慌，仓促间千手百脚地把朝珠、缨帽一起儿胡乱抛弃，一面扯卸了外褂，换了一件黑色长袍。慈禧唤来李莲英，卸掉头上的珠翠，梳起一个汉族老妇人的大髻，宫女取来一件蓝夏布衫，七手八脚地换上，昔日满身珠光宝气的太后变成了农村老太婆，拉着光绪和隆裕皇后匆匆逃出皇宫。

慈禧改换了下人的装束，一切衣服物事都已顾不得携带，单单走了一个光身。一路踉跄步行，一直到了后门外，瞧着一乘骡车，问了骡夫，知道是载澜的车子。带着皇帝急急上车，赶叫往前快走。

到了德胜门外，怕洋兵追赶，不便屯留，便一气直前上道，昼夜趱行。尽捡荒僻小路行走，夜晚宿在破店中，要求一碗粗米饭，一杯绿豆汤，总不得找处，比逃荒的老百姓还要苦恼。在农民的田地里偷了一棵秫秸秆，与皇帝一人分了半根，嚼浆汁以解饥渴。

在路两日两夜，慈禧和光绪到了怀来，有知县吴永张罗招待，停留三日，逃出京城的官员陆续赶来会合，经宣化到了大同，一路无洋人阻挡，也无洋人在后追赶。进入山西，慈禧恢复了神气，传旨荣禄配合洋人速速剿灭义和团，传旨李鸿章与洋人和谈。

吉大嫂打探到消息，慈禧到了太原，毓贤陪太后南下，带二千兵马保驾护行，传令沿途各县，太后和皇帝要到西安打猎，请做好准备，恭迎圣驾。广顺和福顺买好了炸药返回，准备着手制作炸弹。刘洪元和赵乐善去蒙坑察看了地形，豫让桥下，石头砌的桥墩，光滑滑找不到放炸药的地方，若要放炸药必须把桥墩下的石头撬掉几块不可，几天前下了雨，桥洞中依然有流水，燃爆炸药的引线也无法隐埋。陈万金去浮山联系陈彩彰的榆木喷炮还没有回来。

太平县知县接到电报，亲赴史村驿站坐阵指挥，圣上进出境安全第一，北到鸡鸣山，南到蒙坑，各路口弯道桥梁等险要去处，派有官兵值守，每日早中晚各巡查一遍。圣上能过境太平，全县有功名的生员监生、财主绅士，每人捐一万两银子，可以到史村驿站门外、官道两旁跪迎圣驾，享受一睹天子尊颜的荣幸。把德兴楼饭店最好的厨师弄到驿站，拿出绝活儿招牌菜，色香味美，只要老佛爷能吃上一口，那就要感激涕零，山呼万岁了。

八月三十日，慈禧和光绪一行人马，历经半月风波，驾临太平县。这天清晨，太平县和襄陵县的全体官员，监生秀才，乡绅富豪，跪在太平县和襄陵县的交界之处鸡鸣山下，恭候圣驾光临。鸡鸣山头上，二十六个兵丁巡守，陈彩彰、陈广顺、陈福顺三人抬着榆木喷藏在山后的沟凹树林中，急切切上不得山去。

从卯时开始，跪到巳时，膝盖生疼，腿脚麻木，谁也不敢站起来活动一下。三个时辰，圣驾还没有到来，前往张礼、赵曲打探情报的皂隶，传来快了快了的消息，圣上御驾已经过了尧庙。有几个年迈的豪绅支撑不住晕倒在地，享受不了面见天子的荣幸，被人抬着送了回去。

终于两声炮响，圣驾到了赵曲，已经能看到旗帜飘飘。众官员豪绅跪在路边的草丛中，四肢着地，一顶顶圆圆的大帽子盖住头颅，前后左右，谁也看不见谁的面孔。

慈禧、光绪到了史村驿站，稍稍休息。襄陵、太平二县呈上乡绅富豪的捐款，接着是呈上午餐，请太后和皇帝用膳。

襄陵县呈上十六个菜，其中一盘蜜汁藕盒，太后喜爱，吃了一个。呈上一盘用蜂蜜搅拌玉米面捏的窝窝，颜色金黄，小巧可爱，香味扑鼻。李莲英用筷子夹起一个送入慈禧口中，又香又甜，十分可口。

慈禧问："这点心叫什么名字？"

远远地跪在门外台阶下的襄陵县知县回答说："回太后，下官呈上的膳名叫'重八席'，所用原料都是襄陵县地方特产，这点心还没有名字，请太后给赐一个。"

慈禧说："这点心中间一个窝窝，没有馅，外皮太厚。"

襄陵知县说："谢谢太后赐名。"

从此以后，这用蜂蜜搅拌玉米面捏的窝窝有了一个名字，叫"太后窝窝"，流传至今。

慈禧问："这膳为何叫重八席？"

老太太在宫中的时候，每顿吃饭，各色食点要做一百样，摆满满的一桌子，叫百福百寿，这十六个菜叫什么名字呢？所以要问一下。

襄陵县知县见太后问席的名称来历，临时杜撰了一个，说："这重八席的名字是有来历的，当年明太祖用此宴席为汤和告老还乡送行，因明太祖朱元璋小名叫朱重八，所以叫重八席。"

慈禧听了知县的回答，不甚欢喜，摆了摆手，襄陵县知县退了下去。

太平县为太后送上膳食，名叫"十全席"。知县给太后说："乾隆爷摆千叟宴，宴请八十岁以上老人，我县王协有幸参加，得此宴席制作方，回来传予乡亲，因不忘乾隆爷的圣恩，故名'十全席'。"

乾隆皇帝自称"十全老人"，慈禧听到这个名称十分高兴，太平县呈上的臊子面吃了一碗。

用完膳，慈禧起驾，太平县的知县在前护驾，和众乡绅一直把圣驾送过了蒙坑。

慈禧乘坐的骡车刚过豫让桥，忽听得轰隆一声巨响，蒙坑北岸悬崖壁上塌下一方土来，卷起一团烟尘升到空中，三百里峡谷回声不断，嗡嗡震耳，慈禧吓了一跳，差点从车上掉下来。

欲知后事如何，且听下回分解。

第五十二回　老员外名誉乡里　恶黄蜂毒刺蜇人

　　慈禧骡车刚过蒙坑豫让桥，轰隆一声巨响，峡谷北岸悬崖上塌下一方土，慈禧吓了一跳，当天到了曲沃不敢停留，直奔河津，渡过黄河到了西安。

　　你道那一声炮响是何人所放？就是洪汉会的首领刘洪元、赵乐善、陈万金。平阳府为保障圣驾安全，早在五日前就派兵丁把守各险要路段，两拨游击交叉巡逻，提前一天就封锁了各个通道，连一只兔子也休想在官道上行走。三位好汉几天来无法接近豫让桥，急得跺脚，眼看慈禧老妖婆就要通过，放一个空炮，吓也要吓她一跳，于是把炸药埋在悬崖上，远远地牵了药捻，点燃之后三蹦两跳蹿入另一条沟内。官兵搜查无果，只当作悬崖自然崩塌。

　　慈禧在西安停了一年半，等待大清的小炉匠李鸿章，又名锢漏锅李中堂，和洋人签订了赔款协议，每个国人人均赔列强一两纹银，共计四亿五千万两。

　　按洋人要求慈禧下令：当初支持鼓吹义和团对万国宣战的庄亲王载勋赐令自尽；刚毅已死，追夺原官，开棺戮尸；其他如甘肃提督董福祥等亦一一获罪。载漪、载澜监禁候决，山西巡抚毓贤被发配新疆，永不赦免；赵舒翘、英年二人，则赐令自尽；军机大臣启秀和徐桐的一个儿子，在北京处决。与此同时，反对义和团并被处死的袁昶、许景澄等大臣给与平反昭雪，一场三千年未有的大乱才算平息下来。

　　李大人给大清这口破锅补了几个窟窿，打了几个钉钯，眼看这口锅还能熬几年稀饭，慈禧带着光绪决定返回京城，想起在山西太平县过蒙坑受到的惊吓，窄窄的通道，骡车快速地坠入幽幽的沟底，如下地狱一般，更让她担惊受怕的是那一声炮响，不知是何人所放，这回家时山西是万万去不得的，由崤山古道出函谷关到河南绕道直隶返回了北京。

慈禧回到紫禁城，晚上睡觉时刮起了大风，房檐上掉下一片瓦，啪的一声。想起逃难时山西太平蒙坑的那一声炮响，想想那是山西巡抚毓贤的地盘，一年多也没有找出是何人所为，这一定是毓贤这小子指示人干的，按洋人要求本来是要立即正法处死他的，念其护驾有功，将他免职流放，现在看来必须把他处死，一解心头之恨，二给洋人一个交代。

毓贤被流放走到甘肃兰州，朝廷圣旨追到。毓贤以为老佛爷开恩让他回朝，跪接圣旨，原是太后要明令正典就地把他处死。毓贤接罢圣旨，顿时面无人色，与他在山西巡抚任上砍妇女儿童二毛子头时判若两人。上刑场时已不能自立行走，只得由人搀扶。当天下午一点，毓贤身首异处。

且说慈禧逃难路过太平县，在史村驿站歇息，太平县官员和乡绅在驿站外路旁享受了跪迎圣驾的待遇。这跪迎的豪绅中有西贾村的二人，一人是南西贾的关庆余，甲子科举人，敕授修职郎，原代州儒学训导。第二个人是北西贾的仪老三，大号仪雷，人称仪三爷，住的院子名叫大新院，在村子正中间。

这仪雷是个白身，年龄不到三十，既无功名也无官职，为何能享受跪迎圣驾的待遇？原来仪雷有个族叔叫仪煌，住在仪雷的东边小新院里。仪煌的曾祖仪佩，也就是仪雷的高祖，以商贾起家，为太平县的巨族，捐钱买了个直隶州州同，敕授儒林郎，诰赠中宪大夫。祖父仪树模，字子范，号正馨，博览群书，精岐黄术，捐钱买了个府同知加二级，诰授中宪大夫，晋赠武功将军。仪煌同样捐钱买了个虚职，诰授武功将军赏戴蓝翎候推游击加二级。

仪煌在家中排行老二，过继给他的叔父仪符随为子，继承了两份家业，在太平县开有当铺数座，经营钱庄，河南有地庄，扬州有生意买卖。富甲一方，依然是早起晏眠，综理微密，一遵朱柏庐家法，复又躬亲田园，衣食从朴，数十年俭约自奉，善为蓄积。

仪煌人富有，心地也善良，提携亲串，周济邻朋，施棺椁，助婚姻，无吝色。丁戊祲灾不惜巨金，屡为捐输，于县赈村赈外，复散财发粟以济贫寒，其有不足，他的妻子也毁掷钗饰相助，乡人至今颂之。

仪煌有一座花园，在村南门外，同治年间，有一个人从园林外的路边骑马通过，马突然受惊奔跑，人从马上坠落下来躺在地上。仪煌在园内歇息，发现有人掉下马，上前查看，摔下马的人已经昏迷不醒，旁边掉落一个袋子，里面装了金子数百。仪煌给他灌了药饵，过一会儿清醒过来。仪煌令骑马的人细细检查行装，没有丢失任何东西。问他是哪里人，乃曲沃钱铺的伙计，出门收账回来，仪煌就让他在园林里休息养伤。这位伙计拿出钱来多次酬谢，仪煌坚决不收。

仪雷的爷爷仪符壮与仪煌的父亲是兄弟，仪雷的爷爷是老大，下面还有一个弟弟叫仪符节。兄弟三人分家产的时候，祖上留下一套梨花木家具，一张方桌，四把椅子。仪雷的爷爷想要，说："这套家具四把椅子，一人一把不成对，剩下一把如果一分为三，就损坏了，同样不好配置，不如咱们三个人各写一个价钱，谁出得多就归了谁，两个人得钱，一个人得家具。"

两个弟弟都说："好，谁出的多这套家具就归了谁。"

三个人各拿一张纸写了一个价钱，折叠起来交给中人。拆开来看，老大出银二百零一两，老二出银一百八十两，老三出了一百六十二两。

中人说："老大出的钱多，这套家具就归老大了，今天就分清，请老大拿钱给老二、老三。"

老大回家拿钱，他管家的老婆说："弟兄三个分家，三一三剩一，这二百零一两银子，扣除咱的一份六十七两，只能给他拿一百三十四两。"

老大一想，是这么个道理，从老婆手里拿了一百三十四两银子过来。主持分家的舅舅乔心宽不愿意了，吵了起来。说："说好的谁出的多家具归谁，钱给另外两个人，并不是说让你给桌了椅了估价，哪来的三一三剩一这一说？照你的说法，你出的钱最少，这家具不能归你了。老二，拿出一百八十两银子，这家具你抬走。"

其他两个中人也说："我们当中人的就是要一碗水端平，老大若要耍赖，那以后还咋在村里活人？这家具归了老二，你就得了银子吧。"

老二当即拿出银票，给老大开了九十两，给老三开了九十两，唤了两个伙计把一套梨花木家具抬回去了。

因为这件事，老大和老二闹了别扭，各做各的生意，各过各的光景，互不往来。到了仪煌这一辈，叔伯兄弟关系始有缓和。

各地流民接连造反，清廷允许地方汉人组织武装自卫，仪雷的父亲仪建臺任西贾村民团的团长，仪建臺去世，民团处于松散状态。仪雷年轻，继承了父亲的家产，手里有钱，网罗了十几个光棍闲汉，购置了几杆洋枪，加上原有的鸟铳大刀，重新组成民团，自任团长，请了两个武师每日带领团民练武。对父亲留下的生意也不打理，急需用钱时，就把生意股份卖给他叔叔仪煌。

仪雷手下有四名得力干将，个个心狠手辣。第一恶，黄常有，头大脸方，额头上向外突出一个疙瘩，人送外号牛头马蜂。第二恶，孙如惠，外号东狗子，善于溜须拍马，煽风点火，无中生有。第三恶，乔鬼生，父亲死后六个月母亲生下他，所以叫"鬼生"，仪雷的伙计头，脸上有一块伤疤，小时候跌倒磕下的，人送外号花脸玃。第四恶，陈钱耙，善于坑蒙拐骗，敲骨吸髓，专门给三爷放账收账，自称是三爷的"搂钱的耙子"。

西贾村西边五里地有个村子叫西村，村里有个年轻的寡妇叫花女，不守妇道，与彭村一个编席匠勾搭成奸。编席匠外号秃子，善使一把篾刀，劈、削、分割芦苇片，编制的芦苇席光滑结实，家家用于铺在炕上或者囤积粮食。秃子每月编十张席子，卷成一卷背到县城卖掉，割一条猪肉，打一瓶酒，提到西村花女家，二人对坐吃喝。吃喝完，就在花女家歇息一个晚上，第二天把卖席子的钱给花女留下，返回彭村继续开始编席子。

牛头马蜂黄常有到县城银铺给三爷仪雷提钱，路过西村，看到一个女子站在门楼下，颇有姿色，向左右问道："这是谁家的婆娘？"

左右说："这个女人是个寡妇，名叫花女，家中没有其他人。"

黄常有摸出一两银子给了左右，说："你去把这钱给了她，就说黄大爷今晚要让她伺候。"

黄常有给仪三爷收完账，喝得醉醺醺的，趁着夜色踉踉跄跄摸到西村，一膀子撞开花女的院门，摇摇晃晃进入院内，满口嚷嚷："花花女，黄大爷来了。"

黑暗中，明晃晃一把刀迎面劈来，黄大爷吓了一跳，登时酒醒，头一歪侧身避过，那刀又反手回勾，黄大爷飞起一脚，踢在握刀把的那只手上。

刀飞向空中，那失去刀的人夺门而出，窜出门外。黄大爷从地上捡起刀追了出去，慢了一步，那人在村巷中三拐两钻不知了去向。

黄常有提着刀怒冲冲返回，花女在屋里点着一盏油灯，披着个被子蜷缩在炕角落里，哆哆嗦嗦地说："黄大爷，黄大爷，不关我事。"

黄常有用刀指着花女，恶狠狠地说："小淫妇，那个要谋害大爷的是谁？"

花女说："我不知道。"

黄常有跳上炕，揪住花女头发："你要不说实话，我削掉你的鼻子。"

花女抬起头看着黄常有的肉嘟嘟四方脑袋，觉得比编席匠秃子的头要大一倍，肉也多，一两银子可比秃子的几个破麻钱好多了，撒起娇来："哎——大爷，揪得奴家头发好疼。那刀前边弯弯的，好像是编苇席用的篾刀，刀把上是不是刻有篾匠的名字？"

花女这么一说，激起了黄大爷的怜香惜玉之心，松开手，灯火下看了一下刀把，果然刻有主人的名字。

黄大爷说："有了对头，不怕他逃到天上去，今天再让他多活一个晚上。"说完，把刀放在炕头，噗——一口气吹灭了灯，转身向花女扑了上去。

黄常有在花女的炕头上睡到第二天早上，提着篾刀回到西贾。

几个兄弟见他回来打趣说："老大，昨晚干美了吧。"

黄常有说："哼！美个球，差点被人暗算丢了命。"

东狗子说："哪个吃了豹子胆，敢在太岁爷头上动土？我看他是活腻了吧。"

黄常有说："吃豹子胆他可没有，吃醋倒有可能。兄弟们看，这个人在我手心里捏着呢。"

黄常有把篾刀递给弟兄们，陈钱把接过看了刀把上的名字说："这个秃子在彭村，敢跟大哥抢女人，我们今天就去把他抓来，扔到南沟潭水中淹死算了。"

黄常有说："莫急，不要抢了人家的女人还要要人家的命，等下个月秃子去集上卖完席子再抓他不迟。"

大家哈哈大笑，说："黄大哥真是宅心仁厚，菩萨心肠，就让秃子再多活一个月，多编几张席子。"

下一个月时间说到就到，彭村编席匠秃子扛着十卷席子在县城南门外集市上卖，到了中午卖完，正在给口袋里装铜钱，一个人过来了，说："卖席子的，还有吗？我要十领席子。"

秃子说："刚卖完，下一集再说吧。"

那人说："我要囤粮食，急着用，你家里还有吗？多给你一点钱，我跟你去取。"

秃子说："家里还有刚编好的两张，我给你凑够十张就是了。"

秃子跟着那人出了县城，到了东庄坡下，小石拱桥头站着四个彪形大汉，个个凶神恶煞。秃子抬头一看认出为首之人是抢走他女人的牛头马蜂黄常有，觉得大事不妙，回头要跑。跟在他身后买席子的人一把捏住他的脖子，抬脚照他腿弯一踢，秃子顺势跪在了地上，一把凉飕飕的刀架在了他的脖子上。

欲知秃子的性命如何，且听下回分解。

第五十三回　仪老三强欺叔父　段砚田综论共和

　　牛头马蜂黄常有飞起一脚踢在秃子的下巴颏上，像铁锅炒黄豆一般，秃子只觉得满嘴咯嘣咯嘣响，鲜血伴着牙齿喷出。

　　秃子倒在地上，黄常有抬脚踩着秃子的脸，手拿秃子的篾刀，弯弯的尖对着秃子的眼睛，恶狠狠地说："那天晚上谋害大爷的账怎么算？"

　　秃子就是个编席匠，遇到恶人只好求饶："大爷饶命，那天晚上小的去花女家串门，花女说大爷要来，小的慌忙出门，与大爷打了个照面，一时心慌，惊扰了大爷，大爷饶命，小的有眼不识泰山。"

　　东狗子说："老大，跟他啰唆什么，既然他有眼不识泰山，把他的眼窝挖掉算了。"东狗子说罢，从黄常有手里拿过篾刀就要动手。

　　秃子哭着说："大爷、二爷，小的家里还有八十岁的老娘，留着眼窝还要编席子养活老娘吃饭呢。"

　　陈钱耙说："秃子，你的一只狗眼能值五百块银元不？"

　　秃子说："小的眼睛都是些血水，值不了那么多钱。"

　　陈钱耙说："既然不值钱，还是挖掉算了。"

　　秃子说："值，值，值，值五百块。"

　　陈钱耙说："好，一只眼窝五百块钱卖给你，两只眼窝一千块，拿钱来。"

　　秃子说："小的腰里布袋里有卖了席子的一百个钱，送给大爷。"

　　乔鬼生从秃子腰里拽下布袋，倒出一把铜元，每个十文的光绪通宝，说："哼！这几个破铜钱，还不够给我们大哥的惊扰费呢，大爷们要的是银元。"

　　陈钱耙说："秃子，谁让我认识你呢，既然你把眼窝买下了，这明码标价，公平交易，童叟无欺，你没有带现钱，可以先赊账，写个欠条，标明还款时间和利息，我给你做个中人担保，你还不了钱还连累我呢。"

秃子此刻只想保命保眼睛，这几个恶人说啥他都答应。"行行行，打一张借条。"

陈钱把从口袋里掏出早已写好的欠条让秃子签字："秃子因赌博借到黄常有银元一千块，月息五十块。"

秃子战兢兢地拿着陈钱把递给他的笔，在上面歪歪斜斜写下了自己的名字。东狗子抓起秃子的手，用篾刀削掉秃子的一截手指，血淋淋地在欠条上按了一个手印。"每月按时还钱，若不能按时还，一根手指五十银元，这截手指算是你还了这个月的利息了。"

东狗子说："慢着，花女的事情咋说？"

秃子手指头断了，忍着疼说："花女送给黄大爷，小的永远不去了。"

黄常有说："你对天发个誓，今天就饶了你。"

秃子用断了手指的那只手，血淋淋地指着天说："小的命在大爷们手里捏着呢，大爷可以随时取了去。我秃子自愿把花女让给黄大爷，从今以后，永不踏进西村一步，如再进入花女院半步，定叫脖子上的头如这截手指一般断掉。"

黄常有听秃子发完誓，说了句："滚。"东狗子照秃子屁股踢了一脚，秃子听到恶人的赦令，抱着断指顺着沟钻入芦苇丛逃回彭村。

四个恶人看着秃子逃窜的背影哈哈大笑，乔鬼生摇了摇布袋里的铜钱，说："走，到德兴楼为大哥祝贺。"

仪雷手下豢养了这么几个人，"三爷"的名气越来越大，太平县和平阳府都知道西贾村有这么一个民团，虽然有人去衙门状告仪雷放纵手下人作恶，但官府考虑到如今乱世，南北革命党活动频繁，这支地方武装或许能有用得着的时候，所以对仪雷拉打并用，成了官府手中的一枚棋子。

八国联军打入北京，慈禧仓皇出逃，进入山西后毓贤派官兵保驾护行，下令沿途各县做好迎接圣上西狩的准备。府县两级官员昼夜操劳，忙得脚后跟打着屁股蛋，不敢有丝毫松懈。西贾村的仪煌收到官府指派的一个名额，捐银一万两，到史村驿站迎接圣驾，接受太后和当今皇帝的接见。

那时候没有电影电视，虽然说照相术已经传入中国，但大清臣民相信照相是西洋鬼子的妖术，吸人精血，光绪皇帝终其一生没有留下半张照片。乡下富翁纵然家有万贯，也没有见过真龙天子模样。这次能够亲眼看到太后和皇帝的容貌，既看了稀罕又有了家族荣耀，捐银一万两这买卖值了。

仪煌缴纳了捐款，收到官府的牌照，在家整理好了官服官帽，就等着凭牌照入场跪在路边迎接圣驾了。

侄儿仪雷登门拜访，进门就说："叔叔接受皇帝接见的名额让与侄儿，也好让侄儿风光一回。"

仪煌说："这名额是给与有身份功名的人，你现在还是白身，如何能享用这份荣耀呢？"

仪雷说："侄儿的事情，还需要叔叔提携，这身份无非是一万两银子罢了，要不叔叔把牌照转让与我，我给叔叔一万五千两银子如何？"

仪煌说："你父亲在世时舍不得银钱，也没有给你买一个功名，哪怕是捐个太学生也好。"

仪雷说："我父亲在世时，贼寇来到西贾，村庄幸亏有我父亲组织民团保卫，城墙上遍插旗帜，贼寇不敢攻城，烧毁了疙瘩上的一片房屋，沿村西大路上向北而去。那时候叔叔在哪里呢？"

仪煌听到侄儿说这样的话，顿时气塞胸膛。那年贼寇过境，他提前听到消息，逃到县城避难。贼寇走后他回村子，在村城门口被民团挡住不给开城门，团长有令，凡是逃出去没有参与保卫村庄的村民，不论贫富，一律不许从城门进村，城墙上扔下一条绳了，自己拽着绳爬上来。

仪雷继续说："叔叔想想，若没有我父亲当年拼死拼活保卫村庄，叔叔能享受今日的荣华富贵？叔叔年纪大了，何必再争前争后，况且侄儿也是为咱仪家争光。叔叔想想，现在各地闹义和团，兵荒马乱，仪家人除了侄儿，谁还能保卫家乡撑起仪家门面呢？"

仪煌听了侄儿连挖苦带威胁的话，气得手脚乱抖，说："罢罢罢，这牌照你拿去吧，我年纪大了，经不起这样的折腾。"说罢就卧床不起，没几天驾鹤西游了。

仪雷拿了他叔叔的牌照，骑了一匹枣红骟马，跟了四个恶人当保镖，天不亮赶到陈郭渡口，浮桥上把守的兵丁验看了仪雷手中的牌照，官府红印，丝毫无假，放他一人从浮桥上过去，四个恶人牵了马在桥头枣树林等候。圣驾过来，仪雷和其他乡绅跪在路旁的草丛中，从早晨跪到中午，一动也不敢动。等老佛爷的骡车过去了才站起来，双脚麻木，膝盖生疼。回到西贾村，裤子上跪的土半年也舍不得拍掉。挽起裤腿，露出膝盖上两块乌青发紫的印记向手下人炫耀。那班光棍闲汉看到三爷膝盖上的两块血迹如同见到圣旨一般，对仪雷顶膜礼拜，山呼万岁，也觉得自己亲眼见了皇帝一回。

有手下密探向仪雷汇报，汾阳岭南有"洪汉会"活动，密谋刺杀太后。仪雷说："我仪家世受皇恩，有人反对大清就是反我仪雷，我与反贼势不两立。请查探反贼老巢好一网打尽。"

且说刘洪元、赵乐善等人密谋炸死慈禧不成，暂时隐蔽，继续秘密发展力量，到辛亥年发展到五百余人。有襄陵东张村一人，名段砚田，字端溪，父亲段成章是光绪己丑科解元。段砚田自幼聪慧，读书过目不忘，光绪二十七年考入山西大学堂，旋又考入京师大学堂，留学日本。段砚田在日本结识孙中山加入同盟会，学会了制作炸弹技术，决定回山西从事推翻满清活动。

段砚田回到家乡平阳，想起一个人来，那就是刘贾村的刘洪元，当年带领村民拔电杆被捕入狱，因庚子年拳乱释放，如今不知他还有当年的勇气否？

段砚田来到刘贾村询问刘洪元住处，有人指点说："刘洪元正在下梁村外地里给人打井。"

段砚田到了下梁村外，一块麦田里，有四个人正在查看打井的位置，一个人提了一个食盒，里面装了菜酒、香火、鞭炮。一个人扛了一把铁锹，提了一兜石灰。刘洪元手端一个罗盘指指点点。一个人拿了一根竹竿，站在百步之外，刘洪元平端罗盘对着东边的山谷方向，让那人把竿子左右移动，罗盘上的针指到坎位，刘洪元说："好，把竿子立在那里别动。"

三个人过去，刘洪元用脚尖围着杆子画了一个圆，扛铁锹的顺着刘洪元的脚尖画的圆撒了一圈石灰。提食盒的摆好给土地爷祭献的贡品，地上插了三炷香，放了一挂千头鞭炮。刘洪元在圈中间挖了一铁锹土，说："井口的位置定好了，从这里向下挖三丈保证水源旺盛。"

段砚田看刘洪元定了井口位置，喊了一句："刘大哥，还认得小弟否？"

刘洪元回头一看是段砚田，如何不认得？那年拔电杆，段砚田虽然还是少年，却积极参与，印象深刻，大喜过望，如久未见面的老朋友，拉着段砚田的手一句话不说，回到刘贾村家里。

段砚田说："刘大哥还是当年英姿，怎么现在学会给人看风水了？"

刘洪元说："咱们这里十年九旱，依靠老天不行，我学着察看地理，在自己地里打了两眼水井，给本村人打了六眼，均水源茂盛。名气传了出去，从东山根到汾河边，各村打井都来请我选点定位，有了水井，这地里每年能多打几百斤粮食。"

段砚田说："咱河东这块就是打井的发源地，昔日，尧王出访，一个老农民在田里敲打着胡叏，口中唱着歌谣'日出而作，日落而息，凿井而饮，耕田而食，帝力于我何益哉'，可见在尧王时期农民就会打井灌田了。"

刘洪元说："这首歌我知道，叫《击壤歌》，尧王拜这位唱歌的老农为师，就是现在的席村，路旁还有一块石碑，写着'尧师故里'。"

段砚田说："尧王时期，天下为公，天下是天下人的天下，所以尧王选贤让能，禅让于舜。后来的皇帝把天下变成了家天下，如土匪一般，谁抢来就是谁的，并传予子孙，天下人都成了他的奴隶，这种天下非发动革命推翻不可。"

刘洪元说："这几年我正要找兄弟，就你说的革命问题给予开导，你读的书多，留过洋。我只读过几本小说，农民起义，改朝换代，李姓皇帝换成了朱姓皇帝，天下依然如此周而复始。"

段砚田说："孙中山先生创建同盟会，提出要实现天下为公，必须驱除鞑虏，恢复中华，建立民国，平均地权，实行'民族、民权、民生'三民主义。"

刘洪元说："段兄弟是同盟会成员吧，能否介绍我也加入？"

段砚田说："我在日本接受孙中山先生教导，回山西从事革命活动，听说大哥组织有洪汉会，也是为了推翻满清，我们志同道合，大哥要加入同盟会，我愿意当你的介绍人。"

段砚田取出一份同盟会章程，一本《革命军》递给刘洪元，说："革命的道理都在这里面，大哥阅读后就知道我们革命的道理绝不是赵匡胤、朱元璋，而是要建立一个民主共和的国家。"

二人越谈越兴奋，整整谈了一个晚上。第二天早晨段砚田告辞，要去蒲州联系同盟会成员景定成约定举事日期。由刘洪元、赵乐善、陈万金率洪汉一军攻打太平县城。段砚田、景定成、陈彩彰领浮山洪汉二军攻打平阳府。

这正是，革命烽火燃天起，腐朽王朝遍地哀。天下兴亡多少事，风云滚滚挟雷来。

欲知后事如何，且听下回分解。

第五十四回　品诗词根稳斥陋习　遇暴雨小秃结良缘

侯村贾家大院内，北厦圪台下有两株石榴树，春天石榴花开，如火一般映照得满院子通红。圪台上，一把圈椅，辞去龙门书院院长职务的贾杏农满头白发，中午太阳暖和的时候，坐在这里喝一碗茶，读一篇《诗经》，这已经成了他安享晚年生活的必修功课。

侄女贾根稳从南房出来，手捧一本《牡丹亭》走到院中石榴树下，开口问道："大伯，'袅晴丝吹来闲庭院，摇漾春如线'这句话怎讲？春天难道会像水面的波纹一样荡漾成一条条的线吗？"

贾杏农端详侄女，在石榴花的映衬下，一双丹凤眼识文断字，两条柳叶眉不描自黑，面不敷粉自白，唇不点胭脂自红，齿如珠玉，鼻梁高挺，出落得端端大方。

那年在古城涧滩与襄陵县争韬都峪洪水，她父亲代表太平县山场表演钻火瓮，葬身火海，转眼二十年了。他把侄女当作亲生闺女抚养，如男孩子一般送她去学校读书，长大跟随伯母学习女红。无奈这侄女在女红上不甚下功夫，略懂得几行针线就抛弃一边拿起书本翻看，一天家捧着书，柜里的藏书被她翻了遍，尤其喜爱看《西厢记》《白蛇传》《牡丹亭》等剧本。外人把他这个侄女叫"假小子""贾大脚"。

一晃过了二十，没有人上门提亲，有地位的富豪人家嫌她爷爷的名声不好。尤其是一双大脚，从小失去母亲没有人给她缠脚，父亲去世后跟随伯父伯母生活，伯父贾杏农思想开放，唯恐侄女受委屈，缠脚的事从未提过一回。有富家轻薄子弟闻听贾根稳是一双大脚，编了口语嘲笑："大脚婆娘去烧香，见了小脚急得慌。回家坐在炕沿上，劈头劈脸两巴掌。说你是只水鸭子，不会浮水下河塘。说你是只老蛤蟆，走路吧嗒呱呱响。"

侄女的婚姻成了杏农的心病，前年有人给提了一门亲事，男的快四十岁了，在青海做生意，老婆死了，留下一个儿子，不嫌根稳的脚大。让侄女去做填房，杏农心里不乐意，他觉得这样对不起死去的堂弟玉贵。玉贵是因为他死的，若不是他提议钻火瓮，玉贵也不会因此而丧身。他一直感到内疚，他在玉贵的灵前发誓，要把囡囡抚养长大成人，招赘一个女婿在家，顶起三叔的这个家门。

侄女天资聪颖，读书识字赛过学校男童，老秀才多次在杏农面前夸奖："这孩子若不是个女娃，状元探花任她拿哩。"

"'关关雎鸠，在河之洲。窈窕淑女，君子好述。'囡囡，春天来了，你该像杜丽娘一样找个婆家了。"

"不嘛！大伯，我伺候你到老，每天跟你读书不是挺好的嘛。"

"傻闺女，话是这样说，可你想想，你爸只有你一个女儿，指望你传宗接代，'不孝有三，无后为大'，孟子这句话不仅仅是单指男人而言，女儿也能承祧宗祠。"

"大伯，四书五经，孔孟思想，都和你这样解读倒好了。汉朝的吕后，唐朝的武则天、花木兰、穆桂英等女中豪杰，我想她们也都是大脚，不然一双小脚连走路都不稳，如何能上朝执政上阵杀敌呢！也没有见唐诗宋词中留下杨贵妃、李清照是小脚的记载。"

贾杏农叹了一口气，缠足确实是国人的陋习，这陋习害得他的侄女嫁不出去，尽管他家是当地名门望族，在陋习面前依然抵挡不住败下阵来。今日侄女跟他谈起女子缠脚的原由，他也希望能探讨清楚，说："中国古代女子缠足大概起于北宋，兴于元，盛于清。苏东坡曾做《菩萨蛮》一词，'涂香莫惜莲承步，长愁罗袜凌波去；只见舞回风，都无行处踪。偷立宫样稳，并立双跌困；纤妙说应难，须从掌上看。'这大概是专咏缠足的第一首词吧。"

贾根稳说："我不认为苏东坡的这首词是咏缠足，记得南宋诗人辛弃疾也有一首《菩萨蛮》，'淡黄弓样鞋儿小，腰肢只怕风吹倒。蓦地管弦催，一团红雪飞。曲终娇欲诉，定忆梨园谱。指日按新声，主人朝玉京。'苏东坡和辛弃疾的词都是说表演的舞女，穿着尖尖的小鞋，用脚尖跳舞吧？元、明、清是女子缠足的盛行期，怎么不见有诗人这方面的诗作呢？大伯可曾见过缠了脚的女子，有一个能'只见舞回风，都无行处踪''蓦地管弦催，一团红雪飞'用小脚跳起舞蹈吗？"

侄女的辩驳，贾杏农无言回答。女子缠足从四五岁开始，骨头弯曲，脚趾坏死，缠足期间疼痛难忍，扶墙行走。脚缠成，出门只能乘车坐轿，连行走都需要人搀扶，如何还能学习跳舞呢？只好说："满人入关，也下令禁止缠足，但汉人以'男降女不降'为由，男子剃发易服，女子依然缠足，女子不出门，满清禁令难以生效，只得作罢。"

贾根稳说："北宋被金人灭国，南宋被蒙古人灭国，汉人男子无力保家卫国，被蒙古人和满人的铁骑吓破了胆，跪在异族人面前当了奴才，在外受了欺负，回到家在女人面前充当主子施展淫威，想着法子折磨自家的女人，捏造谎言，什么'男降女不降'，装出一副大义凛然的样子，强迫女子缠足，禁锢女人的行动，为自己的无耻行为辩解，给自己挽回一点脸面。这大概就是从宋朝开始给女子缠足的缘由。"

贾杏农深深佩服侄女的见识，赞叹说："囡囡若是男子，定能干一番大事业。"

贾根稳说："侄女虽是女流，也有自己的见识，不想炕上挪到炕下围着锅台炉灶转一辈子。就是嫁人，不论贫富，不分职业贵贱，只要他是一个肯担当的男子汉，拿得起放得下，我就嫁了。"

贾杏农听到侄女谈自己的想法，问："侄女心中可有意中人否？不妨说出，大伯好让人提亲。"

贾根稳说："大伯，你记得去年正月办社火，在古城街上踩高跷扮演柳梦梅的后生吗？"

"哦！"贾杏农想起，踩高跷的后生是马师傅的徒弟，学唱梆子戏，给人红白喜事唱堂会，也在庙会上登台演戏，只是不知道叫什么名字。今日侄女说出心中秘密，叫人打听提亲便了。

不几日，打听的人回话，马师傅的徒弟叫李小秃，古城小邓村人，家境贫寒，家中只有一个母亲，靠给人缝补浆洗为生。小秃跟随马师傅唱戏也只够糊口。说到给她儿子提亲说媳妇，小秃的母亲连连摆手，谁家的闺女愿意跌进他家这个穷坑里吃糠咽菜呢？她也没有钱给儿子操办婚事。

时间过得很快，转眼三个多月过去了，这天傍晚，天气闷热，乌云遮盖住院子上方的天空，看样子不久就要下雨的样子，贾杏农早早关上了大门，即昏便息，关锁门户，须亲自检点，遵照朱柏庐治家格言是他的生活习惯。

一丝凉意飘过，豆大的雨点落了下来。贾杏农听到大门外有急促的脚步声，哝哝嘈嘈的说话声，雨水顺着房檐向下流落的滴答声。他拄着拐杖，轻轻地站在大门下听门外是什么人在他家的门楼廊坊下避雨。

原来马师傅带了徒弟去山里给人唱了几天戏，今天下午返回，出了黉都峪口，山后的乌云跟着追了上来。徒弟李小秃挑着一担戏厢服装，这是他们的全部家当，若要被雨淋坏了，那就要砸了他们吃饭的碗。

一行人闪身进入侯村避雨，刚刚来到贾家门楼下，雨唰唰地追着他们脚后跟打到地面上。

李小秃松了一口气，放下担子擦擦头上的汗水，将身子靠在大门边的石狮子上歇息。喘了两口气，这雨看来一时半会儿不会停。想起师父刚教的《李彦贵卖水》唱词，何不趁此机会演习演习？开口轻声哼道："恨奸佞，进谗言，父遭罹难。李彦贵，逃罗网，流落尘寰。风扑扑，行千里，投奔岳父。转眼间，来到了，岳父门前。整整衣，走上去，轻拍门环。喊一声，老岳父，小婿参见。岳父，开门来。"

李小秃唱到后来，声调渐渐高起，身心完全融入到了唱词中，最后一句道白字正腔圆，那个"来"字拖着长长的音调直透门里。

"来"字刚落音，身后的一对大铁门吱吱呀呀地打开了。贾杏农走出大门，身后还跟了两个家人，打着两个红灯笼。

贾杏农说："贵客光临，老夫有失远迎。"

马师傅认得贾杏农，上前作揖，道："原是院长贵府，惊扰院长休息，多多包涵。"

贾杏农说："此处场地狭小，请马师傅带领诸位进入院内，到北厦大厅休息喝茶，换换淋湿的衣裳。"

马师傅带着徒弟们跟随贾杏农进入北厦，家人把两个大红灯笼高高挂起，又点了几支蜡烛，满屋照得明晃晃亮堂堂如白昼一般。贾杏农和马师傅分宾主落座，家人提上一壶茶，给杏农和马师傅面前各放了一个盖碗茶。端了七八个碗，给马师傅的徒弟们每人沏了一碗茶。茶香随着碗里冒出的热气在空气中飘荡。一丝丝一缕缕钻入徒弟们的肺腑中。

贾杏农开口说："马师傅，马亲家，刚才老夫在门内听见有人喊'岳父开门来'，黑暗朦胧，老夫辨认不得，不知你的哪一位高徒是老夫的贤婿？"

马师傅听见贾杏农喊他马亲家，吃了一惊，急忙站起给贾杏农道歉说："院长莫怪，刚才是徒儿李小秃在门外演习戏剧，惊动了院长，小秃，过来，给院长赔个不是。"

李小秃走到贾杏农面前，拱手弯腰做了一个通天大揖，说："院长大人，小秃这厢有礼了。"

贾杏农一手捋着胡须笑呵呵地说："囡囡好眼力，真是我的贤婿也。来人，给贤婿搬一把椅子，请贤婿入座。"

家人搬来一把靠背椅，铺上大红的绣花椅靠椅垫，请小秃入座。小秃惊慌失措，站在那里不知如何是好。

贾杏农对马师傅说："我有一女，待字闺中，前日媒人往李府家中提亲，也就是你的徒儿小秃，今日马师傅和小秃亲自挑担上门下聘礼纳彩，在门外称老夫为岳父，老夫欢喜，查看皇历，今日良辰宜婚宜嫁，趁马亲家在场，我们就给他们办了这婚事吧。"

马师傅也听人说过，贾杏农的侄女贾根稳，人称贾大脚，容貌秀丽，才情出众，只是一双大脚耽误了婚姻，今日杏农愿意把她下嫁给徒儿小秃，对小秃来说真是意想不到的喜事从天而落。就小秃家境而言，恐怕到老也娶不上一个女人，他们这些游走江湖的艺人，被人叫作"戏娃子"，在人们眼里属于下九流职业，谁家的女儿愿意跟他呢？看贾杏农言语并非胡话，何不顺水推舟，成人之美？传扬开来，他日也是梨园中的一段佳话哩。

马师傅说："人常说，师徒如父子，今日师父我做主了，这担戏箱就是聘礼，为徒儿迎娶贾府小姐。"

马师傅既已做主，容不得小秃开口，过来两个家人把小秃推到别的房间，香汤沐浴，换了一身崭新的长袍马褂，戴上礼帽，披红挂彩，再推到北厦堂前。那一边两个伴娘扶着穿戴红色婚服的新娘子，头上披着红色的盖头，袅袅婷婷地从西屋出来。

院子里，东房、西房、南房，门楼、门厅，挂起了大红的灯笼，烛火在灯笼内摇晃，一丝丝雨水从天而落，在红色的烛光映照下，院心像挂起了一张七彩的帘幕，满院洋溢着喜庆的气氛。

小秃稀里糊涂被人簇拥着，几个师兄师弟拿起乐器吹吹打打，马师傅和贾杏农坐在高堂位置上接受一对新人的跪拜，夫妻对拜罢，李小秃牵着红绸和新娘子进入洞房。

北厦大厅摆开桌椅，厨房端上七盘八碗，酒肉蔬菜，马师傅、贾杏农举杯开怀畅饮，众人吃了一夜的喜酒，马师傅的几个徒弟个个喝得七倒八歪。洞房中，据说一对新人你一句，我一句，唱了一夜《牡丹亭》的戏词。

第二天又请亲朋好友左邻右舍吃了一天酒，一连热热闹闹欢庆了三天。三朝期满，贾杏农准备了两辆马车拉了给侄女陪送的嫁妆，和二十年来根稳的父亲用生命换来的十亩土地的收入。

李小秃身骑高头大马，斜披红绸，扬扬得意抱得美人归；贾根稳稳坐骡车，红巾盖头，心满意足嫁给如意郎君。马师傅带领徒儿吹响乐器，轰动了古城一街的人都出来看这场"戏娃子"的稀世姻缘。

欲知后事如何，且听下回分解。

第五十五回　禹神庙存才挂画　黄河岸小秃纵马

　　且说贾根稳与李小秃因暴雨巧合姻缘，成一段梨园佳话，夫妻恩爱，过二年生下一子，取名小蛋。马师父年老，行动不便，把戏班子交给小秃打理。又过了几年，马师父去世，夫妻二人尽了孝道，给马师父做了七天道场，出殡那天，李小秃披麻戴孝在师父灵前演了一出《抱灵牌》，哭声哀哀，感天动地。李小秃在前牵引灵车，贾根稳打着引魂幡，一路哭哭啼啼，把师父送到墓地。

　　安葬了马师父，李小秃与妻子商量，决定成立自己的戏班，挂出自己的招牌，不再小打小闹给他人婚丧嫁娶唱堂会。

　　贾根稳回娘家请伯父给戏班赐个名号，贾杏农让根稳抽签得"福盛"二字。排了八卦，算了笔画，杏农解释说："福盛二字，合起二十五笔，三八余一，一为乾，乾为天，大哉乾元，天行健，君子以自强不息，妙哉！他日必有名角出世，名震五地三省。"

　　戏班有了名号，丈夫小秃十分欢喜。根稳拿出自己出嫁时陪送的银票，交给小秃置办了一套崭新的唱戏的行头和服装道具。挂起"福盛班"招牌，招揽了王存才、孙广胜等几个刚从牛席"打娃娃"戏剧班毕业的第一窝"娃娃"，排演了几回全本大戏，正式行走江湖。

　　"福盛班"初次登台演出，在陈郭华佗庙演《打蛮船》，演出逼真，引起陈郭村好汉陈广顺心中悲痛，跳上舞台把演员当作人贩子施以拳脚，福盛班的名声一下子传了出去，各地庙会争相邀请福盛班演出。

　　话说我中华自唐玄宗开创梨园以来，这戏剧界一直秉承师徒传授行规，拜师学艺，师徒相传，有"教会徒弟饿死师父""一日为师终身为父"的说法。

到了清朝末年，戊戌变法、洋务运动，开矿藏，办学校，风气渐开。太平县虽然远在内陆省份中央，因有在北京、上海、青岛经商人士传回新思想，就有几位戏剧爱好者学南高刘家的办学模式，聘请几位老艺人，招收二三十个十岁左右的娃娃，每日教学唱戏，练习功夫，一时间太平、襄陵两县冒出五六家"打娃娃"班，开了戏剧办学的先河。

写书的，我问你何为"打娃娃"？原来这学戏的儿童少年都是穷苦人家的孩子，学戏练功辛苦异常，背唱词、吊嗓子、唱、念、做、打，踢腿劈叉，一投足，一举手，眼角眉梢都要传神到位，来不得半点马虎。学戏的娃娃有怕苦偷懒之处，功夫不到，师父给予惩罚，入学时由家长和学校签订有"打死不偿命"的契约。师父给娃娃传授剧目没有剧本，靠口授心记，死记硬背，三个月要背会九本十三回戏。娃娃练功，难度很大，学不会师父就打。"不打不成才"，学戏三年全是打出来逼出来的，故当地百姓把学戏叫"打娃娃"。

单说这有名的一个戏剧学校是"牛席娃娃班"，成立于光绪二十二年，班主马长祥，是李小秃师父的弟弟，长工出身，酷爱戏曲，投入终生积蓄，向人借贷，聘请教师，在牛席村办起了戏曲学校，专门招收贫寒子弟免费授学，以图让他们学一门技艺好糊口养家。马班主与教师同甘共苦，德高望重。校风严肃，对学生严中有爱，虽有专人监护艺徒，却不许随意打骂。偶尔有吃不了苦逃跑者也不追究，故有去而复返者。

马班主坚持勤俭办学，经常带领学员赴各地庙会演出，给娃娃们登台实习的机会，在演出中增长表演技能，演出的收入用来办学。

且说横亘太平县中部的汾阳岭上，岭中间有一片圆形凸出高阜，上面建有庙宇，名叫"禹神庙"，原是纪念大禹治水，后人把它叫作"雨神庙"，每年二月二龙抬头逢庙会半月，请神唱戏，祈求一年风调雨顺，五谷丰登。方圆百里客商赶来摆摊交易，各式杂耍小吃，十分热闹。这一年筹办庙会的东道主为了吸引客人，聘请了"福盛班"和"牛席娃娃班"唱对台戏。

两家戏班，一个是名声在外，老演员久经战场，拿得稳沉得住气；一个是初出茅庐，初生牛犊不怕虎，一出场便虎虎生威。班主台后鼓劲，临场点拨。演员台上卖力，唱的是声情并茂，有板有眼。鼓师、琴师一起用命打响乐器，真的是吹、拉、弹、唱，声遏行云。连续对唱了三天，观众如潮，喝彩声不断，两家戏班"棋逢对手将遇良才"，打了个平手，不分伯仲。你道为何？原来这两家戏班演员师承一脉，都是一个师父教出来的。

到了第四天，福盛班推出《挂画》，由王存才扮演少女含嫣。马班主开始不十分在意，这王存才是他的第一窝学生，底细他很清楚。王存才九岁时随他父亲由河南逃荒来到山西在平陆落户。家庭贫穷，无以为生。王存才父亲在赵康给地主家当长工，小存才给人放牛，饥一顿饱一顿。马师父看他可怜，收他入学学戏，三年学业完成毕业后加入了福盛班。

待到乐器一响，幕徐徐拉开，王存才扮演的含嫣登场，轻移莲步如水上浮萍，从幕后漂到舞台前，脚下一绊，含嫣差点跌倒，回头一看原来是一块小石子，弯腰捡起左看右看，抛向空中，右脚抬起，脚尖把石子踢向台下观众。出场的这一脚亮相，一下子把看客吸引住了，个个露出惊讶的神色。裤管下面，两只男子的大脚不知道藏到哪里去了，展现在香客们眼前的是一双尖尖窄窄的三寸金莲，两只绣花红鞋，尖上一朵丝绒花。

含嫣要在闺房的墙上挂一幅画，丫鬟搬来一把圈椅，含嫣在椅子上跳上跳下，举锤子，捏钉子，展画，卷画，把个活泼快乐的青春美少女的姿态展现得淋漓尽致。突然一个抬腿，含嫣跳到半圆形的椅子背上。椅子背宽不过一寸，两只小脚在椅背上走来走去。到后来，一脚抬起，一脚站在椅背的中间，做出钉钉挂画的动作。台下看的人何止四五百？个个屏住呼吸，张着嘴瞪着眼，直勾勾地盯着含嫣的脚，眼光随着小脚在椅背上移动，唯恐含嫣一个闪失从上面跌落下来。有怜香惜玉的欲上台帮助扶住椅子，好近距离把那　双迷人的小脚看个够。

马班主看得也是目瞪口呆，这福盛班果然厉害，什么时候让王存才练成了这一手绝活儿？真的是江湖独门绝技，小脚一出，天下无敌，谁人能与争锋？这对台戏唱不下去了，输赢已定。马班主跑到后台找到福盛班班主李小秃和王存才说："师父的饭碗子今天被你们打了，以后没地方吃饭，你们说咋办？"

李小秃说："福盛班的娃都是你的学生，存才也是你精心培养出来的，他的成就也就是你老人家的成就，你应该感到光荣才是。"

马班主听李小秃这么一说，心中转悲为喜。李小秃把这次演出的收入拿出一半给了马班主，作为资助办学的捐款，马班主想问问王存才的大脚怎么变成了三寸金莲，碍于行规只得作罢，怀着一丝疑惑高高兴兴拿着福盛班的捐款带着学生回去了。

你道这王存才的两只男子汉的大脚，登台演出时藏到哪里去了？说来这也是班主夫人贾根稳一时的奇妙构想，从辛弃疾的"菩萨蛮"词"淡黄弓样鞋儿小"一句中悟出来的，请高手制作了一双靴子，下缀三寸金莲假足，名叫跷鞋。演出时穿上跷鞋，脚几乎竖直插入靴子中，脚尖着地，如西洋人跳芭蕾舞一般。王存才为练成跷功，用木板把脚背和腿绑在一起绷直，晚上睡觉也不解脱。白天跟随班主赶台口，穿上跷鞋，手拉马尾巴行走。腿脚肿了消，消了肿。坚持了三年，终于练成绝世跷功，腾挪跳跃，行走自如，前无古人，后无来者。

禹神庙对台戏一场比赛，福盛班名声鹊起，一句"宁愿误了收秋打夏，不敢误了存才'挂画'"的民谣在河东平阳传播开来，扩散至晋、陕、豫三省黄河三角地带。福盛班每到一处，家家闭门锁户，扶老携幼，观看王存才的《挂画》。男人啧啧欣赏的是王存才扮演的女人的一双小脚，女人唉唉叹息的是一双小脚由男人扮演。看过的以此为谈资，到处吹嘘给他人演讲。没有看过的只好怀着遗憾听同伙胡侃。

宣统三年，李小秃携儿子李小蛋带福盛班到河南洛阳一带演出，返回至三门峡时，路边闪出两个人来，李班主定睛一看，认得是老乡刘洪元、陈广顺二位好汉，急忙下马。问："二位义士，因何在此？"

刘洪元把李班主拉到一边悄声说："实不相瞒，我们购买得几支快枪和一箱弹药，茅津渡口有清兵把守盘查得严，欲请班主协助运过黄河。如班主觉得不便，我们再另想办法。"

李小秃思索半晌，说："可把枪和弹药藏于装道具的箱子内，与演出用的刀枪棍棒混在一起，到时见机行事，蒙混过关。"

刘洪元、陈广顺扮作跟随剧团搬运戏箱子的工人，一行人来到茅津渡口，一根木柱上挂着一块牌子，上面贴着严查乱党的告示。

刘洪元和陈广顺从马车上卸下戏箱子堆放在码头上，黄河渡船已经靠岸，船工上岸搬运货物，等待清兵检查装船，一些客人已经拥挤在码头上排队等候，清兵挨个儿搜查客人随身携带的物品。

两个清兵让刘洪元打开箱子，里面全是演出用的行头以及服装道具和乐器。那清兵正要继续深翻检查，忽然排队上船的客人呼喊起来，人群乱跑。检查的清兵吃惊上前查看，原来是福盛班班主骑的马突然受惊蹿入人群，李班主从马上跌了下来。徒弟们上前牵住马，李小秃从地上扶起父亲，班主的头磕在一块黄河岸边的石头上，跌得伤重，已经昏迷不醒，小蛋急得哇哇大哭。

众人七手八脚把李小秃抬上船，码头上乱哄哄一团，清兵顾不得检查，刘洪元和陈广顺趁机把装有枪支弹药的箱子搬上船。船工撑篙离岸，扯起帆篷，一阵东南风吹来，鼓起满满的一兜风向北岸驶去，汹涌波涛的黄河掀起的浪花在船头翻滚。船工唱起了黄河号子："一条飞龙出昆仑，摇头摆尾过三门。吼声震裂邙山头，惊涛骇浪把船行。"

刘洪元坐在船舱的边上，望着黄河滚滚的浪花，心中感叹不已，刚才他看得清楚，清兵正要翻查，李班主掏出一把小刀朝马屁股扎了一下，马儿吃疼，狂跳起来，蹿入排队等待检查的人群。码头秩序大乱，清兵顾不得检查，急忙上前维持秩序。今日能顺利闯关成功，多亏了李班主智勇双全，临危不惧，巧使妙计，牺牲自我，把一场天大的风险化解。革命成功，定要给李班主记一大功劳。

到了黄河的中心，风浪也渐渐大了起来，船在黄河的波浪中上下颠簸，随着激流向下游漂移，船工横过船舵，校正船头对准北岸。通过水手的一番拼搏，船终于在码头的下游靠了岸，偏移码头几百步。船老大扔下铁锚，固定住船，从船舷上往河滩搭了一块木板，众人小心翼翼地踏着木板下了船，穿过泥泞的沙滩，踩几脚泥水上了岸。有胆怯的妇女，看到水流头晕不敢迈步，掏出一枚十文的铜元，就有赤膊的船夫，站在船边的水里，让妇女闭住眼睛趴在背上，背起给送到岸上。

船工卸下箱子堆在河滩上，围上来拉客的车夫，一番讨价还价，雇了一辆马车拉戏箱子，班主依然昏迷，另雇了一辆骡车让李小秃躺在里面休息养伤。

到了垣曲，李小秃清醒过来，众人松了一口气。赵乐善、陈万金二位套了一辆车在路边迎接，刘洪元和陈广顺把枪支弹药箱子卸下，装在赵乐善的车上，对李班主道声重谢告别。李班主抬起身子对刘洪元微笑着说："祝你们革命成功。"说完又昏迷过去。

欲知福盛班班主李小秃性命如何，且听下回分解。

第五十六回　班主去世人心迷惑　根稳情深力挽狂澜

且说这福盛班班主李小秃带领全班人马在河南洛阳一带演出，眼看已到八月中旬，想起与西贾村签有协议，要在九月初三龙王庙演出三天，收拾了演出道具，带全班人员返回，在三门峡遇到刘洪元、陈广顺请求掩护把购买的枪支弹药运过黄河。

李班主慨然应允，不顾个人安危，纵马扰乱了码头秩序，自己也跌下马来，头部受了重伤，昏迷不醒，回到古城，三天后身亡。

李班主去世，福盛班人马乱作一团，想起班主种种好处，免不了哀号大哭。有无家可归的孤儿被班主夫妇收留，跟随戏班学艺，免受风寒饥饿之苦，如果戏班因此解散，今后是否会再成为流浪孤儿？更有跟随班主多年行走江湖的老人手，创出了福盛班的招牌，担忧戏班就此解散，多年心血付诸流水。

正当大家在班主灵前痛哭流涕的时候，班主夫人贾根稳走到了灵前，给丈夫上香烧纸。"小秃，你就放心地去吧，古有佘太君穆桂英挂帅，今日有我贾氏挑起福盛班班主重担，福盛班不会解散。"

贾根稳在丈夫灵前发完誓，转身面向大家说："诸位师傅，我贾根稳虽是女流，然而我一双大脚胜过男子汉，从今日起我就是福盛班的班主。"说罢，贾根稳亮起嗓门唱了一段：

> 南至滔滔黄河岸，北达雁门娘子关。
>
> 梨园行里负盛名，无人不夸福盛班。
>
> 班主人去戏魂在，戏比天大永相传。

贾氏愿承丈夫志，把戏班重任一身担。

众人见贾氏愿意出面当福盛班班主，心情激动，大家心里明白，这二十年来，福盛班好多事务都是夫人在后台操持，对演员生活、疾病关怀备至，有婚丧大事，便予以资助。每年冬季散班后，她总是把二十多个无家可归的娃娃养活起来免受冻饿。今日夫人出面成班，大家愿意追随贾夫人，众人一起发自内心地唱：

> 班主英灵尚未远，夫人临危撑起天。
> 我们跟您一起干，共同撑起福盛班。
> 旗不倒，人不散，逝者心安笑九泉。
> 旗不倒，人不散，福盛班还是福盛班。

有个拉板胡的师傅姓刘，人称板胡刘，虽然板胡拉得玄妙，却染上了抽大烟的恶习，每天早晨要吸半个时辰的大烟，"早上一袋烟，胜过活神仙"。板胡刘的一天的精气神全凭这早上的一团烟泡提着呢，吸了烟，这板胡才能拉得如行云流水。这板胡刘在下面嘀嘀咕咕地给身边人说："阴阳颠倒世事乱，没见过女人领戏班。除非公鸡会下蛋，女人承班，坏了梨园规矩羞祖先。"

旁边的人听到板胡刘说话阴阳怪气，纷纷指责。

"师娘平生最爱戏，一门心思在戏班。"

"咱谁没有吃过她做的饭？那年我生病多亏她照看。"

"她不嫌老迈无用吃闲饭，为师父养老送终传美谈。"

"为人莫过心良善，领班需要德为先。夫人带班我们赞成，就是棒打我们也不散。"

负责在外联络台口演出的赵揽头上前说道："夫人，后天就是九月初三了，班主刚去世大伙儿心情不好，与西贾村签订的演出协议我看咱们给退了罢。"

贾根稳斩钉截铁地说："不能毁约，演出照常，今天把李班主安葬，明天大家休息一下，后天由李小蛋带领福盛班按时到西贾龙王庙，有再大的困难我们也不能失信于人。"

各位看官，这西贾村龙王庙因何唱戏？原来这龙王庙南边有二百亩地，属于龙王庙的产业，千百年来由庙内和尚道士打理，或租给他人收取租粮养活庙内近百个和尚。同治年间贼寇过境，庙内和尚道士或逃或随贼寇而去，变成了一个空荡荡的庙宇。几年下来，庙内蒿草没人，成了狐狸野鸡的乐园。

仪雷接任西贾村民团团长，手下乔鬼生给献一策，说："龙王庙现在无人主管，三爷可趁此机会把庙内打扫一番，派人管理，香火钱和二百亩庙地租给他人耕种，每年收入可观。"

三爷正想吞并庙南的这片公地，乔鬼生的这条主意正合他的心意，当即就让乔鬼生负责带领伙计长工民团人马，铲除院内蒿草，打扫殿内灰尘，在大殿前搭了一个临时戏台，约了福盛班前来唱戏。一来是为龙王庙重新开光，二来是给仪雷庆祝三十六岁生日。太平县人相信三十六是个关口年，有"人生三十六，不死掉块肉"的说法，给神唱一台戏就可免去灾祸。

九月初三早晨，李小蛋走出院门，抬头向汾河东边的崇山望去，崇山的高峰上矗立着一座塔，高高的塔尖托着一轮红日缓缓上升。小蛋说："霜降来了。"尧王时期，大圣人尧让羲和观察日头从崇山最高峰升起的时间，以日头在崇山左右移动一个来回确定为一年，进而划分为春夏秋冬四季。这一观察太阳在崇山升起的位置来区分节气的办法流传下来，崇山日出就是当地农民的历书，每天翻去一页，迎接新的一天到来。

一阵秋风吹来，刮起几片落叶在空中飞舞，李小蛋心中如落叶随风忐忑不安，今天是他第一次带戏班出场，虽然这十几年来跟随父亲闯荡江湖经历过不少险恶，但都有父亲化解。母亲今天让他带领戏班明显的是给他肩上压担子，赵揽头曾经说过："话好说，事难干，带戏班可不是闹着玩。戏班的吃喝拉撒全得管，还要与乡绅地面巧周旋。"

父亲去世，小蛋哭得死去活来。母亲贾根稳满眼泪花对他说："孩子，别哭，再哭人也哭不回来了。唉！这人哪，一辈子不知道会碰上啥事，碰上了，就得面对他。你是个男子汉，娘今后还得指望你呢。"

小蛋说："可咱这戏班咋办？这几天人心惶惶不安，我听赵揽头说，有人私下里商议等我爸过了头七就散伙儿各奔东西。"

贾根稳说："我自幼秉祖训，跟随伯父识字断句，学习诗词书画，喜欢传奇独好戏文。爱儿父技艺超群，他家境贫寒我全不论，要嫁就嫁唱戏的人。日子就在戏班里过，与儿父情投意合，夫唱妇随二十冬春，撑起了福盛班美名四方闻。突然间儿父撒手去，天崩地陷人失魂，双套车只剩下一个轮。儿啊！你可知，戏班就是娘的命，为戏班娘把嫁妆全贴进去了，置办了这套戏箱，你爸既然把戏班留给咱，咱就是咬断了牙也得接着。"

小蛋说："板胡刘说，吉祥班胡班主开高价钱请他拉人过去搭班子哩。"

贾根稳说："咱娘俩不把戏班撑下去，你爸多年的心血毁于一旦。名角们还好说不愁饭碗，剩下的老弱与学徒的娃娃们到何处搭班？我夫妻把戏班看得比命还重，今生里与戏结下不解缘。娘已经想好了，明天在你爸灵前当着众人面宣布，娘挑起福盛班班主的担子，全班人马，除学戏的娃娃和杂工外，其他上台演出和敲打乐器的人员，凭技艺确定固定薪水和份子，演出收入按份子分成，咱给的报酬高于其他戏班，就不怕他来挖墙脚。"

昨天清晨，有人急忙忙地敲门，喊着："夫人，夫人，大事不好。"

贾根稳打开门，赵揽头和王存才在门外，贾夫人问："出了什么事？"

赵揽头说："板胡刘领着刘根、王贵二位师傅不辞而别，坐上胡班主的马车跑了。"

贾根稳问："跑了多长时间？"

王存才说："有半个时辰。"

贾根稳说："赵揽头，帮我套上黄骠马，待我去追二位师傅回来。"

王存才说："夫人，去年黄崖庙会唱对台戏，胡班主领的吉祥班输给了咱们，如今他趁李班主去世暗中使坏，想吃掉咱福盛班前来拆台。"

贾根稳说："二位师傅忠心耿耿，福盛班能发展到今天是你们的功劳。我本来想将家中事务稍作安排，如今情况有变，等不及了，明天还要到西贾龙王庙唱戏，现在稳定人心要紧，小蛋和你们去戏班稳定大家，我去找胡班主当面对问。"

贾根稳跨上黄骠马，扬鞭奔向县城南关。

县城南关洪济桥头一家院子内，吉祥班的胡班主和板胡刘正躺在一张烟榻上手持烟枪对着抽大烟，胡班主说："这次刘根、王贵能在你的带领下加入吉祥班，实为胡某意想不到，刘师傅劳苦功高，我胡某定会重重给予刘师傅报酬。"

板胡刘抽足了烟，精神大振，一扫早晨赶路的疲乏，说："哪里，哪里，我也是给多年在一起的伙计们带一条光明大道。福盛班班主一死，树倒猢狲散，迟走不如早走，迟早都得走。"

胡班主说："我听说福盛班那个大脚老婆要出来带班？"

板胡刘说："有这么一说，咱这梨园行里，千百年来哪有女人成班的！女人当家，墙倒屋塌。"

胡班主哈哈大笑："刘师傅，有你的，这么一来福盛班必散伙儿无疑，回头把王存才那几个好把式都给咱挖过来，少不了你刘板胡的好处。"

板胡刘连连点头："胡班主看重，我当尽力为之，尽力为之。不过王存才这厮恐怕难以说动。"

一个戏娃子推门进来说："胡班主，福盛班贾夫人来找你。"

胡班主和板胡刘从烟榻上爬起，贾根稳已经到了门外。胡班主出门相迎："稀客，稀客，快快请进。"

贾根稳昂首进入，板胡刘躲避不及，尴尬地笑了两声，把手中的烟枪塞在炕桌下。

贾根稳问："怎么只有刘师傅一人，刘根和王贵呢？"

胡班主说："他二位在别院吃饭，已经和我签了合约，是我的人了，夫人有什么事，坐下喝口茶慢慢和我说。"

贾根稳说："刘根、王贵二位与福盛班签订合约期限未满，中途走人违背合约，有失我戏剧界的行规，也有损二位师傅的道德名声，我是来请他们回去的。"

板胡刘说："福盛班眼看就要散摊子了，还回去干啥，等着回去喝西北风吗？"

胡班主说："对呀，对呀！无人领班，没戏唱了，让师傅们转到我这里，也是给大家解决挣钱吃饭的问题嘛。"

贾根稳说："谁说无人领班？我贾根稳在丈夫灵前当着众人面发誓要带好福盛班。"

胡班主说："如今江湖险恶，竞争激烈，不是你吃了我，就是我吞了你，你一个女人家，没有三身硬功夫，怎好意思到处抛头露面？"

贾根稳冷冷笑道："我贾氏人送外号'贾大脚'，一双大脚闻名晋南谁人不知？论骑马驰骋你胡班主可敢与我一比高低？论唱戏我得到马师父的真传，你胡班主可敢与我登台一扮男女？"

胡班主愣住了，"这个，这个嘛……"

刘根和王贵在门外听了多时，俩人进门跪下给贾根稳磕了一个头，说："班主夫人，我们错了，现在就跟您回去。"

胡班主说："二位要回去也可以，请把我预付的合约定金六百块银元还给我，一块钱也不能少，钱清了才能走人。"

"什么，六百块银元？"刘根和王贵都吃了一惊，"我们可是一块钱也没拿啊！"

胡班主从木匣子内取出一份合约指着说："这上面白纸黑字写得明白，你二位还在上面按了手印，板胡刘是中人，就在这里，你们问他是否收了我六百块钱？"

贾根稳厉声问："刘师傅，你收的六百块钱给了谁了？"

板胡刘嗫嗫嚅嚅地说："我给了烟馆抵了烟钱了。"

贾根稳瞪了板胡刘一眼，转身对胡班主说："这六百块钱我给你出，刘根、王贵二位师傅跟我到街上当铺里，把这匹黄骠马抵押在那里，胡班主请你跟着我们去拿钱。"

刘根、王贵说："班主夫人，这黄骠马可是您的坐骑，我们犯下的错误怎么能让您买单？"

贾根稳说："钱是身外之物，人是无价之宝。二位师傅就是我们福盛班的无价之宝，待我回去筹了钱再来把黄骠马赎回不迟。"

刘根、王贵跟随贾氏返回，剩下个板胡刘也没有被胡班主留用，流落街头靠拉二胡乞讨为生，有人施舍几个钱就送到烟馆化作云雾喷到空中去了。

出了板胡刘事件，贾根稳担心儿子初次带班压不住阵脚，亲自带领剧团到西贾，第一天演出顺利，仪雷还请了太平县的周知县前来观看。

第二天晚上，王存才悄悄地给贾根稳说："夫人，刚才我上茅房，从门房经过，见一高高个子的人鬼鬼祟祟的样子，我怀疑他们干什么坏事躲在门外偷听，听见仪雷的手下乔鬼生跟陈兼八说什么泰山沟、乱党、平阳府，莫不是与刘洪元他们有关？"

贾根稳说："他们没有发现你吧？"

王存才说："没有，夫人知道我走路是没有一点声音的。"

贾根稳说："好，不要给其他人说，我想办法通知刘义士，让他们注意，提前防备。"

欲知后事如何，且听下回分解。

第五十七回　仪雷诡计夜袭义军　银杏英勇献身革命

那一日彭村编席匠秃子被西贾村仪三爷手下的四大恶人削掉一截手指，逼迫写下一千块银元的借据，捏着断指逃回家中，想来想去，这下子栽倒在恶人手里，他每月编十张席子，卖一百个铜元，还不够给恶人的利息，这一千块银元何年何月才能还完？听说北王豪杰赵乐善行侠仗义，收徒习武，不如投奔他去，一来躲避灾难，二来他日有机会也好报仇。当夜即翻过汾阳岭投奔北王村加入了洪汉会，被赵乐善安排到泰山沟，协助吉大嫂打探消息。

编席匠秃子除了席子编得好，还会用芦苇管和芦苇叶做成笛哨，嘶在口中吹出各种鸟叫。这日打探到西贾村民团在龙王庙唱戏，秃子化装成一个拾粪的老头，肩背一个破篓筐，装了半筐子牛粪，手拿一把拾粪铲，头戴一顶麦秸秆编的破草帽，遮住半个脸，来到龙王庙前。

龙王庙前人进进出出，庙门口也无团丁把守，和一般的庙会一样，看上去一派祥和。大殿前临时搭建起的戏台，福盛班正在演出《赵氏孤儿》，台前一张大方桌，两边各放一把太师椅，仪雷和知县周小平各坐一边，一边喝茶，一边随着音乐跺着脚看舞台上的演出，二人身后站着三爷的四个保镖，牛头马蜂黄常有、花脸獾乔鬼生、东狗子孙如惠、陈钱耙，以及衙役兵丁。

秃子看到黄常有和陈钱耙，仇人相见分外眼红，放下粪筐想要掏出藏在牛粪底下的炸弹扔过去，炸死这几个坏人，就是自己死了也是为革命立功一件。

一个团丁过来踢了粪筐一脚："滚！滚！滚！粪熏臭了三爷你担当得起吗？"

秃子把草帽往下拉了拉，背起粪筐，慢慢走出庙门。一日下来，打探得明白，西贾村的民团和县里的衙役兵丁都在龙王庙内看戏，连日来喝得大醉，县城内空虚无人把守。

刘洪元、赵乐善、陈万金听了秃子的汇报，决定继续按原定起义方案进行，于九月六日拂晓趁太平县城空虚一举占领，宣布共和，然后一鼓作气，会合浮山陈彩彰，垣曲靳殿华率领的民军攻打平阳府。

各分会接到起义通知，避开清军耳目，陆续赶往泰山沟。为防止清军混入，通往泰山沟各路口设立了哨兵，所有进入沟内的起义人员都统一行装，头勒白毛巾，腰缠白腰带。

且说九月五日这天晚上，泰山庙内吉大嫂养的芦花公鸡第二次打鸣的时候，秃子的肚子里饱胀被一泡尿憋醒，起来打开庙西边的一扇小侧门，站在门外的崖边两只手把着撒尿，尿液在空中画成一条弧线落到崖下的一条蒿草掩盖的小路上。突然从蒿草丛中站起十余人，个个头勒白毛巾，腰缠白腰带，手中拿着刀枪。秃子以为是首领赵乐善去垣曲联系靳殿华带回来的义军，急忙收起家伙提起裤子拴裤腰带。

为首的那个人抬起头向崖上观看，秃子的尿落在那个人的脸上，溅到了嘴里，那个人抹了一下脸，呸地一口吐出秃子的尿。秃子看得清楚，那喝了他的尿的人四方额头，上面一个肉瘤，正是牛头马蜂黄常有。

"不好！敌人偷袭。"秃子掏出芦苇哨嘟嘟吹响，哨声尖锐刺耳如一把利刃划破黎明前的夜空。

黄常有甩手向上飞出一把匕首刺中秃子的肚子。秃子张开双臂从崖上扑了下去，身体快速坠落把黄常有砸倒在地。"黄常有，老子今日和你拼了。"秃子拉响腰中的炸弹，一声炸响，秃子和黄常有倒在血泊里，牛头马蜂的额头上炸了一个大窟窿，两只眼珠炸出吊在额前，这只恶蜂再也不能用毒刺蜇人了。

吉大嫂早早起来给义军战士做饭，听见秃子吹响芦苇哨，知道遇到紧急情况，紧接着听到一声炸弹响，吉大嫂跑上钟楼敲响了报警钟。

昨天晚上，赶到泰山沟的各地义军战士有一百余人，此时天刚拂晓，不少人还在睡梦中，听到炸弹响，钟楼上的铜钟咣咣乱敲，个个翻身拿起刀枪冲出屋外。仪雷率领的西贾村民团已经混入泰山庙南大门，庙门口两个站岗的义军战士见这伙人穿着打扮和自己一样，口里还喊着："自己人，自己人，我们是垣曲哥老会来参加起义的。"义军哨兵不辨真假，还要再问口令，仪雷已经走到面前，手起刀落把两个哨兵砍翻在地。乔鬼生带领的民团也从西边侧门进入庙内。

仪雷见偷袭成功，朝天放了一个起火炮，外面的清军看到信号，从西南和西北和东北三个方面杀了过来。东北方向是平阳府镇台谢有功两个营的兵力，西北是太平县，西南是新绛县知县带领的地方兵丁。

原来这西贾村的大地主仪雷收到安插在泰山沟义军内部奸细的情报，了解到义军将在九月初六宣布起义，攻打太平县城，于是秘密通报了太平县周知县和平阳府的谢总兵，这几日借演戏为名悄悄调集兵力隐藏在西贾龙王庙内。九月初五日拂晓，仪雷的民团化装成义军，骗过哨兵，从沟南沟西前后两条路混入泰山庙。

大殿前敌我混杂双方互相砍杀，义军战士看到对方和自己的服装一样，难辨真假，稍一迟疑就被敌人举刀砍死。刘洪元、陈万金二位头领见形势危急，高喊一声"汾阳岭"，义军战士听到口令，一边战斗一边向后撤退，很快都撤到北面的城门楼上，院内只剩下西贾仪雷的民团。义军战士居高临下用抬炮向院内的敌人轰击，仪雷手下的四大恶人之一乔鬼生被刘洪元一枪毙命。

清兵和地主武装包围了城门楼，在下面攻打，喊着："活捉匪首，赏银一千块！""自动缴枪投降免死！"

陈万金向敌人扔了一颗炸弹，冲着楼下清兵大声骂："老子宁可全部战死也绝不投降。"

吉大嫂在城门楼上救护伤员，刘洪元手臂被流弹擦伤，吉大嫂上前帮助包裹伤口，刘洪元问："吉大嫂，你的飞鸽呢？快向段砚田传递信息，趁平阳府清军空巢出动，请他迅速带领浮山义军攻打平阳府。"

吉大嫂的飞鸽就在城门楼上，她写好密语，塞进一段小芦苇管里，从笼子里取出飞鸽，把芦苇管缚在飞鸽腿上，起身放了出去。

吉大嫂扬手放飞鸽子，被仪雷在下面发现朝她开了一枪，击中吉大嫂腹部，弹丸穿入腹内，肠子流出，当场壮烈殉难。义军战士个个愤怒，高喊为吉大嫂报仇，一排排复仇的子弹射向清军。

吉大嫂的英勇事迹被后人收录入《襄汾县人物志》，书中介绍说："吉银杏，原籍山东，幼年随父母逃难到太平县史威村居住，长大后与村民贾国瑞结为夫妇。贾为清末秀才，为人正直不阿，厌恶附炎趋势，对黑暗统治不满，率妻携子隐居泰山庙。银杏受丈夫思想熏陶，颇懂齐家治国道理，富有正义爱国意识。对清廷丧权辱国腐败无能民不聊生的黑暗统治痛恨至极。义军每次在庙里聚会，她都烧火做饭，巡望瞭哨。义军战士称她为'吉妈妈''吉大娘'。银杏帮助义军的正义行为，深受附近贫苦民众的称赞，但清军和土豪民团则污蔑她是'妖匪''妖婆'，恨之入骨，几次要抓她治死，但在义军和乡民的掩护下，她都顺利脱险，使清军、民团无可奈何。泰山庙起义战斗打响后，银杏在两军冲杀、刀劈剑砍、枪炮轰鸣的战场上，不顾性命，冒险抢救受伤义军，不幸被清军火枪击中腹部壮烈牺牲。银杏是辛亥革命时期反抗封建压迫、剥削而崛起觉醒的农村女性的典范，她的事迹传遍晋南各地。"

在义军战士复仇的枪弹面前，城门楼下丢下数十具清军的尸体。清军的攻势稍稍减缓，刘洪元和陈万金商议，决定带义军战士向西南方向王家坟突围。刘洪元在前冲杀开路，左有陈广顺，右有陈福顺，三条好汉从城门楼上一跃而下，如猛虎下山，蛟龙出海，搅起一团旋风扑向敌人，近的刀砍，远的枪击，刀起处头颅滚地，枪声到血肉飞溅。清军、民团哪里见过这种阵势，纷纷后退躲避。西贾仪雷的手下恶人东狗子孙如惠被三位好汉的气势吓破了胆，顿时腿如筛糠，尿了一裤子，丢弃了手中的刀，藏在死人堆里捡了一条命，从此得了一个遗尿症。

刘洪元领义军战士杀出清军重围，陈万金在后掩护战友撤退，被敌人的枪弹打中受伤倒地，清军围上来要活捉他，陈万金拉响怀中的炸弹与敌人同归于尽。

义军撤退到王家坟，与从垣曲赶来的赵乐善带领的义军会合。清军和地主武装从后追来，双方在王家坟再次展开激战，到傍晚平阳的清军突然收到府镇台谢有功要求迅速回撤的紧急军令，浮山民军在段砚田带领下正在攻打平阳城，攻城的炮弹打进城里，吓坏了知府童保山，一面组织人守城抵抗，一面派快马通知围剿泰山沟的清军回援救急。

清军和地主武装撤去，刘洪元对赵乐善说："你带领义军战士渡过汾河到垣曲休整，我和广顺、福顺去泰山庙里一趟，军师贾国瑞这几天卧病在床，没有跟我们出来，不知道他情况如何，吉大嫂已经牺牲，我们不能丢下他一个人不管，一定要把他带出来。"

一弯新月挂在马首山的上方，米黄色的月光裹挟着秋风的寒意。突然泰山庙上方腾起一团红光，西贾村民团首领仪雷在撤离时点了一把火，他要把泰山庙这个土匪窝烧为灰烬。

刘洪元、陈广顺、陈福顺看到泰山庙火光升起，加快了步伐，三人冒火冲进庙内，直奔贾国瑞居住的东厢房，贾秀才躺在地上，脖子上被砍了一刀，双目圆睁，两手抱在胸前，紧紧地护住他写的书稿《太平风云》。

刘洪元掰开贾秀才的手拿起书稿，已经被鲜血浸红。他把书稿揣进怀里，轻轻地帮助秀才合上了眼睛。和广顺、福顺把秀才的尸体抬到崖下的一个洞里，又去北城门楼上找到吉大嫂的遗体，将秀才夫妇二人合葬在一起，用几块石头堵住了洞口。

且说西贾村反动地主头子仪雷用诡计偷袭泰山庙义军，打死了义军首领陈万金，割下他的头颅，把一个千年的古刹泰山庙一把火烧毁，自觉英雄无比，身骑高头大马，领着他的爪牙，一副威风凛凛的样子，昂首进入太平县城，知县周小平领衔役在城门口迎接，亲自给仪雷敬了三杯下马酒，把陈万金的头悬挂在南城门外。

当时就有人编了一段干板，记录这次泰山沟农民起义的过程，口口相传在民间传唱，因无文字记载，在传唱的过程中难免加入个人和时代的好恶而失真走样，写书的小时候听村里老年人唱过，仅凭回忆记录如下：

太平县城修得展，一杆子义军造了反。
照着南门放两枪，社稷庙里抢个光。
义军好汉手段硬，周大老爷着了慌。
西贾有个仪老三，带着人马去寻官。
老爷老爷你真软，土匪攻城你不管。
土匪走了你不撵，土匪就在泰山沟。
此事交给我来办，保证匪窝一锅端。
周知县，喜洋洋，平阳联络谢总兵。

谢总兵，就派兵，一下来了两个营。

趁着黑夜去开战，脓包打死多半院。

杀了义军还不算，然后还要杀庙官。

庙官一家死得苦，抓了一个二百五。

个儿大，穿的新，名字叫做孙安君。

辫子长，人能行，绳捆索绑拴进城。

传二班，喝六房，周大老爷过的堂。

杠子压，皮鞭抽，大骂赃官不住口。

前边衙役牵他走，后面两个刽子手。

押到西城乱石滩，脑袋砍掉面朝天。

四方黎民心疼坏，夜里偷偷把尸埋。

未过几日，武昌起义枪响，辛亥革命爆发，各省纷纷宣布脱离清廷独立，清朝末代皇帝宣统宣布退位，中华民国成立。1916年农历十月，泰山庙农民起义五周年时，山西晋南军政府委派汾城县长王子藩亲临泰山庙举行追悼，请"福盛班"演戏三天，以表示对牺牲烈士的缅怀，并建烈士纪念碑，以慰吉银杏、陈万金等起义牺牲烈士。至今流传有起义军战士当年唱的一首歌，其歌词曰：

泰山沟，悬崖险，革命大军扎营盘。

起义军，兵马壮，手里拿的五眼钢。

五眼钢，六轮子，专打贪官地痞子。

驱鞑虏，废皇权，建立共和人人欢。

欲知后事如何，且听下回分解。

第五十八回　南贾镇义士锄奸　北京城大盗窃国

　　宣统三年的冬天比往年都要冷，进入腊月连下两场大雪，田野里的麦苗盖上了一层厚厚的雪被进入冬眠时节。太平县的农民说："麦盖三层被，枕着馒头睡，天降瑞雪，明年的麦子丰收，这白馍馍是吃定了。"三九、四九冻破石臼，西北风呼呼地从早吹到晚上，家家的水缸外面围住一层麦草作为保暖措施，早晨掀开缸盖，水面上结了一寸多厚的冰，男主人用菜刀、斧子、擀面杖敲开冰块，女主人舀水做饭，淘气的孩子趁大人不注意，从水缸里捞出一块冰，嘎嘣、嘎嘣嚼着吃。太阳出来了，房顶上的积雪慢慢融化，一滴滴雪水顺着房檐滴落，寒冷的空气让滴落的雪水快速成冰，房檐下倒吊着一排冰锥，惹得孩子们用长长的杆子敲打，冰锥掉在地上摔成几段。

　　这年腊月二十五，1912 年 2 月 12 日，侯村贾家在北京的丰记土产公司的经理贾翠丰从报纸上看到一条消息，隆裕太后抱着小皇帝溥仪在乾清宫宣布了退位诏书，店员们欢天喜地拱手相告："换了朝代了，大清完了，这是共和的天下了，这样就用不着打仗了。"店里把龙旗收了起来，但是新的旗帜还没有，门口挂了一块黄布代表旗帜。同僚中很多人只知道"共和"，但是这个共和怎样共法？怎样建立新局面，新局面究竟如何？贾翠丰不知道，北京城里的老百姓也不知道，但他觉得这是一个好消息，有一种莫名的兴奋，他把这个消息用电报告知了爷爷贾杏农，这位百岁老人看到宣统退位的消息，第二天与世长辞。

　　长达两千多年的封建帝制终于走进了历史的坟墓，太平县西贾村这个古老的村庄并没有在这场三千年未有的大变局中发生任何改变，村南门外两棵大槐树在寒风中啪啪往下掉落枯死的干枝，村民们依然按部就班地准备迎接旧历的新年，按照风俗在腊月二十三这天进行大清扫，把房梁屋角旮旮旯旯的尘土蛛丝打扫得干干净净，掀开铺了一冬的炕席，拿到外面的阳光下用棍子敲打。妇女烧开一锅热水，把门帘、窗帘、床单、神桌前的围裙等泡在一个大大的木盆里，废旧的纸片和破布条在垃圾堆里被点燃。

腊月二十五是南贾镇逢集的日子，昨天，李四高从三爷仪雷手里领取了赏钱，今天早晨在家里吃了他老娘蒸的两个窝窝头后，起身到南贾赶集购置年货，怕风钻进他的薄棉袍里，找了一条绳子系在腰里。肩头上扛了一根枣木棍，棍头挑着一个白棉布袋子。出了东城门，寒风吹来，李四高两只薄薄的招风耳很快被冻得麻木，他把布袋当作帽子套在头上，枣木棍挟在腋下，两只手揣入袖子里，弓着腰向前行走，白布袋顶在头上，看上去像一个出殡送葬的孝子。

南贾镇在西贾村东面的巴山上，这巴山在汾河西岸，北起陈郭村卧龙岗，南到永固白坡垒，是古贾国发祥之地。南贾镇雄踞巴山中心，东仰塔山，俯瞰汾河波涛；西望姑射，下临双龙清波，端的是一个好去处。

李四高爬上南贾沟陡峭的山坡，微微出了一身汗，进入南贾古镇，捏捏兜里三爷赏的银钱，盘算着今日要购买的东西。炉灶上方的灶王爷被烟火熏了一年需要换一张新的，给神祇烧的香也需要买一把，他的老娘喜欢烧香，每月的初一十五都要烧三炷香，今天走的时候特地给他叮嘱，看来一把是不够的，他现在口袋里有了钱，就多给老娘买几把香，让她老人家高高兴兴地过个年。鞭炮就买一挂二百响的吧，二踢脚买上三个。羊肉割上一斤，谁家过年不吃一顿饺子呢！

一间杂货铺门前有个老汉摆了个地摊，他看上了老汉地摊上的玉石烟嘴和黄铜烟锅，他要买下来装在他的烟袋杆上。三爷说了，这次他忍辱负重，卧底泰山沟，传递回了准确的情报，为剿灭泰山沟土匪立了一大功劳，过了年三爷就提拔他当长工头，接替死去了的乔鬼生的位置，可是他的旱烟袋太寒碜了，光秃秃的一根竹管噙在嘴里，不配上一个玉石烟嘴和铜烟锅，与他的长工头身份不相符。

李四高蹲下身子挑选烟锅烟嘴，背后有人拍了一下他的肩膀，回头一看，左右两个穿黑衣的人顺势把他头上的布袋往下一拉，罩住了他的头。他刚要开口喊叫，脖子后的哑穴被人狠狠地点了一下，两条胳膊软绵绵地垂了下去，身不由己被两个黑衣人推着走进了杂货铺。

陈广顺用点穴法制伏了李四高，和陈福顺把他押着从杂货铺的后门出去，进入郭家大院。

这郭家大院的主人名叫郭英兆，也是一名反清义士。北厦大厅上摆着三把椅子，坐着刘洪元、赵乐善、郭英兆。

陈广顺、陈福顺把李四高推进北厦，摘掉头上的布袋。李四高看到面前的刘赵两位头领，扑通一声跪了下去。

赵乐善看到李四高，不由得怒火中烧，是他收留了李四高，把他介绍进入革命队伍，认他做小弟，没想到这个自称梁山好汉后裔的人竟然是一个奸细、叛徒，在起义前夕出卖革命，害死了贾国瑞、吉银杏、陈万金等十几位同志，"说，你是怎样混入革命队伍的？"

陈广顺上前解开李四高的哑穴，李四高连磕几个响头："大哥饶命，小弟也是迫不得已，由不得自己呀。"

赵乐善扇了李四高三个耳光："你的脑袋长在你的脖子上，怎么由不得你自己？"

据李四高交代，他的大哥李大高平时喜欢说大话，吹牛逼，三爷的长工头乔鬼生让他摊场牵牛碾麦子，他说在山东老家碾麦子的时候，把麦子堆在打麦场里能堆一丈高。乔鬼生不相信，问他摊一丈厚还怎么牵牛碾麦子？李大高说牵着牛钻进麦秸堆里碾。乔鬼生说那牛的两只角不会碍事挂住麦草吗？还能走得动？李大高说他的牛长了一对顺风角。

秋天，乔鬼生让李大高去北坡种麦子。李大高在地里摇耧，看见从南李路上过来一个花枝招展的女人，李大高见那女人孤身一人，望望前后道路上没有一个人影，就想拦路调戏一下，提着耧、赶着马从地西头赶到地东头路边。

那女人在路边站住，说："李大哥，你一个人在种麦子呀？"

李大高一愣，也认出了这年轻的小媳妇，是黄长有的妹妹，嫁到南李，今天回娘家到西贾看她哥哥。李大高心头的淫荡之火顿时熄灭，尴尬地笑着说："是呀，也不是一个人，不是还有你在地头站着吗！"

小媳妇故意卖弄风骚，斜着个眼看着李四高说："你种麦咋提着耧从地那头跑过来了呢？"

李大高说："这匹马不会来回拉耧，我这是从东往西一个方向摇耧，这样种出来的麦子长得齐整。"

小媳妇说："我走路走得脚疼，坐在这里歇一会儿看你种麦，你种完这块地陪我回西贾村，我一个人走路也挺害怕的。"

李大高没办法，小媳妇坐在地头监视着他，看他摇着耧从地东头种到地西头，又从地西头提着耧赶回地东头，来回折腾了一晌，两条手臂累得酸疼。

小媳妇给黄常有说了李大高调戏她的事情，黄常有的妹妹岂是你一个长工能调戏的！"找机会做了他。"黄常有对妹妹说。

李大高和乔鬼生在三爷面前竞争，李大高说他是混元形意太极拳第八代掌门人的大弟子，师父亲手传授有"接、化、发"三招神功，他一发功就能把乔鬼生打死。这话传到乔鬼生耳朵里，四大恶人联手把李大高弄到三毛沟，脖子上挂了一块石头推入潭水中淹死里。李四高逃到北王投奔赵乐善，仪雷拿他老娘做威胁，逼迫他当奸细、内应。是他把起义的时间和暗号，义军穿的服装打扮都告知了仪雷，西贾地主民团带清军偷袭泰山沟义军，他带人进入贾国瑞的房间，杀死了卧病在床的军师。

刘洪元说："你既然已经宣誓入会，又背叛会规，实为洪汉会的叛徒，今天我代表洪汉会宣布，开除你的会员资格，判处你死刑，为死去的烈士报仇。"

李四高听到判处他死刑，像掉到冰河里一样，浑身颤抖牙关上下打架，磕磕绊绊地求饶："刘大哥饶命，赵大哥饶命，我家中还有老娘。"

刘洪元说："你有老娘，被你害死的秃子家中难道没有老娘？那些牺牲的烈士家中难道没有父母、妻子、儿女？"

陈广顺说："大哥，跟他啰唆什么！"

一条绳子套在李四高脖子上，广顺、福顺两边一使劲，李四高的舌头从嘴里伸出半尺长，这条靠吹牛、拍马、告密的舌头再也缩不回去了，奸细、内鬼、叛徒得到了应有的下场。当天晚上，李四高的尸体被丢弃到南贾沟的野狼凹里，几只在大雪天无处寻食的野狗把李四高吞食干净，一点骨头渣子也没有剩下，倒是地上洒了几点污血，第二年春天，污血之处长出几棵蒿草，奇臭无比，蒿草的叶子上爬满苍蝇。

处理了奸细，给烈士报了仇，刘洪元回到陶寺刘贾村，继续为村民打井选点定位，民国初年多次出任村长，禁赌息讼。后拜京安园子里张大夫为师学习兽医，并设教办学，自任教师，免费教育生徒，闻听袁世凯复辟帝制，感叹说："世上唯有牛马猪羊的病好治，社会上人世间的病难治，刀枪火炮也动不了这几千年的封建痼疾。"病危时嘱咐家人，丧事从简，死后三天安葬，不请和尚道士，不用冥器，病逝时年六十七岁。

陈广顺和陈福顺回到陈郭村种地，二人依然时常在一起切磋武艺，却不使人看见，功夫也不传外人。陈宝福求伯父教拳，广顺说："好好种地吧，学这个无用。"人问其故，他说："武艺不能贸然传授，要心长，有德性，保证不做坏事，识透一个人，很不容易。"

且说赵乐善那日在南贾镇与刘洪元告别，说是山西军政府成立段砚田邀请他北上参加民军。未几，看到阎锡山以莫须有的罪名把原哥老会首领钟仁义等人逮捕关押在曲沃监狱杀害，于是愤而返乡，奉养老母至晚年。《襄汾人物》关于赵乐善有如下叙述：赵乐善，乳名木木，太平县北王村人，精于武术，周围二三十村慕名受教者达百余人。辛亥革命前夕，襄陵、太平、曲沃、绛州等县农民，在泰山沟聚义反清，赵为副统帅。宣统三年十月，原定于泰山庙聚众起义，因消息泄露，起义前一天拂晓，突遭清军偷袭，敌众我寡，形势危急。赵乐善率部在外，闻讯回师增援，激战竟日，突出重围，赵率部四百余人转移垣曲休整，与垣曲义军会合后重返太平。赵先率部分兵力秘往北王村，不料奸细告密，黑夜又被清军包围。赵母吹木梳为信号，结集人马，对敌人反击。赵乐善率军三次突围未成，其妻李氏在战斗中牺牲。赵陷入敌手，被押至太平县城，经百般酷刑，再解潞村禁入死囚牢中。家中财物尽被没收，老母丁氏外逃。1912年1月，山西民军南下，攻克临汾、运城，赵乐善被解救出狱。民国成立，社会人士赠给赵母"巾帼丈夫"匾额一面。

武昌起义胜利，段砚田亲赴正定，说服阎锡山响应革命军，山西起义成功，阎锡山为都督，民军南下收复平阳运城，段砚田随军备办粮草。1913年4月，袁世凯召开第一届国会，山西省推选景定成、李岐山、段砚田为出席国会的议员。

　　1915 年 10 月，北京城一片萧瑟，秋风吹来，扬起漫天的沙土，段砚田在京城连日来忧心忡忡。袁世凯召开国民代表大会，请代表通过改国家体制，废共和为帝制，如此一来，数十年来，无数革命先烈的鲜血岂不是白流！任你袁世凯军警包围国会，一手拿刀恐吓，一手拿钱贿赂，我段砚田不为心动，誓死捍卫辛亥革命成果。当晚，段砚田逾墙出走，扮成掏粪工人，赶粪车离开北京返回山西。袁世凯复辟帝制，当了洪宪皇帝，段砚田义愤填膺，血气上冲，口吐鲜血，继而腹泻，医治无效病殁，死时，连呼三声"共和、共和、共和"，终年三十六岁。

　　柴寺村晚清贡生贾鸣梧感叹段砚田英年早逝，赋诗凭吊：

> 君为革命举义旗，鼓吹共和奔走急。
> 平阳打响反清战，正定说服阎老西。
> 收复晋南第一功，血溅大盗梦复辟。
> 叹君早逝天不假，崇山汾水同惋惜。

　　欲知后事如何，且听下回分解。

第五十九回　缠小脚神仙关禁闭　国有难忠义显英雄

话说清廷退位，民国成立，南北议和，袁世凯就任中华民国第一任大总统，时人撰写一副对联："民犹是也，国犹是也，何分南北？总而言之，统而言之，不是东西。"

1914年夏天，那个在北京的民国总统袁世凯一心想复辟帝制，做着当皇帝的梦，改各省都督名称为将军，拉拢任命阎锡山为"同武将军"，主管山西军务。阎锡山攀上了袁世凯，为了表示自己与南方同盟会的不同，也学老袁给其管辖下的山西地方改名。

阎锡山在定襄老家避暑，翻开地图查看南北形势，发现全国有三个地方叫"太平县"。阎锡山想："为了避免和南方的那两个太平县重名，咱北方的就让一让。"让秘书从古老的历史书籍中翻了三天，找出这个地方在战国时期曾经是魏国的郡县，名叫汾城。汾城这个名字更古老，更接地气，这个太平县就叫汾城县，于是经历了一千三百余年的山西太平县的名字从民国的地图上消失了。

宣统也罢，民国也罢，太平也罢，汾城也罢，国号换了，地名换了，只不过是"剃头馆改成理发铺"，江山好改，禀性难移，任你大总统颁布的禁止缠足的令贴在县衙前的照壁上，风吹日晒，由黑变白，缠足在改换名称后的汾城县依然有增无减。有那封建卫道士编了一句顺口溜："襄陵县的头，太平县的脚，曲沃县里好衣着。"夸赞这三个县的妇女的穿着打扮有特色，并以此为荣，形成一股顽固坚持缠脚的势力。

转眼到了民国六年，1917年春天，农历三月十二日，坐落在汾城县城北凤坡岗上的东岳庙逢会。这天是东岳大帝黄飞虎的妹妹回娘家的日子，这位女神平时端坐在汾城西北边的中黄村的娘娘庙里的神龛上，帷帐遮挡，一年四季不见天日，无人能见其容颜。只有在回娘家的这一天，人们才能一睹芳容。据说见了娘娘的面，女人能生儿子，光棍能找到老婆，有病的能消灾免难。

由商会和地方组成的八个社火锣鼓队到中黄村娘娘庙迎接娘娘，轿子备好，抬女神的彩女由福盛班的四大名旦王存才、冯三狗、孙广盛、赵七妹等四位男演员扮演。

女神迎来了，前边开路的是锣鼓队、高跷队。一个武士打扮模样的人，踩着足有一丈高的两条木棍，挥舞者一条长长的麻鞭，甩出去在拥挤的人群的头顶上发出"啪"的一声响，吓得人纷纷向路两边后退，让出中间一条道。

在围观的人群中，有一个人头戴礼帽，身穿长袍，手拿一根文明棍，五十岁左右的年纪，早早地就来到了庙会上，像是一个做生意的商人，不断地跟游客闲聊，问东问西。

这老汉在庙内看到福盛班的演员化装成彩女，准备去迎接娘娘，就问班主贾根稳："他们为什么是大脚板？难道神也喜欢大脚板？"

贾根稳说："他们都是男扮女装，真的女子小脚如何抬得动神像？"

老汉说："那你也是女的，怎么是一双大脚？"

贾根稳说："这双大脚给了我自由，我想骑马就骑马，想唱戏就唱戏，这一辈子就仗着这双大脚走南闯北哩。"

老汉说："班主说得好，我是汾城县新来的县长，名叫纪泽蒲，民国新政，禁止缠足，政府三令五申，然而汾城县依然陋习盛行，今日请夫人配合，禁缠足就从神仙娘娘开始。"

贾根稳说："县长放心，我们福盛班一定配合。"

且说这娘娘乘坐的神轿抬到东岳庙山门前的广场上，换上了八个代表娘家人的壮汉，身穿黄马褂，在广场上绕圈飞跑。姑奶奶回娘家，理直气壮，轿子横冲直撞，撞翻生意摊子，撞倒围观的香客，皆是"活该如此"。有胆大的青壮年男子故意上前和抬轿子的相撞，趁轿子慢下来的时候，上前撩起轿子的围帘，人群看到轿子中娘娘的面容，发出一片叫好声。

广场游行完毕，人们簇拥着娘娘的轿子抬到山门前准备进入东岳庙，只见山门紧闭，门上贴一关于禁止缠足的政府告示，新任的县长纪泽蒲手持文明棍站在山门前的台阶上，一边两个挎枪的卫兵。

庙会主办方与中黄送亲的娘家人，见有人拦住轿子不让娘娘妹妹回家与东岳大帝哥哥相会，围了上来责问，推推搡搡打掉纪县长的礼帽。卫兵见状，朝天开了一枪，起哄的人群安静下来。

纪县长捡起礼帽，弹了弹土，重新戴在头上，对着人群大声说："缠足陋习，不但摧残妇女，也影响我中华儿女体质，近代中国人与西洋人竞争，每每失利，西洋人谓我中国人为东亚病夫，皆因于此。所谓母壮儿肥，妇女缠小脚羸弱不堪，如何能育出强壮的男子？本县有令，从今日起，挨门逐户检查，有给女童缠足者，拘役家长三个月，罚钱一百大洋。今日查缠足，先从神仙娘娘开始。"

"抬轿的彩女。"纪县长喊了一声。

"在！"四个化装成彩女的福盛班旦角应声而出。

"请四位化装成女子的大脚男子把娘娘抬上来面向大家，我要当着全县人的面检查娘娘是否小脚。"

王存才、冯三狗、孙广盛、赵七妹抬起娘娘的轿子，放在山门前的台阶上，掀起轿门帘，娘娘坐在轿中，面色苍白，露出一双尖尖的小脚。

纪县长用文明棍指着娘娘的小脚大声宣布："娘娘违犯政府禁令，依然缠足。罚娘娘不许进入山门，立即出卫兵押送回原处，不许再出殿门。"

主办方负责人辩解说，这是古礼，纪县长这样做是亵渎神灵。

纪县长说："你让四个大脚男子汉乔装打扮成女子模样，把娘娘从神殿上抬下放入轿内，古礼男女授受不亲，这四个男人亲密接触娘娘的肢体，这是不是对娘娘的最大亵渎？你们抬上娘娘在广场上横冲直撞，戏弄娘娘，娘娘受了陌生男子的侮辱，为了保持贞洁，是不是也要自尽呢？主谋之人按古礼可是犯杀头之罪的。"

庙会负责人无话可说，纪县长说："你既然代表娘娘的娘家人，给娘娘缠足，罚你今日把会场上的小脚妇女召集到一起，由本县给她们讲一讲政府号令。"

东岳庙会，纪县长关小脚娘娘禁闭一事震动全县，很快缠足的陋习在汾城绝迹，有缠了一段时间的女子也把裹脚布解开，人称解放脚。裹脚布丢进了历史的垃圾堆，却给文人留下了一句歇后语："懒婆娘的裹脚布——又臭又长"，用来形容那些马屁精写的酸文章。

纪县长到任之初，首以"六政三事"为己任，哪"六政"？即水利、蚕桑、禁烟、剪发、禁赌、天足。"三事"，即种棉、种树、畜牧。两者合一，统称"六政三事"。"天足"一政一炮打响，紧接着剪发、禁烟、禁赌。先城镇后乡村，先乡绅后百姓，令出必行，人人遵守。纪县长感谢福盛班在各村演出，宣传新政，特请贾根稳和各村村长吃酒，推贾根稳坐在首席。纪县长端起酒杯说："推行六政，剪发、禁赌、禁烟、天足，福盛班宣传教化，功劳不小，特别是贾班主一双大脚，走遍三省，为我县妇女放足提供了榜样，这第一杯酒理应敬给贾氏，各位乡绅皆贤明之士，大家以为如何？"

众人说："福盛班宣传禁赌，排演了新戏《张连卖布》，王存才和冯三狗一唱一和，把个赌鬼张连演得形象极了，特别是那段对唱，'你把咱花狸猫卖了做啥？''我嫌它吃老鼠不吃尾巴。''你把咱老黄牛卖了做啥？''我嫌它吃青草没有上牙。''你把咱和面盆卖了做啥？''我嫌它和起面噗噗扎扎。''你把咱大风箱卖了做啥？''我嫌它拉起来呼呼嗒嗒。'许多喜欢赌博的人看后都觉得是在说自己，自觉洗手不干，这酒理应先敬贾根稳一杯。"

纪县长带头，众乡绅依次把盏，纷纷向贾根稳敬酒。也有人说："福盛班宣传天足，然王存才演出的《挂画》，扮演的少女依然是小脚，与纪县长关闭娘娘的禁令相违背。"

贾根稳闻听此言，当即向众人表态，半个月后推出新的《挂画》，定不让乡亲失望。

且说襄陵县来个新的县长，名叫康小民，黄崖村村长和新县长套近乎，恰逢华佗庙会，约了福盛班来演出助兴，请县长观看王存才的《挂画》。

大幕缓缓拉开，随着音乐响起，王存才扮演的少女含嫣从幕后走向台前。黄崖村村长陪同县长在台下看戏，觉得王存才今日演出的奇怪，出场不似往日如水上浮萍漂到台子中央，而是扭扭捏捏，夹紧屁股，一走一拧，满脸痛苦状，脚下被一个石子一绊，向前跌倒。含嫣坐在地上扶着脚念道白："如今已经到了民国了，政府三令五申，不许给妇女缠足，然而我母亲思想顽固，非要给奴家缠足不可，左缠右勒，痛煞奴家也。"

台下观众听出了新意，哄笑起来。丫鬟上场，搬来一把椅子，说："小姐，今日咱们挂画，还似往日一般，妹妹在下服伺小姐，就请小姐登上椅子挂画罢。"

含嫣说："妹妹，你看我这一双脚，被小鞋紧紧束缚，站立尚且不稳，如何还能上得了台面呢？"

丫鬟说："小姐，如今是民国的天下了，不兴缠足，我帮姐姐把这小鞋给你脱了罢。"

含嫣说："待我自己来。"

王存才一个鲤鱼打挺从地上翻身站起来，接着一个后滚翻，两只跷鞋从脚上脱落，飞到后台，脚穿红绣花软鞋，脚尖着地，手舞红色绸带，欢快地跳了一段舞蹈。

台下观众从来没有见过这种足尖上的舞蹈，顿觉耳目一新，不住地鼓掌叫好。

王存才用足尖登上椅子背，表演完了全套挂画动作，观众觉得比穿跷鞋更加能体现少女肢体的柔软优美。

黄崖村的村长越看越生气，他请县长看戏，就是奔着王存才的跷功来的，要欣赏男人扮演女人的一双小脚。戏刚演完，村长跟了几个打手到了后台，喝令把这几个违约的戏娃子给他捆起来，吊到舞台梁上。带班的李小蛋见村长耍横，吓得躲到村外不知如何是好，让赵揽头速速回古城叫母亲前来。

贾根稳骑一匹黄骠马，一路加鞭，赵揽头紧随其后，看班主骑马的英姿，完全不像一个快七十岁的老人。贾根稳骑马闯进庙内，走上舞台，一言不发，三下五除二，解开绳子，把王存才、冯三狗、阎留根放了下来，转身对村长说："演出不关娃哩们的事，剧本是我改编的，有什么事和我说。"

村长说："王存才演《挂画》违约，为什么不穿跷鞋演出？我们就是要看他扮演的女人的小脚的。"

贾根稳说："如今已经是民国十年了，禁止缠足的陋习早已破除，难道你们襄陵县还奉的是大清宣统年号？孙中山大总统的令在你们这里是耳旁风？随意吊打我的演员，把他们当作下贱的人，你这是依的民国的哪条法律？咱们签的演出条约上可有违约者被吊打这一条？如果宣传新政禁止缠足是违约，这民国的天下不坐也罢了。"

贾根稳几句话，问得村长哑口无言，旁边劝事的和事佬对村长说："福盛班在江湖上名气大得很，今天这件事若是让他们传扬出去，世人皆说我黄崖村人不文明、霸道，影响我村声誉，以后无人敢来我庙会唱戏做生意。"

村长一听是这个道理，给贾根稳赔礼道歉，拿出说好的二百四十元戏金分文不少给了福盛班。贾根稳把戏金全部给了演员，并给受到委屈的王存才等人额外报酬。

福盛班黄崖庙会演出风波后，临汾运城民间诞生了一句新的谚语："宁看存才'挂画'，不坐民国天下。"也有人对王存才的跷功失传感到遗憾。

汾城县长纪泽蒲听到百姓传说这句话，笑呵呵地说："我在汾城看了几年存才演的'挂画'，这民国的县长不当也罢了。"

说罢向上司递交了辞呈，携三毛沟茵陈一束，回山东即墨老家去了，汾城人至今不忘，把他称为"好县长，纪老汉"。

却说这东邻日本，自甲午战争以来一直侵略我国，卢沟桥事变，掀起全面侵华，日本军队进入山西，占领汾城，汉奸胁迫福盛班到城隍庙为日本人唱戏，被贾根稳严词拒绝。

翌日，贾根稳把儿子李小蛋叫到跟前说："我昨天晚上梦见你父亲前来叫我，我决定解散福盛班，你姥爷用生命换来的十亩土地你用心耕种，足以养活全家。你把王存才、冯三狗、阎逢春、金柱子他们都叫来，我自有安排。"

不一刻，王存才等人来到，贾根稳拿出银钱给大家一一分发完毕，说："我们唱了一辈子的忠义戏，在舞台上教化他人，今天日本人来逼迫我们给他演戏，我们决不能做汉奸，福盛班今日解散。前一个月，你们不是在太原演出了《国难显英雄》《汉奸大失败》两部抗日剧吗？你们可以过黄河，到西安，到延安，在那里继续宣传抗日。去年红军东征来到汾城，侯村有几个孩子跟随红军去了，我有他们的名字，你们过了河可以联系他们。"

贾根稳说完，盘腿坐在椅子上，双手合十，眼睛慢慢闭上。众人上前查看，贾根稳已经安然坐化。

李小蛋遵照母亲遗愿，把父母合葬，父母生前置办的戏箱、服装、道具全部在坟前焚化，燃起的火焰腾向空中，极像两个人在音乐声中挽着手向遥远的天空飞去。

（下篇《火焰》完）

【全书完】

浅谈《马首雷霭》的创作特色

文 / 陈兴无

贾振中先生长篇小说《马首雷霭》，是一部非常成功且独具特色的文学作品。在历史与文学的交融上，文学艺术的品位上，人物形象的塑造上，活动场景和意境的渲染上，小说语言的锤炼上，具有鲜明的创作特色。

充分可信的历史真实性。小说描写叙述的社会背景、自然环境、人物活动的具体场景以及生活细节都具有历史真实性。小说中的主要人物、主要事件在历史上发生存在过，大事不虚，小事不拘，从宏观到微观充分体现了历史与文学的水乳交融。

小说将历史人物的言行举止、音容笑貌写得细致入微，栩栩如生。读来犹如亲临其境，如见其人。

故事情节的生动性。小说离不开讲故事，《马首雷霭》运用我国传统的章回体方式叙述，类似说书娓娓道来，破题，开端，发展，高潮，结局，尾声，环环相扣，巧设悬念，欲知后事如何，且听下回分解，引人入胜，具有很强的吸引力、感染力。作者爱憎分明，抑恶扬善，歌颂真善美，抨击假恶丑，思想道德力量犹如春风化雨，润物细无声。

小说语言的丰富性和地域性特色鲜明。整体现代白话，又有诗词歌赋，还有不少太平县方言土语。读来通俗易懂，熟悉亲切又耐人寻味，使人喜闻乐见又雅俗共赏。

《马首雷霭》是一部具有历史价值和文学价值的好作品，将会产生深远的影响，是一面乡土文学的旗帜，是一座乡土文学的丰碑。

太平一县震八方，激荡风云变幻长。

文史相融成画卷，古今互鉴亮荣光。

章回悬念情难舍，典故传奇事具详。

高手凝心集大作。千秋桑梓创辉煌。

2020 年 4 月 23 日于沉思斋

后记

写一部关于家乡的书，把自小听到的历史故事用文字记录下来，是我一生的心愿。这部长篇小说从去年十月开始动笔，历经一年终于完稿，并即将付梓。

本书在写作出版过程中，得到了襄汾县委、襄汾县人民政府、襄汾县委宣传部、襄汾县文联、襄汾县作协、襄汾县贾国历史文化研究会的大力支持和帮助。

感谢著名作家顾坚先生为本书题写书名并大力推荐，感谢著名作家周蓬桦先生，著名导演、编剧徐正超先生，知名图书策划人戎闰乾先生联袂推荐。

给予赞助支持本书出版的还有襄汾县迎宾房地产开发有限公司，我的同学李晓勇、郭继瑞，襄陵东柴刘家后人刘文山、刘巧云，在此一并表示感谢。

贾振中 2022 年 1 月 1 日

北京月亮河畔